# 上古神话演义

## 第一卷

# 文明神迹

钟毓龙 著

中国国际广播出版社

# 编著例言

一　本书人名地名及事迹，皆有所本，不敢臆造。

一　地名之有可考者，并注明今地名，以便参考。

一　古人之年龄世系，最为难明。本书于此，但据一家之言，不复多所考证。谬误疏失，谅所难免。

一　本书取材时，一事两说，有歧异矛盾者，可兼用则委曲并存之，否则便舍去其一。

一　洪水来源及黄河有无两问题，纯系作者个人之理想，亦即此书着手之动机。其说能否成立，亟盼当世大雅之教正。

一　本书纪事纪言，大都代表古人，为四千年以前之人着想。其举动见解，作如是观。读者当以历史的眼光衡量之。

一　小说以新奇为尚。此书多涉考古，未免声希味淡。故中间加以议论穿插，俾作波澜，以增兴趣。

一　近来中小学生，苦无良好之课外读物，此点亦为本书编著动机之一。事必有据，辞必求达，下笔时再三斟酌，庶青年读此，于史地方面可以资印证，于国文方面可以资启发。

一　章回小说之回目例用偶句，但对仗之工整易，内容之赅括难。与其买椟还珠，毋宁据事直书，俾得一目了然。是以本书回目，专在标举内容，不拘形式。

# 引用书目

| | | |
|---|---|---|
| 书经 | 易经 | 周礼 |
| 礼记 | 尔雅 | 左传 |
| 孟子 | 大戴礼 | 尚书大传 |
| 书经注 | 论语疏 | 周礼疏 |
| 周礼正义 | 礼记注 | 月令章句 |
| 毛诗义疏 | 尔雅注 | 尔雅翼 |
| 韩诗外传 | 诗经疏 | 左传杜注 |
| 公羊注疏 | 五经异义 | 经义述闻 |
| 五经通义纂 | 周书王会篇 | 禹贡锥指 |
| 礼纬 | 乐纬 | 尚书纬 |
| 孝经纬 | 春秋纬 | 易纬 |
| 诗纬 | 龙鱼河图 | 河图括地象 |
| 河图玉版 | 遁甲开山图 | 遁甲开山图解 |
| 雒书甄耀度 | 真灵位业图 | 论语谶 |
| 归藏易 | 连山易 | 尚书纬注 |
| 启筮 | 开筮 | 史记 |
| 史记正义 | 汉书 | 汉书注 |
| 后汉书 | 后汉书注 | 三国志注 |
| 晋书 | 晋书注 | 南史 |
| 北史 | 宋书 | 魏书 |

| | | |
|---|---|---|
| 隋书 | 唐书 | 旧唐书 |
| 陈书 | 宋史 | 金史 |
| 元史 | 明史 | 通典 |
| 文献通考 | 续文献通考 | 通志 |
| 续后汉书 | 唐国史补 | 清史 |
| 路史 | 马氏绎史 | 十六国春秋 |
| 前燕录 | 先圣本纪 | 帝王世纪 |
| 荒史 | 古史考 | 列国传 |
| 高士传 | 逸士传 | 神仙传 |
| 列女传 | 列仙传 | 高道传 |
| 轩辕本纪 | 穆天子传 | 黄帝内传 |
| 武帝内传 | 西王母传 | 圣贤群辅录 |
| 茅君内传 | 东观汉记 | 皇览 |
| 六韬 | 稗史 | 水经 |
| 水经注 | 太平寰宇记 | 三辅黄图 |
| 三辅旧事 | 晋太康地记 | 职方外纪 |
| 三秦记 | 地理通释十道山川考 | 城冢记 |
| 方舆胜览 | 九州要记 | 括地图 |
| 舆地志 | 舆地纪胜 | 明一统志 |
| 清一统志 | 山川考 | 元和郡县志 |
| 郡国志 | 五岳图 | 各省考略 |
| 读史方舆纪要 | 山经九域志 | 地理志 |
| 十三州记 | 三齐纪略 | 山川纪异 |
| 十洲记 | 都城记 | 吴郡图经续记 |
| 九疑山图记 | 南海经 | 朝鲜世纪 |
| 安南国志 | 洞庭山记 | 陕州志 |
| 湘中记 | 登天岳山记 | 岳阳风土记 |
| 青城山行纪 | 荆南图志 | 乌鲁木齐杂记 |

| | | |
|---|---|---|
| 滇志 | 蜀记 | 粤述 |
| 卜魁风土记 | 嵩高山记 | 浔江记 |
| 岭表录异 | 吴地记 | 岳麓志 |
| 国名记 | 名胜志 | 上党记 |
| 毗陵志 | 张掖记 | 衡山记 |
| 荆州记 | 荆楚岁时记 | 柳边纪略 |
| 安定图经 | 雒南县志 | 洛阳伽蓝记 |
| 岭表异录 | 四川旧志 | 四川邑志 |
| 梓潼县志 | 雷州府志 | 星槎胜览 |
| 荆南图副 | 珲春志 | 金华府志 |
| 海上纪略 | 裨海纪游 | 甘肃镇志 |
| 黄山图经 | 新安志 | 述征记 |
| 南越志 | 入蜀记 | 庐山记 |
| 丹阳记 | 交州记 | 巫咸山序 |
| 四明山记 | 会稽志 | 桂郁岩洞记 |
| 禹陵旧经 | 广志 | 地志 |
| 南游记 | 淮水考 | 始兴记 |
| 青城山记 | 苗俗记 | 说蛮 |
| 陕州志 | 高丽图经 | 宁古塔纪略 |
| 黑龙江外纪 | 长白山录 | 西征日记 |
| 随銮纪恩 | 荷戈纪程 | 云中纪程 |
| 奉使日记 | 征西纪略 | 蜀道驿程记 |
| 从军杂记 | 粤西偶记 | 豫章记 |
| 谦本图旅行记 | 四书释地续 | 地学杂志 |
| 地文学 | 天文新编 | 特殊民俗小史 |
| 岳渎经 | 外国图 | 三才略 |
| 三才图会 | 国语 | 国语注 |
| 国策 | 老子 | 庄子 |

| | | |
|---|---|---|
| 管子 | 荀子 | 列子 |
| 列子注 | 尸子 | 韩非子 |
| 淮南子 | 淮南子注 | 墨子 |
| 黄帝内经 | 山海经 | 山海经注 |
| 吕氏春秋 | 吴越春秋 | 越绝书 |
| 竹书纪年 | 竹书纪年注 | 孔子家语 |
| 汲冢周书 | 论衡 | 说苑 |
| 新书 | 新序 | 扬子法言 |
| 风俗通 | 白虎通 | 正字通 |
| 易林 | 文子 | 慎子 |
| 邓子 | 鹖子 | 符子 |
| 尹子 | 孔丛子 | 随巢子 |
| 鹖冠子 | 抱朴子 | 金楼子 |
| 文中子 | 子华子 | 玄真子 |
| 田俅子 | 关尹子 | 春秋繁露 |
| 演繁露 | 世说新语 | 谭子化书 |
| 裴氏新语 | 蔡邕独断 | 文心雕龙 |
| 刘向别录 | 潜夫论 | 新论 |
| 中说 | 黄帝出军诀 | 黄帝玄女兵法 |
| 酉阳杂俎 | 太平御览 | 潜确类书 |
| 册府元龟 | 鹤林玉露 | 玉堂闲话 |
| 墨客挥犀 | 太平清话 | 庚辛玉册 |
| 芸窗私志 | 西溪丛话 | 山堂肆考 |
| 朝野佥载 | 蒿庵闲话 | 梦溪笔谈 |
| 杜阳杂编 | 奚囊橘柚 | 虞初新志 |
| 海录碎事 | 南部新书 | 闻见录 |
| 闻见后录 | 小学绀珠 | 诚斋杂记 |
| 弸龙札记 | 致虚阁杂俎 | 古文琐语 |

| | | |
|---|---|---|
| 涌幢小品 | 避暑漫钞 | 潜邱札记 |
| 吾亦庐稿 | 庸盦笔记 | 类博稿 |
| 阅微草堂笔记 | 蕉廊脞录 | 太平广记 |
| 神武秘略 | 中华古今注 | 伏候古今注 |
| 说文解字 | 广韵 | 韵谱 |
| 韵会 | 韵府 | 诗谱 |
| 博雅 | 广雅 | 埤雅 |
| 玉海 | 世本 | 姓苑 |
| 元和姓纂 | 姓氏急就篇注 | 典略 |
| 典术 | 纬略 | 事始 |
| 孔帖 | 白帖 | 集韵 |
| 洞冥记 | 幽怪录 | 幽明录 |
| 录异记 | 异苑 | 梦书 |
| 博异志 | 乘异记 | 续齐谐记 |
| 瑞应图 | 谈荟 | 说宝 |
| 耳新 | 里乘 | 说林 |
| 说林注 | 天中记 | 玄中记 |
| 南方草木状 | 续博物志 | 博物志 |
| 竹谱 | 琴操 | 古琴录 |
| 古琴疏 | 刀剑录 | 群芳谱 |
| 花木考 | 观物博异 | 释名 |
| 稽古名异录 | 普安博物记 | 广博物志 |
| 志林 | 庶物异名疏 | 几暇格物编 |
| 本草纲目 | 本草拾遗 | 樗蒱经 |
| 五木经 | 物类相感志 | 相贝经 |
| 神异经 | 搜神记 | 述异记 |
| 拾遗记 | 大业拾遗记 | 后搜神记 |
| 徵祥记 | 穷神秘苑 | 墨薮 |

字源　　　　　　　广川书跋　　　　　画史会要

律吕本考　　　　　饮食谱　　　　　　箕龟论

乐书　　　　　　　古今艺术图　　　　臞仙肘后经

太上感应篇　　　　神仙感应篇　　　　云笈七签

法苑珠林　　　　　真诰　　　　　　　九天生神经

玉枢经注　　　　　诸真玄奥集成　　　太微灵书

历世真仙体道通鉴　北河剑经　　　　　四极明科

太霄琅书　　　　　二仪宝录　　　　　灵宝要略

善信经　　　　　　起世经　　　　　　法念经

真源赋　　　　　　婆娑论　　　　　　意林

洞览　　　　　　　臆乘　　　　　　　玉烛宝典

广治平略　　　　　朱子语类　　　　　颜氏家训

太公金匮　　　　　汇苑详注　　　　　兔园册注

神仙感遇传　　　　北户录　　　　　　三余帖

翼圣传　　　　　　宝椟记　　　　　　五行书

始学篇　　　　　　圣惠方　　　　　　独异记

祥验集　　　　　　侯鲭录　　　　　　蟠桃记

丹铅录　　　　　　海市记　　　　　　符瑞图

诸皋记　　　　　　自纪篇　　　　　　物理论

司马法　　　　　　集真记　　　　　　清冷传

玉匮经　　　　　　琅嬛记　　　　　　宣室志

挥麈录　　　　　　集仙录　　　　　　资暇录

脩真录　　　　　　枕中书　　　　　　十真记

狐疑论　　　　　　睽车志　　　　　　辍耕录

瑞应记　　　　　　初学记　　　　　　大唐乐

又冠编　　　　　　古今乐府　　　　　古逸诗

文选　　　　　　　文选注　　　　　　楚辞

楚辞注　　　　　　韩昌黎集　　　　　柳宗元集

苏文忠集　　　　邵康节集　　　　魏王朗表

庾开府集　　　　显志赋　　　　　海潮赋

辟雍颂序　　　　陈子昂文　　　　珊瑚钩诗话

张衡赋注　　　　松陵集　　　　　《祝由科》书序

巫山神女庙碑　　唐太原令路公碑　帝尧碑

少室山少姨庙碑　舜庙碑　　　　　禹庙碑

黄陵庙记　　　　两粤歌谣　　　　子不语

镜花缘

# 叙　言

一九二四年春，余承乏宗文中学校务，兼任安定中学讲席。课余之暇，朋侪纵谈上下今古。校长陈君柏园谓吾国夏禹治水为千古第一伟绩，史无专书详载其事，未免缺憾，因顾余曰："子多稽古而喜治史，岂有意乎？"余自惭谫陋，而心韪其说。退则陈箧发书，从事稽考，其有关系者则摘录之。顾除《禹贡》一书外，其余多单词只句，无系统之可言，甚者乃类于神话。太史公所谓"文不雅驯"者是。即《禹贡》所载导水导山等，亦第就功成后综叙大略而言之，简括已甚。至于洪水之来源，当时之地形，与夫当初入手之计划，设施之次第，及疏凿之方法，皆所不详。生乎四千年后，追叙四千年前之事迹，佐证既少，戛戛其难。后阅暨阳蒋孟洁先生瑞藻所著《小说考证》，谓清代嘉、道时山阴沈藤友嘉然曾撰夏禹治水小说，大率以《禹贡》为纲，而以《山海经》《岳渎经》《历世真仙体道通鉴》诸书附会而成，书凡六十卷、百二十回。惜稿未梓行，舟覆沦于水。余思夏禹治水，八年于外，迹历九州，大山之开凿，名川之疏浚，都凡数十。当时交通未便，器械未精，何以及此？后世疑为神助，谥为神禹，夫岂无因！顾此等不雅驯之说，岂足据为信史？而揣测臆造之谈，又岂可呈诸大雅？无已，惟有如沈先生之法，托诸小说，以抒我个人之理想而已。校务殷繁，有志未暇。其年秋，江浙战事起，风鹤惊心，弦诵辍响，忧焦彷徨，无可为计，乃始着手下笔以自遣。其初，范围原拟仅限于治水。顾既已小说矣，所摭拾新奇可喜之资料未忍舍弃，则益旁搜博采，以期综集上古神话之大成。战事既终，校务又迫，作辍靡恒，甚者或累月不一执笔。柏园屡督促，无以应也。余妻高时馨助余搜集，致力良勤。老友陈荫轩亦时有以见诒。荏苒八年，大致粗就。迻写增损，又历二年，乃得脱稿，而柏园之墓已有宿草，荫轩之墓木且拱，竟不获就之一正是非。回首前尘，曷禁腹痛！一九三四年一月，杭县钟毓龙自叙。

# 目录

# 第一回

## 历史上一治一乱之原因

## 地球之毁坏及开辟

我这部书，是叙述上古神话的。但是，我要叙述上古史的神话，先要将天上的情形报告一番。天是无所不包的，但是综合起来，不过"阴、阳"两个字。日间就是阳，夜间就是阴。和暖而带生气的就是阳，寒冷而带杀气的就是阴。所以天上的神祇，亦分两类，一派是阳神，一派是阴神。阳神的主张是创造地球，滋生万物，而尤其注意的，是人类的乐利安全。阴神的主张，是破坏地球，毁灭万物，而尤其痛恶的，是我们人类，定要使人类灭绝而后快。这两派如水与火，如冰与炭，绝对不相容，常常在那里大起冲突。自无始以来一直到现在，那冲突没有断绝过。阳神一派，是以西王母为首领，而其他日月星辰之中大部分神祇都肯帮助她。阴神一派，是以一位不著名的魔神为首领（后来叫作刑天氏），而夏耕、祖状、黄姖、女丑种种魔神以及其他星辰中之一部都肯帮助他。那一位号称至高无上的皇矣上帝，只能依违于两派之间。虽则他的倾向常偏于阳神一派，但是因为天道不能有阳而无阴、人间不能有昼而无夜、生物不能有生而无死、万事不能有成而无毁的缘故，对于阴神一派亦竟奈何他们不得。所以人世间自有历史以来，一治一乱，总是相因的。阳神派得势，派遣他手下许多善神下降人世，将天下治理得太平了。那阴神一派气不过，一定要派遣他手下的魔神下降人世，将天下搅扰得鸡犬不宁，十死八九。然后，那阳神一派看不过，再派遣手下的善神下降，再来整理。到得整理一好，那阴神一派又要派遣魔星下降了。所以遇到浊乱的时世，我们眼看见那些穷凶极恶的人执国秉政，虐待人民，无法无天，又看见那些善良的人民被压制于虐政之下，任凭他们宰割，甚至身家不保，饮泣沉冤，大家都要怨上天之不公，骂上帝之昏聩。其实不必骂，不必怨，要知道天上亦正在那里大起冲突呢！恶神正得势而善神已退处于无权呢！这就是所谓天上之情形了。

我这部书，演说上古史的神话，原想专说夏禹王治水一段故事。但是，既然叫史，必定有一个来源；要说明这个来源，不能不从开天辟地说起。天何以要开，地何以要辟呢？原来我们所住的地球，亦和我们人类一样，有生有死。不过地球的死，不必一定是地球全体的毁坏，只要是住在地球上的生物统统死了，那便是地球死了。这样大一个地球，哪个能够使它死？当然是阴神一派的魔力。开天辟地，就是地球的死而复生。哪个能够使它复生？当然是阳神一派的能力。我要叙述天地的开辟，不能不先述地球之毁坏。地球毁坏之方法大约有十种：

一种是使人类饥死。地球之上，本来是水多陆少。陆地高出于水面以上的就是山，山的斜坡，就是人类生存栖息之地。但是，山石突出于空气之中，经受燥湿冷热的剥蚀，渐渐碎为细粉，随着雨水之力而冲下，由溪入河，由河入海，将海底填平，海水渐渐上泛。久而久之，高山削成平地，尽成为水，那时人类栖息无从，畜牧种植也无地可施，岂不是要饥死！

一种是使人类溺死。南北两半球季候不同，北半球秋冬两季，共得一百七十九日，南半球秋冬两季，共得一百八十六日，计算每年差七日。南半球寒气既多，那么南冰洋的冰当然渐积渐多，北冰洋的冰当然愈融愈少。经过一万零五百年之后，南冰洋的冰因为多而难化，北冰洋的冰因为少而易融，地球的重心必定因此而移动。假使到了北极最热、南极最冷的时候，地球的重心一变，北方重而南方轻，地面的水将从南方倾注北方，全球淹没，人类岂不是要溺死！

一种是使人类轰死。天空之中，每隔多少年，必定有大的扫帚星出现。久而久之，难保它不和地球相撞。即使不撞着它的星体，而仅仅撞着它的星尾，但是它的星尾系热气聚合而成，倘若和地面的空气匀合，势必爆裂，那么可将地球击成齑粉，而人类统统轰死。

一种是使人类毒死。如上条所说，地球和扫帚星之尾相撞，即使不轰死，但是扫帚星上的那股恶气非常难堪，人类既然受到它的恶气，终究必受毒而死。

一种是使人类热死。天空之中有极薄极细的一种气质，能够阻碍地球的运行，使它迟缓。既然迟缓，那么它对于太阳的离心力就不免减小。但是，太阳的吸力和地球自身的吸力是仍旧不变的。照此情形，久而久之，地球环绕太阳之轨道必成为螺丝形，与太阳愈接愈近。到那时势必寒带也变为热带，而温热两带更不能居住，人类已统统热死了。

一种是使人类闷死。地球的里面，纯是土和岩石，这两种都有吸水的能力。假使土石将地面的水逐渐吸收进去，海洋里面的水涓滴不存，那时候的空气亦必稀薄异常，以至于完全消灭，人类岂不是早已闷死！

一种是使人类焚死。天空中的恒星，常有忽发大光。经过多日之久，大光渐渐消灭，那颗恒星从此就不复再见，想来是销毁了。我们这颗太阳，亦是恒星之一。假使太阳忽然焚毁，那时候地球上面所受到的光热，必定要增加到几千万倍，人类岂不是都要焚死！即使不焚死，而太阳既然焚毁之后，地球上光热全无，亦都要冻死。

一种是使人类冻死。太阳的能够发光和生热，亦全靠物质燃烧的缘故。假使这种燃烧的物料渐渐用尽，那么它的光热亦必逐渐减少。太阳面上的斑点一日增多一日，那喷火口一日减少一日，它的光渐渐变为金色，再变为黄色，再变为赤色。地球上面的陆地日多，海洋日少，寒气日多，热气日少，岂不是人类都要冻死！

一种是使人类挤死。地球的里面，日日在那里冷起来。冷极了一定收缩，收缩极了，一定豁裂。近年以来，山崩地震，往往有裂开大缝、陷落人物之事，就是这种表显的现象。照此下去，人住在地面上，未免觉得不稳，只好穴地洞或山洞而居。但是年久之后，大洞亦因为收缩而堵塞，所以人类必至于挤死。

一种是使人类震死。如上条所说，地球既然因冷缩而豁裂，那个时候，人类即使有能力另设一法，仍旧居住地面，以避开那地球豁裂之处，但那裂缝逐年加大，大体分崩，势必将地球分为数块。到那时，这大块之中，即使还有人类居住，或者还有空气，但在空中乱行，已无轨道，愈行愈远，势必与其他星体相撞，而统统震死。

以上是地球的十种死法。在我们以前的那个地球，它是怎样死的，虽然不得而知，但是有死必有生。以前的地球既然死去，那么现在的新地球，当然应该急急创立，这个纯然是阳神一派得占优势的缘故了。

开天辟地的时候，怎样能够使那个已死之地球重新建设起来？已经死尽的人类，怎样能够使他们滋生起来？当然是"神"的能力，绝不是"人"的能力。所以那个首出御世的盘古氏，以及后来的天皇氏、地皇氏、人皇氏等等，以理推想起来，一定就是所谓阳神一派的神祇。既然是神祇，所以有移山倒海的能力，所以有旋乾转坤的本领。以古书考起来，当初毁坏地球的，是阴神一派中之混沌氏。阳神一派中之盘古氏要想开天辟地，少不得和混沌氏大战。也不知费了多少气力，方才将混沌氏打倒，立即将他的尸体解剖起来，拿了他的肉补充从前损失的土，拿了他的骨补充从前毁坏的石，拿了他的血液补充从前消耗了的水，又拿他的肢节竖起来，恢复从前崩坏的山岳，又拿他的肠胃铺起来，恢复从前湮没的江河，又慢慢地滋长万物，诞生人类。这种奇妙灵怪的事迹，一时也说不尽，即使说也说不相像。总而言之，从盘古氏起，一直到有巢氏以前，都是阳神一派的神祇直接到下界来，排除百难，扶植人类的时期。自从有巢氏、燧人氏以后，人类的滋长渐渐地发达了，知道构木为巢以避猛兽了，知道钻木取火以烹饮食了，知道剥取禽兽的羽毛以遮蔽身体了，衣食住三项都已粗粗完备。从此阳神一派的神祇，仍旧回归天上，不复再到人世。但是防恐人类的知识才艺没有完全，还不能够自存自立，所以又不绝地派遣他手下的善神降生人世，间接地前来指导帮助。如同伏羲氏的母亲，住在华胥地方（现在陕西蓝田县；一说在雷泽地方，现在山东菏泽市）的水边，看见一个大人的脚迹，偶然高兴，走过去踏了它一脚，不知不觉，心中大动起来，陡然有一条长虹从天上下来，绕着她的身子，她就如醉如痴了好一晌，及至醒来，就怀孕而生伏羲。神农氏的母亲，名叫安登，看见了一条神龙，心中感动，就怀孕而生神农。黄帝的母亲附宝，看见电光绕着斗星，便心有所感，怀孕而生黄帝。这种都是阳神一派派遣善神降生人世的证据。但是，阳神一派如此，那阴神一派亦岂肯甘休，当然也是不绝地派遣魔星下降，来图谋扰乱，并依旧进行他们毁灭地球之主张。最著名的，就是共工氏的决水，蚩尤氏的杀戮，而尤其重大的，就是洪水之灾，且待在下慢慢地讲来。

# 第二回

少昊氏生于穷桑之历史　帝喾辅

佐颛顼　帝喾即天子位　帝喾四

妃之历史　盘瓠降生之历史

夏禹王治水，是在帝尧的时候。但是，有些和治水有关系的人，多生在帝喾的时候。所以我这部书，只能从帝喾说起。这位帝喾，姓姬，名夋，号叫亡斤，是黄帝轩辕氏的曾孙，少昊金天氏的孙子。他的父亲名叫桥极。他的母亲，姓陈锋氏，名叫握衷。这个握衷，有一天到外边去游玩，看见了一个大人的脚迹，也和伏羲氏的母亲一样，走过去踏它一踏，哪知心中亦登时大大的感动，因此就怀孕而生了这位帝喾。而且帝喾一生落地，就能说话，并且自己取一个名字叫夋，这也可见是上天派遣下降的一位星君了。

　　帝喾所住的地方，名叫穷桑，在西海的旁边。当初他的祖父少昊金天氏生长在此地，也有一段故事。

　　原来少昊金天氏也是一位上天降下来的星君。他的母亲嫘祖，名字叫女节，小名叫作皇娥，是西陵氏的女儿。当她十四五岁未出嫁的时候，就发明了一种饲蚕织锦的方法，真是我们中国几千年来的恩人。有一日，她在房里织锦，不觉困倦起来，就靠着机子朦胧睡去。忽然做其一梦，梦见到一个海边去游玩，正在极目苍茫的时候，陡见一个童子，相貌非凡，从天上降到水边，走过来向皇娥说道："我是白帝的儿子，太白星的精灵。我和你有骨肉之缘，今日难得在此遇到你，你可跟了我来。"皇娥听说，不知不觉地就跟了他走。走到一处，但见一座极高大的宫殿，精光夺目，仿佛是白玉造成的一般，殿里面陈设亦非常之华丽。顷刻之间，又有极丰美的肴馔，陈列在席上。那童子就携了皇娥的手，同席坐下。这时候，又有无数绝色的女子，个个手执乐器，在那里奏乐。那童子一一指点给皇娥道："这个女子名叫江妃，她所歌的，是冲锦旋归之曲。那个吹箫的女子名叫盘灵，是此地宫中一口井、名叫盘灵井之神……"那童子虽则详细指点，皇娥听了亦莫名其妙，但觉得那乐声歌声，悠扬婉转，靡曼轻柔，足以荡魄销魂，坐久之后，不觉有点心动起来。那童子就起身，携着皇娥的手，出了殿门，径向海边而来。但见一株桑树，高约八九百尺，树叶都是红色的，更有紫色的桑葚，累累不绝地挂在上面。那童子向皇娥道："这株桑树，一万年才结一回果，吃了之后，可以后天而老。今天我们恰恰遇到有果的时候，真所谓天假之缘，我去采它几个来尝尝罢。"说着，就飞身上去，采了许多下来，分一半递给皇娥道："请你吃了，祝你长寿。"皇娥接来吃了，觉得甜美异常，不禁心中又是一动。忽然看见有一只船，停在海边，船上用桂树的枝儿做着一个表记，又用薰茅结了一个旌旗，又有一个用玉雕成的鸠鸟，放在那表记上面。皇娥看了，不解它们有什么用处，便问那童子。那童子道："这个名叫相风，是考察风向的物件。因为鸠鸟能够知道四时之气候，所以刻着它的形象。"说着，携了皇娥的手，径上船去，并肩坐下。那船不用人去撑摇，自会前进，直向海中浮去。此时，皇娥觉得天风浪浪，海山苍苍，说不尽心中的愉快。回头看见船上，有一张梓树做成的瑟，她就取将过来，放在膝上，弹了一回，又靠着瑟唱一个歌道：

天清地旷浩茫茫，万象回薄化无方。
涻天荡荡望沧沧，乘桴轻漾着日旁。
当其何所至穷桑，心知何乐说未央。

皇娥歌罢，那童子道："我们今朝作桑中之游，这个歌就可算作桑中之乐了。有唱不可无和，待我也来唱一个。"说罢，就唱道：

四维八埏渺难极，驱光逐影穷水域。
璇宫夜静当轩织，桐峰文梓千寻直。
伐梓作器成琴瑟，清歌流畅乐难极。
沧湄海浦来栖息。

二人正在恋爱唱和的时候，忽然一阵大风，海水登时汹涌起来，一个浪

9

头，把船打翻了。皇娥蓦地一惊，陡然醒来，才知道是个奇梦，却是清清楚楚，一点没有忘记。后来嫁了黄帝，和黄帝出游，走到穷桑地方，看见那景致，竟和当日梦中所见一些不差，不胜诧异，就和黄帝说，要在此地多住几时。黄帝答应，就在海边那一株桑树之东，造了几间房屋，和皇娥一同住下。一日晚间，皇娥正在卸妆，忽见一颗大星，如长虹一般从天上降到水边，倏然不见。仔细一想，正是当时梦中那童子落下之处。回念前情，不觉心中又动了一动，以后就有孕了。及至少昊生出，他的面貌又和梦中所见的童子丝毫无二，于是知道事有前定，这少昊氏必定是星精下降了。所以少昊氏生于穷桑之历史，就是如此。

且说穷桑地方，僻在西海之边，与中原隔绝，人烟稀少。帝喾的父亲桥极又早早去世了。帝喾生长在这个偏僻地方，幼年孤陋，可算得是个乡下的小孩子。但是他天生聪明，有些事情竟能够不学而知，不学而能。尤其喜欢研究的是天文星辰。邻居有一个人，姓柏，名昭，本来是桥极的朋友，学问很好，只是性耽静僻，不喜做官。帝喾就拜他为师，常常去请教，因此学问道德格外猛进。到得十二三岁的时候，居然已经是一位大圣人了。那时候在中原做大皇帝的，是黄帝轩辕氏的孙子、少昊金天氏的侄儿，名叫颛顼高阳氏。排起辈行来，就是帝喾的堂房伯父。这位颛顼高阳氏，亦是一位天上降下来的星君。他未生之前，他的母亲女枢住在幽房之宫中，看见一道瑶光，如长虹一般穿过了月亮。她即时心有所感，便怀孕而生了颛顼。此刻这颛顼高阳氏做大皇帝已经几十年了，天下太平，四方无事。眼见得自己年纪渐渐大了，将来这个大皇帝的宝位传给什么人呢？他心里非常注意挂念。忽然听得他的远房侄儿帝喾，年纪虽小，竟有这样的圣德，不禁大喜，就派遣人到穷桑去，宣召他母子到京，以便任用。帝喾母子听见这个消息，亦当然欢喜，就收拾行李，辞别了柏昭，跟随了颛顼的使臣，径到帝丘京城（现在河南省濮阳市）来见颛顼。颛顼一看，只见帝喾生得方颐、庞颛、珠庭、仳齿、戴干，一表非常，心中大悦，便问道："汝今年几岁了？"帝喾道："夋今年十五岁。"颛顼帝听了，更加喜悦，又说道："朕从前在少昊帝的时候，少昊帝命朕辅政，那时朕只十五岁。如今汝亦十五岁，恰好留在此处，辅佐朕躬，亦是千秋佳话。"说罢，就下诏封帝喾为侯爵，并将有辛地方（现在河南商丘市）封帝喾做个国君，但是不必到国，就在朝中佐理政事。从此，帝喾就在帝丘住下。

且说颛顼氏那时，在朝中最大的官职共有五个：一个是木正句芒，专管东方之事；一个是火正祝融，专管南方之事；一个是金正蓐收，专管西方之事；一个是水正玄冥，专管北方之事；一个是后土，专管中央之事。做后土这个官的，名字叫句龙，就是炎帝神农氏的后代。做火正官的，名叫重黎，是颛顼帝的孙子。做木正官的，名字叫重。做金正官的，名字叫该。做水正官的，有两个人，一个名字叫修，一个名字叫熙。重、该、修、熙这四个人，都是少昊氏的儿子，就是帝喾的胞叔。帝喾既然到了帝丘，得了辅政大臣的官爵，当然和各大臣时常来往。重、该、修、熙四个，是他的胞叔，当然更加密切。而帝喾所尤其佩服的是熙，因此又拜了熙做老师。光阴荏苒，不觉已是十几年，颛顼帝忽然得病呜呼了，享年九十一岁，在位共计七十六年。那时候君主大位的继承，实在是个问题。颛顼氏有两个妃子，一个叫邹屠氏，一个叫胜奔氏。邹屠氏是蚩尤氏国民的后代。当初黄帝破灭蚩尤氏之后，将他的百姓分作两部：一部是不善的人，统统驱逐他们到极北的地方去；一部是善良的人，都迁到邹屠地方来。这邹屠氏，从小就很端正。一日在路上遇到一只乌龟，她就避开不肯去踏它。颛顼帝知道了，以为她有贤德，就娶她做了妃子，生了一个儿子，名叫禹祖。后来她又屡次梦见太阳，每梦一次，必定有孕，生一个儿子，共总梦了八次，生了苍舒、隤敳、梼戭、大临、龙降、庭坚、仲容、叔达八个儿子，这时年纪都还甚小。那胜奔氏，名字叫娽，生了三个儿子，一个叫伯称，号叫伯服；一个叫卷章，号叫老童；一个名叫季禺。伯称自小好游，萍踪无定，此刻不知在何处。卷章欢喜求仙访道，亦一去不返。季禺早已死去。那做火正官的重黎，就是卷章的儿子。其余还有几个庶子，但是都是微贱幼小，不足以当君位。现在颛顼帝驾崩，论到年龄资格，当然只有禹祖最为相宜。于是大家就立他起来，做了君主，叫作孺帝颛顼。哪知不到几时，这孺帝颛顼又生病死了。这时国家连遭大丧，百姓惶惶无主。于是，在朝在野有声望的人，会集起来商议，一致推戴帝喾出来做君主。一则因为帝喾才德出众，二则颛顼帝当时早有此意，不过没有明白说出就是了。帝喾却不过大众的意思，只得允许，就即了帝位。一切大小官员，悉仍其旧。不过京都却换了一个，选定嵩山之北的亳邑地方（现在河南偃师市西南）作为新都，叫金正、木正带了官员先去营造，等颛顼和孺帝颛顼两个落葬于帝丘城外（现在河南濮阳市顿丘地方有颛顼台，就是颛顼帝父子之坟）之后，即便迁都到亳邑。因为他初封于辛的缘故，改国号叫作高辛氏。从此以后，便是帝喾时代了。

且说帝喾此时，年已三十，娶了四个妃子。第一个，姓姜，名嫄，是有邰国（现在陕西武功县）君的女儿，性情清静，专一喜欢农桑之事，是个端庄朴实的女子。第二个，是有娀国（大约现在甘肃高台县之地）君的女儿，名叫简狄，极喜欢人事之治，乐于施惠，仁而有礼，而且能上知天文，是个聪明仁厚的女子。第三个，姓陈锋氏，名叫庆都，不是人种，是天上神人大帝的女儿。那大帝生于斗维之野，常在三河（现在天津市蓟州区）东南游玩。一日，天打雷电，一个霹雳将大帝身上的血打出了，流到一块大石的里面，后来这血化成婴儿，就是庆都。那时候，适值有一个姓陈锋氏的妇人从石旁经过，听见石头里面有婴儿啼哭之声，就设法取他出来，一看，原来是个女的。因为她出身奇怪，相貌又好，就抱回去抚养，当作自己女儿，因此她就姓了陈锋氏。后来长大之后，她的状貌很像神人大帝，因此大家知道她必是大帝的女儿。尤其奇怪的，她随便走到哪里，头上总有一朵黄云给她遮盖，所以他人如要寻找庆都，不必寻人，只要寻那朵黄云，就寻到了。哪知不到七八年，她的养母陈锋氏忽然死了。这时庆都没有人抚养，不免衣食困苦。但是庆都却并不打紧，即使十几日没得吃，她亦不觉饿，这个岂不是更奇怪么！后来一个姓伊名长孺的人，看得她好，又看得她奇怪，就收养了去，从此庆都就住在伊长孺家中了。帝喾辅政的时候，伊长孺同庆都来到帝丘。帝喾的母亲握衷，听人说起庆都的奇异，叫了她来一看，头上果真顶着黄云，而且相貌又很好，更兼和自己同姓，因此就叫帝喾和伊长孺说明，收她做了妃子。第四个，是诹訾氏的女儿，名叫常仪，亦是个极奇异的人。她生出来的时候，头发甚长，一直垂到脚跟，而且也就能说话。帝喾因为她和自己初生时候的情形相同，所以又收她做了妃子。

自从帝喾做了大皇帝之后，他的母亲握裒就向帝喾说道："你现在既然做了天子，应该立一个皇后才是。我看你四个妃子，都是好的，相貌亦都像很有福气的，你随便立一个吧。想来其余三个，绝不会心怀不平的。"帝喾道："母亲所言，固然不错，但是儿考察天文，那皇后不必一定要立的。天文中御女星有四颗，一颗最明亮，其余三颗较暗些，都是应着后妃之象。当初我曾祖皇考黄帝，单有四个妃子，不立皇后，亦就是这个缘故。现在儿恰有四个妃子，姜嫄年纪最长，就算她是一个正妃，应着那颗最明亮的星。其余三个，依次相排，作为次妃、三妃、四妃，应着那三颗较暗的星。母亲以为如何？"握裒道："原来有这许多道理，那么随你吧。"

且说帝喾虽则有四个妃子，但是姜嫄、简狄、庆都三个都没得生育，只有常仪生了一个女儿，这时已有五岁，握裒爱如珍宝，每日在宫中逗着她玩笑，真是含饴弄孙，其乐无极。一日，正抱着帝女的时候，忽然见一个宫人从外面笑嘻嘻地跑进来，嘴里连声道："怪事怪事！"握裒问道："什么怪事？"宫人道："外边有一个老妪，前日忽然得了一个耳疾，痒不可忍，用耳挖去挖，越挖越痒，到昨日，这耳朵竟渐渐肿大起来了，但是依旧非常之痒，仿佛耳内有什么虫类在那里爬搔一般。老妪没法，到今日只能请一个医生来治。医生道，耳内有一件怪物，非挑出不可。于是用手术将它取了出来，却是和肉团一样的虫儿，大如蚕茧，有头，有眼，有尾，有足，不过不十分辨得清楚。取出之后，蠕蠕欲动，大家看了，都不认识是什么东西。可是老妪的耳病却立刻好了，痒也止了，肿也消了。旁边刚刚有一个瓠篱，老妪就将这怪物放在瓠篱之上，又用盘盖住。及至医生出门，老妪送了转来，揭开盘子一看，那怪物已长大了许多，变成狗形了。现在大家正在那里纷纷地看呢，岂不是怪事么！"握裒听了，便道："竟有这等事！叫他们去拿进来，让我看。"宫人领命而去。过了一会儿，同了老妪，手中托着盘子，走进来。握裒一看，盘中果然盛着一只极小的小狗，伏在那里，毛色五彩可爱。宫人道："此刻又比刚才大得多了。"握裒问老妪，究竟是怎样一回事。老妪又将经过情形说了一遍。恰好帝喾退了朝，到握裒处来请安，看见了这只狗，听见了这番情形，亦很诧异。可是那只狗，不知不觉又大了许多。帝喾道："这个怪物，朕看起来，绝非偶然而生，必定有些奇异，但不知道它将来的变化究竟如何。"说着，便问那老妪道："你这只狗有无用处？可否送了朕躬？朕当另以金帛相酬。"老妪听了，慌忙答道："这只狗，老妇人绝无用处。既然帝要，它就留在此，哪里敢当赏赐呢。"帝喾道："不然。朕向来不喜欢奇异的东西，现在因为要研究它将来的变化，所以想留它在此。你若不肯受朕的酬谢，朕亦只好不要它了。"老妪道："既然如此，老妇人拜赐。"帝喾便叫人拿了两匹帛，赏了那老妪，老妪极口称谢而去。这时，四个妃子听见说有这样的怪物，一齐来看，都说稀奇之至，于是各用食物去喂它。那只狗也无时无刻不在那里长大，不到三日，居然同獒狗这样大，生得非常之雄骏，毛片五色斑斓，而且灵警异常，知道人的说话，了解人的意思，因此宫中人人欢喜它。帝喾的女儿尤其爱它如性命，那只狗也最喜欢亲近帝喾的女儿，竟有坐卧不离的光景。因为从前放它在瓠篱之上，用盘子盖过的缘故，就给它取一个名字，叫作盘瓠。

# 第三回

共工氏称霸九州　伏羲氏、女娲氏定嫁娶之礼

女娲氏抟土为人

且说帝喾即位数年，四海之内，无不臣服，只有一个共工国不肯归附。原来那共工国，在冀州地方（现在河北、山西两省之地）。那地方有两个大泽，一个叫大陆泽（现在河南修武县以北，一直向东北，过河北省巨鹿县而东北，都是从前的大陆泽。现在河北省的胡卢河、宁晋泊，大陆泽是它中心之地），在东面；一个叫昭余祁（现在山西省中部祁县一带就是它中心之地），在西面，都是汪洋无际的。所以那个地方的人民，十分有九分住在水面，以船为家，熟悉水性，性情又非常之凶猛，在中国上古史上面很有重大关系。若不把它从头叙明，读者一时绝不能了解。

　　却说伏羲氏的末年，这个冀州地方出了一个怪人，姓康，名回，生得铜头铁额，红发蛇身，想来亦是一位天降的魔君，来和人民作对的了。那康回相貌既如此怕人，性情又非常凶恶，当时地方上的人民就推戴他做了首领，号称共工氏。他既做了首领之后，霸有一方，常带了他凶猛的人民来争中原，要想做全中国的大皇帝。他们既然熟悉水性，所以和他人打起仗来，总是用水攻，因此附近各国都怕他，差不多都听他的号令。这康回就此称霸于九州。因为擅长用水的缘故，自以为得五行之中的水德，一切官制都用水来做名字，亦可谓一世之雄了。谁知道偏偏有人起来和他对抗，那和他对抗的是什么人呢？是伏羲氏的妹子，号叫女娲氏。那女娲氏生在承注山地方（现在山东济宁市南四十里），虽则是个女子，但也是个极奇怪的人。她的相貌尤为难看，牛首蛇身而宣发。她的本领又极大，一日之中，可以有七十种变化，要变什么就是什么，真可说是我们中国千古第一英雌了。她在伏羲氏的时候，即已做过一件极重要之事，就是制定嫁娶之礼。原来太古时男女之间，岂但是交际公开，自由恋爱，简直是随意匹配。女子遇到男子，无一个不可使他为我之夫；男子遇到女子，亦无一个不可使她为我之妻。弄到后来，生出一个子女，问他究竟是谁生的，他的父亲究竟是谁，连他母亲自己亦莫名其妙。

女娲氏看到这种情形，大大地不以为然，就和伏羲氏商量，要想定一个方法来改正它。伏羲氏问道："你想定什么方法呢？"女娲氏道："我想男女两个配作一对夫妻，必定使他们有一定的住所，然后可以永远不离开。不离开，才可以不乱。现在假定男子得到女子，叫作有室；女子得到男子，叫作有家；这'家室'两个字，就是一对夫妻永远的住所了。但是，是男子住到女子那边去呢，还是女子住到男子这边来呢？我以为应该女子住到男子这边来。何故呢？现在的世界，还是草茅初启，算不得文明之世。第一，要能够谋衣食；第二，要能够抵抗仇敌。将男子和女子的体力比较起来，当然是男子强，女子弱。那么，男子去供给女子、保护女子，其势容易；女子去供给男子、保护男子，其势烦难。而且，女子以生理上不同的缘故，有时不但不能够供给男子、保护男子，反而必须受男子的供给与保护，既然如此，那么应该服从男子，住到男子那边去，岂不是正当之理么！所以我定一个名字，男子得到女子，叫作娶，是娶过来；女子得到男子，叫作嫁，须嫁过去。大哥，你看这个方法对么？"伏羲氏道："男女两个，成了夫妻，就是室家之根本，尽可以公共合意，脱离他们现在的住所，另外创设一个家庭，岂不是好？何必要女的嫁过去、男的娶过来，使女子受一种依靠男子的嫌疑呢？"女娲氏道："这层道理，我亦想过，固然是好的，但是有为难之处。因为有了夫妻，就有父子，那做父母的将子女辛辛苦苦养将大来，到得结果，儿子女儿寻了一个匹配，双双地都到外边另组家庭，过他的快活日子去了，抛撒了一对老夫妻在家里，寂寞伶仃，好不凄惨呀！万一老夫妻之中，再死去一个，只剩得一个孤家寡人，形影相吊，你想他怎样过日子！况且一个人年纪老了，难免有耳聋眼瞎、行动艰难等情形，或者有些疾病，全靠有他的子女在身边，可以服侍他、奉养他。假使做子女的都各管各去了，这老病的父母交付何人？讲到报酬的道理，子女幼时不能自生自养，全靠父母抚育，那么父母老了，不能自生自养，当然应该由做子女的去服侍奉养，这是所谓天经地义，岂可另外居住、抛撒父母不管呢！"伏羲氏道："照你这样说来，子女都应该服侍父母，奉养父母，这是不错的。但是，女子嫁到男家，那么她的父母哪个去服侍奉养呢？难道女子都是没有父母的么？"女娲氏道："我所定的这个法子，亦是不得已的法子。因为各方面不能面面顾到，只好先顾着一面，所谓'两利相权取其重，两害相较取其轻'呀。况且照我的法子做起来，亦并非没有补救的方法。因为那女子的父母，不见得只生女儿、不生儿子的。假使有儿子，那么女儿虽去嫁人，儿子仍旧在家里，服侍奉养何愁没有人呢？如果竟没有儿子，那么亦可以使男子住在女子家里，不将女子娶过去，或者女子将父母接到男子家中去，或者将所生的儿女承继过来，都是个补救之法，不过是个变例罢了。"伏羲氏道："你所说的男子必定要娶，女子必定要嫁，这个道理我明白了。但是，在那嫁娶的时候，另外有没有条件呢？"女娲氏道："我想还有三个条件：第一个，是正姓氏；第二个是通媒妁；第三个，是要男子先行聘礼。"伏羲氏道："何以要正姓氏呢？"女娲氏道："夫妻的配合，是要他生儿育女、传宗接代的。但是，同一个祖宗的男女，却配不得夫妻。因为配了夫妻之后，生出来的子女，不是聋，就是哑，或者带残疾，或者成白痴。即使一个时候不聋、不哑、不带残疾、不成白痴，到了一两代之后，终究要发现的，或是愚笨，或是短命，或是不能生育。所以古人有一句话，叫作'男女同姓，其生不蕃'，真是历试历验的。细细考察起来，大概是血分太热的缘故。所以我说，第一要正姓氏。凡是同姓的，一概禁止他们相配。大哥你看错不错？"伏羲氏道："不错不错。那第二个条件通媒妁，又是什么意思呢？"女娲氏道："这是郑重嫁娶的意思。我看现在男女的配合，实在太不郑重了。他们的配合，可以说全是由于情欲的冲动，而没有另外的心思。男女的情欲，本来是极易冲动的。青年男女的情欲，尤其容易冲动。他们既然以情欲冲动而配合，那么一经配合之后，情欲冲动的热度渐渐低落，就不免冷淡起来了。久而久之，或者竟两相厌恶起来了。大凡天下的事情，进得太快的，退起来亦必定极快；结合得太容易的，分散起来亦必定极容易。所以那种自由配合的夫妻，自由离异的亦是很多很多。夫妻配合，原想组织一个永远的家庭，享受永远之幸福的。如若常常要离异，那么永远之家庭从何而组织，幸福从何而享受呢？所以我现在想出一个通媒妁的方法来，媒是谋划的意思，妁是斟酌的意思。男女两个，果然要嫁要娶了，打听到或者见到某处某家，有一个可嫁可娶之人，那么就请自己的亲眷朋友，或者邻里，总要年高德劭、靠得住的人，出来做个媒妁。先商量这两个人到底配不配，年纪如何，相貌如何，性情如何，才干如何，平日的行为如何。一切都斟酌定了，然后再到那一方去说；那一方，亦如此请了媒妁，商量斟酌定了。大家同意，然后再定日期，行那个嫁娶之礼。一切都是由两方媒妁跑来跑去说的，所以叫作通媒妁。照这个方法，有几项好处：一则可以避免男女情欲的刺激。因为男女两个自己直接商量，虽则个个都有慎重选择的意思，但是见了面之后，选择慎重的意思往往敌不过那个情欲的冲动，急于求成，无暇细细考虑，也是有的。现在既然有媒妁在中间说话，那媒妁又是亲眷朋友邻里中年高德劭靠得住的人，那么对于男女两个可配不可配，当然仔细慎重，不致错误，这是一项好处。二则可以避免奸诈鬼蜮的行为。男女自己配合，两个果然都是出于诚心，那也罢了。最可怕的，其中有一个并不诚心，或是贪她的色，或是贪他的财，或是贪图一时之快乐，于是用尽心机，百般引诱，以求那一方的允许。青年男女有何见识，不知不觉，自然堕其术中。即或觉得这个事情有点不妙，但是觌面之下，情不可却，勉强应允，也是有的。到得后来，那个不诚心的人目的既达，自然立刻抛弃；那被抛弃的人，当初是自己答应的，自己情愿的，旁无证人，连冤枉也没处叫。自古以来，这种事情不知有多少！假使经过媒妁的商量斟酌，这种奸诈鬼蜮伎俩，当然不致发生，这是第二项好处。第三项，是可以减少夫妻的离异。男子出妻，女子下堂求去，夫妻两个到得万万不能同居的时候，出此下策，亦是无可如何之事。但是如果可以委曲求全，终以不离异为是。因为夫妻离异，究竟是个不祥之事呀。不过人的心理，都是厌故而喜新的。虽则嫁了娶了，隔了一晌，看见一个漂亮的人，难免不再发生恋爱。既然发生恋爱，当然要舍去旧人，再去嫁他娶她了。自古以来，夫妻因此而离异的，着实不少。如果嫁娶的时候，限定他必须要通媒妁，那么就有点不能自由了。刚才请媒妁的，何以忽然又要请媒妁？他自己一时亦开不出这个口。况且媒妁跑来跑去，何等麻烦！嫁娶的时候，又不知要费多少手续，那么，他们自然不敢轻于离异，希图再嫁再娶了，这是第三项好处。大哥，你看何如？"伏羲氏道："很有理，

19

很有理。第三个条件行聘礼，又是怎么一回事呢？"女娲氏道："这个条件是我专对男子而设的。大凡天下世界，女子对不住男子的少，男子对不住女子的多。我主张女子住到男子那边去，我又主张女子服从男子，这是我斟酌道理而言的，并非是重男轻女。我恐怕世界上那些不明道理的男子，听了我的说话，就骄傲起来，以为女子是受我保护的，要我供给的，应该服从我的，于是就凌辱女子、欺侮女子，或者竟以女子为供我娱乐的玩物，那就大大的不对了。我所以定出这个行聘的方法来，凡嫁娶之时，已经媒妁说明白了，男子必先要拿点贵重物件，送到女家去，表明一种诚心求恳的意思，又表明一种尊重礼貌的意思，这个婚姻才可以算确定。我的意思，要让那些男子知道，夫妻的'妻'字是'齐'字的意思，本来是和我齐一平等，并不是有什么高低的；是用尊敬的礼貌、诚恳的心思去请求来，替我主持家政，上奉祭祀，下育儿孙的，并不是随随便便，快我之情欲的。那么做起人家来自然是同心合意，相敬如宾，不轻易反目了。大哥，你说是不是？"伏羲氏道："道理是极充足的，不过那行聘的贵重东西，究竟是什么东西呢？索性也给他们决定了，免得那些不明事理的人，又要争多嫌少，反而弄出意见来。"女娲氏道："不错，我想现在是茹毛饮血的时候，最通行的是皮，最重要的也是皮，就决定用皮吧。"伏羲氏道："用几张呢？"女娲氏道："用两张皮，取一个成双的意思，不多不少，贫富咸宜。大哥，你看如何？"伏羲氏笑道："好好，都依你，只是你这几个方法定得太凶了，剥夺人家的自由，制止人家的恋爱，只怕几千年以后的青年男女，要大大地不依，骂你是罪魁祸首呢！"女娲氏也笑道："这个不要紧，随便什么方法，断没有历久而不敝的。果然那个时候，另有一个还要好的方法来改变我的方法，我也情愿。况且，一个方法能够行到几千年，还有什么可说，难道还不知足么？"当下兄妹二人商议定了，到了第二日，就下令布告百姓，以后男女婚姻，必须按照女娲氏所定的办法去做，并且叫女娲氏专管这件事。女娲氏又叫一个臣子，名叫塞修的，办理这媒妁通词的事情。自此以后，风俗一变，男女的配合，不会同那禽兽的杂乱无章了。于是百姓给女娲氏取一个别号，叫作"神媒"。以上所说，就是女娲氏在伏羲氏时候的一回故事。

后来伏羲氏既死，女娲氏代立，号叫女希氏。没有几年，因为年亦渐老，便退休在丽的地方（现在陕西蓝田县女娲谷），不问政事了。哪知来了一个康回，专用水害人，女娲氏老大不忍，于是再出来和康回抵抗。她一日之中是有七十种变化的，一日化作一个老农，跑到康回那里去探听情形，只见那些人正在那里操演决水灌水的方法。有些人在大川中间，用一包一包的沙土填塞起来，等到上流之水积满，他就将所有沙土一齐取出，那股水势自然滔滔汩汩向下流冲去，这是一种方法。有些人在大川两岸或大湖沿边，筑起很高的堤防来，将水量储蓄得非常之多，陡然之间，又将堤防掘去一角，那股水就向缺口冲出，漫溢各地，这又是一种方法。有的在山间将那溪流防堵起来，使那股水聚于一处，然后再将山石凿去一块，那水就从缺口倒泻而下，宛如瀑布，从下面望上面，仿佛这水是从天上来的，这又是一种方法。康回督着百姓，天天在那里做这种勾当，所以那些百姓手脚已操练得非常纯熟。女娲看了一转，心中暗想道：原来如此，难怪大家不能抵挡了。于是就回到自己国里，发布命令，叫众多百姓预备大小各种石头二万块，分为五种，每种用青、黄、赤、黑、白的颜色作为记号。又吩咐预备长短木头一百根，另外再备最长的木头二十根，每根上面，女娲氏亲自动手，都给它雕出一个鳌鱼的形状。又叫百姓再备芦草五十万担，限一个月内备齐。百姓听了，莫名其妙，只得依限去备。那女娲氏又挑选一千名精壮的百姓，指定一座高山，叫他们每日跑上跑下两次，以快为妙。又挑选二千名伶俐的百姓，叫他们到水里去游泳汩没，每日四次，以能在水底里潜伏半日为妙。但是这一项，百姓深以为苦，因为水底里绝没有半日可以潜伏的。女娲氏又运用神力，传授他们一种秘诀，那二千名百姓都欢欣鼓舞，个个去练习了。女娲氏布置已毕，闲暇无事，有时督着百姓练习跑山，有时看着百姓练习泅水，有时取些泥土，将它捏成人形，大大小小，各种皆有。每日捏多少个，仿佛她自己有一定的课程，陆续已捏有几千个了。众百姓看了，更不知道她有什么用处。这时候，康回南侵的风声日紧一日，众百姓急了，向女娲氏道："康回那恶人就要侵过来了，我们怎样抵挡呢？兵器技击，我们亦应该练习练习，那才可以和他厮杀。"女娲氏道："是呀，我正在这里预备呢。跑山泅水，是预备破他水害的，至于厮杀，我实在不忍用你们。因为厮杀是最危险的事情，不要说打败，即使打胜，亦犯不着。古人说：'杀人一千，自伤八百。'用我们八百个人去换他们一千，虽则打胜，于心何忍呢！"众百姓道："那么他们杀过来，将如之何？"女娲氏道："我自有主张，你们不必着急。你们只要将竹木等利器预备好，就是了。"众百姓对于女娲氏是非常信任的，听见她如此说，料她必有另外的方法可以抵御，便不再言，大家自去预备竹木等利器不提。

# 第四回

女娲氏炼石补天　诛戮康回

共工氏重霸九州　后土为社神

过了几日，只见东北方的百姓纷纷来报说："康回已经领着他凶恶的百姓来了。"女娲氏听得，立刻吩咐，将那预备的木石芦草等一齐搬到前方去，一面亲自带了那些练习跑山泅水的三千人，并捏造的无数土偶人，向前方进发。不数日，到了空桑之地（现在河南陈留镇），只见无数百姓，拖男抱女，纷纷向西逃来，口中不住地喊道："不好了！康回决水了！"原来那空桑地方，左右两面都是汪洋大泽。左面连接的是菏泽（现在山东菏泽市一带），右面连接的是荥泽（现在河南古荥镇一带），北面二百里之外，又连着黄泽（现在河南内黄县一带），南面的地势，又是沮洳卑下，只有空桑地方却是一片平阳，广袤约数百里，居民很多，要算是个富饶之地了。那康回既然霸有九州，单有女娲氏不服他，他哪里肯依呢，所以带了他的百姓前来攻打。到了空桑地方，已是女娲氏的地界。他一看，四面尽是水乡，恰好施展他决水灌水的手段。可怜那无罪的空桑百姓，近的呢，都被他淹死了。有的虽则不淹死，但是连跌带滚，拖泥带水地逃，满身烂污，仿佛和泥人一般。那远的幸而逃得快，不曾遇着水，然而已惊惶不小，流离失所。女娲氏看见这种情形，便叫百姓将那五十万担的芦草先分一半，用火烧起来，顷刻之间，都成为灰。又叫百姓把前面的烂泥掘起无数，同这个芦灰拌匀，每人一担，向前方挑去，遇到有水的地方，就用这个芦灰去填。女娲氏又在后面运用她的神力，做起变化的方法。不到一会儿，只见那康回灌过来的水，都向康回那方灌过去了。一则以土克水，二则亦有女娲氏的神力在内，所以奏效这般的神速。却说康回这回来攻空桑，心中以为女娲氏是个女子，能有多大本领，所以不曾防备，况且这决水的方法是历试历验、屡攻屡胜的，尤其不曾防备。这日正在那里打算，怎样地再攻过去，灭掉女娲氏，忽听得汩汩的水声，向着自己这边来，不知不觉，两脚已经在水中。正在诧异，只听见他的百姓一齐大喊道："不好了，水都向我们这里来了。"他们虽则都是熟悉水性，不怕水的，但是衣服粮食等却不可在水里浸一浸。于是登时大乱，抢东西，搬物件，忙得不得了。康回亦是没法，只得传令后退。这边女娲氏知道共工百姓已经退去，就叫齐百姓，和他们说道："这康回虽则退去，但恐怕仍旧要来的，不如趁势弄死了他，方可以永绝后患，你们看如何？"众百姓道："能够如此，好极了。但凭女皇用什么方法，我们都情愿去做。"女娲氏道："既然如此，向前进吧。"大家前进数百里，又遇到了共工氏的兵。原来康回虽则退去，并未退远，但拣那高陵大阜水势不到的地方，暂且住下，一面叫人细探女娲氏的动静，一面研究那水势倒回之理。正在不得其解，忽报女娲氏的百姓过来了。康回传令："这次且不用水攻，专与他厮杀。他们的百姓只有三千人，我们的百姓有几万人，十个打一个，难道还打他不过么？尔等其各奋勇，努力杀敌，勿挫锐气。"共工氏的百姓本来是凶猛的，这次又吃了亏，个个怀恨，听见康回的命令，便一齐摩拳擦掌，拿了尖利的竹木器械和大小石砾等，向女娲氏处迎上来。这边女娲氏知道共工氏的百姓要来冲了，那几千个土偶个个都长大起来，大的长到五丈，小的亦在三丈以外，而且都已变为活人，手执兵器，迈步向前迎敌。这时共工氏的百姓已漫山遍野而来，如狼似虎，喊杀之声，震动天地。陡然看见几千个又长又大的人冲杀过来，不觉又是惊惶，又是诧异，暗想天下世界哪里有这种人呢！不要是神兵呀？如何敌得他过！如此一想，声势顿减，锐气顿挫。看看几千个土偶冲到面前了，那些共工氏的百姓发声一喊，回身便走。康回虽然凶恶，亦禁压不住，只得带了百姓疾忙退去。这女娲氏和众百姓督着几千个土偶追了一阵，知道康回百姓已经去远，也就止住不追，作起法来先将几千个土偶恢复原形，然后叫过那一千个练习泅水的百姓来吩咐道："康回这回退去，必定是拣着险要的地方守起来。从此向北过去，是黄泽；黄泽北面，就是大陆泽；黄泽西北面，又有无数小泽；再过去就是昭余祁大泽，是他老家了。他所守的一定是这两个地方。这个大陆泽周围，是筑有坚固堤防的。我们此次攻过去，他一定决去堤防，来灌我们。我所以叫汝等带了我那预备的木头，先去拣着那有堤防的湖泽，按着它的大小，每个湖泽的四边用四根长木，如打桩一样，打在地底里，再用几根短木打在旁边，那么，他要决起堤防来，亦决不动了。"众人不信，说道："只有几根木头，又打桩在下面，有什么用呢？"女娲氏道："大海之中，鳌鱼最大，力亦最大，善于负重，极大之山，它尚能载它牢来，何况区区的堤防！这木头上不是有我所刻的鳌鱼形状吗，我前日到海中和海神商量，将几个鳌鱼的四足暂时借用，所以那木根上刻的，不但是鳌鱼的形状，连它的精神都在里面。堤防遇到这种镇压，他们如何决得动呢？"众人听了大喜，就纷纷起身而去。这里女娲氏带了二千个跑山的百姓，携了土偶、石头等物件，慢慢地向北方前进，直到黄泽，不见共工氏的踪迹。再走两日，到了大陆泽，果然有共工氏的百姓在那里把守。他们都是以船为家的，看见女娲氏赶到，就一齐把船向大陆泽中摇去。有些逞势滚在水中，泅到岸边，来决堤防。谁知道用尽手脚，竟是丝毫不动，平日操练惯的，到此刻竟失去其长技。大家没法，只得回到船上，尽力向西逃去。那女娲氏的百姓已渐渐逼拢来了，几千个长大的土偶人，挺着利器，耀武扬威，尤其可怕。共工氏的百姓只能弃了船只，拼命地向昭余祁大泽逃去。那女娲氏亦随后赶来。且说昭余祁大泽的形势与大陆泽不同。大陆泽是三面平原，只有西方地势较高。昭余祁大泽是四面有山，仿佛天然的堤防一样，那上面都有共工氏所预先做好的缺口，只要等敌人一到，把水一决，就好直灌而下。女娲氏早经考虑到此，就将前次剩下的一半芦草又烧了灰，用烂泥拌好，再将那练习跑山的二千个百姓叫来，吩咐道："现在快要到昭余祁大泽了，你们分一半人，将我预备的五色石每人拿十块上山去，另外一半人，将这泥灰每人一担，挑上山去，趁着今天夜间他们不防备的时候，去补塞他的缺口。我在这里运起神力来帮助你们。你们吃了晚餐就动身。"众人答应。

且说那康回，自从空桑两次失败之后，退回冀州，心想女娲氏未必就敢来攻我，即使来攻我，我这里布置得如此之坚固，亦不怕她。大约争天下虽不能，退守本国亦可以高枕无忧了。后来看见大陆泽的百姓纷纷逃来，都说女娲氏就要打到了，这康回还是不在意，向百姓道："他们敢来，我只要将山上的水一冲，管叫他们个个都死。"内中有几个百姓说道："我们灌水决堤的方法，向来都是很灵的，现在忽然两次不灵，大遭失败，不要是女娲氏另有一种神力在那里为患吧？我们还是仔细小心为是。"康回听了大怒道："胡说！你敢说这种话，动摇人心，实在可恶。难道我的见识还不如你么！"吩咐左右，将这几个百姓都拿去杀死。众人畏惧，都不敢言。到了第二日，只听得山下一阵呐喊之声，左右报康回道："女娲氏的百姓到了。"康回忙叫赶快决水去灌，左右道："我们已经去灌，不知怎样，那缺口已有五色的石头补塞，无论如何掘它不开，却待如何？"康回大怒道："岂有此理！山上的缺口，是我们预先做好的，哪里有人去补塞呢？就使有敌人的奸细前来，一夜工夫，哪里补得这许多？而且一定没得这样坚固，哪有掘不开之理？想来都是你们这些人大惊小怪，有意淆惑人心，或者借此邀功，亦未可知。这种情形，实在可恶。"吩咐将那管理缺口的首领拿来处死。正在嘈杂的时候，忽听后面有纷纷大乱之声，回首一看，哪知女娲氏的百姓已经从小路抄上来了。康回到了这个时候，也顾不得别的，只得带了几个亲信的人，跳上大船，向大泽中摇去。其余的百姓亦大半逃在泽中，但是各顾性命，哪有工夫去保护康回。这里女娲氏一千个泅水的百姓，如同一千条蛟龙一般，跳在水里，翻波踏浪，来捉康回，将那大船四面围住。那康回见不是头，跳在水中，要想逃走，禁不起这边人多，就立刻被生擒过来了。众人回到岸上，将康回用大索捆绑起来，献与女娲氏。女娲氏大喜，将众多百姓慰劳一番，又分别赏赐些物件，然后责问那康回道："你亦是个人，有性命、有身家的，有了一个冀州地方，做了一个君主，我想亦应该知足了，为什么还要时常来攻击人家的地方？还要用这种决水灌水的毒法来荼毒人民，弄得各地方的人民或者淹死做枉死鬼，或者财产荡尽，或者骨肉离散，你想伤心不伤心，惨目不惨目呀！即便是没有受到你糟蹋的地方，亦是个个担心，人人害怕，逃的逃，避的避，流离道路，苦不堪言。你想，为了你一个人要争夺地盘的缘故，把众多人民害到如此，你的罪大不大？你的恶极不极？我今朝要将你活活地处死，一则可以使那些受苦受害的人民出出气，二则可以给后来那些和你一样的人做个榜样。要知道你这种人，虽则一时之间侥幸不死，但是这颗头亦不过暂时寄在你脖子上，终究要保不牢的。这叫作天理难容，自作自受。"说罢，便吩咐众人，将康回的头砍去。哪知一刀砍落之后，他头颈里并没有一点血，却有一股黑气，直冒出来，到得空中，结成一条龙形，蜿蜿蜒蜒向北方而去。众人看了诧异至极。女娲氏道："他本来是个黑龙之精降生的，现在他的魂魄，想来是依旧回到天上去，这是无足怪的。"说罢，叫众人将他的尸首葬好，然后班师而回。后人传说女娲氏抟土为人，又有四句，叫作"炼五色石以补苍天，断鳌足以立四极，杀黑龙以济冀州，积芦灰以止淫水"，就是指这回事而言，言之过甚，便类于神话了。这是女娲氏的第二项大功绩。

自此之后，共工氏的百姓虽则仍是凶恶，但是蛇无头而不行，所以过了神农、黄帝、少昊三朝，共总七百多年，没有出来为患。到了少昊氏的末年，共工国忽然又出了一个异人，生得力大无穷，因此大家就推他做了君主。他没有姓名，就以共工氏为号，任用一个臣子，名叫浮游，生得状貌奇异，浑身血红，形状又仿佛一只老熊；走起路来，不时回顾；说起话来，总是先笑；足见得是一个阴狠险诈的人。但共工氏对于他说的话非常相信，没有不依的。他以为天下世界只有浮游一个是好人，其余没有一个可用。一日，浮游向共工氏说道："从前我们共工国的君主康回，霸有九州，何等威风！自从给女娲氏害了之后，到现在七百多年，竟没有一个人能够复兴起来，实在是我们共工国的羞耻呀！现在大王如此雄武，我想正应该定一个方法，将从前伟大的事业恢复过来，方可以使天下后世的人景仰，大王以为何如？"共工氏道："不错不错，但是想一个什么方法呢？"浮游道："我想，从前康回君主的失败，是失败在专门讲究水攻，不能另外讲究打仗方法的缘故。从前打仗，都是用木头、竹竿，所以打起仗来，人多的总占便宜。那时女娲氏的人虽不多，但是能运用神力，所以康回君主打败了。自从神农氏以石为兵，军器已有进步，到得蚩尤氏发明了取铜之后，创出刀戟大弩等，黄帝轩辕氏又制造弓箭，打仗的器械愈变愈精。那打仗的方法，亦与从前大不相同了，不在人多，只要弓强箭锐，刀戟等犀利，即使人少，亦可以打得过人多。大王现在只要先将那各种兵器造起来，再挑选精壮的百姓，教他们各种用刀用戟拉弓射箭的方法，日日操练，以我国共工百姓的勇敢，再加之以大王的本领，我看就是霸有九州亦不是烦难的事情。再则，我还有一个方法，我们如遇到打仗的时候，叫我们的兵士用一种极厚的皮，做成衣服的式样，穿在身上，那么我们的弓箭刀戟可以伤敌人，敌人的弓箭刀戟不能伤我们，岂不是必胜之法么！这个皮衣的名字，就叫作'铠'，大王以为何如？"共工氏听了，不胜大喜，当下就叫工匠赶快去制造各种兵器和铠，一面又叫百姓日日操练。但是，经费不敷了，又听了浮游的话，到百姓身上去搜刮，弄得百姓叫苦连天，但是惧怕共工氏的刑罚重，大家敢怒而不敢言。

却说共工氏有一个儿子，名叫后土，生得慈祥恺恻，和他父亲的性情绝不相同，眼见父亲做出如此暴虐行为，心中大不以为然，趁便向共工氏谏道："孩儿听说，古时候的圣人，都是有了仁政到百姓，才能够做天下的君主，没听见说用了武力能够征服天下的。现在父亲听了浮游的说话，要想用武力统一天下，孩儿想起来，恐怕总有点难呢。况且从前康回君主那样的雄强，蚩尤氏那样的本领，终归于败亡，岂不是前车之鉴么！又况且现在的少昊帝，在位已经八十年，恩泽深厚，人民爱戴，四方诸侯都归心于他，即使我们兵力强盛，恐怕亦终究难以取胜吧。"正在说着，恰好那浮游笑嘻嘻地走来，共工氏就将后土所说的大意向他述了一遍，并问他道："你看如何？"浮游笑道："世子的话亦说得不错，但是只知其一，未知其二。古来君主失败的，有些固然是由于武力，但是那成功的，亦未始不是由于武力。即如康回君主，固然由武力而亡，那女娲岂不是以武力而兴么？蚩尤氏固然因武力而败，那轩辕氏岂不是因武力而成么？武力这项东西，原是于百姓不利，不能算作仁政。不过除了武力之外，还有什么方法可以统一天下？所谓'以仁政得天下'这句话，不过是个空言，岂能作为凭据！请看轩辕氏，是后世所称为仁君的，但是照他的事迹说起来，自从破灭了蚩尤氏之后，五麾六纛，四征不庭，当时冤死的百姓，正是不少呢！因为后来他做了天下的君主，大家奉承他，就称他作仁君了。或者天下平定之后，做些有利益于百姓的事情，那么大家亦就歌功颂德起来，说他是个仁君了。其实按到实际，何尝真正是以仁政得天下呢！所以我想，只要事成之后，再行仁政不迟，此刻还谈不到此。至于说现在的少昊帝，年纪已经大了，老朽之身，朝不保暮。我们正应该趁这个时候练起兵来，显得我国家强盛，叫天下都畏服我，那么，到得少昊帝一死之后，四海诸侯当然都要推大王做君主了。即使不然，到那个时候，天下无主，我们用兵力去征服他们，亦未始不可呀！"这一番话，说得共工氏哈哈大笑，连称有理，回头向后土说道："你可听听，你们小孩子家的见识，终究敌不过老成人呢。"后土默默无言，歇了半晌，退了出来，暗想道："浮游这张利口，实在厉害。我父亲被他蛊惑，终究要受他的害，到那时国破家亡，我实在不忍看见。但是又没有方法可以挽回，如何是好？"后来一想道："罢了！不如我跑出去吧。"主意决定，到了次日，就收拾行李，弃了室家，凄然上道。临行的时候，却还留一封书信给他父亲，说明他所以逃遁的缘故，并且苦苦切切地劝了他父亲一番，这可以算是他做儿子的最后之几谏了。但是，共工氏虽则爱他的儿子，终究敌不过他相信浮游的真切，所以看见了后土的信书之后，心中未始不动一动念，可是不久就忘记了，依旧唯浮游之言是听，真个是无药可救了。

且说后土出门之后，向何处去呢？原来他天性聪明，最喜欢研究学问，尤其喜欢研究水利。那时候天下的水患未尽平治，冀州这个地方水患尤多，共工国的百姓本来熟悉水性的，所以后土平治水土的功夫亦极好。当他在国里的时候，常教导百姓平治水土的方法，甚有效验，百姓甚是爱戴他。此次出门，他立志遍游九州，把日常平治水土的经验到处传授，使各州百姓都能够安居土地，不受水患，亦是一种有利于民的方法。后来果然他到一处，大家欢迎一处，他的声名竟一日一日地大起来了。但是，他始终没有再回国去见他父亲。到得他父亲失败之后，国破人亡，他心中更是痛苦，就隐姓埋名，不知所终。不过九州的百姓都是思念他，处处为他立起庙来祭祀他，叫他作社神，到得几千年后还是如此。此是后话不提。

# 第五回

## 共工氏与颛顼氏争天下　羿论射法
## 共工氏触不周山而亡

且说共工氏自从他儿子后土逃去之后，仍旧是相信浮游的话，大修兵器，不时去攻打四面的邻国。四邻诸侯怕他攻打，不能不勉强听从他的号令。所以那时共工氏居然有重霸九州的气象。一日得到远方的传报，说道少昊帝驾崩了。共工氏一听大喜，心里想这个帝位，除出我之外，恐怕没有第二个人敢坐呢。不料过了几时，并不见各处诸侯前来推戴，心中不免疑惑，再叫人去探听。哪里知道回来报说已经立了少昊帝的侄儿颛顼做君主，并且定都在帝丘地方了。共工氏听了，这一气非同小可，立刻叫了浮游来和他商议。浮游道："既然颛顼已经即了帝位，那么我们非赶快起兵去和他争不可。此刻他新即帝位，人心当然未尽归附，况且正在兴高采烈、营造新都之时，决料不到我们去攻他，一定是没有防备的。我听说那颛顼年纪很轻，只有二十岁，居然能够篡窃这个大位，他手下必定有足智多谋之士。我们倘使不趁这个时候带了大兵直攻过去，等到他羽翼已成，根深蒂固，那么恐怕有一点不容易动摇呢。"共工氏道："我们攻过去，从哪条路呢？"浮游道："他现在既然要建都帝丘，那么他的宝玉重器当然逐渐运来，我们就从这条路攻过去。一则并没有多大的绕道，二则亦可以得到他的重器，岂不甚妙！即使不能得到他的重器，但是他新都一失，必定闻风丧胆，兵法所谓'先声有夺人之心'，就是如此。大王以为如何？"共工氏听了大喜，就即刻下令，叫全国军士一齐预备出发，限二十日内要赶到帝丘。

不提这边兴师动众，且说颛顼帝那边怎样呢，原来颛顼帝亦是个非常之君主。他自从十五岁辅佐少昊之后，将各地的情形早已经弄得明明白白。共工氏那种阴谋岂有不知之理，所以早有预备。这回即了帝位，便请了他的五位老师前来商议。他那五位老师，一个叫大款，一个叫赤民，一个叫柏亮父，一个叫柏夷父，一个叫渌图，都是有非常的学识的。那日颛顼帝就问道：

"共工氏阴谋作乱的情形，我们早有所闻，早有预备了，但是尚没有重要的实据，姑且予以优容。现在少昊帝新崩，朕初即位，新都帝丘和冀州又很逼近，万一他趁这个时候来攻打，我们将如之何？是先发制人呢，还是静以待动呢？朕一时决不定，所以要请诸位老师来商量。"柏夷父道："讲到兵法，自然应该先发制人。但是现在共工氏谋逆的痕迹尚未显著，假使我们先起兵，恐怕这个戎首之名，倒反归了我们，大非所宜。况且帝初即位，诸事未办，首先用兵，这个名声亦不好。所以我看，不如等他来吧。"赤民道："夷父君之言甚是，我想共工氏的举兵，大概不出数月之内，我们犯不着做这个戎首。"颛顼帝问道："那么新都之事怎样呢？"赤民道："新都尽管去营造，不过一切物件且慢点迁过去。一则那边工作未完，无可固守，二则帝丘的形势逼近黄泽，亦不利于应战。最好放他到这边来，那时我们以逸待劳，可以一鼓平定，诸位以为何如？"众人都道极是。渌图道："某料共工氏一定先攻帝丘，得了帝丘之后，一定是长驱到这边来的。这边逼近菏泽，那水攻是共工氏的长技，我们还得注意。"颛顼帝道："这一层朕早命水正玄冥师昧去预备了，大约可以无虑。"柏亮父道："我想从帝丘到这里，有两条路，一条绕菏泽之北，一条绕菏泽之南，到那时如何应付，我们应得预先决定。"大款道："我看北面这条纯是平原，易攻难守，南面这条东边是绎山，西边是菏泽，中间只有一条隘口，易守而难攻，照寻常的理想起来，总是从北面来的。但是我知道浮游这个人诡计多端，机变百出，说不定是从南面而来，以攻我之虚，我们却要留心。"赤民道："用兵之道，有备为先。现在我们的百姓，可以说人人都肯用命，分派起来，不嫌不够，我们还是两边都有防备的好。"柏亮父道："这个自然。他从北面来，我们在汶水南面摆起阵图，等他们一半人渡过水的时候，起而击之，这亦是一种兵法。他如若从南面来，我们放他进了隘口，诱他到山里，十面埋伏，群起而攻之，自然可以全胜了。"大家正在商议之间，忽然壁上大声陡起，两道寒芒，如白虹一般，直向北方飞去，转瞬之间，又回了转来。大家出其不意，都吃了一惊，仔细一看，却是壁间所挂的两柄宝剑，已都出了匣了。原来颛顼帝有两柄宝剑，一柄名叫"腾空"，一柄名叫"画影"，又叫"曳影"，是通神灵的。假使四方有兵起，这二剑飞指其方，则打起仗来无不胜利。这二剑又常在匣中作龙吟虎啸之声，的确是个神物。此次忽然出匣，飞指北方，那么打胜共工氏一定可必了。大家见了，无不欣喜。

柏夷父又向颛顼帝道："某前次保举的那个人，昨日已到，应否叫他来见？"颛顼帝道："朕甚愿见他。"柏夷父就立刻饬人前往宣召，不到多时，果然来了，向颛顼帝行礼。颛顼帝一看，只见那人生得方面、大耳、长身、猿臂，而左臂似乎尤长，真是堂堂一表，年纪却不过二十左右。便问他道："汝名叫羿么？"羿应声道："是。"颛顼帝道："朕因夷父师推荐，说汝善于射箭，想来一定非常精明的。朕从前以为这个射箭，是男子的事务，也曾常常去练习过，但是总射不好，究竟这个射箭要它百发百中，有没有秘诀呢？"羿道："秘诀当然是有的，臣听见臣师说，从前有一个人，名叫甘蝇，他那射箭，真是神妙，不但百发百中，并且不必放箭，只要将弓一拉满，那种走兽就伏着不敢动，飞禽就立刻跌下来，岂不是神妙之至么！但是他却没有将这个秘诀传人。后来他有一个弟子，名叫飞卫，亦是极善射的。据人家说，他的射法，还要比甘蝇来得巧妙。这句话的确不的确，不得知，不过他却有个方法传人。他有一个弟子，名叫纪昌，一日问他射法。他说道：'你要学射么？先要学眼睛不瞬才好。'纪昌听了，就去学，但是不瞬是很难的，无论如何，总要瞬。纪昌发起愤来，跑到他妻子的机下，仰面卧着，将两个眼皮碰着机子，他妻织起机来，他两只眼睛只管瞪着看。如此几个月，这个不瞬的功夫竟给他学会了。他又跑去问飞卫道：'还有什么方法呢？'飞卫道：'你从今要学看才好，将极小的物件，能够看得极大，将极不清楚的物件，能够看得极清楚，那就会射了。'纪昌一听，登时就想出一个方法，跑回去，捉了一个虱子，用一根极细极细的牦毛，将虱子缚住了，挂在南面的窗上，自己却立在里面，日日地注定了两眼看。起初也不觉得什么，过了几日，居然觉得那虱子渐渐有点大了。三年之后，竟有同车轮一样大。他就用燕角做了一张弓，用孤蓬做了一支箭，向着那虱子射去，恰好射在虱子的中心，那根牦毛却是摇摇地并不跌落。纪昌大喜，从此以后，他看各种东西，无论大小，都同丘山一般的大，所以他射起来，没有不中的。这就是相传的诀窍了。"颛顼帝听了，点点头说道："这个就是古人所说'用志不纷，乃凝于神'的道理。这个人竟能够如此地艰苦卓绝，真是不可及。但不知此人后来的事业如何，有没有另外再传授子弟。"羿道："论起这个人来，真是忘恩负义的人。他既然得了飞卫的传授，照理应该感激飞卫。哪里知道，他非但不感激飞卫，倒反要弄死飞卫。一日，师弟两个在野外遇到了，纪昌趁飞卫不防，嗖的就是一箭射过去。飞卫大惊，闪身避过，还当纪昌是错射的。哪知纪昌第二支箭又朝自己射来，这才知道纪昌有谋害之心，于是立刻抽出箭来，和他对射。飞卫故意要卖弄自己的本领给纪昌看看，等纪昌的箭射来的时候，就朝着他的箭头射去，两个箭头恰恰相碰，两支箭一齐落在地面，灰尘都没得飞起，以后箭箭都是如此。两旁的人都看得呆了。到了后来，飞卫的箭少，已射完了，纪昌恰还有一支，两旁的人都替飞卫担忧。只见飞卫随手在路旁拔了一支小棘，等纪昌一箭射来，他就将小棘的头儿一拨，恰恰将箭拨落在地上。两旁的人无不喝彩。那纪昌登时羞惭满面，丢了弓，跑到飞卫前跪下，涕泣悔过，请从此以父子之礼相待，不敢再萌恶念，并且刺臂出血以立誓。飞卫见他如此，亦饶恕了他，不和他计较。你想这个人，岂不是忘恩负义至极么！"颛顼帝和柏夷父等听了，都说天下竟有这种昧良心的人，真是可恶极了，实在当时飞卫不应该饶恕他的。颛顼帝又问羿道："汝师何人？现在何地？他的本领如何？"羿道："臣师名叫弧父，荆山地方（现在湖北襄阳市襄州区西）人，本来是黄帝的子孙。他从小时候起就喜欢用弓箭，真是性之所近，所以无师自通。他在荆山，专以打猎为业，一切飞禽走兽，凡是他的箭射过去，没有一个能逃脱的。臣的本领和他相比，真是有天渊之别了。"颛顼帝道："现在正值用人之际，汝师既有如此绝技，可肯出来辅佐朕躬？"羿道："臣师在母腹之时，臣师之父即已去世。及至臣师堕地，臣师之母又去世了。臣师生不见父母，平日总是非常悲痛，真所谓抱恨终天。臣师尝说，情愿此生老死山林，决不愿再享人世之荣华。所以虽则帝命去召他，恐怕亦决定不来的。"颛顼帝听了，不免嗟叹一番，又向羿道："现在共工国恐有作乱之事，朕欲命汝统率军队，前往征剿，汝愿意么？"羿起身应道："臣应当效力。"颛顼帝大喜，就授了羿一个官职。羿稽首受命。颛顼帝又问道："共工氏的谋乱，已非一日。他的军士，都是久练的，而且兵坚器利，并制有一种厚铠，刀剑箭戟急切不能够伤他，汝看有何方法可以破敌？"羿道："厚铠虽然坚固，但是面目绝不能遮掩。臣当训令部下，打起仗来，专射他的面目，那么亦可以取胜了。再者，臣还有一个药方，请帝饬人依照制配，到打仗的时候，叫军士带在身上，可以使敌人之箭不能近身，那么更可以取胜了。"颛顼帝听了大骇，说道："竟有这等奇方！是何人所发明，汝可知道？"羿道："据说是务成子发明的。"颛顼帝道："务成子是黄帝时候的人，听说其人尚在，不知确否？汝这个方是务成子传汝的么？"羿道："不是，是另一人传授给臣的。但是务成子的确尚在，不过他是个修炼之士，专喜云游四海，现在究竟不知道在何处。"说着，就从怀中将那个药方取出，递与颛顼帝。颛顼帝接来一看，只见上面写着：

萤火虫一两　　　　鬼箭羽一两

蒺藜一两　　　　　雄黄精二两

雌黄二两　　　　　羖羊角一两半（煅存性）

矾石二两（火烧）

铁锤柄一两半（入铁处烧焦）

以上八味，用鸡子黄、丹雄鸡冠各一具，和捣千下，和丸如杏仁，做三角形，绛囊盛五丸，从军时系腰中，可解刀兵。

颛顼帝看了，不禁大喜，又递与五位老师传观，便命人去采办药料，秘密地依方制造。一面就去发号施令，派兵调将，布置一切，专等共工氏来攻。

且说那共工氏同了浮游，带了他全国的军士，果然于二十日内赶到帝丘。只见无数工人在那里工作，一见共工氏大兵到了，纷纷向东逃窜，并不见一个兵士前来迎敌。共工氏哈哈大笑，回头向浮游道："果然不出你所料，他们竟是一无防备的。"浮游道："此番这些人逃回去之后，他们一定知道，要防备了。我们应该火速进兵，使他们防备不及，才可以不劳而获。"共工氏道："是。"于是立刻传令，向前进攻。浮游道："且慢，从这里到曲阜，我晓得有两条路。一条绕菏泽以北，就是方才那些人逃去的大路，一条绕菏泽而南，是小路，但是一面傍山，一面临水，只有中间一个隘口，形势非常险要。照兵法讲起来，隘口易守，人数必少；平原难守，人数必多。我看他们就是有防备，亦必定重在平原而不重在隘口。况且刚才那些人，又多向平原逃去，他们必定以为我们是从平原进兵。现在我们却从隘口攻去，兵法所谓'出其不意，攻其无备'，正是这个法子。大王以为如何？"共工氏听了，大加赞美道："汝于兵法地势熟悉如此，何愁颛顼氏不破呢！"于是吩咐一小部分的军士摇旗呐喊，仿佛要从大路追赶的样子，一面却将大队的人都向小路而来。走了几日，到得隘口，只见前面已有军士把守，但是却不甚多。浮游传令，弓箭手先上去射，拿大戟的第二批，拿短兵的第三批，奋勇前进。今朝务必要夺到这个隘口，方才吃饭。众兵士果然个个争先，勇猛无比，那颛顼氏的军士敌不住，纷纷后退，登时夺了隘口。天色已晚，共工氏就令兵士在山坡下歇宿，一面与浮游商议，极口称赞他用兵的神妙。忽然有几个兵士走来报道："对面山上有无数的火光，恐怕是敌人前来袭击，我们不可不防。"共工氏同浮游出来一看，果然有许多火光，闪烁往来不定。浮游笑道："这个是假的，故作疑兵，并非来袭击我们的。"共工氏道："何以见得？"浮游道："他们都是这里人，这里的山路当然都是走熟的，况且今朝月色微明，果然要来袭击我们，何必用火？难道怕我们没有防备么？"共工氏一想，不错，便又问道："那么他们为什么要设这个疑兵呢？"浮游道："想来他们大兵都在北方，这里兵少空虚，深怕我们乘虚去攻他，所以作此疑兵，使我们不敢轻进，大约是这个意思。"共工氏听了，亦以为然。这日夜间，颛顼兵果然没有来袭击，共工氏益觉放心。到了次日，拔队前进，只见路上仅有逃避的百姓，却不见一个军士。又走了一阵，远远望见山林之中旌旗飘扬，旌旗影里，疏疏落落，有军士在那里立着。共工氏传令兵士放箭，那箭射过去，那些立站的军士依旧不动。共工氏大疑，传令冲锋。共工兵一声呐喊，冲将过去，才晓得都是些草人。当下共工氏向浮游道："汝料他空虚，现在看此情形，一点也不差，我们可以放胆前进了……"说犹未了，只听得山前山后，陡然间起了一片喊声，从那喊声之中，飞出无数支箭，直向共工氏兵士的脸

37

上射来，受伤者不计其数，队伍登时大乱。共工氏正要整理，只见那颛顼氏的伏兵已经四面涌出，一齐上前，将共工氏围住。共工氏赶快叫兵士扎住阵脚，用箭向颛顼兵射去，哪知没有射到他们身边，都纷纷落在地上。共工兵看了大骇，正不知是什么缘故，禁不得那面的箭射过来，大半都着。共工氏至此，料想不能取胜，就传令退兵，自己当先，向原路冲出，军士折伤不少。刚刚回到隘口，四面伏兵又起。共工氏急忙传令道："今日我们归路已绝，不是拼死，没有生路。"众人亦知道此时的危险，于是万众一心，猛力冲突，真是困兽之斗，势不可当。这里颛顼氏也恐怕伤人太多，传令合围的军士，放开一角，让他们出去，一面仍旧督率军士，在后面紧紧追赶。且说共工氏拼命地逃出了隘口，计算兵士已折去了大半，正要稍稍休息，和浮游商议办法，忽听得后面喊声又起，颛顼兵又追来了。这时共工兵已无斗志，四散逃生，禁不起颛顼兵大队一冲，登时将共工氏和浮游冲作两起。那浮游带了些败残兵士，拼命地逃，一时辨不得路径，直向南去，虽则逃得性命，而去冀州愈远，欲归无从。那些败残兵士，沿路渐渐散尽，只剩得孑然一身。到了淮水之边，资斧断绝，饥饿不堪，知道自己是个赤面的人，容易为人识破，想来不能脱身，不如寻个自尽吧，遂投淮水而死。这是一个小人的结局。后来到了春秋时候，他的阴魂化作一只红熊，托梦于晋国的平公，向他作祟，可见他奸恶之心死而不改，还要为恶，真是个小人呢！此是后话不提。

　　且说那日共工氏被大兵一冲，围在一处，幸亏他力大，终究被他杀出，带了败残兵逃回冀州去了。这里颛顼帝得胜回去，再和群臣商议。大款道："共工氏这个人，骁勇异常，留他去冀州，必为后患，不如乘势进兵，擒而杀之，天下方可平定。"群臣听了，都赞成其说。颛顼帝就叫金正该统率大兵，羿做副帅，共同前进。帝自己带水正昧及群臣随后进发。哪知冀州的百姓受了共工氏的暴虐，本来是不敢言而敢怒的，现在看见他大败回来，父子兄弟死伤大半，更将他恨如切齿。等到颛顼兵一到，大家相率投降，没有一个肯替他效死。共工氏知道大势已去，只得带了些亲信之人向西方逃命。那金正和羿知道了，哪里肯放松，便紧紧追赶。共工氏逃了二十多日，到了一个大泽，疲乏极了，暂且休息，问土人道："这个泽叫什么名字？"土人道：

"叫作渤泽。"（现在宁夏地方）共工氏又指着西面问道："从这边过去，是什么地方？"土人道："是不周山，再过去是峚山、钟山，再过去就是昆仑山了。"共工氏想道："我现在国破家亡，无处可去。听说这昆仑山是神仙所居，中多不死之药，不如到那边去求些吃吃，虽则帝位没得到手，能够长生不死，亦可以抵过了。"想到此处，连日愁闷不觉为之一开，正要起身西行，只听得东面人声嘈杂，仔细一看，原来颛顼兵赶到了，不觉大惊，只得慌忙再向西逃，绕过渤泽，上了不周山，早被颛顼兵围住。共工氏料想不能脱身，不觉长叹一声，想起从前儿子后土劝他的话，真是后悔无及；又想起浮游的奸佞，悔不该上他的当；又想我现在已经逃到如此荒远之地，颛顼兵竟还不肯舍，真是可恶已极！想到此际，怒气冲天，说道："罢了罢了！"举头向山峰的石壁撞去，只听得天崩地裂之声，原来共工氏固然脑裂而死，那山峰亦坍了一半，这亦可见他力大了。且说颛顼兵围住共工氏，正要上山搜索，忽听山上大声陡发，大石崩腾，疑心共工氏尚有救兵，不敢上去。过了多时不见响动，才慢慢上去窥探，却见一处山峰倒了，碎石下压着一人。金正命人拨开一看，原来是共工氏，不禁大喜，便叫军士掘土将其尸埋葬，遂和羿班师而回。

# 第六回

帝喾平定共工氏　庚寅日诛重
黎　帝喾出巡　姜嫄游閟宫履
帝武敏歆　帝喾上恒山戮诸怀
帝喾浴温泉

　　以上两次打平共工氏，已将旧事叙明，以下言归正传。且说帝喾之时，共工氏何以又不肯臣服呢？原来共工的百姓，强悍好乱，又给康回、共工氏两次图霸图王的风气所渐染，总想称雄于九州。这回听说颛顼帝驾崩，帝喾新即位，他们以为有机可乘，便又蠢动起来，但是其中却没有一个杰出的人才，所以乱事还不十分厉害。帝喾听了，便叫火正重黎带了兵去征讨。临行的时候，并嘱咐他，要根本解决，不可以再留遗孽。重黎领命，率领大兵直攻冀州。那些乌合之众，哪里敌得过重黎之师，不到一月，早已荡平。可是重黎是个仁慈的人，哪里肯痛下毒手处置共工氏百姓，不免姑息一点。哪知等到重黎班师回来，那共工氏的百姓又纷纷作乱起来。帝喾听了大怒，拣了一个庚寅日，将重黎杀死，以正他误国之罪。一面就叫重黎的胞弟吴回，代做火正祝融之官，并叫他带了大兵，再去攻讨。吴回因为重黎之死都是为那些乱民的缘故，替兄报仇之心切，加以帝命严厉，所以更不容情。一到那边，专用火攻，竟将那些乱民焚戮净尽，从此共工氏的名称不复再见于史册，亦可算是空前的浩劫了。等到吴回班师回来，帝喾叹道："朕非不仁，下此绝手，亦出于不得已耳。"

　　且说共工氏虽然平定，但是帝喾终究放心不下，意欲出外巡狩，以考察四方的动静。正要起身，适值常仪生了一个儿子，这是帝喾第一个长子，当然欢喜。过了三日，给他取了一个名字，叫作挚，恰恰和他的曾祖考少昊氏同名，这个亦可见上古时候没有避讳的一端。又过了几日，帝喾决定出巡，带了姜嫄同走，朝中的事情由金、木、水、火、土五大臣共同维持。这次出巡的地点是东、北两方，所以先向东走，绕过菏泽，到了曲阜，便到少昊氏坟上去拜祭过（少昊陵在山东曲阜市东北）。一切询风问俗的事，照例举行，不必细说。公事既毕，就和姜嫄同上泰山，在山上游了两日，方从泰山的北面下山。远远一望，只见山下莽莽一片，尽是平原，从那平原之中，又隆起一个孤阜。当下帝喾就问那随从的人："那个地方叫什么名字？"从人道："那里叫章丘。"（现在山东济南市章丘区）帝喾吩咐，就到那丘上歇歇吧。行不多路，两旁尽是田塍，大车不能通过。帝喾便命将车停下，向姜嫄道："朕和汝步行过去亦试得。"姜嫄答应，遂一齐下车，相偕而行，随从人等均在后面跟着。且说姜嫄虽是个后妃之尊，却是性好稼穑，平日在亳邑都城的时候，早在西北地方划出几百亩地，雇了几十个工人，栽桑种稻，播谷分秧，不时去经营管理，指点教导，做她的农事试验场，有的时候，往往亲自动手。这田塍路是她走惯的，所以一路行去，并不吃力。这时候，正是暮春天气，一路平畴绿野，高下参差，麦浪迎风，桃枝浥露，更是分外有趣。那些农夫，亦正疏疏落落地低着头在那里工作。忽然抬头，看见许多人走过，不觉诧异，有的荷锄而观，有的辍耕而望，都不知道帝喾等是什么人。不一时，帝喾等到了章丘之上，只见无数人家环绕而居，虽则都是茅檐草舍，却是非常之整洁。正在观望时，忽然一片狗吠之声，早有三四条狗，狰狞咆哮，泼风似的向帝喾等冲来，磨牙张口，竟像要咬的模样。早有随从人等上前驱逐，那许多狗虽则各自躲回它的家中去，可是仍旧朝着外边狺狺地乱吠。从这群狗吠声中，却走出几个妇人来了，有的抱着小孩，有的手中还拿着未曾打成功的草鞋在那里打。见了帝喾等，便问道："你们诸位，从哪里来的？来做什么？"随从人等过去，告诉了她们。她们一听是帝和后，慌得赶快退回。有的退回之后，仍同小孩子躲在门背后偷看，有的从后门飞也似的下丘去找男人去了。隔了一会儿，只见无数赤足泥腿的农民，陆陆续续都上丘来，向帝喾参拜。帝喾个个慰劳一番，又问了他们些水旱丰歉的话头，然后向他们说道："朕此番从泰山下来，路过此地，看得风景甚好，所以过来望望，并无别事。现在正值农忙的时候，你们应该赶快去耕田，不可为朕耽误，朕亦就要去了。"众农民之中，有几个老的，说道："我们生长在这个偏僻的地方，从来没得见过帝后，现在难得帝和后一齐同到，这个真是我们百姓的大福，所以帝和后务必要停一会儿再去。我们百姓虽则穷，没得什么贡献，一点蜜水总还是有的。"说着，就请帝喾到一间屋里来坐。帝喾看他们出于至诚，也就答应了。一面就有许多妇女来参见姜嫄，请到别一间屋里去坐。姜嫄就和她们问长问短，又讲了一会儿蚕桑种植的事情。众多妇女听了，无不诧异。有的暗中想道："她是一个尊贵的后妃，为什么对于农家的事情这样地熟悉？并且内中还有我们所不知道的？这个可见得有大智慧的人，才能够享受大福气呢。"有些暗中想道："她是后妃之尊，对于农桑的事情尚且这样地研究，可见农桑的职务正是一种极贵重的职务，我们小百姓靠农桑做生活的，更应该怎样地去研究才是。"

不提众多妇女们的心里胡思乱想，且说姜嫄坐了一会儿，只见帝喾那边叫人来说，时已不早，要动身了。姜嫄立即出来，同了帝喾，仍旧是步行转去。众多男女百姓在后相送，帝喾止他们不住，只得由他。正走之间，帝喾远远望见东南角上有一座山，山上有许多树林，林中隐约有一所房屋，极为高大，就问百姓道："那边是什么所在？"百姓道："那边是龙盘山，山上有一个阄宫。"帝喾道："怎样叫阄宫？"百姓道："是个庙宇。我们除了祭祀之外，或者有什么重大的事情，大家要聚会商量，那么才去开这个庙门，其余日子总是闭着的，所以叫它阄宫。"帝喾道："里面供奉的什么神祇？"百姓道："是女娲娘娘。我们这里没有儿子的人，只要诚心去祭祀祷求，便立刻有子，真是非常灵验呢。"帝喾听了，忽然心有所动，回头看了姜嫄一看，暂不言语。到了大路口，帝喾和姜嫄上车，命随从人等取些布帛赏赐那些百姓，那些百姓无不欢欣鼓舞而去。

这日晚上，帝喾宿于客馆之中，向姜嫄说道："朕听见说，女娲娘娘古今都叫她作神媒，是专管天下男女婚姻事情的。男女婚姻，无非为生子起见。所以她既然管了婚姻的事情，必然兼管生子的事情，刚才那百姓所说求子灵验的话，当然可信。汝今年已经四十多岁了，还没得生育，朕心甚为怅怅。朕拟明朝起，斋戒三日，同汝到那阄宫里去求子，汝以为何如？"姜嫄笑道："妾今年已四十六岁了，差不多就要老了，哪里还会得生子呢？"帝喾道："不然。古人说得好，'诚能动天'。即使五六十岁的妇人生子，亦是有的，何况现在汝尚未到五十岁呢。况且这位女娲娘娘，是个空前绝后的大女豪，生而为英，死而为神。朕想只要虔心去求，绝不会没有灵验的。"说

43

罢，立刻就要姜嫄沐浴起来，斋戒三日，拣了一只毛色纯黑的牛作祭品，又换了两乘小车坐了，径望龙盘山而来。到了山上，却见那閟宫的方向是朝南的，后面一带尽是树木，前面却紧对泰山。原来这龙盘山，就是泰山脚下的一个小支阜。当下帝后二人下了车，相偕入庙。刚到庙门，不多几步，只见路旁烂泥上面有一个极大的脚迹印在那里，五个脚趾，显然明白，足有八尺多长，就是那个大脚指头，比寻常人的全只脚也还要大些。看它的方向，足跟在后，五趾朝着庙门，却是走进庙去的时候所踏的。那时帝喾正在仔细看那庙宇的结构，仰着头，没有留心。姜嫄低头而行，早一眼看见了，诧异至极，暗想天下竟有这样大的脚，那么这个人不知道有怎样大呢，可惜不曾看见。正在想着，已进庙门，只见当中供着一座女娲娘娘的神像，衣饰庄严，丰采奕奕。这时随从人等早把祭物摆好，帝喾和姜嫄就一齐拜下去，至至诚诚地祷告一番。拜罢起身，只见四面陈设非常简陋，想来这地方的人民风俗还是极古朴的。祭罢之后，又到庙后一转，只见那些树林尽是桑树。树林之外，远远的一个孤丘，丘上有许多房屋，想来就是那日所到的章丘了。回到前面，跨出庙门，姜嫄刚要将那大人的脚迹告诉帝喾，只见帝喾仰着面正在那里望泰山，又用手指给姜嫄看道："汝看，那一座最高的，就是泰山的正峰；那一座相仿的，就是次峰；那边山坳里，就是朕等住宿之所，许多房屋现在被山遮住，看不见了。朕和汝前日在山顶上，东望大海，西望菏泽，北望大陆，南望长淮，真个有目穷千里的样子。但是那个时候，似乎亦并不觉得怎样高。到今朝在这里看起来，方才觉得这个严严巍巍的气象，真是可望而不可即了。"帝喾正在那里乱指乱说，姜嫄一面看，一面听，一面口中答应，一面脚步慢移，不知不觉，一脚踏到那大人的脚迹上去了，所踏的恰恰是个拇指。哪知一踏着之后，姜嫄如同感受到电击一般，立刻间觉得神飞心荡，全身酥软起来，那下身仿佛有男子和她交接似的，一时如醉如痴，如梦如醒，几乎要想卧到地上去。这个时候，不但帝喾和她说话没有听见，并且连她身子究竟在什么地方，她亦不知道了。帝喾因为她好一晌不答言，回转头来一看，只见她两只眼睛饧饧儿的，似开似闭，两个面庞红红儿的，若醉若羞，恍惚无力，迎风欲欹，正不知她是什么缘故，忙问道"汝怎样？汝怎样？汝身体觉得怎样？"一叠连问了几句，姜嫄总不答应。帝喾慌忙道："不好了，中了风邪。"连忙叫宫人过来扶着，一面将自己所穿的衣服脱下来，披在姜嫄身上，又叫宫人扶抱她上车。上车之后，帝喾又问道："汝究竟怎样？身上难过么？"姜嫄刚才被帝喾连声叠问，早经清醒过来，只是浑身酥软，动弹不得，只能不语。这次又见帝喾来问，想起前头那种情形，不觉羞愧难当，把一张脸统统涨红，直涨到脰颈上去了，却仍是一句话说不出，只好点点头而已。帝喾也不再问，吩咐从人，赶快驱车下山。过了一会儿，到了客馆，下得车来，帝喾又问姜嫄道："现在怎样？觉得好些么？要不要吃点药？"姜嫄此时，神气已经复原，心思亦已镇定，但是终觉难于启口，只得勉强答道："现在好了，不用吃药，刚才想来受热之故。"帝喾听了，亦不言语，就叫她早去休息。哪知姜嫄这夜，就做了一梦，梦见一个极长大的人，向她说道："我是天上的苍神，閟宫前面的大脚迹，就是我踏的。你踏着我的大拇指，真是和我有缘。我奉女娲娘娘之命，同你做了夫妻，你如今已有孕了，可知道么？"姜嫄梦中听了，又羞又怕，不觉霍然而醒。心里想想，越发诧异，但是不好意思向帝喾说，只得藏在肚里。

到了次日起来，身体平复如常，帝喾便吩咐动身，向西北进发。一路地势，都是沮洳卑湿，湖泽极多，人烟极少。到了大陆泽，改坐船只，渡到北岸，百姓较为繁盛。听见说帝后来了，纷纷都来迎接。帝喾照例慰劳一番，问了些民间的疾苦，一切不提。过了几日，忽见随从人等来报说，外面伊耆侯求见。帝喾大喜，就命召他进来。原来伊耆侯就是伊长孺，自从他的养女庆都做了帝喾妃子之后，帝喾见他才具不凡，就封他在伊水地方（现在河南汝阳县）做一个侯国之君。哪知他治绩果然出众，化导百姓，极有方法。适值共工乱民平定，急需贤明的长官去设法善后，帝喾便又将伊长孺改封在耆的地方（现在山西黎城县）做个侯君，叫他去化导冀州的人民，所以就叫伊耆侯。当下伊耆侯见了帝喾，行礼已毕，帝喾便问他道："汝何故在此？"伊耆侯道："臣前数日来此访一友人，听见驾到，特来迎接。"帝喾道："汝友何人？"伊耆侯道："臣友名叫展上公，是个新近得道之士。"帝喾道："就是展上公么？朕久闻其名，正想一见，不料就在此地，汝可为朕介绍。"伊耆侯道："可惜他昨日已动身去了。"帝喾忙问道："他到何处去？"伊耆侯道："他本是个云游无定之人，这次听说要往海外，访羡门子高和赤松子诸人，一去不知又要隔多少年才能回来。便是臣此次前来，亦因为知道他将有远游，所以特来送他的。"帝喾道："天下竟有这样不凑巧之事，朕可谓失之交臂了。"说罢，不胜怅怅。当下帝喾就留伊耆侯在客馆夜膳。因为伊耆侯是有治绩的诸侯，特地隆重地设起飨礼来。到那行礼的时候，姜嫄亦出来陪席，坐在一边。原来上古之时，男女之间虽然讲究分别，但是并没有后世的这样严，所以遇到飨礼的时候，后妃夫人总是出来陪坐的。后来直到周朝，有一个阳国的诸侯，到一个缪侯那里去，缪侯设飨礼待他。照例缪侯夫人出来陪坐，哪知阳侯看见缪侯夫人貌美，顿起不良之心，竟杀却缪侯，夺了他的夫人去。从此之后，大家因为有了这个流弊，才把夫人陪坐这个礼节废去，直到清朝，都是如此。人家家里有客人来，主人招待，主妇总是不出来见的。现在外国风俗流到中华，请客之时，主人主妇相对陪坐，大家都说是欧化，其实不过反古而已。闲话不提，且说当日帝喾设飨款待伊耆侯，礼毕，燕坐，姜嫄也进内去了。帝喾便问伊耆侯："近来汝那边民情如何？共工氏遗民颇能改过迁善否？"伊耆侯道："臣到耆之后，确遵帝命，叫百姓勤于农桑，以尽地利；又叫他们节俭用财。有贫苦不能工作的，臣用货财去借给他，赈济他。到现在，他们颇能安居乐业，无匮乏之患了。而且风俗亦渐渐趋于仁厚，颇能相亲相爱。遇到饮食的时候，大家能够互相分让；遇到急难的时候，大家能够互相救助；遇到有疾病的时候，大家也知道彼此扶持；比到从前已觉大不同了。至于共工余民，在臣所治理的耆国地方，本不甚多。有些住在那边，现在都已能改行从善，请帝放心。"帝喾听了大喜，便说道："朕此番北来，本拟先到汝处，再到太原，再上恒山。现在既然与汝遇见，那么朕就不必再到汝处了。朕拟从涿鹿（现在河北省涿鹿县）、釜出（涿鹿县东南），转到恒山，再到太原，似乎路程较为便利些。"耆侯道："帝往恒山，臣拟扈从。"帝喾道："不必，朕与汝将来再见吧。"伊耆侯只得退出。过了几日，帝喾起身，伊耆侯来送，说道："臣妻近日渐老多病，颇思见臣女庆都。臣拟待帝回都之后，遣人来迓臣女归宁，不知帝肯允许否？"帝喾道：

"亦是人情之常，朕无有不允。待朕归后，汝饬人来接可也。"说罢，彼此分散，伊耆侯自回耆国去了。

帝喾和姜嫄于是先到涿鹿，游览了黄帝的旧都，又到釜山，寻黄帝大会诸侯合符的遗迹，流连景仰一番，然后径上恒山而来。那恒山是五岳中之北岳（现在河北省曲阳县西阜平县境内），山势非常雄峻，只见一路树木多是枳棘檀柘之类。帝喾暗想："怪不得共工氏的弓箭厉害，原来做弓的好材料柘树这里独多呢。"正在想时，忽听得远远有人呼救命之声，那前面随从人等早已看见，都说道："那边有个野兽伤人了。"说着，各掣兵器，往前救护。那野兽看见人多，就舍弃了所吃的人，向后奔逃，嘴里发出一种声音，仿佛和雁鸣一般。随从人等怕它逃去，赶快放箭，一时那野兽着了十几支箭，但是还跑了许多路，方才倒地而死。众人来看那被吃的人，早已面目不全，脏腑狼藉，一命呜呼了。只得随便掘一个坎，给他埋葬，然后将那野兽拖来见帝喾。帝喾一看，只见它形状似牛而有四角，两目极像个人，两耳又像个猪，看了半日，实在不知它是什么野兽，且叫随从人等扛着，同上山去，以便询问土人。哪知刚到半山，恰恰有许多人从上面下来，看见了野兽，一齐嚷道："好了，好了，又打死一只'诸怀'了。"随从人等将众人引至帝前，众人知是君主，慌忙拜过了。帝喾就问道："方才那只野兽，汝等认识么？叫什么名字？"众百姓道："叫作'诸怀'，极其凶猛，是要吃人的。我们这里的人，不知被它伤害多少了。上半年我们打杀一只，如今又打死一只，可是地方上大运气了。"帝喾道："这个诸怀，生在这座山里的么？"众百姓应道："是的，这座山的西面，有一条水叫诸怀水，水的两旁，森林山洞均极多，这个野兽就生长在那里，所以名字叫诸怀。"帝喾又问道："另外有没有什么异兽呢？"众百姓道："另外不过虎豹豺狼之类，并没有什么异兽。只有那诸怀水里，却有一种鱼，名叫鮨鱼，它的形状，身子是鱼，头却同狗一样，叫起来的声音又和婴儿一样，颇觉奇怪。但是这鱼可以治惊狂癫痫等疾病，倒是有利而无害的。"帝喾听了道："原来如此。"又慰劳那百姓几句话，就上山而来。只见最高峰上，有一座北岳祠，祠门外有一块玲珑剔透的大石，高约二丈余，矗立在那里，石上刻着"安王"两个大字，不知是什么意思，更不知道是何年何月何人所刻的。帝喾研究了一回，莫名其妙，亦只得罢休。礼过北岳，与姜嫄各处游玩一遍，就下山往太原而来。早有台骀前来迎接，帝喾问起地方情形，台骀所奏大略与伊耆侯之言相同。帝喾随即向各处巡视一周，只见那堤防沟渠等都做得甚好，汾水中流一带，已现出一块平原来了。帝喾着实地将台骀嘉奖一番。时正炎夏，不便行路，帝喾就在太原住下，闲时与台骀讲求些水利治道。台骀有个胞兄，名叫允格，也时常来和帝喾谈论。台骀因为自己做诸侯甚久，而胞兄还是个庶人，心中着实不安，遂乘势代允格求封一个地方。帝喾道："汝兄虽无功，但汝父玄冥师有功于国，汝现在亦能为民尽力，仗着这些关系，就封他一个地方吧。"当下就封允格于都（现在河南内乡县）。允格稽首，拜谢而去。

过了几日，帝喾忽接到握哀的信，说道："次妃简狄父母，思念简狄，着人来迎，应否准其归去？"帝喾看了，立刻复信，准其归宁。来使去了。又过了多日，已交秋分，帝喾吩咐起身，沿着汾水，直向梁山（现在陕西合阳县北）而来。帝喾告姜嫄道："朕久闻梁山之地，有一个泉水，无冬无夏，总是常温，可以洗浴的。此次经过，必须试验它一番。"姜嫄道："妾闻泉出于山，总是寒凉的，为什么有温泉？真是不可解。"帝喾道："天地之大，何奇不有。朕听说有几处地方，那个泉水，不但是温，竟热如沸汤，可以煮鸡豚，岂不是尤其可怪么！照朕看起来，古人说，地中有水、火、风三种，大约此水经过地中，受那地心火力蒸郁的缘故，亦未可知。"过了数日，到了梁山，就去寻访温泉，果然寻到了，却在西南数百里外（现在陕西澄城县境），有三个源头，下流会合拢来，流到漆沮水（现在叫上洛水）中去的。当下帝喾就解衣入浴，洗了一会儿。哪知这个泉水，自此之后，竟大大地出了名，到后来大家还叫他帝喾泉，可见得是地以人传了。闲话不提。

且说帝喾知姜嫄有孕，将近分娩，就和姜嫄说道："朕本拟从此地北到桥山（现在陕西黄陵县西北）去拜谒曾祖考黄帝的陵墓，现在汝既须生产，恐怕多绕路途非常不便。朕想此处离汝家不远，就到汝家里去生产，并且预备过年，汝看好么？"姜嫄笑道："那是好极了。"当下帝喾便吩咐随从人等，到有邰国去。哪知走不多日，天气骤冷，飘飘扬扬地飞下了一天大雪，把路途阻止。到得雪霁天晴，重复上道，已耽搁多日。一日正行到豳邑地方（现在陕西彬州市），一面是沮水，一面是漆水，姜嫄忽觉得腹中不舒服起来。帝喾恐怕她要生产，就立刻止住车子不走，于是就在此住下。

# 第七回

后稷初生遭三弃

帝喾巡狩西北

且说帝喾与姜嫄在漆、沮二水之间住下，静待生产，不知不觉，忽已多日。那时已届岁暮，寒气凛冽，渐不可当。眼看见那些豳邑的百姓，都是穴地而居，有的一层，有的两层，上面是田阪大道，下面却是人家的住屋。每到夕阳将下，大家就钻入穴中偃卧休息，非到次日日高三丈，绝不出来。那土穴里面，方广不过数丈，炊爨坐卧溲溺俱在其中，而且黑暗异常。不要说夜里，就是日间，那阳光空气亦件件不够的。但是那土穴内极其温和，有两层穴的，下层尤其温和，所以一到冬天，大家都要穴居起来，这亦所谓因地制宜的道理，无可勉强的。帝喾看了多日，暗想道："这里居然还是太古穴居之风，竟不知道有宫室制度之美，真真可怪了。但是看到那些百姓，都是浑浑朴朴，融融泄泄，一点没有奢侈之希望，二点没有争竞之心思，实在是可爱可羡。世界上物质的文明，虽则能够使人便利，使人舒服，但是种种不道德的行为都由这个便利舒服而来，种种争杀劫夺的动机亦包含在这个便利舒服之中，比到此地之民风，真有天渊之别了。但愿这种穴居的情形，再过五千年，仍不改变才好。"正在空想时，忽有人报道："二妃简狄娘娘来了。"帝喾听了大喜，便命简狄进来。简狄进来见过了帝喾，姜嫄听见了，亦赶快出来相见。帝喾问简狄道："汝是否要去归宁，路过此地？"简狄道："是的，姜家饬人来接，蒙帝许可，妾就动身了。走了三个多月，不想在此和帝后相遇，但不知帝后何以在此荒凉的地方耽搁过冬？"帝喾就将姜嫄有孕将待生产之事，说了一遍。简狄忙向姜嫄道喜。姜嫄又羞得将脸涨红了。帝喾向简狄道："汝来得好极，朕正愁在此荒野之地，正妃生产起来，无人照应。虽然有几个宫女，终是不甚放心。现在汝可留在此间，待正妃产过之后，再归宁不迟。"简狄连声答应道："是是，妾此来正好伺候正妃。"于是就叫那有娀国迎接简狄的人先动身归去，免得有娀侯夫妇记念。这里简狄坐了一会儿，

51

上古神话演义（第一卷）文明神迹

姜嫄忙携了简狄的手，到房中谈心去了。

到得晚间，简狄向帝喾道：“正妃年龄已大，初次生产，恐有危险。帝应该寻一个良医来预备，省得临时束手无策。”帝喾道：“汝言极是，朕亦早已虑到。自从决定主意在此生产之后，就叫人到正妃母家去通知，并叫他立刻选一个良医来，想来日内就可到了。”又过了两日，有邰国果然来了两个医生。哪知这日姜嫄就发动生产，不到半个时辰，小儿落地。姜嫄一点没有受到苦痛，两个医生竟用不着，大家出于意外，都非常欢喜。仔细一看，是个男孩，帝喾心里尤其欢喜，拼命地去感激那位女娲娘娘。独有姜嫄，不但面无喜色，而且很露出一种不高兴的模样。众人向她道喜，她也只懒懒儿的，连笑容也没有。大家看了不解，纷纷在背后猜想。内中有一个宫女道：“小儿生落地，总是要哭的。现在这位世子，生落地后，到此刻还没有哭过。正妃娘娘的不高兴，不要是为这个缘故吧。”大家一想不错，不但没有哭过，并且连声音亦一些儿没有，甚是可怪。但是抱起来一看，那婴孩双目炯炯，手足乱动，一点没有疾病，正是不可解。简狄忙向姜嫄安慰道：“正妃有点不高兴，是因为这个婴孩不会哭吗？请你放心，这个婴孩甚好，包管你会哭的。”哪知姜嫄不听这话犹可，一听之后，就立刻说道：“这个孩子我不要了，请你给我叫人抱去抛弃他吧。”简狄当她是玩话，笑着说道：“辛辛苦苦生了一个孩子，心上哪里肯割舍呢。”哪知姜嫄听了这话，益觉气急起来，红头涨耳，亦不说什么理由是非，口中一叠连声叫人抱去抛了。简狄至此，才知道姜嫄是真心，不是玩话，但是无论如何，猜不出她是什么心思。暗想姜嫄平日的气性，是极平和的，而且极仁慈的，何以今朝忽然如此暴躁残忍起来？况且又是她亲生之子，何以竟至于此？实在想不出这个缘故。后来忽然醒悟道：“哦！是了，不要是受了什么病，将神经错乱了。”慌忙将这个情形来告知帝喾。帝喾立刻叫医生进去诊视。医生诊过脉，又细细问察了一会儿，出来报告帝喾，说正妃娘娘一点都没有病象，恐怕不是受病之故。帝喾听了，亦想不出一个缘故，但听得里面姜嫄仍旧口口声声在那里吩咐宫人，叫他们抛弃这个孩子。帝喾忽然决定主意，向简狄说道：“朕看就依了正妃，将这孩子抛弃了吧。倘使不依她，恐怕她产后郁怒，生起病来，倒反于她的身体

52

不利。况且据汝说，这个孩子生出来，到此刻声音都没有，难保不是个痴愚呆笨之人，或者生有暗疾，亦未可知。即使抚养他大来，有什么用处？朕从前一生落地，就会得说话，现在这小孩子，连哭喊都不会，可谓不肖到极点了，要他何用？我看你竟叫人抱去抛弃了吧。"简狄也只是不忍，然而帝喾既然如此吩咐，姜嫄那面想来想去亦竟没有话语可以去向她解释劝导，只得叫人将那孩子抱了出来。暗想道："天气如此寒冷，一个新生的小孩子，丢在外边，怎禁得住？恐怕一刻工夫就要冻死，这个孩子真是命苦呀！"一面想着，一面拿出许多棉衣襁褓等来，给他穿好裹好，禁不住眼泪直流下来，向小孩叫道："孩儿！你倘使有运气，今天夜里不冻死，到明朝日里有人看见，抱了去，那么你的性命就可以保全了。"说着，就叫人抱去抛弃，一面就走到房中，来望姜嫄。只见姜嫄已哭得同泪人一般。简狄看了，更是不解，心想："你既然死命地要抛弃这孩子，此时又何必痛惜？既然痛惜，刚才何以死命地要抛弃？这种矛盾的心理，真是不可解的。"谁知姜嫄看见简狄走来，早已勉强忍住了泪，不哭了。简狄见她如此，也不便再去提她的话头，只得用些别的话，敷衍一番，然后来到帝喾处，告知情形。帝喾听了，亦想不出这个缘故。

到了次日一早，简狄心里记念着这个孩子，就叫昨晚抱去抛弃的那人来，问道："你昨晚将那孩子抛在何处？"那人道："就抛在此地附近一条隘巷里面。"简狄道："你快给我去看看，是活，是死？有没有给别人抱去？"那人应着去了。不到一刻，慌慌张张地回来报道："怪事！怪事！"这个时候，简狄正在帝喾房中。帝喾听了，便问道："什么怪事？"那人回道："刚才二妃娘娘叫小人去看那昨晚抛弃的世子冻死没有，哪知小人去一看，竟有许多牛羊在那里喂他的乳，并且温暖他，岂不是怪事！"帝喾听了，很不相信，说道："有这等事？"便另外再叫一个人去看。过了一刻，回来报道："确实是真的，小人去看的时候，正见一只牛伏在那里喂乳呢。现在百姓知道了，纷纷前来观看，大家都道诧异。这个真是怪事。"简狄听了，不胜之喜，忙向帝喾道："这个孩子，有这种异事，想来将来必定是个非常之人，请帝赶快叫人去抱回来吧。"帝喾亦以为然，于是就叫人去抱了回来。但见那孩子双目炯炯，和昨晚抱出去的时候一样，绝无受寒受饥的病容，不过仍旧不啼不哭。帝喾也觉诧异，便命简狄抱到姜嫄房中去，并将情形告诉姜嫄。哪知姜嫄不见犹可，一见了那孩子之后，又立刻恼怒起来，仍旧一定要抛弃他。简狄告诉她牛羊胼字的情形，姜嫄不信，说道："这个都是捏造出来的，天下断乎没有这回事。想来昨夜你们并没叫人去抛弃呢。"简狄没法，只得再抱到帝喾这边，告诉帝喾。帝喾想了一想，说道："再叫人抱去抛弃吧，这次并且要抛弃得远些。"简狄大惊，便求帝喾道："这恐怕使不得，一个新生的孩子，哪里吃得住这许多苦楚？况且抛弃得远些，便是山林里了，那边豺狼虎豹甚多，岂不是白白弄死这个孩子吗？刚才牛羊喂乳之事，正妃虽则不相信，但是帝总明白的，并且众多百姓都知道的。妾的意思，请帝向正妃说明，将这孩子暂时抚养，等到正妃满月出房之后，亲自调查，如果出于捏造，那么再抛弃不迟。妾想想看，如果正妃知道这孩子真个有如此之异迹，就一定不会抛弃了。帝以为何如？"帝喾道："朕看不必，刚才牛羊喂乳的事情，朕亦还有点疑心。你呢，朕相信是绝不会作假的人，但是那些宫人，朕却不敢保她。或者可怜那个孩子，昨夜并没有去抛弃，等到今早，汝问起之后，才抱出去的，亦未可知。不然，深夜之中，人家家里的牛羊哪里会放出来呢？所以这次朕要抛弃得远些，试试看。如果这个孩子将来真个是不凡之人，那么一定遇着救星，仍旧不会死的。假使死了，可见昨晚之事是靠不住，即使靠得住，亦是偶然凑巧，算不得稀奇了。"简狄听了，作声不得，只得再叫人抱了孩子去抛弃。

过了半日，那抱去抛弃的人转来，帝喾问他抛在哪里，那人道："抛弃在三里外，一个山林之中。"帝喾听了，便不言语。简狄听了，万分不忍，足足儿一夜没有睡着。一到黎明，就匆匆起来，正要想同帝喾说，叫人去看，哪知帝喾早已叫人去探听了。过了半日，探听的人回来，说道："真真奇事，小人刚才到郊外，只见有无数百姓都往那边跑，小人问他们为什么事，有一个百姓说道：'我今天一早，想到那边平林里伐些柴木，预备早炊，哪知到得平林之内，忽见一只豺狼伏在那里。我大吃一惊，正要用刀去斩它，仔细一看，那狼身旁却有一个初生的孩子，那狼正在喂他的乳。（现在陕西彬州市有地名叫狼乳沟，便是这个古迹。）我看得稀奇极了，所以就回来，邀了大家去看。这个时候，不知道在不在那里了。'一路说，一路领着众人向前走。当时小人就跟了同去，到了平林之内，果见那只狼还在那里喂乳，所喂的小孩，就是帝子，那时方才相信。后来那只狼看见人多了，有的去赶它，它才慢慢地立起身来，将尾巴摇两摇，又到帝子脸上去嗅了一嗅，然后向山里飞跑而去。这是小人看见，千真万真的。"帝喾问道："后来怎样呢？那孩子抱回来没有？"那人道："后来那些百姓都看得稀奇极了，有两个认识的，说道：'这个孩子，就是昨日抛在隘巷里的帝子。昨日牛羊喂乳，已经奇了，今朝豺狼喂乳，更是千古未曾听见过的事情。想起来帝的儿子，福气总是很大，自有天神在那里保护的。假使是我们的儿子，不要说被豺狼吃去，在这山林之中过一夜，冻都早经冻死了。'有一个百姓说道：'我看这个帝子，相貌生得甚好，不知道帝和后为什么一定要抛弃他，真是不可解的。现在我们抱去送还帝吧，假使帝一定不要，我情愿抱去抚养他起来，你们看何如？'大家无不赞成，就抱了向这里来。小人拦阻他们不住，只得和他们一同到此，现在外边，请帝定夺。"帝喾道："那么就将小孩抱进来吧。众百姓处，传朕之命，谢谢他们。"从人答应而去。宫人抱进那个孩子来，帝喾一看，那孩子依旧不啼不哭，但是双目炯炯，神气一点亦没有两样，便知道他将来是一定有出息的，就叫简狄再抱去告诉姜嫄。哪知姜嫄还是不相信。简狄急了，说道："正妃不要再固执了，妾等或许有欺骗之事，如今帝已相信了，难道帝也来欺骗正妃么？"姜嫄道："我终究不相信。外间之事，未见得一定靠得住的。果然这孩子有如此灵异，必须我亲自试过，方才相信。"简狄道："正妃怎样试呢？"姜嫄低头想了一想，道："这房门外院子里，不是有一个大池子么，现在已经连底冻合。我要将这孩子棉衣尽行脱去，单剩小衣，抛在冰上，我自己坐在里面看。如果有一个时辰不冻死，我就抚养他。"简狄一想，又是一个难关了。如此寒天，我们大人，穿了重裘，还难禁受，何况一个新生小孩，可以单衣卧冰吗？但是无法劝阻，只得又到外边来和帝喾商议。帝喾道："依她吧，豺狼尚且不吃，寒冰未见会冻得死呢。"于是果然将小孩棉衣去尽了，单剩一件小衣，放他在冰上。哪知刚放下去，忽听得空中一阵拍拍之声，满个院子登时墨黑。大家都吃了一惊，不知何事，仔细一看，却是无数大鸟，纷纷地扑到池中，或是用大翼垫到孩子的下面，或是用大翼遮盖孩子的上面，团团圈圈，围得密不通风，一齐伏着不动，足有一个时辰之久，把帝喾等都看得呆了。姜嫄在房中，尤其诧异之至，才相信前两次之事不是假的。正在追悔，忽然又是一阵拍拍之声，只见那些大鸟一霎都已飞去。那孩子在冰上，禁不住这股寒气，呱的一声，方才哭起来了。那哭声洪亮异常，差不多连墙外路上都能听见，足见得不是不能出声之喑者了。那时帝喾在外边看见了，不胜之喜，忙叫人去抱。说声未了，第一个飞跑出来抱的，就是简狄。原来她早将自己衣裳解开，一经抱起，就裹在怀里，走进来向姜嫄说道："正妃娘娘！请抱他一抱，这个孩子要冻坏了。"姜嫄此时，又是惭愧，又是感激，又是懊悔，又是心疼，禁不住一阵心酸，那眼泪竟同珠子一样，簌簌地落下来。早有宫人递过小孩的衣服，给他穿好，姜嫄就抱在怀中。从此以后，用心地抚养他了。帝喾因为这孩子几次三番要抛弃的，所以给他取一个名字，就叫作"弃"，后来又给他取一个号，叫作"度辰"，这是后话，不提。

过了弥月之后，帝喾常到姜嫄房中看视小孩。有一天晚上，简狄不在旁边，帝喾就盘问姜嫄道："汝这么大年纪，好容易生了一个男孩，这孩子也生得甚好，并没有什么不祥的事情，虽则不会啼哭，亦并不要紧，为什么一定要抛弃他？并且仿佛要立刻弄死他的样子，朕甚为不解。照汝平日的行为看起来，绝不是这种残忍之人，亦绝不是偶然之间性情改变，一定有一个什么缘故，汝可说与朕听。"姜嫄听了，登时又把脸儿涨得通红。欲待说出来，实在难以启口；欲待不说，禁不得帝喾再三催促。正在为难，帝喾已看出了，又催着道："汝只管说，无论什么话，都不要紧的。"姜嫄没法，只得将那日踏大人脚迹，及夜梦苍神的情形，大略说了一遍。帝喾听了，哈哈大笑道："原来如此，所以自从那日之后，朕看汝总是闷恹恹的不高兴，一提起有孕，汝就将脸涨红了，原来就是这个缘故。汝何以不早和朕说呢，假使和朕说了，这几个月不会得尽管愁闷，那弃儿亦不会得受这种苦楚了。老实和汝说，这个不是妖异，正是祥瑞。当初伏羲太皞帝的母亲华胥，就是和汝一样，踏了大人脚迹而有孕的。即如母后生朕，亦是因为踏了大人脚迹才有孕的。汝如不相信，回到亳都之后，去问问母后，就知道了。汝快放心，这是祥瑞，不是妖异。"说罢，就将弃抱过来，向他叫道："弃儿！你起初不啼不哭，朕以为汝是不肖至极。现在汝亦是踏迹而生，朕才知道汝真是极肖之肖子了。前此种种，真是委屈了汝。"姜嫄听了这番话，方才明白，从此之后，胸中才一无芥蒂。

过了几日，帝喾向简狄说道："汝此次归宁，朕因正妃生产，留汝在此，差不多有两个月了。现在正妃既已满月，汝亦可以动身，免得汝二亲悬望。朕打算明日饬人送正妃到有邰国去，使她骨肉团聚，一面由朕送汝到有娀，汝看何如？"简狄笑道："帝亲送妾，妾实不敢当。"帝喾道："此次巡狩，本来各地都要去的。现在送汝归去，亦可说并不为汝，只算是顺便罢了。"到了次日，帝喾果然遣姜嫄到有邰国去，约定转来的时候，一同回去。这里就和简狄沿着泾水向有娀国而行。

# 第八回

## 浴玄池简狄吞燕卵
## 稷泽玉膏

　　且说帝喾偕简狄到了有娀国，那简狄的父亲有娀侯早来迎接。有娀侯料到帝喾或将亲来，为尊敬起见，特地筑起一座九层的高台，等帝喾到了，就请帝喾到台上游赏。这日晚间，便在台上设飨礼款待，有娀侯夫人亦出来相陪。一时撞钟擂鼓，奏乐唱歌，非常热闹。过了两日，帝喾向简狄道："汝难得归家，正好定省二亲。朕拟再向西方一巡，往返约有多日，待朕转来，再与汝一同归去吧。"次日，帝喾果然动身。这里简狄和她的父母，骨肉团聚，好不快活。简狄有一个妹子，名叫建疵，年纪不过二十多岁，生得活泼聪明，善于游戏。此次遇到简狄回家来，尤其高兴之至，几乎整日整夜地缠着简狄，不是说，就是笑，或是顽皮，只碍着帝喾在外边，有时要叫简狄去说话，还不能畅所欲为。凑巧帝喾西巡去了，她就立刻和母亲说道："这回姐姐是后妃娘娘了，我们万万不可以怠慢她，要恭恭敬敬地请她一请才是。"她母亲笑道："姐姐来的时候，不是已经请她过吗？你还要怎样请法？"建疵道："不是，不是，那回请的是帝，不是请后妃娘娘。现在我要专诚请一请后妃娘娘，和那日请帝一样，才算得恭敬呢。"简狄听了，笑得连忙来扪她的嘴，说道："你不要再胡闹了。"建疵用手推开，说道："后妃娘娘不要客气，我是一定要请的。"当下她母亲说道："也好也好，前日造好了这座九层的高台，我只上去过一次，既在夜间，又要行礼，实在没有仔细地游览。我们就是明朝，到台上去吃午膳吧。"建疵道："好极好极！那台上钟鼓乐器，我知道还在那里呢，我们明日午膳的时候，一面吃，一面撞钟擂鼓地作起乐来，岂不是有趣吗！"于是就去告诉有娀侯，有娀侯也允许了。

　　到了次日，大家都到台上，先向四面一望，但见南面的不周山，高耸云端，上面还有许多积雪；东面的渤泽，汪洋无际；西北面隐隐见一片流沙。建疵用手指指，向简狄道："姐姐！帝在那里呢，你看见吗？他还在那里记念你呢。"正说笑间，忽见一双燕子，高低上下，从前面飞掠而过。简狄的母亲道："现在有燕子了！今年的燕子，来得早呀！"简狄道："不是，今年的节气早呢。虽则是仲春之初，实在已近春分，所以燕子也来了。"建疵笑道："不是，不是，它因为帝和后妃娘娘双双而来，所以它们亦双双而来，明朝还要双双地同去呢。"她母亲呵斥她道："不要如此顽皮，怎么拿燕子比起帝来，真正是大不敬！明朝帝知道了，定要拿你去治罪呢。"建疵笑着，刚要回言，忽见宫人来请吃饭，大家就一同就座。建疵一定要拖简狄坐首席，简狄央告道："好妹妹，不要胡闹了，我们吃饭吧。世界上哪有女儿坐在母亲上面的道理呢？"建疵道："你是后妃娘娘，哪里可拿了寻常女儿的道理来讲呢？"简狄一定不依，建疵也只得罢了。正吃之际，建疵看见乐器，又说道："有这许多现成乐器，我们何不传了乐工来，叫他们奏一回乐呢。"她的母亲正色说道："这却使不得。天子吃饭，才可以奏乐，我们吃饭奏乐，岂不是僭用天子之礼吗？这个一定试不得。"建疵笑道："现在不要紧，天子虽不在，后妃娘娘在此，就和天子一样，怕他什么。"她母亲摇摇手道："这个断乎试不得。"建疵道："那么我们改变些，不要撞钟，单是擂鼓，不传乐工，就叫宫人动手，总算后妃娘娘比天子降一等，想来绝不要紧了。"说着，不管她母亲允不允，立刻叫宫人擂起鼓来。她一面吃，一面听，听到鼓声渊渊的时候，竟是乐不可支，说道："有趣，有趣！我以后每次吃饭，必定要叫人在旁边擂鼓，亦是个行乐的法子。"众人看她这个举动，都向她笑。饭吃完后，鼓声亦止，她母亲先下台而去。姐妹二人又游眺说笑一会儿，刚要下台，只见刚才那一双燕子又飞来了，直到台上。建疵忙叫简狄道："姐姐！我们捉住它。"说着就用手去捉。简狄看这一双燕子非常有趣，亦帮同捉起来。燕子在各种飞鸟之中，飞得最快，本来是万万捉不着的，可怪这一双燕子，嘴里"谥隘谥隘"地乱叫，但是飞来飞去，东一停，西一息，总不飞出台外。忽然之间，建疵捉着了一只，还有一只亦被宫人捉住了。急切之间，没有物件可以安放它，凑巧旁边有一个玉筐，就拿来权且罩着。这时建疵已跑得两腮通红，气急吁吁，向简狄说道："我宫中有一个养鸟的笼子，可以养的。"说着就叫宫人去取。不一会儿取到了，建疵就要去揭那玉筐。简狄道："你要小心，不要被它逃去。"建疵道："不会不会。"一面说，一面轻轻揭那玉筐，不提防两只燕子竟如等着一般，筐子微微一开，它们就从那缝里挤出，双双向北飞去了。急得建疵大跌其足，懊悔不迭。简狄也连声说："可惜可惜！"哪知揭开筐子之后，筐下却有玲玲珑珑两个小卵。姐妹二人看见，重复大喜起来，齐声说道："这一刹那的时候，已生下了两个卵，真是奇怪！难道这两只燕子，不是雌雄一对，都是雌的吗？"众宫人因为燕卵是不常见的东西，都纷纷来看。建疵更是乐不可支，向简狄叫道："姐姐！我们今朝的事情，奇怪极了，快活极了，我们不可不作一个歌儿，作为纪念。"简狄听说，也很赞成，于是姐妹两个就共同作起一首歌来，题目叫作《燕燕往飞》。据说这首歌的音节，作得非常之妙，后世的人推它为北音之祖，但是可惜歌词久已失传，在下编书，不敢乱造，只好空起不提。

且说二女作完了歌之后，时已不早，就取了二卵归宫而去。过了两日，正交春分，天气骤然融和，春光非常明媚。建疵又向她母亲说，要想同简狄到郊外游玩游玩。她母亲道："我正在这里想呢，你姐姐做了帝妃，已经多年了，还没得生育，这是很要紧的事情。离此地五里路外，有一座高禖庙，奉祠的是女娲娘娘，据说极其灵验。明日正是春分节，我打算叫你姐姐去拜拜女娲娘娘，求个儿子。你同去游玩一转，亦是好的。"便问简狄道："你看何如？"简狄虽则不好意思，但是一则不忍违母之意，二则姜嫄祷闷宫而得子之事，她是知道的，所以也就答应了，就去斋戒沐浴。

到得次日，她母亲早将祭品备好，就看她姐妹二人动身。来至郊外，但见水边柳眼，渐渐垂青，山上岚光，微微欲笑，不禁心旷神怡。走了半日，到一个土丘之上，果见一座庙，朝着东方，虽则不甚宏大，却也十分整洁。姐妹二人同走进去，简狄诚心拜祷过，就在庙内暂歇，问那随从的人道："此丘叫什么名字？"从人道："叫玄邱。那边丘下一个池，就叫玄池，亦叫玄圃。因为那水底甚深，水色甚黑，所以取这个名。"（现在甘肃省山丹县西南）建疵一听，就拖简狄要去看。到得丘下，果然看见一泓潭水，却是黑沉沉的，直约五丈，横约八丈余，偏着南面角上，有一块坦平的石头，从水中涌出来，不知它是天生成的还是人放在那里的。简狄问从人道："这个池水，有出口没有？"从人道："有出口的，东北角上那个缺口，便是通外面的路。这一流出去，就叫黑水，下流直通到弱水呢。但是这个池水，是暖泉，无论怎样严寒，从不结冰，可是一流到外面，就变冷了。"建疵听说这池水是温的，又稀奇起来，便向简狄道："天下竟有温暖的泉水，可怪之至！"简狄道："有什么稀奇，天下世界，这种温泉多得很呢。前月我听见帝说，梁山地方，就有一个温泉，帝还去洗过浴呢。"建疵忙问道："可以洗浴吗？"简狄道："有什么不可以洗。据说，有些患皮肤病的人，还可以洗浴治病呢。"建疵道："我今朝走得浑身是汗，实在难过，我们就在这里洗他一个浴，亦是难得的。"简狄笑道："你不要胡闹，你又不患皮肤病，洗他做什么？况且青天白日之下，随从人等都在这里，我们两个女子，赤身裸体，洗起浴来，成什么样子？"建疵道："洗浴不过玩玩的，你说我没有皮肤病，难道帝在梁山洗浴，是患皮肤病吗？至于随从人等，都可以叫他们走开去，不许在此。其余小百姓，知道我们国君的女儿、帝王的后妃在此，当然不敢过来了，怕他什么？"说着，"好姐姐，好姐姐"地叫着，嬲个不休，简狄无奈，只得依她，先遣开了从人，叫他们在外面等着，并且拦阻游人，不许放他们过来，然后姐妹两个，解衣入池。那水果然是很温暖，简狄叫建疵道："你可要小心，这个不是玩的事。我看那边，有一块平坦石头的地方，水底当然浅一点，我们到那边去洗吧。"建疵依言，同到那边，果然水底较浅，不过齐到大腿罢了。二人正在洗浴的时候，忽然一双燕子又是颉颃上下的，在池面飞来飞去。建疵叫简狄道："姐姐！那日一双燕子又飞来了。"简狄道："你何以知道就是那日的一双燕子？"建疵道："我看过去，有点认识它们，料想它们也有点认识我们。不然，为什么不怕人，尽管来依傍着我们呢？"简狄正要笑她，忽然见那双燕子竟飞到平坦石头上伏着了，离着简狄甚近。建疵又叫道："姐姐！快些捉住它。"简狄道："我们在这里洗浴，怎么捉起燕子来呢？即使捉住它，用什么东西来安放呀？"建疵道："不打紧，我有方法。"简狄伸起手，正要去捉，哪知一双燕子早已飞去了，却又生下一颗五色的卵，玲玲珑珑，放在石头上，甚是可爱。简狄看见，亦是稀奇，便用手取来。但是又要洗浴揩身，这颗卵苦于没有安放的地方，正在踌躇，建疵又叫道："姐姐！小心，不可捏破。我看你暂时放在嘴里含一含，到了岸上，再取出来吧。"简狄一想，亦好，于是就含在口中。刚要回到岸边，只见建疵在前面被水底石子一绊，几乎跌下去。简狄一急，要想叫起来，一个不留意，那颗燕卵竟咽下喉咙去了，但觉一股暖气，从胸口直达下部，登时浑身酥软，渐渐地有些不自在起来了。简狄急忙凝一凝神，镇定心思，勉强一步一步挨到岸边。这时建疵已先上岸，在那里揩身着衣，嘴里还埋怨简狄道："姐姐！你为什么走得这样慢？那颗燕卵，可以拿来交给我了。"哪知简狄这时，有气无力，跨不上岸，更答应不出来。建疵看了诧异，便过来搀扶，一面替简狄揩抹，一面问道："姐姐！你为什么面上如此之红，神气非常懒懈，莫非有点不爽快吗？"简狄点点头，只管穿衣。建疵又用手到简狄口边来取燕卵，简狄连连摇头，仍是一言不发。建疵不知是为什么缘故，只好呆呆地看。过了一会儿，简狄衣裳穿好，神气渐渐恢复，才埋怨建疵道："都是你走路不小心，绊了一绊，害我着急，连那颗卵都吞到肚里去了，到现在我的心还在跳呢。"建疵叫道："哎哟！怎么吞落肚子去了，可惜可惜。但是我知道燕卵是无毒的，就是吞在肚里，亦会消化，绝无妨害。姐姐！你可放心。"简狄道："我被你急了一急，现在觉得甚为疲倦，我们回去吧。"建疵依言，找齐了随从的人，便匆匆归去，将出游大略向她母亲述了一遍。这日晚上，简狄因日间吞卵的情形太觉稀奇，无精打采，睡得甚早。哪知自此以后，不知不觉已有孕了。所以后人作诗，有两句，叫作"天命玄鸟，降尔生商。"便是这个典故。

且说帝喾那日动身之后，先到不周山上，看那共工氏触死的遗迹，流连凭吊一会儿，又向西行。到了崶山，但见山上多是些丹木，圆叶红茎，非常美丽。据土人说，这种丹木，花是黄的，果是红的，其味极甜，吃了可以使人长久不饥。帝喾道："这是好极了，可惜此时没有果子，不能尝它一尝；又可惜这树只生在此地，假使各地方都种植起来，大可以便利百姓，免得有凶荒之患。"从官道："那么帝何不迁它几株，到都城里去种种呢！"帝喾道："朕亦这般想。不过各样树木，都有一个本性，都有一个土宜，换了土宜，便失却它的本性，是不能活的；即使活着，它的利益功用亦不能保全。不知道这种丹木本性如何，可不可以移植。汝等且去找个土人问问。"从官答应而去。过了一会儿，领了一个土人来，帝喾就问他丹木的本性。土人道："这种丹木，很难养的，种的时候要用玉膏来浇灌，浇灌五年，它的颜色才能够五彩光鲜，它的果味才能够馨香甜美，可以疗饥。假使不用玉膏浇灌，是养不活的；玉膏浇灌得不足，亦是养不活的。"帝喾道："玉膏是什么东西？出在何处？"土人道："这玉膏是玉的精华，出在西面稷泽之中。稷泽之中所出的玉，就是这玉膏结成的。据老辈说，这个玉膏的滋味，和美酒一样，人多饮了，就可以长生不老。但是此处所生，还不是最好的，最好的玉膏出在少室山和华山的顶上，人倘能饮到，立刻可以成仙呢。"帝喾道："现在这些丹木都不是汝等种的吗？"土人道："不是，是前代的老辈所种的。"帝喾道："汝等为什么不种呢？"土人道："就是因为玉膏难得呀。玉膏的源，在稷泽西南面，从前沸沸汤汤，来得很多，现在不大有了，所以丹木也不能种了。"帝喾道："原来如此。"便遣发那土人回去，一面想，那玉膏必定是一种灵物，何妨去探检一回呢。主意定了，就吩咐从人，径向稷泽（现在甘肃瓜州县迤西至新疆一带）而来，但见一片渺茫，直向西边，竟不知道它的面积有多大。帝喾道："刚才土人说，玉膏的上源在稷泽西南面，朕径向西南面而去寻吧。"哪知走了两日，道途极其艰难，却在泽旁发现一块碑文，上面有九句韵文刻着，叫作：

　　瑾瑜之玉为良。坚栗精密，浊泽而有光。五色发作，以和柔刚。天地鬼神，是食是飨。君子服之，以御不祥。

　　帝喾看完，想道：照这韵文看起来，这泽中所生的，不必一定是玉，或者是玉之一类，比玉还要坚硬些，亦未可知。便叫左右到水边去寻。寻了半日，果然得到一种似石非石、似玉非玉的东西，但是在太阳中看起来，光彩闪烁夺目，而且坚硬异常。同时，又有两个人寻出几块玉来，一块是黑的，其余都是白的。帝喾便取过一块白玉来，将那似玉非玉的东西向玉上一刮，那块白玉登时分为两半。众人都诧异道："好厉害呀！"帝喾道："此物碑文上既然说'君子服之，以御不祥'，朕就带在身边吧。"再向西南寻去，哪知愈走愈难，一片汪洋，竟是无路可通。帝喾道："现在春水方生，所以泽中水满，看来走不过去，只好等将来再来寻吧。"就命左右转身回去。

过了多日，回到有娀国，那简狄已是每饭常呕，喜食酸味。帝喾知道她已有孕，不禁大喜，便向她说道："现在汝省亲已毕，朕欲偕汝同归，汝意何如？"简狄道："妾自然应该同归去的。"当晚就将帝意告知父母。那有娀侯夫妇，虽则爱女情切，但因是帝意，亦不敢强留。独有那建疵听见了这话，如同青天打了一个霹雳，顿时心中万分悲苦，掉下泪来。倒是简狄劝慰她说道："我此番归去，过一年两年，总可以再来的，你好好在此侍奉父母，不可心焦。昨天帝给我一块黑玉，说是稷泽之中得到的，是个宝物，现在我送给你吧。"说着，从衣袋里面取出来递与建疵。但是，嫡亲骨肉多年阔别，方才聚首了两月，又要分离，想到这里，心中亦万分难过，禁不住也扑簌簌滴下泪来。过了两日，有娀侯再设饯礼，替帝喾饯行，仍在那九层高台上；建疵和她母亲亦在宫里设宴，替简狄饯行，闹忙了一日。到了次日，帝喾就同简狄动身，一路向有邰国而来。

# 第九回

贲山遇泰逢喜神　姮娥

窃药奔月之历史

　　且说帝喾和简狄到了有邰国，有邰国侯和姜嫄接着，设飨款待，一切自不消说。过了几日，帝喾向姜嫄说，要同回去了。姜嫄不敢违拗，有邰国君亦固留不住，只得照例设飨饯行，又向帝喾道："从此地到亳都，有两条路。一条是陆路，沿着南山，逾过熊耳山，向洛水而去；一条是水路，过山海，出华山，亦到洛水。请问帝走哪一条？臣可以去预备。"帝喾道："朕一年以来，坐车的时候多，乘舟的时候少，但是乘舟比较舒服些，朕就走水路吧。"有邰国君听了，就去预备船只。到了动身的那一天，有邰国君直送到山海边（山海在现在陕西省终南山以北、周至县以东、直到山西省解州镇等地皆是。今为平陆，古为大湖），等帝妃等开船之后，方才回去。

　　这里帝喾等解缆东行，走了多日，才到华山脚下泊住。远见太华之山，削成四方，高约五千仞，气象非常奇特。帝喾因归心甚切，无暇再去游玩，不过在船头指点，与姜嫄、简狄二妃观看而已。到了中条山（现在山西解州镇南），舍舟登陆，逾过几重山岭，已是洛水，顺流而下，渐渐将近亳都。一日晚间，宿在一座山下，帝喾正与二妃计算路程，说道明日一定可到了，简狄忽然抬头看见对面山上有一个人，浑身发出光彩，竟如大晕儿一般，虽在黑夜之中，看过去清清楚楚，不觉诧异至极，忙叫帝喾和姜嫄看。姜嫄看了，也是诧异，问帝喾道："想来是个妖人，否则必是仙人。"帝喾道："都不是，这座山名叫贲山，这个是神人，名叫泰逢，就住在贲山的南面。他是个吉神，凡人有喜庆之事，才能够看见他。朕看见已不止一次了，他后面还生一条虎尾呢，汝等不信，且待他转身的时候，留心看着……"说犹未了，那泰逢吉神旋转身来，向山的东方行去。大家仔细一看，他后面果然拖着一条虎尾，不住地动摇，方才相信。简狄道："我们这番归去，遇见吉神，想来总是好的。"姜嫄笑道："应在你呢，保佑你生个好儿子。"帝喾在旁听了，笑笑不语。

过了一日，已到亳都，早有百官前来迎接。帝喾一一慰劳过，然后同二妃入宫。那时握裒抱着弃儿，自是开心，又知道简狄亦有身孕，更是欢喜。一日，忽报伊耆侯处饬人来接庆都归宁。帝喾答应，准其归去。又过数日，帝喾正在视朝，外边报称，有一个老将，名字叫羿的，前来求见。帝喾大喜，立刻宣召入内。行礼已毕，帝喾向羿一看，只见他长身猿臂，修髯飘拂，大有神仙之概。便问道："汝今年几岁了？"羿答道："臣今年九十八岁了。"帝喾道："看汝精神甚健。"羿答道："叨帝的福庇，精神尚好，不减壮时。"帝喾道："那是难得之极了。朕久闻汝立功先朝，甚为钦佩，前几年共工氏作乱，朕曾遣人各处寻汝，未能寻到，不知道这几十年之中汝究在何处？"羿听了这一问，脸上顿时显出一种怒容，随即说道："老臣自从在先帝时，平定共工氏之后，闲居三十年。当时天下太平，真所谓英雄无用武之地。有一年，老臣忽然大病，病愈之后，筋力大不如从前，颇有衰弱之象。仔细一想，自古以来，一个人总逃不去一个死字。无论你如何的英雄豪杰，无论你如何的才德学问，一旦到得死了，统统化归乌有，这是最可怕的。假使有一个方法，能够长生不死，岂不好吗？因此一想，就向先帝告了一个假，出外云游，求仙访道，希望得到一个方法。奔走数年，居然有人指点道：昆仑山旁边有一座玉山，玉山上有一个西王母，她是与天同寿的活神仙，她那里不死之药甚多。不过凡夫俗体，大概都不能上去，如果能够上去，问西王母讨些吃吃，当然可以不死了。老臣一想，那条路是从前攻打共工氏的时候走过的，老臣是凡夫俗体，能不能走上去，那是另外一个问题，既然知道有这个方法，当然要去走呀。不料给老臣一个不良之妻知道了，她拼命地缠着老臣，一定要同去。老臣劝阻她，说这万里迢迢的远路，你是一个弱女子，如何能够去得呢。哪知这个狠心不良之妻，一定要同去。她说：'路虽则远，总是人走的，岂有不可去之理。况且你我是恩爱夫妻，生则同衾，死则同穴。现在你要做神仙了，剩着我一个人在这里，孤苦老死，你过意得去吗？'当时老臣又劝阻她，说道：'我此番去，能不能见到西王母，是难说的。如果见不着，你同去岂不是空跑吗？'那黑心的妻道：'如果见不到，你也是跑一个空，和我一样,有什么要紧呢!况且你我两个人同去,一个无缘,见不到,或许别一个有缘,因此能够见得到,亦未可知。就使那时我见不到,我总不来抱怨你就是了。'老臣听了无法,平日本来是爱怜她、纵容她惯的,只得和她同走。到了玉山一问,哪知西王母不在玉山,在昆仑山。寻到昆仑山,却有弱水万重,四面环绕。后来遇见了一个西王母的使者,承他接引,老臣夫妇居然都能够身到昆仑,叩见西王母,并蒙西王母分外的优待,赐酒赐果,吃了许多。老臣就说明来意,要想讨一点不死之药。西王母听了,笑说道:'不死之药呢,此地应有尽有。不过吃不吃得成功,是有福命的。'当时老臣不知道西王母的话中有因,心里想道,如果药已到手,岂有吃不成之理,就不去细想它。到了次日,西王母果然拿了两包药出来,一包是给老臣的,一包是给黑心妻的。当下西王母就向老臣等说明吃药的方法,并且说要到稷泽吸取白玉膏,作吃药的引子,方才有效。西王母说完,老臣刚要致谢,只见那不良妻先立起来,向西王母致谢,并且问道:'承西王母赏赐妾等灵药,妾等是非常感激的。但是吃一包,可以长生不死,吃两包,有没有害处呢?'西王母听了,向她看了看,笑道:'吃一包,尚且可以长生不死,吃两包,当然可以白日飞升,长生无极,与天齐寿了,还有什么疑心呢?'当时老臣虽然觉得她们问答的话语都有些古怪,但是总想不到那个狠毒之妻竟会得起不良之心呀!等到谢了西王母,下了昆仑山,渡过弱水,到稷泽地方住下,老臣就向那黑心妻说道:'你在此守住灵药,我去取白玉膏来。'不料从早至暮,寻了一日,路约跑了几十里,白玉膏总寻不出,只得回到旅舍,且待明日再说。回到旅舍的时候,看见那不良妻正和一个同住的男子在那里切切促促,不知讲什么话。后来老臣向不良妻盘问刚才同她讲话的是什么人,她答道:'是个卜卦先生,名字叫有黄。'老臣听了,亦不在意。次日一早,老臣依旧去寻白玉膏,好不容易,居然得到许多。回到旅舍,原拟与不良妻分作药引,哪知不良妻已不见了。到处寻觅,终无下落,寻寻那两包灵药,亦都不知所往。老臣到此,才知道那狠毒妻早怀一个不良之心,深恨自己没有见识,一向受她的愚弄。后来又翻转一想,这个灵药吃的时候,西王母吩咐,必须有白玉膏作引子的。她没有白玉膏,虽则偷了药去,有何用处!她是个聪明人,即使有不良之心，亦不至于如此冒昧。况且万里之外，举目无亲，山高水长，跋涉不易，她即使要偷药而逃，亦逃不到哪里去，恐怕一个弱女子，亦没有这样大的胆量。或者因为我一日找不到白玉膏，她要想帮我找，迷了路途，亦未可知。想到这里，心中的气渐渐平下来，倒反替她担忧。正要想出门去寻，恰好遇见那卜卦先生有黄。忽然想起昨日他们两个谈话的情形，暗想，问着这个人或者可以得到一点消息，于是就抓住有黄，问他要人。有黄问道：'那位女子是你的尊夫人吗？'老臣答应道：'是。'有黄道：'我并不认识尊夫人，我是在此地以卜卦为职业的。昨日上午，遇见尊夫人，尊夫人便向我询问取白玉膏的地方。这白玉膏，是此地特产，远近闻名的，现在虽则很难寻到，但我是以卜卦为职业的人，既承尊夫人下问，就随即卜了一卦，叫她向某处地方去寻。尊夫人听了，立即出门而去，究竟她有没有寻到，不得而知。到了傍晚，就是你老先生将要回来的前一刻，尊夫人又来找我，说就要远行，再叫我替他卜一个卦，问问向哪个方向走好。当下我就给她卜了一个卦，却是大吉大吉的，有五句繇辞，我还记下在这里。'说着就从身边取出，递与老臣。老臣一看，只见上面写道：

　　翩翩归妹，独将西行。逢天晦芒，无恐无惊。后且大昌。

那有黄道：'照这个繇辞看起来，是向西走的好，尊夫人一定是向西去了。我看你老先生，还是赶快向西去追才是。抓住我有黄，有何用处？我实在不知道你们两夫妇到底为什么事呀。'老臣一听，这话不错，那狠毒的妻偷药的罪恶，到此已经证实，只气得一个发昏。要想立刻去追，但是天已昏黑，不能行路，只得在旅舍中再住一夜，愈思愈恨，愈想愈气，一夜何曾睡着！挨到天明，即刻起身，向西方追去。沿途访问，果然都说有一个单身年轻美貌女子，刚才向前过去。但是追了一个月，总是追不上。后来追到一处，亦不知是什么地方，忽然遇到一个人，交给老臣一封书，他说：'三日前，有一个女子交给他，并且说：倘有一个男子来追寻女子的，就将这封书给他看。'那人因见老臣沿途访问，知道是寻女子的人，所以就将这封书递与老臣。老臣看那书面笔迹，果然是那黑心妻所写的。及至拆开一看，直气得手足发颤，几乎晕去。"帝喾忙问："汝妻书上怎样写？"老将羿道："她书上写的是：

　　'妾此次窃药奔窜，实属负君。然前日西王母有言，服食灵药，须视福命。稷泽白玉膏，君求之竟日不得，妾于无意中得之，即此一端而言，君无服药成仙之福命亦审矣。无福命而妄求，纵使得之，亦必有祸。妾不忍君之终罹于祸，故窃药而去，迹虽近于不义，实亦区区爱君之心也。妾现已寄居月窟，广寒四万八千户，颇足容身，并蒙月中五帝夫人暨诸仙侣非常优待。灵桂婆娑，当秋而馥，玉兔腾跃，捣药而馨，俯仰之间，颇足自适。所不能忘者君耳！青天碧海，夜夜此心。每当三五良宵，君但矫首遐观，或亦能鉴此苦衷乎！此间与下界隔绝，除是飞仙，决难辄到，君亦不必作无谓之寻求矣。倘果念妾，或有志成仙，可再向西王母处请求灵药。如有福命，讵难如愿？东隅之失，桑榆之收，不过迟早间事。妾在清虚紫府，敬当扫径以俟，把晤匪遥，言不尽意。'

帝想想看，她偷了老臣的药，还说是爱惜老臣，这是什么话！而且书上所说的，又像嘲笑，又像奚落，又像挖苦，使人看了难受，真正可恶极了！"说到此处，怒气冲冲，声色惧厉。帝喾见他如此情形，不免安慰他道："汝妻如此无情无义，实属可恶。但事已至此，怒也无益，不如看开些吧。依朕看来，汝妻书上所说，叫汝再去昆仑山求药，却是一法，汝何不去求呢？"羿听了，连连顿足道："老臣当时，何尝不如此想呢！自从接到狠毒妻的书信以后，料想再追也无益，于是就转身向昆仑山而行。哪知弱水无情，去了三次，始终遇不到那个接引之人，渡不过去，只能回转。不信老臣竟没有这样的福命，算起来总是被那狠毒妻所陷害的呀！"金正该在旁边说道："某从前和老将同打共工氏的时候，曾听见说老将有神箭神弓，便是天上的星宿亦射得下的，何妨将这个明月射它下来，使尊夫人无可容身，岂不是可以报怨吗？"羿道："当初愤激极的时候，亦如此想，后来仔细考虑，有三层不可。

第一层，我有这种绝技，那狠毒妻是知道的。我还有一个避箭的药方，那狠毒妻亦是知道的。她是个聪明伶俐的人，岂有不防到这一着之理。万一射它不下，更要为她所耻笑了。第二层，明月与他种妖星不同，它是上面有关系于天文，下面有关系于民生的东西。万一竟被我射下来，便是以私怨害公益，其罪甚大。古人所谓'投鼠忌器'，我所以不敢。第三层，我当初所以拼命去追赶她的缘故，不过想问她讨回灵药，并非有害她性命的心思。仔细想来，究竟是结发夫妻。妻虽不仁，夫不可以不义。古人有言：'宁人负我，毋我负人。'况且我已经是不能长生的了，若射下明月，铲除她的窝巢，绝了她的前程，使她亦不能长生，未免损人不利己，岂但负人，岂但不义，简直是个愚人。如此一想，我所以不射的。"木正重道："老将如此忠厚存心，实在甚可钦佩，将来难说还有得到灵药的机会呢。"帝喾又问道："汝妻何姓何名？现年几岁？"羿道："她姓纯狐氏，名叫姮娥，那年逃窜的时候三十五岁，是老臣的继室。老臣因为她年轻貌美，自己又衰老，不免溺爱纵容一点，以致酿成如此结果，这亦是老臣自作之孽，到此刻亦无可说了。"帝喾道："汝既来此，可肯为朕暂留，将来如有四方之事，还须望汝宣劳，汝意何如？"羿急忙稽首道："老臣敢不效力！"帝喾大喜，即传命授羿以司衡之职，并且取了白羽所做的箭，名叫"累矰"的，以及彤弓、蒿矢之类，赏赐与羿。羿再拜稽首谢恩而出。

# 第十回

简狄剖胸而生𪘁　熊泉之役

帝喾挈女南巡

帝喾一日退朝后，正在书室休息，忽有宫人来报，说道："太后有请。"
帝喾急忙进去问安。握裒道："今日次妃生产，从早上到此刻，交骨不开，
胸前仿佛有物顶住，不时晕去，诸医束手，都说凶多吉少，这事如之奈何？"
说罢，脸上露出一种凄愁之色。帝喾道："母亲放心，儿看简狄这个人，仁
而有礼，不像会遭凶折之人。医生虽如此说，或者是他们学识不足之故。儿
且到外边，令人寻访良医，能有救星，亦未可知。即使终于无救，人事总是
应该尽的，母亲以为何如？"握裒道："汝言极是，可赶快叫人去寻。"帝喾
答应，退出，忙令左右分头去探访治难产之人。寻到半夜，居然请了一位进
来，却是向来没有盛名的，年纪不过四十多岁。行过礼之后，帝喾也不及细
问姓名，便问道："汝能治难产吗？"那医生道："小民略有所知。"帝喾便令
人引至后宫。原来此时简狄已经昏晕过去，不省人事，姜嫄、常仪等都急得
痛哭不止，握裒更自悲伤。医生进来，也不及行礼招呼，便命他去诊治。那
医生走到床边，先将简狄的脸色细细察看，又将两手的脉诊过了，然后向胸
前四周揿了一回，回头向握裒、姜嫄等说道："诸位可放心，这是奇产，不
是难产，并不要紧。"握裒等听了略略宽怀，就问道："果真不要紧吗？"那
医生连声道："不要紧，不要紧，小民有弟子二人，并器具都在外边，请饬
人去叫他们进来，可以动手。"握裒听了不解，一面命人去叫他的弟子，一
面就问道："事已危急，如何治法？何以要用器具？"医生道："并不危急，
太后放心。次妃此种生产，系另一种产法，与寻常不同，须将胸口剖开，然
后可产，所以必须用器具。"握裒听了，大惊失色，姜嫄、常仪及宫人等亦
均恐慌不置。握裒便问道："这事岂不甚危险吗？万一致命，将如之何？况
且胎在腹中，至多不过剖腹，何至于剖胸？汝不会治错吗？"那医生道："不
会治错，非剖胸不能生，小民何敢以人命为儿戏，太后但请放心。"握裒听

了，忧疑不决。这时医生的两个弟子已携器具而来，那医生就吩咐他们配药理具，预备动手。常仪在旁，便向握衷说道："太后何不请帝进来，决一决呢？"握衷道："不错不错。"急命人去请帝。少顷，帝喾来到，那医生就将他的治法说明。帝喾道："不会治错吗？"那医生道："不会治错。如有差虞，愿服上刑，以正庸医杀人之罪。"帝喾道："此法究竟危险，舍此有何良法？"那医生道："此法并不危险，舍此却无他法。"帝喾看他应对从容，料他必是高手，遂决定道："既如此，就费汝之心，为朕妃一治，将来再当厚谢。"那医生道："不敢，不敢。小民应该效力的。"说着，又向握衷道："太后、后妃，如果看了胆怯，暂请回避，最好一无声息，庶几医生与产妇都不致心乱。"帝喾道："极是，极是。"于是握衷、姜嫄等都退入后舍，单留两个宫人在室中伺候。医生便问宫人道："小儿褓褓、热水等都已预备好否？"两宫人道："都已预备好了。"那医生听了，就叫弟子将一块湿布在简狄脸上一遮，一面叫一个宫人拿了火，一个宫人揭开被，解开简狄的上衣，露出胸脯来，并将裤略褪到脐边，然后自己脱去下裳，早有弟子递过一柄小薄刀，医生接在手里，跳上床去，两个弟子各拿了药水器具，立在床边。那医生先用些药水，将简狄胸前搽了一搽，然后轻轻用刀先将外皮一直一横地划作十字形，用器具将四方挑开，又轻轻用刀将里面的膜肉划成十字形，用器具四方挑开。顷刻之间，那胸前现出一个大窟窿，热血流溢不止。说也奇怪，从那窟窿之中，登时露出小儿的胎发来。医生看见胎发，急忙用手将简狄身上四面一捻一揿，那小儿连胞直从窟窿中钻出。一个弟子放下器具，双手捧过来，随即将胞衣剥去，如剥笋壳一般，却是一个男孩。这时两宫人看见这种情形，已吓得面色雪白，心跳不止。那小儿剥去胞衣，露出身面，为寒气所袭，哇哇地哭起来。那弟子随即将孩子递与宫人，并轻声嘱咐道："要小心。"此时宫人如梦方醒，捧了小儿自去洗浴包扎，不提。且说这边一个弟子捧过小孩之后，另一个弟子早将药线、药针、药布等递与医生。医生立刻将里面的膜肉和外皮一层一层地合好，再用药线一针一针地缝起来，那窟窿就不见了。又用布略略揩去血迹，用一个大膏药贴上，又取出一块丈余长的白布，嘱咐宫人将产妇身上从背至胸层层裹住，七日之后方可除去，但须轻轻动手，不可震动。

原来此次收生，自始至终，不过一刻工夫，已经完毕。帝喾在床侧，不住眼地观看，深叹其技术之精深，手段之敏捷，心中佩服不已。看他跳下床来，即忙过去，等他净了手之后，就举手向他致谢道："辛苦辛苦！费神费神！"那医生刚要取下裳来穿，见帝喾如此情形，慌得谦逊不迭。正要开言，哪知握裒、姜嫄、常仪等听见外面小儿啼哭声非常洪亮，忍不住都走出来了。握裒先问道："次妃怎样？"医生道："小民用麻醉药将其闷住，大约过一刻就会醒来，此时不可去惊动她。"握裒听了，总不放心，走到床边，俯身一听，觉简狄鼻息轻匀，不过如睡熟一般，将心略略放下。回头看见小孩，知道又得一孙，不觉欢喜。帝喾向握裒道："夜已深了，母亲如此高年，可请安睡，不要再为儿辈操心了。"握裒道："何尝不是，但刚才急得将疲倦都忘记了，现在已经平安，我就去睡，也好。"说着，慢慢地过去，由姜嫄、常仪陪了进去。

这里帝喾就向医生道："时已不早，汝辛苦之后，想必饥饿，朕已命人预备食物，且到外边坐吧。吃过食物之后，朕再遣人送汝归去。"医生再三谦谢，即说道："帝赐食物不敢当，但是小民还有两个药方，须写出来，待次妃醒来之后，可以照服。"帝喾道："如此正好。"便命宫人持烛引导，径向书室而来。医生一看，却是小小的三间平屋，屋中燃着一支大烛，此时正是深夜，虽觉不甚看得清楚，但觉陈设极其简单，除去四壁都是些简册之外，几乎别无所有。医生至此暗暗佩服帝的俭德。宫人将座席布好，却是南北向的，帝喾便命医生西面坐，是个客位。医生哪里敢坐。帝喾道："在朝堂之上，须讲君臣之礼，那么自然朕居上位。如今在朕私室之中，汝当然是客，切不可拘泥。况且朕仍旧是南面，无伤于礼制，汝坐下吧。"医生不得已，告罪坐下。两个弟子在下面，另外一席。帝喾向医生道："汝之医术，实在高明，朕深佩服，但不知是自己研究出来的呢，还是有师傅授的呢？"医生道："臣有师传授。"帝喾道："汝师何人？"医生道："小民的老师有好几个，一个名叫俞跗，一个名叫少跗，是两弟兄。他们的治病，不用汤药，不用针石，不用按摩之术，不用熨贴之法，专门割皮、解肌、诀脉、结筋、搦髓脑、揲膏肓、爪幕、湔浣肠胃、漱涤五脏、练精易形。小民刚才治次妃的手术，就是从这两位老师那里学来的。还有两个老师，一个叫巫彭，一个叫桐君。他们两个，善于内科，创造种种方药，以救人命。至于剖割、洗浣、针灸等方法，亦会得，不过没有俞老师那样精就是了。"帝喾道："原来汝就是他们几个人的弟子，所以医术有如此之精，朕真失敬了。那几位大医家，都是先曾祖皇考的臣子，当时与先祖皇考及岐伯、雷公诸人，共同研究医术，发明不少，为后世医药之祖，朕都知道的。原来汝就是他们的弟子，朕真失敬了。但是汝既具如此绝艺，应该大名鼎鼎，四远传播，何以近在咫尺，朕竟不知？是否汝不行道吗？"医生道："小民不甚为人治病。"帝喾道："为什么缘故呢？"医生道："小民有五个原因：第一个原因，医道至微，人命至重。小民虽得诸名师之传授，略有所知，但是终不敢自信，深恐误人。第二个原因，小民性喜研究各种典籍，若为人治病之时多，虽则也可以多得些经验，但是自己研究之功不免荒疏，因此反而无进步。第三个原因，小民生性戆直，不能阿附病家，以至不为病家所欢迎，求治者遂少。第四个原因，同道之人易生嫉妒。我不如人，自问应该退让；人不如我，相形尤恐招忌，轻则谗谤相加，重则可以性命相搏。从前有一个良医，极其高明，可是他太喜欢出风头了，听见哪一处贵重妇人，他就为带下医；听见哪一处爱重老人，他就为耳目痹医；听见哪一处喜欢小儿，他就为小儿医；虽则名闻天下，但是到后来终究为人刺死。可见盛名之下，是不容易居的。小民兢兢以此为鉴，所以不敢多为人治病。第五个原因，医生的职务，本为救人，并非借此牟利。但现在的医生，牟利的心多，救人的心少。小民倘使和他们一样，高抬身价，非多少谢礼不治，那么对不起自己的本心，就是对不起这个职业，更对不起从前尽心传授我的几位老师。假使不索厚谢，来者不拒，那么不但夺尽别个医生的衣食饭碗，招怨愈深，并且可以从早到晚，刻无暇晷，小民自己的精力如何支得住呢？虽说医家有割股之心，应该为人牺牲的，但是精力有限，则疏忽难免，因此而反致误人，那么何苦呢！所以小民定一个例，每过几年，必定迁移一个地方，更换一个姓名，不使人知道太多，那么求治的自少了。这次搬到亳都，尚属不久，因此大家不甚知道小民。"帝喾道："原来如此，那么汝之人品心术，更可敬了。但是朕有大疑之处，要请教汝。古今妇人生产之理，总是一定的，现在次妃的生产，汝知道她不循常理，而从胸口，这是什么缘故？还是古来是有这种产法的呢，还是汝自己研究出来的呢？"医生道："古来是有的，不过不必一定从胸口生产，或从背上生，或从胁生，或从两腋生，都是有的。最奇怪的有四个妇人：一个是有孕之后，过了十个月，还不生产，而她的额角上生了一个疮，渐生渐大，后来那个婴儿竟从额疮上钻出。还有一个，是从股中生出的。还有一个，有孕之后，她的髀上痒不可当，搔之成疮，儿即从疮中生出。还有一个，尤其奇怪，她有孕之后，觉得那胎儿渐渐坠下至股中，又渐渐坠下至足中，又渐渐至足拇指中，其大如杯，其痛欲折，后来竟从足拇指上生出，岂不是奇怪吗？大概这种生产法，古人叫作坼副，历史上间或有之，不过不多罢了。"帝喾道："这种生产的小儿，能养得大吗？"医生道："养得大呀。依小民的观察，从胁生、从腋生、从胸生、从背生的这种小儿，不但养得大，而且一定是个非常之人。从额生、从股生、从髀生、从足拇指生，那种小儿就不足道了。比较起来，从额生的稍稍好一点，至于抚养亦没有不容易抚养的。"帝喾道："汝怎样知道这种小儿是非常人与寻常人呢？"医生道："人之生产，本有常轨。他不循常轨，而别出一途，足见他出生之初已与众不同，岂不是个非常之人吗？但是妇人受孕，总在腹中的，从胸、从背、从胁、从腋，仍在腹之四周，所谓奇而不失于正，所以不失为非常之人。至于额上、股上、髀上、足趾上，离腹已远，而且都是骨肉团结之处，绝无空隙可以容受胎儿，他们一定要从此处生出，太觉好奇，当然不能成为大器的。但是从额生的，尚有向上之心，还可以做个统兵之将。至于从足拇指而生，可谓下流之至，一定毫无出息了。"帝喾道："据汝看起来，朕这个剖胸而生之子，将来能有出息吗？"医生道："从胁、从腋、从胸、从背四种生产法，都是奇的，细细分别起来，又有不同。从胁、从腋生的，奇而偏，将来或入于神仙之途，与国家不见得有什么利益。从背而生的，奇中之奇，将来建奇功、立奇业，大有利益于国家，但是他自己本身，不免受尽艰苦。至于从胸生的，奇而正，将来能建勋劳于国家，流福祚于子孙，而他自己一生亦安善平康，一无危险。不是小民说一句恭维的话，这位帝子，恐怕真是天地间灵气所钟呢！"帝喾笑道："太夸奖了。朕想起来，此次次妃生产，幸而遇到汝，才能免于危险。但是同汝一样医道高深之人，旷古以来，能有几个？假使有这种奇产，而不遇到良医，那么虽则是天地间灵气所钟，而灵气不能出世，反致母子俱毙，将如之何？岂不是灵气反成戾气吗？"医生道："依小民愚见，绝不至于如此。因为天地灵气钟毓，绝非偶然，既然要他这样生，一定有法来补救。即如小民去年在岳阳（现在山西安泽县）行医，因为求诊的人太多，搬了出来，本意先到帝丘，再来此地。不知如何一来变计，先到此地，恰好为次妃收产。即使小民不来，或者别有一个医理胜于小民的人来治，亦未可知。即使竟没人来治，时候过得久了，或者胸口竟会开裂，小儿自会钻出，亦未可知，不过创口难合，做产妇的多受一点痛苦罢了。灵气已经钟毓，而不能出世，母子俱毙，绝无此理。"帝喾刚要再问，食物已经搬到，大家正在腹饥，各自举箸。正吃间，一个宫人来问道："次妃已醒，想啜粥，可啜吗？"医生道："可啜，可啜。要薄，要热，不可啜多。"宫人答应自去。这里帝喾等吃完之后，天已透明，那医生即要过笔来，细细开了两个方剂，向帝喾道："第一方服三剂，第二方服五剂，就可以痊愈了。"说罢，兴辞。帝喾再三道谢，命人送至宫外，自己再到里面来看简狄，哪知握衰、姜嫄、常仪等都在那里。帝喾就问握衰道："母亲不曾睡么？太劳神了。"握衰道："刚才去睡，只是睡不熟，心里记挂，所以就起来了。这位医生，真是神医，刚才我来，次妃刚醒，问问她，竟一点不知道，一些不觉痛苦，你说奇不奇！"帝喾道："那医生艺术果然是精的，他还有两个药方开在这里呢。"说罢，从身边取出，递与姜嫄，叫她去料理，又向握衰道："天已大明，母亲忙碌一夜，终究以休息休息为是，儿也要视朝去了。"于是母子分散。到了第三日，帝喾给这小孩子取一个名字，叫"卨"。卨是一种虫儿，因为他的生产与人不同，所以当作一种虫儿，以志奇异。一面再叫人去请那医生，预备给他一个官职，叫他多收弟子，以求医学的昌明。哪知去的人转来说，那医生昨日早晨回去，急忙收拾行李，带了他两个弟子，不知搬到何处去了。帝喾听了，怅惜不已。

又过了数月，帝喾视朝，向群臣说道："朕去年巡守东北西三方，尚有南方未曾去过。现在朝廷无事，朕拟再往南方一巡，汝诸臣仍依前次之例，在都同理政务，各尽其职。朕此行预算不过三四月而已。"诸臣齐声答应。只见老将司衡起身奏道："帝往南方，老臣情愿率兵扈从，以防不虞。"帝喾道："朕的巡守，无非是采风问俗、察访闾阎疾苦、考求政治利弊的意思，所以轻车简从，绝不铺张。因为一铺张之后，有司的供给华丽，百姓的徭役烦苦，都是不能免的，不是为民而巡守，倒反是害民而巡守了。况且要想采风问俗、察访疾苦、考求利弊，尤非轻车简从不可，因为如此才可以使得君民不隔绝，种种得到真相。假使大队车徒前去，不但有司听见了风声可以预先作伪，就是百姓亦见而震惊，何敢尽情吐露？所以朕不愿带兵前去。至于南方小民，皆朕赤子，何怨于朕，欲加危害，以致不测？汝未免过虑了。"羿道："帝有所不知，南方之地，老臣是跑惯的。那边的百姓，三苗、九黎、南蛮、西戎、多半杂居。万一遇到不可理喻的人，不可以德感，那么将如之何？所以请帝须要慎重，还是老臣率兵扈从的好。"帝喾听了，沉吟不决。火正吴回道："臣职掌南方，知道戎蛮的性情。古人说：有备无患。臣的意思，还是请老将率兵扈从为是。"帝喾道："那么由司衡选择有技艺材武的师徒五百人，率以从行，想来亦足以御不虞了。"司衡羿道："如此亦好。"于是就退朝，自去挑选。

这里帝喾入宫，禀知握裒，说要南巡。握裒知道是国家之事，当然无语。哪知被帝女听见了，便和帝喾说，要同去。帝喾道："此去路很远，很难走呢。刚才司衡老将说，还有苗、黎、戎、蛮等类，恐要为患。汝一小小女子，如何同去？岂不是添朕之累吗？"谁知帝女只是嬲着，要同去游历游历，以扩眼界。原来帝女此时已二十岁了，生性极喜欢游乐，亳都附近的山水，早给她游遍了，常嫌不足，要想游遍天下以畅其志。前岁帝喾出巡，她正患病，不能同行，深以为恨。这次帝喾又要出巡，她自然嬲着不肯放过了。她相貌既好，人又聪明伶俐，大家都很爱怜她，握裒尤视如珍宝。这次看见她要同去，就向帝喾说道："我看就同她去吧，四妃也同去。上年正妃、次妃不是都同去过吗？这次亦可给她们母女两个增增见识。虽则路上比较难走些，但是有老将羿扈从，大约可以放心的。"帝喾见母亲吩咐，不敢违拗，只得答应下来。那常仪与帝女二个都是欢喜之至，自去准备一切行李。帝喾先布告南方诸侯，约定日期，在南岳相会，然后择日起身。

哪知事不凑巧，刚到起身前一日，忽然接到熊泉地方的警报，说有寇贼作乱，其势非常猖獗，官兵往剿，迭遭失败，不得已请朝廷速与援军，否则百姓不堪设想等语。帝喾见了，即刻召集群臣商议。金正该道："臣闻熊泉地方的将士，素称精练，如今竟为寇贼所败，料贼中必有能人，未可轻敌。臣意须司衡羿前往，方可以奏肤功，不知帝意何如？"帝喾道："汝言极是，朕亦如此想。"羿道："军旅之事，老臣不敢辞。但此刻方将扈从南巡，不能分身，请帝展缓行期，待老臣杀贼归来，何如？"帝喾道："这个却不必。朕素以信示天下，南巡日期业已通知各诸侯，今忽改期，殊失信用，朕所不取。朕自问以诚待诸侯，以仁待百姓，想来此行，未必有甚危害。即使苗、蛮、黎、戎之类，或有蠢动，那邻近的诸侯和百姓必能救援，似乎可以无虑。现在熊泉之民，水深火热，不得安枕，朕甚忧之。比较起来，自以救熊泉之民为急，朕一人之安危次之，汝其速往。"羿听了，只得稽首受命，统率将士，星夜往熊泉而去，不提。

次日，帝喾带了常仪和帝女，辞了握衰，依旧准期起行。握衰看见帝女去了，不知不觉一阵心酸，流下泪来，仿佛从此不能再见的光景，亦不知何故。三人出了宫门，同上车子，除了五百卫士及随从人等之外，尚有一只大狗盘瓠。那盘瓠生得雄壮非常，咆哮跳跃起来，仿佛和猛虎一般。一向随帝女深闭宫中，不免拘束，现在得到外边，昂头腾绰，忽在车前，忽在车后，忽而驰入森林之中，忽而饮水于小溪之畔，觉得它乐不可支，益发显得它的灵警活泼。帝女在车上看见，指指它向帝喾道："父亲曾说南方路上不好走，恐怕有苗、蛮、黎、戎等为患。现在我有这只狗，如果他们敢来，包管先咬他一百二十个。"说罢，咯咯笑个不止，那车子亦循着大路一直而去。

# 第十一回

山膏骂人，兽能人言　黄帝与蚩尤战争之历史

　　且说帝喾这次出巡，预定的路程是由嵩山（一名外方山，现在河南登封市北）到荆州，然后渡云梦大泽，浮湘水而达南岳。一日，经过辕辕口（河南偃师市南），帝喾指向帝女道："前面已是少室山了。"帝女道："听说这座山上，有白玉膏，一服就可以成仙，不知有此事吗？"帝喾道："此事见于记载，想必有的。昆仑山、玉山和这座山，都以白玉膏著名。昆仑、玉山，阻以弱水，此山太峻峭，都不能够上去，所以服白玉膏而成仙的甚少。大约神仙之事真不容易呢。"次日，游过少室山，又到太室山，登嵩山之绝顶，徘徊瞻眺了一回。时值深秋，白云红叶，翠柏黄花，点缀岩岫间，天然图画，常仪和帝女都是见所未见，欣赏不置。帝喾道："朕游天下，五岳已走过四个。泰山以雄伟著名，华山以奇秀著名，恒山以高古著名，独有此山，虽然没有泰山、恒、华的高奇，但气象雍容，神采秀朗，仿佛王者宅中居正，端冕垂绅，不大声以色，而德意自远。朕建都在此山之北，亦是这个缘故。"一日，车驾行至一山，忽听得树林内有人叫骂之声。仔细一听，仿佛骂道："你们这一班恶人！你们这班贱人！你这个把狗做老婆的东西！你这只贼狗！"如此接连不断地在那里骂，大家都非常之诧异。向树林中一望，并不见有人，只见那盘瓠耸起双耳，竖起长尾，嘑地大嗥一声，直向林中窜去。猛听得"你这贼狗！你这恶狗！你这凶狗！"又是一阵大骂之声，以后寂无声息了。左右追踪过去，只见盘瓠在乱草丛中抓住一只赤如丹火的动物，在那里乱咬。仔细一看，仿佛像一只猪形，赶快来报帝喾。帝喾猛然想到道："朕听见苦山之山，产生一兽，名曰山膏，其状如豚，赤若丹火，善于骂人，不要就是此兽吗？"即遣左右去探听此山何名。左右道："方才已问过，此山名叫苦山。"帝喾道："那么不用说，一定是山膏了。这个畜生，不过偶然学到几句人话，就庞然自大起来。人家并没有去冲犯它，它却逢人便骂。今日不免有杀身之祸，这个亦可以给那种放肆无礼的人做个榜样。"

　　隔了一会儿，到了客馆住下，大家又谈起刚才山膏骂人之事。常仪便问帝喾："兽能人言，真是奇事。"帝喾道："兽能人言的种类多着呢，最著名的是猩猩，它不但能够人言，并且能够知道人的姓名，并且能够知道过去之事，岂不是奇怪吗！还有一种名叫角端，它的形状，似鹿而马尾，浑身绿色，只生一只角，它不但能说人言，而且于四夷之言亦都能了解，又能知道未来之事，岂不更奇怪吗？"帝女忙问道："这个角端，出在何处？"帝喾道："它是个旄星之精，圣人在上的时候，它才奉书而至，是个不常见的灵物，并无一定出处的。还有一种名叫白泽，浑身毛片都是雪白的，它不但能说人言，并且能够通于万物之情，为民除害。高祖皇考东巡守到海滨，曾经遇到此兽。当时问它天下鬼神的事情，它都一一回答出来。高祖皇考一面问，一面将它的话录出来，或画出来，自古精气为物、游魂为变者，共总得到一万一千五百二十种，就取名叫作《白泽图》，后来又作了一篇祝邪的文章去祝它，岂不尤其奇怪吗？"帝女道："后来这个白泽兽哪里去了？"帝喾道："这种是神兽，不常出现的。大约做君主的明德幽远，它才出来一次。如今朕的德行，远不及高祖皇考，所以它亦不来了。"帝女道："女儿听见说，高祖皇考后来上天成仙，这事是真的吗？"帝喾道："为什么不真？当初高祖皇考以武功定四夷，以文德化兆民。后来功成之后，到首山采铜，又到荆山下铸鼎。鼎成之后，就有一条神龙，垂着极长的胡髯，从天上下来。高祖皇考知道是来迎接他的，就带了随身的物件及弓剑等，与群臣后宫诀别，然后骑上龙去。群臣后宫知道高祖皇考要登仙了，大家亦都赶快骑上龙去，共总有七十多人。那时龙已渐渐腾起，有些小臣赶不及骑上龙的，都抓住龙髯。龙禁不起这许多人的重量，疼痛起来，把头一昂，凌空而上，龙髯拔去的不少。那些小臣手抓龙髯坠下地来，并且将高祖皇考的弓都震了下来。那时百姓在下面的，何止几千万人。高祖皇考既上了天，大家看不见了，于是有的抱了弓，有的抱了龙髯，大家一齐痛哭。所以后世之人，将这个地方取名叫鼎湖，将这张弓取名叫乌号，此事见于历史，的确有的，为什么疑心它不真呢？"帝女道："高祖皇考的坟，现在桥山，既然成了仙，为什么还有陵墓呢？"帝喾道："那个陵墓是假的，后人因为思慕高祖皇考的恩德，所以取了他平日所穿的衣冠，葬在里面，筑起陵来，以便祭祀展拜，并不是真的呀。"帝女道："原来如此。但是女儿有一种感想，高祖皇考既然以功德隆重，得道而成仙，像父亲现在功德，比到高祖皇考，据女儿看起来，实在差不多，将来多少年之后，难说亦有神龙来迎接父亲上天成仙呢。"帝喾笑道："汝看得道成仙如此之容易吗？当初高祖皇考，生而神灵，弱而能言，幼而徇齐，长而聪明，成而敦敏，能够役使百灵，可算得是个天纵之圣人，但是还不能坐而得道，必定要经过多多少少的访求，得过多多少少的名师，才能够通彻一切的秘要，穷道尽真，方才得到成仙的结果。朕哪里能够如此呢？汝真看得成仙太容易了。"帝女道："高祖皇考怎样地访求，有几位名师，如何地传授，如何能够成仙，父亲必知其详，何妨说与女儿听听呢。"帝喾道："精微的道理，朕不能知，所以亦不能说。至于高祖皇考经过的事迹，书册俱在，朕都知道，可以和汝说的。大凡一个人要成仙，须有五个条件。第一要德行高深，第二要智慧绝伦，第三要得天神的帮助，第四至少要立一千三百件善事，第五要有名师传授，得到丹诀和导引服食的方法。这五个条件，缺一不可。高祖皇考的德行智慧，历历在人耳目，朕可以不必再说。最难得的，就是得天神的帮助，这是后人所万不能及的。当初高祖皇考在有熊地方（现在河南新郑市）做诸侯的时候，同时北方有一个诸侯，名叫蚩尤，带了他的臣子作起乱来。那蚩尤氏有兄弟八十一人，个个生得铜头、铁额、石项，而且身子极像个猛兽，有八肱、八趾，手像虎爪，掌有威文，凶恶无比，甚而至于飞空走险，无所不能，抟沙为饭，以石作粮，你看奇不奇呢！凑巧那时候有一座葛卢山崩了，洪水盈溢。水退之后，露出一种矿质，名叫赤金，蚩尤氏就拿了这种赤金来铸兵器，一种叫剑，一种叫铠，一种叫矛，一种叫戟。后来又有一座雍狐山崩了，又露出赤金，他又拿来铸兵器，叫作雍狐之戟、狐父之戈。又创出一种兵器，名叫弩，能够从远方射过去伤人。他们既然生得这般凶恶，又有这种利器，人民已经敌他不过了；他们又变幻无方，能够呼风唤雨，兴云作雾，种种妖奇不一而足。因此之故，暴虐百姓，无所不至。史书上有两句话，叫作'顿戟一怒，伏尸满野。'照这两句话看起来，他们

的暴行可怕不可怕呢？那个时候，炎帝榆罔做天子，能力薄弱，没有方法制
伏他，只好封他做个卿士，叫他专制西方，管理百工之事，以为可以羁縻他
了。哪知蚩尤氏狼心无厌，一定要夺取帝位。一日带了兵来打榆罔。榆罔敌
不住，弃了帝位，逃到涿鹿地方去。那蚩尤氏就自称为炎帝，行起封禅之礼
来，又要攻灭其他的诸侯。那时高祖皇考在有熊，德高望重，其他诸侯和榆
罔都来归命于高祖皇考，要请高祖皇考去讨伐他。当时高祖皇考还想用仁义
去感化他，哪知这种一半像人、一半像兽的东西，绝不是'仁义'两个字所
能感化的，于是乎只好和他打仗。但是无论如何总打他不过，因为蚩尤氏的
兵器都是极犀利的赤金铸成，高祖皇考的兵器都是竹木玉石之类，即使万众
一心，拼命死战，也不能支持呢。况且蚩尤氏又善于变幻之术，到得危急的
时候，或是暴风扬沙，或是急雨倾盆，使高祖皇考之兵不能前进；或是大雾
迷漫，或是浓云笼罩，几里路中间不能辨别方向，他却于中乘机攻击。因此
之故，高祖皇考屡次攻打总是失败。有一日，又败下来了，退到泰山脚下，
聚集残兵，与上将风后、力牧等筹划抵御方法，左思右想，总想不出。高祖
皇考心中忧愁焦急，不觉仰天长叹了几声，因为连日战争疲劳，遂退到帐中，
昏昏睡去。哪知从这几声长叹之中，感动了上界的一位天神，这位天神，就
是端居在玉山的西王母。她知道高祖皇考有难，就叫了九天玄女来，吩咐道：
'现在下界蚩尤氏作乱，暴虐百姓，公孙轩辕征讨不下，汝可前往助他一臂。'
九天玄女领命，正要起身，西王母道：'且慢，我还有事。'说着，就吩咐旁
边侍立的素女道：'把我藏着的一件狐裘取来。'素女将狐裘取到，西王母又
取过一方帛布，画了一道符，叫素女拿了，同玄女前往下界，交与公孙轩辕
氏。素女领命，与玄女同下山来。那九天玄女的真身，本来是个鸟形。这次
下山，却化为一个绝色美女，骑着一只丹凤，驾着一片景云，穿了一件九色
彩翠之衣。那素女也是个天仙，穿了一身洁白之衣，也驾着彩云，和玄女一
齐东行，真是瞬息万里，不多时已到泰山脚下。二人按落云头，下了丹凤，
一同向大营中走去。那时高祖皇考正在昏睡，所有兵士，三五成群，因为连
日战斗疲乏了，正在那里休息。忽然看见来了两个绝色女子，一个彩衣，一
个素衣，素衣女子手中，又捧着一件玄狐的裘，不禁诧异。只见那素衣女子

问道:'汝主现在何处?'那些军士都是高祖皇考训练过的,都有道德,都有知识,不比那草寇强盗的兵士,一无纪律,所到之处,不是掳掠,就是奸淫,所以他们虽则溃败之后,荒僻之地,遇到两个绝色孤身的女子,仍是恭敬相待,绝不敢稍存兽心。听见她问到君主,更加客气,便齐声答道:'我主正睡着呢,汝等有何事,来此动问?'彩衣女子道:'我们有要事请见,烦诸位为我通报。'军士答应入内。高祖皇考闻知,立刻接见。行礼已毕,玄女、素女说明来意,高祖皇考感激不尽,西向再拜,便将蚩尤氏的凶恶厉害变幻和自己屡次打败的缘故,向二女说知。素女道:'这个不难抵御,请帝放心。'说罢,将狐裘一袭、灵符一道递与高祖皇考,并说道:'穿了这狐裘,刀戟大弩不能伤,佩了这灵符,风雨云雾不致迷,自然会成功了。'高祖皇考听了这两句话,不觉怀疑,便问:'某去攻打蚩尤,全仗军士。假使军士都受伤,独某一个人不受伤;军士都着迷,独某一个人不着迷;何济于事呢?'玄女道:'请帝放心,还有方法呢。蚩尤氏最厉害的,就是刀戟大弩,但是我们亦可以制造的。蚩尤氏最善变幻的,就是风雨云雾,但是我们亦有方法可以破他的。这次西王母叫某等下山相助,有许多事情接洽,恐怕非住在帝营中几个月不能完毕,我们一切慢慢可以细谈。现在这狐裘,这灵符,系西王母特诚叫某等奉赠与帝,请帝穿了、佩了吧。'高祖皇考听了,不胜之喜,慌忙穿好了裘、佩了符,西向再拜,恭恭敬敬将二女留下,再问道:'蚩尤氏的兵器,如何仿造呢?'玄女道:'蚩尤氏的兵器是铜做的。离此地不远,有一座山,叫作昆吾之山(现在江苏铜山区),那山上就出铜,其色如火,帝可以叫人去凿。凿到一百尺深,还没遇到泉水的时候,再凿下去,看见有火光如星一般地迸出来,那就是了。拿来用火锻炼,就可以得到纯粹的真铜,拿这铜去制造剑戟,岂不是就可以和他相敌吗。再仿照他大弩的方法,做成一块小小的铜尖头,缚在小竹杆上,将这尖杆射出去,岂不是比他的大弩还要便利适用吗!'高祖皇考听了大喜,又问道:'那么破风雨、灭烟雾的方法如何呢?'玄女道:'这个一时说不明白,我有一种图样在此。'说着,从身边取出,递与高祖皇考。高祖皇考一看,只见上面画着一物,上半边仿佛像个柜,但是顶上和后面都缺一块的,有一个人站在上面,一手擎起,向前方指着，前面又伸出一条半圆形的物件，下半边两个大圆圈形的东西，圆圈中间，满撑着无数的条子。高祖皇考看了不解其故，忙问道：'这个有什么妙用呢？'玄女道：'这种器具，都是从前所没有的，现在只好给它假定几个名字。刚才所说的那个小尖杆，可以叫它作矢，同弩一样的物件，可以叫它作弓。此刻这个物件，可以叫它作车。分开来说，下半边的两个大圆圈可以叫它作轮，前面伸出半圆形的物件可以叫它作辕，车上可以立得三四个人，前面可以用马或者用牛用绳索驾起，拖着车子，两轮转动起来，就会向前走。那蚩尤的兵都是步行，我们用这样大的东西一齐冲突过去，他们哪里挡得住呢。况且他们居下，仰攻为难；我们居高，俯击甚易；又有弓矢可以射远，还怕他做什么？'高祖皇考道：'原来如此。但是那站在车上的人，用手指着，又是什么意思？'玄女道：'这是破他云雾之物。蚩尤氏兴云作雾，他的目的是要使我们的军士迷于方向。这车上的人，可以叫他作仙人；他的手上有个机关，随便车子怎样旋转，他那只手总是指着南面。蚩尤氏虽则善于兴云作雾，但是我们的方向不迷，岂不是就可以破他吗？'高祖皇考诧异道：'车是木造的，这个仙人当然亦是木雕的，并非真是仙人，纵使设有机关，何以能使它一定指着南面？这个道理，很难明白，莫非其中含有什么仙术？'玄女笑道："其中并无仙术，不过一种吸引的道理罢了。山石里面有一种石质，名叫磁石，它的吸引力很强，但是有阴阳二类，遇到同类的则相拒，遇到异类的则相吸，实属奇妙之至，不可思议的一样物件。大地之上，磁石最旺的地方，在极南极北的两头，所以吸引力最大，差不多全个地面上的磁石，都可以被它吸引。现在这仙人的指头，就是用磁石磨尖了，配上去，所以车子无论如何地旋转，总能够指着南面了。'高祖皇考听了，不住地赞叹道：'原来如此。这件东西发明了之后，后世的人，不知道有几千年大家都受其利益呢。'玄女道：'还有一件是与它相辅而行的。'说着，又拿出一张图样来。高祖皇考接来一看，只见上面依旧是一乘车子，车上依旧站着一个仙人，但是仙人手中却拿着一根椎，椎下放着一面鼓。高祖皇考问它做什么用途，玄女道：'这个名叫记里鼓，仙人的里面，亦设机关，车子行到一里路，那机关转动，就会击一下鼓，走二里路，就会击两下鼓。我们遇到蚩尤氏兴云作雾的时候，有了指南车，方向虽然不迷，但是追奔逐北，路之远近不能知道，进退行止终究不能自如，还不是万全之道，有了这个记里鼓车就不怕了。况且这个车子，不但为行军之用，就是寻常行路，亦很便利的。'高祖皇考听了，不胜感激，就向玄女再拜稽首，深深致谢。玄女道：'这几件专是抵制他的兵器和云雾之用，至于那风雨的变幻，我知道蚩尤氏亦不常用，到那时候自有破之之法，此刻尚无须预言。'高祖皇考大喜，就留二女在军中，供给异常优厚。一面叫人按照玄女所说的一切，去分头置备。玄女又将各种兵器道术，统统传授与高祖皇考。综计她所传授而后人知道的，共有八种。一种是三宫五音阴阳的方略；一种是太乙遁甲六壬步斗的法术，并给予一张六甲六壬兵信之符；一种是阴符的机要；一种是灵宝五帝策；内中有五符五胜的文字；一种是役使鬼神的书；一种是四神胜负握机之图；一种是五兵河图策精之诀；还有一种是制妖通灵五明之印；其余究竟有没有，不得而知了。高祖皇考本来是智慧绝伦的人，一经玄女申说，自然是声入心通，不到几日，都已习熟。玄女又道：'帝现在且慢些与蚩尤争锋，暂将军士退归有熊，我还要请帝去东海边一行呢。'高祖皇考忙问：'到东海边何事？'玄女道：'那边还有一件器具，取来可以大壮军威。'当时高祖皇考对于玄女信仰之至，言无不从，一面叫上将风后，带了全部军士退归有熊，一面选了一千个兵士，同了玄女、素女，径向东海滨而来。玄女即向高祖皇考道：'前面海中有一座山，叫作流波之山，入海七千里。山上有一只兽，其状如牛，苍身而无角，只有一只脚。它是两栖类的动物，有时在山上，有时亦在海中。它出水入水的时候，必定风雨大至。它的两只眼睛，光芒极足，虽然在黑夜之中，射出来和明月一般，能够使各种物件丝毫毕现。它叫起来，声音极响，仿佛雷霆，闻于百里。它的名字，叫作夔牛。假使杀死它，拿它的皮来绷鼓，那鼓声极响极响，一面鼓可以声闻六里，八十面鼓可以声闻五百里，连敲起来，可以声闻三千八百里，岂不是可以破敌人之胆而大壮军威么！'高祖皇考道：'此等异兽，恐不易捉。'玄女道：'虽则灵异，不过是一种兽类而已，总有方法好想的。'一日，到了流波山，玄女先上去察看了一回，再下山来，带了二百个士兵再上山去，指授方略，叫他们拿了器具，如何分头埋伏，如何攻击擒捉，一面又画一道符，贴在要路旁边的树上，禁止那夔牛奔驰抵触的力量。然后再下山来，与高祖皇考闲谈，静候好音。到了薄暮光景，果然听见雷声甚是迅厉。过了一会儿，声音顿止。又过了好一会儿，只见二百兵士持了火把，扛下一只怪兽来，细看已打死了。玄女便吩咐将皮剥下，将那尸身抛在海中，次日遂奏凯而归。"帝喾刚说到这一句，只听见外面砰然一声大响，大家都吃了一惊，仿佛真个敲起夔牛鼓来了，忙叫从人出去一看，原来是一个伺候的人，倦极而睡，撞在板上的缘故。帝喾忙问现在什么时候了，从人道："夜已过半了。"帝喾便道："时已不早，明日再说吧。"于是各自归寝。

# 第十二回

## 黄帝战败蚩尤之历史
## 黄帝成仙之原因

到了次日，帝喾依旧上路前行。左右报道，已到首山了（现在河南襄城县），于是大家都上山来。登到顶上，拜过了黄帝的祠庙，帝喾就向帝女说道："天下的名山，共有八座，但是有三座在蛮夷之地，不容易去游玩。在中原的五座，就是雍州的华山、兖州的泰山、青州的东莱山、豫州的太室山以及此山，都是高祖皇考所常游玩，并且与各位神仙相会合的地方。后来高祖皇考成仙上天之后，大家拿了他的衣服葬在桥山。有一个臣子名叫左彻，总是思慕不忘，又拿了高祖皇考的衣冠、几杖等类，立起庙来，庙里面用木头雕出一个高祖皇考的容貌，将衣冠披戴在身上，几杖安放在旁边，朝夕去拜奉，仿佛和高祖皇考在世一般。后来各处的神庙，都是由此而起的。现在凡是高祖皇考所曾经驻足过的地方，统统都有庙，这里的庙，就是其中之一个。"常仪道："这个臣子，可算是忠心至诚了。"帝喾道："后来这个左彻亦是成仙上天的。有人说是先帝感他的至诚，来引渡他，那却不可知了。"帝女道："女儿常想，供奉神祇的地方都叫作庙，不懂它的解说，原来'庙'字就是'貌'字的意思呀。"帝喾点首道："正是，不错。"说着，天已向晚，就同下山来。

到了馆舍，常仪、帝女看见帝喾无事，就来追问那昨晚所未说完的故事。帝喾道："自从高祖皇考取了夔牛之后，就向有熊归去，沿途上将夔牛皮绷了数面鼓，但是敲起来并不甚响，不过比较寻常的牛皮鼓洪亮一点，大家都不免怀疑。玄女道：'不要性急，器具没有配齐呢。'一日，走到雷泽地方（现在山东菏泽市），迎面看见一个大土堆。玄女就叫军士将那土堆发掘，掘了几尺深，掘出一堆骸骨来，似人非人，似兽非兽。高祖皇考忙问：'此是何骨？有何用处？'玄女道：'此是雷神之骨，生在前世纪的时候，其首似龙，其颊似人，鼓起它的腹来，声如雷响，所以叫它作雷神。因为它并不是人，所以亦叫它雷兽。此地有泽名叫雷泽。它的骸骨拿来击夔鼓，方才显得出它们的灵异。'玄女说时，早有军士将雷兽之骨取出了。一听玄女之言，就拿起一根雷兽之骨，向绷好的夔鼓上一击，但觉大声陡起，震耳欲聋，大家才相信玄女之言不谬。于是一路归去，一路不时地敲击。后来八十面夔鼓制成了，更时时一齐敲击，四方诸侯，闻而震惊。虽则那时尚未出兵，但是先声已可夺人了。回到有熊之后，早有群臣纷纷前来报告。一个姓赤将，名叫子舆的，他是个木正，已将指南车造好了，只差一块磁石。玄女从身边取出，配在仙人手指上，果然四面旋转，总是指南，大家看了，欢呼之至。又有一个名叫邑夷的，已将记里鼓车造好了，试试看，亦非常准确。邑夷又仿照玄女两种车的格式，并且仿照北斗星之周旋，另外造成一辆车子，名叫大辂，专供高祖皇考乘坐。高祖皇考看了，亦非常之欢喜。又有个名叫挥的，是少昊帝的第五个儿子，他已将弓造成……"说到此处，帝女僊口问道："父亲慢说，女儿听说从前有一个善于张网罗的人，名字叫挥，是不是就是他呢？"帝喾道："是呀，就是他。他因为造弓作弦张网罗，所以他的子孙就姓张了。那时挥造成弓之后，又有一个名叫夷牟的，已将矢造成，只差一种铜的箭头尚未制就，因为到昆吾山取铜的太山稽、老龙告两个人，这时尚未回来。玄女又取出几张图来，递与高祖皇考，图上画着有些是圆形的，有些是长形的，有一张很像牛角。玄女指着圆形的道：'这个叫钲。'指着长形的道：'这个叫铙。这两项敲打起来，声如冰雹，大可以壮军声。'又指着牛角形的道：'这个叫角，可以制成二十四个，后来大有用处。'高祖皇考一一如言，就叫天师岐伯去造。一日素女无事，正在与高祖皇考闲谈，旁边适值看见一个瑟，那瑟有五十根弦线的，素女用手去抚弄挑拨。高祖皇考就问她道：'向来善于鼓瑟吗？'素女道：'略知一二。'高祖皇考就请她一奏雅音。素女取过瑟来，鼓了一曲。哪知这个曲调凄凉之至，高祖皇考本在败亡之际，心绪不佳，听了之后，涕泗横流，悲不自胜；就是那左右之人，亦莫不悲哀欲绝。曲罢之后，高祖皇考问素女道：'声音之道，感人深矣！但是酸苦的曲调，朕亦曾听见过，何以竟至于此？'素女道：'大约是弦线太多之故。弦多则音繁，繁则易于伤感了。'后来高祖皇考想到素女的话，就将那张瑟破而为二，每张二十五弦。现在所有的瑟，大半是二十五弦。就是高祖皇考改定的。过了两日，太山稽、老龙告等将昆吾山的铜取到，玄女又指授如何鼓铸之法，就与素女向高祖皇考辞别，说要回去复命。高祖皇考竭力挽留，玄女道：'此时尚先须我等在此，将来到了中冀之野，自当再来效劳，后会有期。'说罢，瞥然而去，其行如风，顷刻不知所在。高祖皇考又是感激，又是诧异，便西向再拜稽首以送谢之。又隔了一个月，各种军器等都已造好了，高祖皇考预备誓师起兵。先叫卜筮官巫咸卜一个卦。巫咸卜卦后，看了繇辞，说道：'吉是吉的，胜是胜的，不过中途还要受点惊吓，且不免受点顿挫。'高祖皇考道：'这有何伤。'就立刻领兵出发。哪知蚩尤兵已渐渐逼近来了，原来高祖皇考自泰山忽然退归有熊之后，蚩尤氏大为诧异，深恐其中或有机谋，顿兵不敢前进。后来探听许久，觉得并无动静，乃又带兵前来。行到半途，忽听得鼓声震耳，以为高祖皇考的兵近在咫尺，饬人四处探听，却不见踪迹。但是那鼓声，仍旧不时地逄逄震耳，而且越近越响，蚩尤氏心中甚为疑异，步步为营，不敢长驱直入。因此高祖皇考能够于几个月之中，从容预备一切，这是玄女制造夔牛鼓的作用。到得高祖皇考领兵出发，那蚩尤氏的兵亦逼近有熊，两军相遇，遂又交绥起来。这时高祖皇考的军容，与前大不相同。指南车在前，记里鼓车在后，亲自乘了大辂站在中央，刀仗精利鲜明，映着日光，闪闪夺目，而且五种大旗，五种旌旄，飘扬披拂，分列五方；六面大纛，分配各地，阵法极其严整，这都是上将风后推衍握奇兵法所制成的。前面战士，个个如熊如罴，如虎如貔；左右前后，又有无数小旗，旗上都画出雕、鹖、鹰、鹯等猛鸷的鸟形；还有那天师岐伯所造的镯、铙、鼓、角、灵髀、神钲等响器，夹杂其间；夔牛大鼓又不时发声，真是个旌旗蔽天，鼙鼓动地，蚩尤氏虽然凶猛，到此际亦看得呆了。尤其奇怪的，高祖皇考自从穿了西王母所赠的狐裘，佩了所赐的灵符以后，头顶上常有五色的祥云遮盖，那祥云之中，又隐隐有各种花葩金枝玉叶包含在内。后世的人出门，乘车车上有个翠盖，就是仿照这个而做的。当时蚩尤氏的兵看了，猜不出是人是神，既然已经害怕，又复十分怀疑，遂致全无斗志。高祖皇考的军士，因为历次受了蚩尤氏的残杀，个个恨如切齿，到得此时，都想要报仇，有的拿了弓矢，持满待发；有的拿了利器，跃跃欲试。只听得上将风后一声号令，大将力牧、神皇直等奋勇当先，大家一拥而前，蚩尤氏的兵早已杀死无数。蚩尤氏见势不妙，赶快作起变幻法来，顷刻之间，黑云笼罩，妖雾迷漫，几乎伸手不见五指。哪知高祖皇考之兵，既有指南车，又有钲、鼓、旌麾等以为耳目，方向不迷，一无所惑，依旧冒雾排云，拼命向前进攻。最奇怪的，高祖皇考顶上的五色云，到此刻忽然分外鲜明，在空中照得同火伞一般，那光辉直从云雾中透出，不到一时，云也散了，雾也消了。四方军士看见这种情形，万众欢呼，鼓舞争奋，这一阵直杀得蚩尤氏的兵尸横遍野，血流成渠。事后调查，蚩尤氏八十一个兄弟，杀死了四十五个。那蚩尤氏的怪相，本是人间所无的，大家恨极他，就把四十五个尸首的肱统统连肩割下，总共有三百六十个肱，分开几处，埋葬起来，后人就给它取个名字，叫作肩髀冢（现在山东巨野县）。这里还有三十六个蚩尤氏，赶快带了败残兵士，急急向冀州逃去。高祖皇考哪里再肯放松，率领大兵，紧紧追赶，一面号召四方诸侯，会师涿鹿。

一日，到了冀州。那冀州之野，湖泽极多，一片汪洋，尽是水潦，不便行军。高祖皇考乃叫应龙，将这些水都吸收到别处去，储蓄起来，且待战事终了之后，再次恢复原状。原来那应龙不是个人，是一条白龙；四爪而有两翼，所以有这种能力，会得吸水蓄水。高祖皇考自从得了玄女号召鬼神之书，能够驱遣百物，这个就是他驱遣百物之一。过了几日，四方诸侯的兵都到了，大家进扑涿鹿，百道环攻。正要破进去，忽然见涿鹿城内走出无数奇兽来，都是四只脚的，但是它的脸却又和人一样，不知道是什么东西。只见它们走到阵前，有些将头摇两摇，有些朝着四方军士笑几笑，那四方军士在前面的，不期然而然都迷惑起来，如醉如痴，如昏如梦，跑也不能跑，动也不能动，不要说打仗了。在这期间，蚩尤氏之兵乘势从城内杀出，锐不可当。正在坐而待毙之时，高祖皇考猛然想到玄女之言，说道：'这个是山林异气所生，能为人害的，叫魍魅，但是有法可破。'急忙传令，叫后面二十四个吹角手，赶快吹起角来。只听得悠扬呜咽，仿佛龙吟大泽，触耳惊心，这个曲调，亦是素女所传授的。说也奇怪，自从角声一起之后，一霎时间，那无数魈魅逃得无影无踪，四方军士亦顿然清醒。中军一声号令，大家一齐掩杀过去，那蚩尤氏如何抵挡得住，只得又作起变幻的方法，霎时间狂风大起，急雨倾盆，把高祖皇考及四方诸侯的兵刮得站脚不牢，冲得浑身尽湿，旌旗倒卷，钲鼓无声，看看要败下了。只见一个女子，如飞而来，直至军中，衣裾不湿，袂带不飘，仔细一看，却是九天玄女。高祖皇考大喜，正要施礼求救，只见玄女用手向天一指，大喝一声，天上陡然落下一个青衣女子来，顷刻之间，急雨骤止，狂风亦息。定睛细看，这青衣女子真是生得怕人，身长不过三尺，头上、颈上、手上、脚上都是白毛，而且脸上只有一只眼睛，头顶上却有一只眼睛，倏忽之间，向西方山中而去，其行如风，转瞬不见。大家看了，无不骇然。高祖皇考就问玄女道：'此位是何天神？'玄女道：'此非天神，名叫旱魃。她所出现的地方，赤地千里，滴水全无，是最可怕的。本想不叫她下来，但是除了她，亦没有方法可以破得蚩尤之雨，所以只好叫她下来。不过她既下来之后，一时之间不能再上去，冀州地方恐怕时常有旱灾了。'高祖皇考忙问道：'她不是已经去了吗？'玄女道：'她此去是躲在山林之内，并非复返天上。她从此不出来则已，如果出来，冀州旱灾是不能免的。'高祖皇考踌躇道：'百姓受殃，如之奈何？有无补救方法？还请赐教。'玄女道：'这个亦是冀州百姓的劫运使然，逃不脱的。但是如果到旱极的时候，驱逐她的方法亦有一个。'说着，就将方法细细说明。高祖皇考大喜，再拜受教。玄女道：'现在蚩尤氏两种变幻的法术都已破除，料他亦没有另外的能力了。四年之内，蚩尤氏可以尽灭，大功可以告成。我且还山，等到将来百年之后，帝得道升仙之时，我们天上再见吧。'说毕兴辞，其行如风，倏忽不见。高祖皇考听了玄女的话，胸中非常诧异，暗想：蚩尤氏业经大败，只此一隅之地，何以还要四年才能大功告成？颇觉不解。正要再问，玄女已去，只得作罢。后来这个女魃，果然常常出现，冀州之地非常亢旱，田禾不生。高祖皇考依照玄女所授的方法施行，将她驱逐到赤水（现名乌兰木伦河，在内蒙古，下流入陕西省神木市，名窟野河）以北，方才能够得雨。但是玄女所授的方法，后世不传，所传的只有十二个字，叫作'令其北行，先除水道，决通沟渎'，如此而已。依理想起来，女魃这样一种异物，恐怕不是如此简单的方法所能驱遣吧，那也不必去考究它了。

且说那一日蚩尤氏的风雨为女魃所破之后，非常穷蹙，拼命向北而逃。禁不得四方的兵围合拢来，把蚩尤氏弟兄又杀去了二十七个，其余兵士死者不计其数。蚩尤氏弟兄，只剩了最凶恶的九个，带了败残的兵，都退到阪泉地方（现在河北省涿鹿县），这是他最后的巢穴。四方军士，四面合围，尽力攻打，不料城池坚固，蚩尤氏又极善守御，总是攻他不下。风后虽有智谋，力牧、神皇直等虽然勇猛，至此亦无所施其技。看看已过三年之久，高祖皇考焦急万分，遣使到各处访求能人。一日，有一个术士前来求见。高祖皇考问他姓名，那术士道：'小人姓伍，名胥。'高祖皇考道：'汝有破城之策吗？'伍胥道：'有的。帝攻这个城池，三年不能攻破，依小人看起来，并非是兵不精，并非是将不勇，并非是智谋不足，并非是器具不备，是因为那开始攻击的时候方向不对的缘故。大凡打起仗来，不但要兵精将勇，智谋充足，器具完备，还要明了孤虚旺相、生克制服的道理。现在城中的主将蚩尤氏，色白而商音，是个金属。这里军中的主将是帝，苍色而角音，是个木属。金能克木，木不能克金。况且开始进攻的时候，又是个秋天，正是金气旺盛的时候，而帝又从东方进攻，东方属木，金能克木，所以虽有百倍之众，攻打三年之久，仍不能占优胜了。现在可换一个方法，将四方兵士分作五军，用五种颜色的旗帜分配五方；每军之中，又分作五队；五军四面环攻，五队更番作战，昼夜轮流，没有一个时辰给他停止：那么三日之中，必有一个时辰遇到他的避忌，必有一处地方遇到他的冲克，那么就可以制胜了。'高祖皇考听了，大喜，就叫他帮着风后调度一切。果然到了第三日，城就攻破了。四方兵士，乘势一拥而入，谁知那九个蚩尤氏非常勇悍，依旧拼命地死斗。到后来看看所有军士被高祖皇考的士卒或擒或杀，快要完了，料想再斗也是无益，就用出他那个飞空走险的绝技，向上面一冲，凌空直向西南而去。那时四方诸侯见了，都狂喊道：'蚩尤氏走了！'大家面面相觑，无法可想。忽听得空中一阵啪啪之声，仰面一望，原来那条应龙，奋着两翼，张牙舞爪，径向西南追去。高祖皇考统率大兵，随后继续前进……"说到此处，帝女又插口道："蚩尤既然会得飞空走险，那起先的七十二个，何以被杀呢？"帝喾道：

"那个情形不同呀！前时蚩尤虽在败军的时候，残余的兵士很多，做主帅的，绝不能抛却大众，独自逃生，只有拼命地死斗，所以被杀。如今只剩下此九人了，他们可逃，为什么不逃？"帝女听了不语。帝喾又接续说道："大兵追过去之后，走了多日，直到山海之滨，只见应龙已将蚩尤氏擒住了，但是四爪之下，只抓住四个，还有五个不知去向。那四个在龙爪之下，兀自肱动趾摇，想来还是活的。高祖皇考就叫人取过无数桎梏来，将四个蚩尤的肱趾重重缚住，那蚩尤才不能反抗。大家正在械击蚩尤之时，那条应龙又凌空而去，过了多时，又复转来，爪下抓住五个蚩尤，掷于地下。大家一看，原来都已死的了，血肉模糊，肢体亦不完全，想来与应龙剧斗之所致。高祖皇考大喜，计算八十一个蚩尤，已尽数杀获了，就将那四个活的蚩尤推过来，会同各路诸侯审讯一番，又责骂了几句，然后命左右牵出去，一一斩首正法。四方兵士恨极了他们，又将他们的尸首肢解起来，流出之血，甚多甚多。后人就把这个地方取名叫解（现在山西解州镇）。附近一个盐池，大家说就是蚩尤氏之血所凝结成功的，那却不可尽信了。蚩尤氏既然斩首之后，高祖皇考因他们蹂躏兖州最为酷烈，就将九个首级传示兖州，以快人心，后来就葬在那里，所以那里亦有一个蚩尤冢（现在山东寿张镇）。这就是玄女帮助高祖皇考打平蚩尤的历史了。照这件事看来，成仙的第三个条件，岂不是已经齐备了吗？至于第四个条件，高祖皇考创出种种器用，以为天下万世之利，这个善事，已经不止一千三百件了。况且又同雷公、岐伯诸人发明医药之学，做了《灵枢》《素问》各种医书，通天地之秘奥，使天下万世之人民减少痛苦，免于夭折，这个善事尤其多呢！讲到第五个条件，除玄女教授之外，后来又到青邱，过风山，得见紫府先生，受三皇内文，所以能够召劾万神；南到圆陇荫建木，观百谷之所登，采若乾之华，饮丹峦之水，所以能够长生不老；西见中黄子，受九加之方；又过洞庭湖，登崆峒山，问广成子以大道，然后受自然之经；又北到洪堤，上具茨山，见大魏君黄盖童子，受神芝图；回来登王屋山，得到神丹金诀；又入金谷洞，问道于涓子；再到峨眉山，见天皇真人于玉堂，服食导引等方法，才能统统领会。你看高祖皇考经过多少的跋涉，遇到多少名师，五个条件齐备，方才成仙，难是难极了，朕哪里及得来呢！"帝女听了，似乎还有疑问，只见常仪先问道："帝刚才屡屡说其行如风，瞬息不见，这是真的吗？妄想一个人走路，不过是两足调换，哪里有这么快呢！"帝喾道："这个就叫'得道'，得道之后，才能如此，其中自有玄妙，凡人俗眼不能知道的。譬如刚才所说的指南针，汝是见过的，两个磁极，远在几万里之外，山河木石，层层阻隔，小小磁针，竟能吸引，这个理由，汝能说得出吗？用何物来吸引，汝能看得见吗？这真是奇妙不可思议。玄女、素女，是个天仙，飞行绝迹，那是不必说了；就是高祖皇考得道之后，亦能如此。当初巡行四海的时候，叫风后负书、常伯荷剑跟随着，旦游洹流，夕归阴浦，行万里而一息，岂不亦是奇怪吗？的确有此事，岂有不真之理。"帝女还要再问，帝喾道："时已不早，去睡吧。"于是各自归寝。

# 第十三回

丰山之异物　马头娘之历史

房王纵兵虐民

次日，帝喾等又起身向南行，逾过了一座大山，在客馆中住下。只听见远远有一种声音，摇荡上下，断续不绝，仿佛和钟声一般。帝喾便问左右道："何处撞钟？"左右道："在前面山林之内。"帝喾道："前面是什么山？"左右道："听说是丰山。"（现在河南南阳市东北）帝喾恍然道："朕知道了。"就向帝女说道："这个钟声，不是人撞而响的，是自己会响的。朕听说这座丰山上，有九口钟，遇到霜降，则能自鸣。现在隆冬夜半，外边必定有霜了，所以它们一齐鸣起来。这个亦是和昨日所说的磁针一样，物类自然的感应，不可解的一种道理。"帝女和常仪仔细听了一会儿，果然那个声音没有高低轻重，不像是人撞的，都说道："奇怪奇怪！"帝喾道："这座山里，奇怪之物还有呢。有一个神人，名叫耕父，就住在这座山上，常到山下一个清泠之渊里去游玩，走进走出，浑身是光，仿佛一个火人，岂不奇怪吗？还有一种兽，其状如猿而赤目赤口，全身又是黄的，名叫雍和之兽，岂不是一个奇兽吗？"帝女道："明朝我们走过去看看，倒可以长长见识。"帝喾摇摇头道："这个不能见的，亦不可以见。雍和奇兽出现了，国家必定有大恐慌的事情发生。耕父神出现了，国家必定有祸败的事情发生，因为耕父神是个旱神，哪里可以出现呢？不要说这两种奇兽，与国家有关系的，不能见；就使此刻在那里鸣的这九口钟，与国家并无关系的，恐怕亦不能见。"帝女道："这又奇了，既然不能见，何以知道有这么一个奇兽？何以知道有这么一个神人？更何以知道响的是钟，并且知道有九口呢？"帝喾道："当然有人见过的，而且不止一次。奇兽、神人每见一次，国家一定发生恐慌，发生祸败，历试不爽，所以后人才敢著之于书，世人才能知道。至于那九口钟，是个神物，隐现无时，前人如没有见过，岂能造谣么？"帝女听了，点头无语。到了次日，走到丰山，果然没有看见那雍和兽和耕父神，便是那九口钟亦寻不到，想来真是神物了。

　　过了几日，到了白水，换了船，顺流而下，直到荆州。那荆州的民情风俗，却与北方不同，甚欢喜鬼神之事，又崇尚巫术，所以经过的地方，庙宇很多，祭祀祷告的人民亦络绎不绝。这个还是玄都氏九黎国的遗风，不能变革的。有一日，到了房国境界（现在湖北房县），那房国的君主派人来说有病在身，不能前来迎接。帝喾见了那来使，慰劳一番，说道："既然汝主有病，不必前来了，且待朕巡守南岳之后，归途再见吧。"来使去后，帝喾就直向汉水而来。

　　一日，走到一处，只见远远有一座簇新的庙宇，装饰得非常华丽，红男绿女，进进出出者不可以数计。帝喾就吩咐从人，且到庙前停车，看看究竟所奉的是何神祇。那时在庙前的许多百姓，知道是帝妃来了，一齐让开。帝喾等下车后，抬头一看，只见庙门上面横着一块大匾，写着"马头娘娘庙"五个大字，不知道她是什么出处。进庙一看，当中供着一位美貌的女神，戴珠挂玉，庄严非常，但是身上却披着一张马皮，旁边还列着许多木偶，仿佛是侍卫模样，再旁边又列着一匹木马，真是莫名其妙。便命左右去叫几个耆老来问。那时众多百姓虽已让开，但是因为要瞻仰天子和妃子的仪容丰采，所以都未散去。一经宣召，便有几个老者上前向帝喾行礼。帝喾答礼之后，就问他们道："这个马头神是什么来历？为什么要供奉她？"那百姓答道："不瞒圣帝说，这位马头娘娘，是新近成仙的。她是梁州地方（现在四川）的一个孝女，名字叫作菀窳，她的姓却记不清了。她的父亲，有一日给邻村的强盗掳了去，这位马头娘娘伤痛之至，整日整夜地哭泣，不肯饮食。她的母亲既痛其夫，又忧其女，无计可施，忽然想得一法，邀集全村之人，指着马头娘娘对众人立一个誓道：'有哪个能够救得她父亲回来的，我就将这个女儿嫁他为妻。'这位马头娘娘生得非常美貌，大家听了，没有一个不想设法的，但是那强盗却非常厉害，大家想想无法可设，所以亦没有一个敢答应去救。哪知道马头娘娘的父亲有一匹马，是向来乘骑的，一听见这句话之后，立刻惊跃起来，将缰绳震断，奔驰而去。大家以为这匹马忽发野性，不知是什么缘故，亦不以为意。过了两日，马头娘娘的父亲忽然骑着那匹马回来了。马头娘娘和她的母亲见了，都惊喜异常，便问她父亲，怎样能够回来的。她父亲道：'我那日被强盗掳去之后，捉到一座山里，就强迫我入他们的伙，同去打家劫舍。我哪里肯入伙呢！但是不依他们，他们就要杀我，不得已，只能暂时依了，且等机会慢慢地再想逃脱之法。哪知这伙强盗甚是刁猾，早猜到我是假答应的，处处提防我，又将我搬到一座深山之内，四面都是乱峰，只有一面是平路，却又有人把守住了。我到此时，焦急万分，自问必无生理，专向那无数乱峰中盼望，希冀有一条小径，可以逃得出去。哪知正在盼望之际，忽见那乱峰之巅，似乎有一只野兽。察看它的方向，却是走下来的，渐走渐近，乃是一只野马，在那巉岩之中款段而走。我当时心中一动，暗想，我倘若骑一匹骏马，或者能够逃得出去。不料那马渐渐地已走到面前，我仔细一看，竟是我这匹心爱之马，不知它如何会跑到这里来。当时亦不暇细想，就腾身跨上去，这马就向着乱山之中而走，路途忽高忽低，马行亦忽徐忽疾，也不知道走了多少路程，到得那峻峭的地方，下临万丈深渊，危险至极。我只好紧抱马颈，心想，倘一蹉跌，不免要粉身碎骨了。不料越过峻峭地方，不多时，已到平地，又隔了一会儿，已到自己村外了。你们想，这事奇也不奇？这匹马真是我的大恩人呢！你们以后务须好好地喂养它才是。'当时马头娘娘听见她父亲如此说，心中着实地感激这匹马，赶快拿了上等的食料去喂马，又拿了刷帚给它洗刷，表示感谢的意思。哪知这匹马向着马头娘娘腾身而起，竟显出一种无礼的交配状态来，把马头娘娘吓得又羞又怕，赶快逃进房中。父母问起原因，马头娘娘羞得说不出话来，那匹马却在外面悲鸣、腾跃不已。马头娘娘的母亲看见这种情形，却猜到了几分，就将那日当众立誓的话大略告诉了她父亲一遍。她父亲听了大惊道：'有这等事？这匹马可养不得了，但是它又有大恩于我，不忍便加毒手，且待将来，再想别法。现在且叫女儿不要走出去便是了。'计议已定，哪知这匹马竟悲鸣腾跃了一夜，不时节还来撞门，大家都被它骚扰不安。到了第二日，马头娘娘的父母跑出去一看，只见昨日放在那里的草料一点没有吃过。那马一见马头娘娘的母亲，登时又顿足长鸣，仿佛怨恨她失信的光景。马头娘娘的父亲便走过去向马说道：'你有大恩于我，我是感激的。但是人和马岂能作为配偶？你如果真有灵性，这一层道理应该知道，不是我们失信呀。我劝你赶快打消了这个念头，好好地在这里，依旧供我乘骑，我总特别地优待你。'说着，拿了缰绳，要想去羁勒它。哪知这匹马顿时咆哮跳跃起来，不受羁勒，又骧首长鸣一声，仿佛是怪他忘恩负义的样子。马头娘娘的父亲猛不提防，几乎倾跌，赶快回到房中，关了门和大家商议道：'我看这匹马太通灵性，如今有挟而求，既然不能如它之意，倘使再留在家中，必为后患，不如杀死了它吧。'马头娘娘的母亲听了，连连摇头道：'太忍太忍！我看不如放它到深山里去，岂不是好？'马头娘娘的父亲道：'不行不行！这马是通灵性的，前日我被强盗掳去之后，它竟能知道我所在的地方，跑来救我。我在深山之中，一无路径，它竟会驮我出来。它有这样的本领，即使放它到深山之中，它走出来亦是很容易的，到那时，女儿无论在家出门，都很危险，真是防不胜防。况且照现在这种咆哮喷沫的情形，就是要赶它出去，亦是不容易呢。'马头娘娘的母亲道：'杀死它究竟太忍心，太说不过去，再想想别的方法吧。'马头娘娘的父亲道：'另外还有什么方法可想呢？我看这种马，留在家中，保不住还要成妖作怪，到那时后悔无及。古人说得好：宁我负人，毋人负我。待人尚且如此，何况一匹马呢。况且它救我，并非因爱我而救我，是因为要我的女儿而救我，我何必感激它呢！它是一个畜生，竟存了这种万无此理的非礼心思，还要吵闹为患，就是杀死它，亦不算是我之过呀。'正说到此处，只听得那匹马又在外边大鸣大跳。马头娘娘的父亲此时怒不可遏，不觉下了决心，立刻起身，取了弓箭，从门䑋中觑准了，一箭射去，正中要害。那马大吼一声，立时倒在地上，滚了两滚，就不动了。马头娘娘的父亲走出门外，刚要俯身去看看，哪知道这匹马霍地里又复立起，冲将过来，但是究竟受伤太重，挣扎不住，走了两步，依旧倒地而死。马头娘娘的父亲经此一吓，更加愤怒，翻身进内，取了一柄快刀，将那马的胸腹破开，又将它的皮统统剥下来，摊在庭中，然后唤了几个邻人，将那匹马身扛到远处荒僻之地，掘坎埋葬了，方才回家。临走的时候，还指着马坟说道：'我念你救我的情面，不来吃你的肉就是了，你是自作自受，不要怨我。'从此之后，马头娘娘和她母亲都吓得不敢出房。那马皮却依旧晒在庭中，未及收拾。过了几日，马头娘娘因为亲戚家有事，不能不去应酬，浓装艳抹，刚到庭除，忽然一阵狂风，那马皮陡然飞起来，向马头娘娘直扑过来。马头娘娘吓得回身便逃，恰好那马皮从背后向前身包住，即时凌空而上。马头娘娘的父母看见了，急忙来抢，一面狂叫救人，但是哪里还来得及，到得四面邻人赶来之后，只见那被马皮裹住的马头娘娘只在空中旋转，但是渐渐缩小，约有一个时辰光景，已缩得和小蛇一般，骤然之间，落在前面一株老桑树上。大家赶忙跑过去看，只见她已经变成一个大蚕，足足有五六寸长，正在那里拼命地吃桑叶，自脰颈以下，仿佛有一层薄壳，想来就是那马皮所化的。大家都看得呆了，就是马头娘娘的父母，到了此刻，亦觉得奇异的心思多，悲苦的心思少，呆呆地只管看着，大约亦知道是命运气数使然，无可如何了。过了多时，那蚕已经把一树的桑叶统统吃完，霎时间口中就吐出丝来，渐渐做成一个大茧。她父母因为是他们女儿所做的，就将那茧子采了回去，供在堂中，做个感伤悲悼的纪念物。一日，她父母正在对着茧子感伤的时候，忽听得门外空中，有人马喧闹之声，且闻着阵阵香气。回头一看，却是他们的女儿马头娘娘，乘着云车，驾着那匹作怪的马，装束非常之华贵，旁边跟随的侍卫约有几十个人，从天上慢慢地落到庭前，向着她父母说道：'父亲母亲，从此千万不要悲悼女儿了，太上神君因为女儿身心不忘义，所以封女儿一个九宫妃嫔的官爵，现在住在天上，非常安乐。因为父亲母亲在这里伤悼起来，女儿的心中觉得牵扯不安，所以今朝向太上告一个假，来和父亲母亲说个明白，人间不能久留，女儿就此告辞了，千万请父亲母亲从此以后不要再为女儿悲感，伤害身体。'说完之后，回身上车。她父母这时又惊又喜，又悲又痛，正要想挽留她，细细再说两句话，哪知马头娘娘的云车已冉冉上升，倏忽不见了。这时左右邻近的人，个个都跑来观看，共见共闻，无不稽首顶礼，诧为异事。自此之后，就有人创议，给她立起一座庙来，春秋祭祀。一传二、二传三地推广开去，替她立庙的渐多，后来汉水地方也立庙了。我们这里，是由汉水地方传过来的，立庙不过三年，但是自立庙之后，养蚕总是十分发达，十分利市，所以我们益发崇拜她，每到春初，必来祭祀，这就是马头娘娘的历史了。"

老百姓说完，常仪及左右宫人听了无不惊异，连声道怪。独有那帝女不作一声，脉脉如有所思，也不知道她所思的是什么。只听见帝喾又问道："这事真的吗？"老百姓道："真的真的，据梁州地方的人说起来，无人不知。那马头娘娘的年纪，今年还不过二十五岁或二十六岁，她的父母恐怕还都健在呢。"帝喾沉吟道："哦！原来如此，且待朕饬人调查之后再说吧。"于是就同妃女等出庙而来，老百姓在后相送。

刚要上车，只见前面有无数蛮人，蜂拥而至，个个赤着脚、披着发，颈上脚上，都套着一个大环，衣服装束，非常诡异，手中有拿长矛的、有拿短刀的、有拿弓箭的，走到帝喾车旁，忽然停止不行，环绕观看，目光个个直射帝女，灼灼不已。这时，那些老百姓吓得纷纷都躲入庙中去了。忽听得一声狂吠，仿佛晴天起了一个霹雳，却是那只盘瓠，从帝女身旁直窜过去，要搏噬那些蛮人。那些蛮人猝不及防，都急忙倒退几步，刚想拿兵器来抵敌，早有武装卫士赶快上前，喝住盘瓠，开导那些蛮人，说是天子和帝妃、帝女在这里，不可啰唣，叫他们让开。那些蛮人听了，也不行礼，依旧延挨了片时，才打一声呼哨，狼奔豕突而去。帝喾忙问老百姓："这种是什么人？汝等为什么这样怕他？"老百姓道："他们是房王手下的兵士，到前面山中打猎的。他们常来打猎，来的时候，骚扰得很，看见鸡豚就杀来吃，看见好的物件就拿了走，看见年轻妇女就来调戏，甚至抢了就跑。我们做小百姓的，个个害怕，真是敢怒而不敢言呀！"帝喾道："汝等何不告到房侯那边去呢？"老百姓叹口气道："起初何尝不去告呢，但是告了之后，倒反吃一个大亏，所以不敢再告了。"帝喾诧异道："何以反要吃亏呢？"老百姓道："我们这个房王，平日待兵士非常之骄纵，但是对兵士的话无不听从，仿佛有了兵士就可打平天下似的。我们小百姓，虽然去告，他亦置之不理。路远迢迢的几百里，空跑一趟，讨一个没趣，已经吃亏了。有的时候，事情较大，打死了人，或抢了妇女，焚烧了房屋，凭据确凿，房王不能不理了，他却开口便问我们：'那闯祸作恶的兵士，究竟是哪几个？叫什么名字？'要我们指出来、说出来，他就办，他好办。帝想想看，房王的兵士至少有几千，又不是我们本地方的人，闯祸作恶之后，拔脚便跑，我们哪里说得出他们的姓名，指得出他们是哪几个人来呢？我们指不出、说不出，那房王就发话了：'你们既然指不出、说不出是哪几个人，又硬要叫我来办，岂不是戏弄我吗！'于是轻则将我们逐出去，重则还要坐我们以欺罔诬告之罪。那个吃亏，岂不更大吗！再者，我们即使指得出、说得出哪几个人来，亦是无济的。因为到了那边，他们人多口多，我们人少口少，他假使狡赖不承认，又有多人帮助他，国君庇护他，我们无论如何总说他不过的。即使说得他过，他答应我们从重办理了，但是我们终究不能监督他行刑的呀！假使他仍旧不办，我们亦奈何他不得，岂不是依然无济于事吗？即使他果然从重办理了，但是这许多兵士，多是一气相生的，兔死狐悲，物伤其类，假使他们要替同党报仇起来，明枪易避，暗箭难防，我们恐怕更不得了！还有一层，我们小百姓，都是有职业的，都是要谋生计的，抛弃了职业生计，骛远地跑去诉冤，只要多延搁着两三个月，即使我们都是如愿以偿，一无弊害，这一笔损失已经是不小了，何况还是吃亏的份儿多呢！所以我们做小百姓的，只好处处忍耐，甘心受辱，不敢和他们计较，说来亦真是可怜呀！"帝喾听了这番话，亦不觉长叹一声，说道："原来如此，汝等且自放心，待朕巡守转来，见了房侯之后，规诫他一番，叫他切实整饬军纪，那么汝等就可以不受蹂躏了。"老百姓听了，慌忙跪下稽首道："若得帝如此设法，真是小百姓等的天大幸福了。"帝喾答礼之后，与妃女等即行上车。晚间到了馆舍，一面着人预备船只，一面修了一封诏书，饬人星夜递往毫都。也不知书中所说的是什么，按下不表。

# 第十四回

房王作乱围帝喾　帝喾悬赏购房王

及吴将军之头　盘瓠咬死房王及吴

将军

到了次日，帝喾匆匆率领常仪、帝女等下船，径向云梦大泽中摇去。那云梦大泽周围约三千几百里（现在湖北省东南部自安陆市以南、枝江市以东、黄冈市以西，湖南省西北部自临澧、常德以东、长沙市以北，都是云梦大泽的遗迹，洞庭湖亦包含在内），仿佛如大海一般，波涛浩渺，烟水苍茫，到得中心一望，四面不见边际。其时偏偏遇到逆风，舟行迟缓。一日，迎面忽见一座小山，挺立水中，高几千丈。常仪便问帝喾道："这座小山很有趣，不知叫什么名字？"帝喾道："大约是洞庭山了（现在叫君山）。朕听说这座山上，多蘼芜、芎藭等香草；又多怪神，其状如人，而头上戴一蛇，左右两手又各操一蛇；又多怪鸟。山下有穴，潜通到东海中的包山脚下（现在太湖中之洞庭山，古名包山），又曲曲通到各处，名叫地脉。所以此地离海虽远，一样也有潮汐，就是地脉潜通的缘故。"过了几日，帝喾等的船舶已到云梦大泽的南岸泊下，这个地方，名叫长沙（现在湖南省会）。这长沙二字的取义，有两个解说。一说，因为天上二十八宿的轸宿，旁边有一颗小星，名叫长沙，这个地方恰恰应着这颗星，所以取名叫长沙。一说，这个地方有非常之长的沙滩，名叫万里沙，它的尾巴直接到江夏（现在湖北省武汉市武昌区），所以叫长沙。照理说起来，以第二说为不错。何以呢？因为云梦大泽本来是个内海的遗迹，那个时候，陆地渐渐升高，大泽的东南岸边，浅滩涸露，必是有的。后世的人因为此地有长沙之名，而天上轸宿旁边的小星适临此地，所以就叫那颗星作长沙，是星以地而得名，不是地以星而得名呢。如说地以星而得名，那么这颗小星的名字叫长沙，又有什么意义呢？闲话不提。

且说帝喾到了长沙之后，舍舟登陆，乘车沿着湘水向南前进，早有当地的诸侯渌侯、云阳侯等前来迎接。那渌侯是颛顼帝师傅图的儿子，受封于渌（湖南醴陵市有渌水）。云阳侯封国在茶陵（湖南茶陵县），亦是颛顼帝时所封。这两国都在衡山之东。当下，帝喾延见之后，不免逐一慰劳一番，又向云阳侯道："贵国在云阳山。当初先祖皇考少昊帝曾在那里住过几时，有许多文字，都是记载那里风土民情的，朕都见过，但恨不曾亲到。此次朕拟至贵国一游，拜访先祖皇考遗迹，兼祭炎帝神农氏的陵墓，须烦汝为东道主，但是切不可劳费呀。"云阳侯道："帝肯辱临小国，荣幸之至。先少昊帝前时居住之宫殿，现尚谨敬地修葺保护，请帝可以临幸。至于茶陵地方，风景很好，炎帝陵墓一带……"正说到此句，只听得后面一阵呐喊之声，大家都吃了一惊，不解其故。帝喾正要饬人往问，早有随从左右的人仓皇来报道："不好了，有无数蛮兵，不知从何处来的，已经将我们的归路截断了，有一部还要直冲过去，现在卫士正在那里拼命地和他们抵抗，请帝作速设法。"帝喾诧异道："莫非房国的兵竟来了吗？有这等神速！朕真失算了。"遂向渌侯道："现在蛮兵作乱，究竟不知是哪一国来的，而且，他们来的意思是要想抢劫财物，还是要危害朕躬，都不能知道。朕所带的虎贲卫士，不过五百人，即使连各诸侯带来的卫兵甲士，并计恐亦不过一千人。现在蛮兵的虚实人数，朕等不能知道。万一他人数众多，四面合围起来，朕与各诸侯不免坐困。此地离贵国甚近，朕拟暂往贵国息足，且待征师四方，再行征伐，不知贵国武备如何？尚可以守御吗？"渌侯道："蛮人无理，竟敢干扰乘舆，这是普天所同愤的。敝国虽小，军备尚完，请帝从速前往，臣谨当率领臣民，效力死守，想蛮人虽顽强，亦绝不能攻进来呢。"云阳侯道："敝国离此地亦不远，臣拟饬人星夜前往，调集倾国之兵，前来护卫。"帝喾大喜道："汝等能如此忠爱，朕无忧矣。"正说之间，只见后面的卫士来报道："蛮兵已被臣等杀死几十个，此刻全数退去了。"帝喾道："汝等受伤否？"卫士道："臣等受伤者亦有十几个。"帝喾听了，慨然太息，急忙来到后方，亲加抚慰，又问起刚才战斗的情形，将所有卫士统统嘉劳一番。卫士道："现在有一名受伤的蛮兵，被臣等生擒在此，请帝发落。"帝喾便吩咐扛他来。只见那蛮兵年纪不过三十多岁，脸上中一支箭，肩上腿上各着一刀，流血不止，伤势已是甚重，看了亦自可怜。帝喾便问他道："汝是哪一国的兵？为什么来攻打朕躬？"那蛮兵呻吟着说道："我们是房国的兵，我们房王要想夺你们的天下，弄死你们的天子，所以叫我们来攻打的。"帝喾道："现在房王在这里吗？"蛮兵道："是在这里，吴将军亦同来的，我们都是吴将军手下的兵。"帝喾听了，顿脚道："果真是房国的兵，不好不好！"说着，也不发落那个蛮兵，立刻发令，叫大众一齐火速向渌国进发。哪知走不数里，忽听见前面又是喊声大起，有一大队蛮兵拦住去路，箭如飞蝗一般地射来。卫士刚要前去抵敌，只听见后面钲鼓之声又大起，仿佛又有无数蛮兵赶上来了。帝喾到此，前后受敌，不觉仰天长叹一声，说道："不听司衡羿之言，以致于此，真是朕自取其咎了。"左右卫士道："请帝放心，臣等誓愿效死打败蛮兵。"帝喾道："汝等虽忠勇，但是寡不敌众。依朕看来，现在天色向晚，只能暂时结营坚守，预备抵御。恰好此地山林险阻，料蛮兵断不敢深夜进攻，且待明日，再作计议。"左右听了，急忙到外边去传令，帝喾又向各诸侯道："现在事势真危急了，因为朕的不德，以致累及汝等君民，朕心实为惭愧。朕所带来的卫士人等，他们情愿为朕效死，这个亦是他们的忠心，朕亦不好拦阻。至于汝等及汝等同来的臣民，为了朕的缘故，横遭灾难，未免无谓。汝等可作速各带臣民，自行回去，想来蛮兵专和朕躬为难，绝不至仇视汝等的。"各诸侯听了，齐声说道："这个决无此理，臣等为朝觐而来，遇有急难，理应护卫，缓则相亲，急则相弃，在朋友之交，犹且不可，何况君臣！帝请放心，臣等当即出外，号召同来之人，勉以大义，叫他们齐心杀贼，共济艰危。"说罢，各起身向外而去。帝喾一时无策可筹，踱来踱去，偶然踱到内边，只见常仪、帝女及众宫人等，都已吓得来魂不附体，脸色急白，带有泪痕，但个个默无一语。独有那只盘瓠，依旧雄赳赳、气昂昂的，蹲在帝女脚边，耸身摆尾，仿佛是个帝女保护者的样子。大家一见帝喾进来，都站起来，正要开言动问，陡听见外面一片喊声，震天动地，大家又重复吓得都发起抖来。帝喾也自心惊，慌忙走出外边，饬人探听。原来各诸侯同来的臣民，经各诸侯一番晓谕、激劝之后，个个都踔厉奋发，慷慨激昂，志愿尽忠卫帝，不期然而然地同声发出杀贼的喊声来。从这喊声之中，帝喾却猛然得了一个主意，随即进内向帝女说道："现在时势，危急极了，外面的救兵，有没有不可知；即使有救兵，来得迟早亦不可知；现在所靠者，就是朕所带来的五百个卫士和各诸侯带来的臣民了。

他们如果个个都肯用命，虽则未见得就能够打退蛮兵，但是总还有一时好支持。看到刚才那奋勇喊杀的情形，可见得他们是肯用命的。朕不能不再用一点赏赐去奖慰他们。古人说得好：'重赏之下，必有勇夫。'他们一千多人中间，安见得没有奇才杰出的人？朕拟仿照那马头娘娘母亲的办法，出一个号令，有人能够杀死房王的，将汝配与为妻，汝心里愿意吗？"帝女听了，用袖子遮着脸，大哭起来，说道："现在父亲危险之至，女儿正恨自身是个女子，不能帮助父亲杀贼，救父亲出去，如果有人能够杀死敌君，救得父亲的，不要说将女儿配他为妻，就使给他做侍妾、做奴仆，女儿也是甘心，请父亲赶快出去传令吧。"帝喾听了，甚是惨然，就到外边，悬出赏格道："现在房氏不道，无故称兵，危及朕躬。汝等臣民卫士，忠勇奋发，不避艰险，为朕捍卫，朕心实深嘉赖。汝臣民卫士等，明日奋力作战，如有能得房氏之头者，朕赏以黄金千镒，封以土地万家，又以朕女妻之；如有能得房氏将吴将军之头者，朕赏以黄金千斤，又赐以美女；如有杀蛮兵一人者，赐以黄金一斤；一俟事平，即行给赏，朕不食言。"自从这个赏格悬出之后，所有臣民卫士，愈加奋激，思想立功，时已向夜，只好等明日再说。按下帝喾这边之事不提。

且说那房王究竟是个什么人呢？原来他是个西戎之人，生得身长八尺，虬须大颡，膂力过人。有一年他从西戎跑到荆州的房山来，房山地方的蛮民个个惧怕他，就奉戴他做了君主，僭号房王。他手下又有一个姓吴的臣子，既有智谋，又饶勇力，号称吴将军。他们两个，就此练兵讲武，凌暴百姓起来，就是四邻的诸侯，亦渐渐怕他们了。一日，房王同吴将军商议道："听说那中原的姬夋高辛氏，就要到荆州来，行什么巡狩典礼了。他是中原的天子，他所到的地方，凡是国君都要去迎接他、朝见他的。孤家想起来，姬夋亦不过是一个国君，他有什么本领？这样威风，要我们去迎接他，孤家实在不愿意。等他来的时候，孤家竟不去理他，你看如何？"吴将军道："大王之言甚是，但是臣的意思，仅仅乎不去理他，还不是彻底的办法。假使我们不去理他，他等到巡狩礼毕，回去之后，说我们不恭，带了各国诸侯来攻打我们，那亦是不妙的。"房王道："照你说来，怎样才算彻底呢？"吴将军道："臣听说姬夋这个人，非常之轻率，又非常之托大。他自以为仁及四方，所有天下的百姓都是爱戴他的，所以他出去巡狩，总是不带兵师防护。这次南来，想必仍是如此。臣的意思，最好等他来的时候，乘其不备，一鼓而擒之，永绝后患，岂不是一个彻底的办法吗！况且姬发这个人，是四方诸侯所惧怕的人，假使被我们擒住了，四方诸侯必定以为大王的本领还要高过姬发百倍，到那时他们惧怕姬发的，转而都惧怕大王，都来朝贡称臣，岂不是大王就可以做四海的大君主吗！"房王听了这番话，不禁大喜，就说道："孤家果然做了四海大君主，一定封你做一个大国之君。"吴将军慌忙敛手称谢。

过了多日，探听得帝喾将要到了，房王又和吴将军商议。吴将军道："臣上次料姬发不带兵来，所以等他一到之后，就可乘其不备而攻之。现在听说他带兵来了，究竟不知带多少兵，强弱如何。我们切不可冒昧从事，须得仔细探听明白，方可动手。最好请大王遣人前往，装出一种非常恭慎的样子，说大王有病，不能前去迎接，使他放心，不至疑我忌我，一面就可以察看他的虚实，再作计较。大王以为如何？"房王道："极是极是，你可算得是个'临事而惧，好谋而成'的人了。"说罢，就叫人到帝喾那边去称病告假，一面又叫吴将军带了兵士，假作打猎，去窥探虚实，恰好遇着帝喾在马头娘娘庙前。吴将军回来，向房王说道："现在尚且不可动手。一则，他手下卫士虽少，却个个都极雄壮，一时间不容易对付。二则，中原诸侯送行的尚多，恐有救兵。三则，此地离豫州甚近，万一擒他不住，被他逃了回去，那么大费周章了。臣看不如放他过了云梦大泽，等他到了长沙，我们派了兵士，星夜赶去，烧毁他的船只，杜绝他的归路，然后另外派一支兵绕在他前面，使他不能进亦不能退，围困他起来，不必和他打仗，不到三日，必然饥饿，他手下的人，不是死，就是降，到那时我们可以不劳而成，岂不大妙！况且那边地势，都是山林，利于我们的步兵，不利于他们的车辆，这是可以必胜的。望大王作速预备遣兵吧。"房王道："你这个计策，真是周到万全。成功之后，定受上赏。"吴将军道："上赏不敢当，臣前日看见姬发那里，有一个青年女子，甚是美貌，事成之后，如果大王不要，赏赐与臣，那就是臣之大幸了。"房王哈哈大笑道："果然孤家做了四海大皇帝，何愁没有美女，你既然看中那女子，就赏给你吧。"吴将军大喜，称谢而出。

到了次日，房王立刻调齐全国之兵，只留老弱的在国中守御，其余都从旱道直走长沙，房王与吴将军亲自督队而进。那爬山越岭，本来是蛮人的长技，不过十日，已到了云梦大泽的西南岸。吴将军和房王商议，暂时顿兵，一面先遣人前往探听。哪知帝喾的船，因风势不顺，尚不曾到。吴将军大喜，向房王道："他来得这般慢，我们可以从容布置，这回事情一定成功了。现在我们留一千兵在这里，叫他们等姬夋上岸、越过长沙之后，先将他的船只统统毁去，然后埋伏在各处山林间，不时擂鼓鸣钟、摇旗呐喊，使他不敢回转来。臣和大王，从这里绕过前面去，拣着扼要之处等着，亦用疑兵的方法，处处设伏，那就可以制他的死命了。"房王听说，都依计而行，率领大兵，绕在前面。等了两日，果然远远望见帝喾的车舆旌旗人马匆匆而来。房王大喜，向吴将军道："果然不出你所料。"说毕，就传令蛮兵一齐呐喊起来，再将弓箭射过去。过了一会儿，却见帝喾的许多车子渐渐地连合拢来，结成一个阵势，有许多人憧憧往来，天色向晚，远远望去，看不出他们在做什么事情。房王忍不住，向吴将军道："我们冲过去吧，免得他别生诡计。"吴将军刚欲开言，说声"不可"，只听得帝喾那边一阵喊声，震动山谷。吴将军与房王亦自惊心，以为帝喾的兵要杀过来，赶快叫蛮兵整齐队伍，准备抵敌。过了一会儿，却又寂无动静。吴将军当即向房王道："大王要想冲过去，那是万万不可的。一则天已昏黑，战斗为难；二则姬夋手下的人，有才干的多，又个个都肯效死，就使打胜了他，我们死伤的人亦必定不少，甚不上算。依臣的愚见，还是软困为是。"正说之间，只见一只五色斑斓的大狗，直从外面窜进来，到房王面前，将两只前脚向上一拱，尾巴摇两摇，仿佛是行礼的样子；随即又跑到吴将军面前，也是如此。房王等起初出于不意，大吃一惊，正要拔出刀来杀它。后来看见它做出这种状态，煞是奇怪，正要问左右的人，这只狗究竟是哪里来的。哪知吴将军细一看，早已认识，不觉失声叫道："啊呀！这只是姬夋的狗呀！那一日岂不是要跑来咬我们的吗，现在怎样会跑到这里来呢？大奇大奇！"房王道："你认识姬夋的狗吗？"吴将军道："臣认识它，的确是姬夋的狗，因为五色斑斓的狗，本来是世上少有，况且它那高大雄壮的身子，仿佛和老虎一般，尤其难得。臣那日见了它，又是稀奇，又是可爱，世界上哪里还会有第二只呢！"房王听了，就向狗说道："你真是高辛氏姬夋的狗吗？你是知道高辛氏要亡、孤家要兴，所以来投孤家的吗？你如果真有灵性，你抬起头来，向孤家叫两声。"哪知这只狗竟通人意，仰头向着房王，汪汪地吠了两声，仿佛是答应的意思，随即又跑到房王脚边，用鼻嗅了两嗅，倒身就卧在旁边。一时左右的人无不称奇，直把房王喜得乐不可支，就向吴将军说道："孤家听见古人说，狗这种畜生，最通灵性，一家人要兴了，狗就跑进来；一家人要亡了，狗先跑去；这是历试历验的。现在姬夋的狗竟跑到孤家这边来，依恋不去，可见得姬夋必亡、孤家必兴了。有这种祥兆，不可不庆贺庆贺。"说罢，就叫左右的人大摆筵席，叫吴将军及许多上级军官齐来饮宴，又叫带来的蛮女唱起蛮歌、作起蛮乐来侑酒，总算是为狗接风的意思。哪知这只狗却亦古怪，遇到歌声乐声美妙的地方，它竟从房王脚边站起来，摇摆跳跃，按弦应节而舞。大家看了，尤觉稀奇之至。左右之人，因此恭维房王，说他德感禽兽，把个房王喜得来几乎乐死，左一碗酒来右一碗酒，直饮得酩酊大醉。就是那吴将军，平日号称精细、足智多谋的人，到此刻亦尽量豪饮，醉态酕醄了。一则蛮人贪饮，是他们的天性；二则这只狗的状态，煞是奇怪可爱；三则蛮人最重迷信，那句"狗来家兴，狗去家亡"的俗语，早已深入其心。所以虽则在军务倥偬之中，大家都忘其所以，直饮到月落参横，晨鸡叫曙，君臣诸人方才由左右扶着，分头去睡，却都已人事不知的了。哪知这只狗非常作怪，先一闪闪到房王帐中，等服侍的人一齐出去之后，它便跳过去，向房王颈上尽力一咬，那房王早已一命呜呼，又接连咬了两咬，那颗斗大的头玲玲珑珑地落下，与本身脱离关系了。那狗衔了房王的头，倏而转身，又向吴将军帐中跑来，却亦是静悄悄的寂无一人。原来左右的人，伺候了一日一夜，已都有倦意，夜色又深，又兼都有点酒意，所以都去安睡了。可惜帝喾那边，不能知道这种情形，假使知道这种情形，一阵子掩杀过来，必定可以大获全胜的，闲话不提。且说那只狗闪进了吴将军帐中之后，先将房王之头放下，又跳过去，将吴将军的脰颈照式咬两咬，那颗头颅顷刻之间又咬了下来。它将两颗头衔在一起，总衔了两个头的头发，飞风似的往外便跑，直向帝喾方面而来。那时夜已向晨，朦朦胧胧的有点亮光，几个蛮兵正在那里打呵欠，却不曾看见这只狗出去。一则晨光熹微，二则倦眼迷蒙，三则再料不到有这种事，四则狗高不如人，又不向正路而走，所以优哉游哉，一无阻隔地竟跑出去了。

# 第十五回

## 司衡羿率逢蒙将兵来救　盘瓠负帝

## 女逃入深山

且说帝喾那夜虽则出了一个赏格，但不过是个无聊之思，并非是的确靠得住的，所以仍是踱来踱去，筹划方法。暗想今夜虽然勉强过去了，明日怎样呢？前日到亳都调兵的文书，不知何日可到？司衡羿的救兵不知何日能来？那蛮兵果然尽锐攻过来，这边的臣民卫士究竟抵不抵得住？假使抵不住，那么怎样？即使抵得住，但是冲不出去，粮食没有一日可以支持，仍是危险，那么又将如何？正在一层一层地盘算，忽听得里面有呼唤盘瓠之声，不觉信步地踱了进去，便向帝女等说道："现在这种危险的时候，汝等还要寻一只狗，真是好整以暇了。"帝女道："女儿亦知道现在的危险。但是仔细想想，父亲如此仁德，上天必能垂佑，绝无意外之处，所怕的是女儿带在身边，未免为父亲之累。所以打定主意，万一到那个危急的时候，拼却寻一个死，决不受贼人的耻辱，父亲亦可脱身而去。不过再想想看，就此寻死，太不甘心。那只盘瓠非常雄猛，非常听女儿的话，但愿它咬杀几个贼人，那么女儿虽死，亦无恨了。现在有好许多时候不看见它在身边，所以叫宫人寻一寻。"说着，眼泪流个不住。常议道："女儿之言甚是，妾亦正如此想。"这时候天已微明，只见那盘瓠从后面直窜进来，嘴里衔着两件东西，仔细一看，却是两个人头，血肉模糊，辨不出是什么人，早把常议、帝女及宫人等吓得魂不附体，用手将脸遮着，不敢正视。那盘瓠将两颗人头放下之后，忽而跳到帝喾身边，忽而跳到帝女身边，且跳且喘，非常得意。帝喾亦自骇然，而心中却已猜到了几分，慌忙走到外边，叫人将两颗头颅拿出去，细细察看，的确是蛮人的头，一时总猜不出盘瓠从何处咬来的。有的说，或者是附近居住的蛮人；有的说，或者是深夜之中来做奸细、窥察虚实的蛮人，被盘瓠瞥见，因而咬死。大家听了这一说，都以为然。那时渌侯在旁说道："昨日不是有一个受伤的蛮兵被擒么，何妨叫他来看一看，或者认得出是什么人呢。"

帝喾道："不错不错。"就叫人去将那蛮兵带来，问他道："汝可认识这两个人吗？"蛮兵走过去，将两颗头颅细细一看，不觉失声叫道："啊哟！这个不是房王吗！这个不是吴将军吗！怎样都会得杀死在此？"说罢，即回转身来，向帝喾跪着，没命地叩头道："帝呀帝呀！你真是个天人，从此蛮人不复返了。"帝喾等一听之后，这一喜真非同小可。当下云阳侯等就向帝喾称贺道："帝仁德及物，所以在此危难之时，区区一狗，亦能建立大功，臣等忝为万物之灵，竟不能杀敌致果，对了它，真有愧色了。"渌侯道："现在元恶虽死，小丑犹在，我们正宜乘此进攻，使他尽数扑灭，免致再贻后患。"帝喾点首称是，于是立刻发令，叫卫士及诸侯臣民向前方攻击，一面又用两根长竿，将两颗头颅挂起，直向蛮营而来。那时，蛮营中兵士已经骚乱不堪了，因为他们一早起来，看见满地都是血迹，寻到房王和吴将军帐中，但见两个无头死尸躺在床上，不知是何缘故。正在纷纷猜议，疑神疑鬼，忽听见一阵呐喊之声，帝喾方面的军士逐渐逼近，更惊得手忙脚乱，没了主意，有的向后飞身便跑，有的向丛林之中潜身藏躲，一霎间各鸟兽散。这边帝喾军队，看见他们毫无抵抗，亦不穷追，单将房王及吴将军两个尸身拿来献与帝喾，并请示方略。帝喾便吩咐将两尸身并首级掘坎埋葬，一面饬人四出察看，有无伏兵。正在吩咐之际，哪知后面忽然又起了一阵杀伐之声。帝喾大惊，忙登高处一望，只见那边又有无数蛮兵，纷纷向此地逃来，仿佛被人杀败，后面有人追赶的样子。帝喾忙叫卫士开向后方，严阵以待，杜绝他们的奔窜。那些败残蛮兵见前面又有军队阻住，料想不能抵敌，有的长跪乞降，有些向旁边小路舍命逃去。

转瞬之间，只见有一队军士，打着高辛氏旗号，徐徐向前行来，军容甚整，当中一员大将，立在车上，左手持弓，右手拈箭，腰间悬挂一柄短刀，短须长脸，双目炯炯，极其雄武。帝喾却不认识这个人，正在疑讶，早有卫士跑过去盘问。那人知道帝喾在此，慌忙跳下车来，丢去了弓箭，除去了佩刀，请求觐见。左右领他到帝喾面前，那人行过礼，帝喾便问他道："汝是何人？"那人奏道："臣乃司衡羿之弟子逢蒙是也。臣师羿平定了熊泉乱党之后，未曾休息，立刻率领臣等前来扈驾。走到半途，恰好奉到帝的诏令，知道房国的态度可疑，因此臣师羿不敢怠慢，督率部下紧紧前进。到了汉水，哪知帝已登舟入云梦大泽了。臣师羿以兵士太多，船只不敷，深恐误时，立刻决定主意，改从陆路，先到房国，以察情形。不料房王大逆不道，果然倾巢南犯，图袭乘舆。臣师羿又是愤怒，又是惶恐，除将房国留守之兵尽数歼灭外，随即逾山越岭，昼夜趱行，昨夜到此，但听得各处山林之内，不时有播鼓呐喊之声，料想事急，因在深夜，亦不敢造次。今日拂晓，臣与臣师羿分头寻觅敌人，驱逐杀戮的不少，不意臣得先见帝驾，臣师羿想必就来了。"正说之间，只见又是一辆车子从远而来，拥护着许多兵士，仔细一看，正是老将司衡。帝喾大喜，急忙下去迎接。老将羿看见了帝喾，亦慌忙下车，免冠行礼。帝喾执了他的手，说道："不听汝言，几遭不测，现在可算是侥幸了。"羿道："老臣扈从来迟，致帝受惊，死罪死罪！"一面说，一面帝喾就领他师徒二人到帐中，与各诸侯相见，然后坐下。帝喾道："朕那日到汉水，看见蛮兵那种状态，听见了他们那种行为，就知道此事不妙。但是朕治天下，素来以信字为本，既然已经出巡，未到衡山，无端折回，未免失信，又不能说明因有危险之故，所以只能依旧前进，一面召汝前来，以资防卫。朕的意思，以为过了云梦大泽，越过了房国的边境，总可以无患的了，他即使要不利于朕躬，亦不过待朕归途的时候，邀击而已。不料他竟劳师袭远，而且来得这般快速，那真是朕之所不及料的。"羿道："现在蛮兵一部虽已破散，但是房氏那个元凶，犹稽显戮。老臣拟就此督率兵士，前往征剿，请帝在此少等一等。"说着，就站起身来。帝喾忙止他道："不必，不必，房氏和他的死党吴将军均已授首了。"就将前事说了一遍。羿大喜道："这只狗真是帝之功狗了，老臣无任佩服，将来必须见它一见，以表敬意。"云阳侯、渌侯等在旁，一齐说道："是极是极，我等亦愿见它一见。"帝喾便吩咐左右，去唤那只狗来。这里帝喾又指着逢蒙问羿道："逢蒙这人材武得很，汝是何处收来的弟子？"羿道："老臣奉命往熊泉征伐的时候，路上遇着了他，他情愿拜老臣为师。老臣试试他的射法，甚有功夫，原来他在幼年曾经学射于甘蝇。老臣见他甚可教诲，所以并不推辞，就收他做了弟子。上次戡定熊泉之乱，这次前来攻打蛮兵，他都是奋勇争先，功绩不小。请帝授以官职，将来如有征讨之事，他总可以胜任的。"帝喾道："逢蒙有如此材武，朕自应重用，况又屡立大功，更应加以懋赏，待还都之后，即刻举行吧。"正说之间，那唤狗的人来回道："可恶那盘瓠，今日非常作怪，不要说臣等唤它不动，就是帝女唤它亦不动，给它肉吃亦不吃，只管蹲在地上，两只眼睛望着帝女。看它神气，又不像个有病，不知什么缘故。"帝喾一听，登时愁虑起来，连连顿足道："不好不好！这个真是莫非命也！"说罢，又连声叹息，踌躇不已。老将羿道："这只狗或者因为夜间杀人疲乏了，亦未可知。老臣军中有个兽医，甚是精明，叫他来看一看如何？"哪知帝喾正在凝思出神，老将羿的这些话竟没有听见。羿见帝喾不去睬他，亦不敢再说。大家都呆呆地望着帝喾。过了好一会儿，只见帝喾忽然长叹一声道："莫非命也！莫非命也！"说毕，即起身与各诸侯及羿等施礼，匆匆进内而去。

大家见帝喾如此情形，都莫名其妙。哪知帝喾走到里面，一见帝女，又长叹一声，眼中禁不住流下泪来。哪知帝女亦正哭得和泪人一般，不知何故。常仪与宫人等，却还是拿了肉，在那里逗着盘瓠，唤着盘瓠。那盘瓠总是不动不理，两只眼睛仍是向着帝女。帝喾遂上前向着盘瓠说道："朕昨天出一个赏格，如有能得房氏头者，妻以帝女，这句话确系有的，但是系指人而言，不是指禽兽而言，这种理由，汝应该明白。禽兽和人，可以做得夫妻吗？朕昨日赏格上，还有土地万家、黄金万镒两条，汝想想看，可以封得土地万家吗？黄金万镒，可以赏汝，但是汝如何能拿去？即使拿去，又有什么用处呢？朕亦知道汝颇通人性，所以甚爱重汝，但是汝亦应自爱自重，不可无理取闹呀！"说罢，拿了一块肉，亲自来饲盘瓠。哪知盘瓠依旧不吃，并一动也不动。帝喾呼唤它，亦竟不立起来。帝喾大怒，厉声道："汝这个畜生，不要恃功骄蹇。朕亲自来饲汝唤汝，汝竟敢不动不理，真是无理极了。汝要知道，天下凡是冥顽不灵而有害于人的东西，和恃功骄蹇的人，照法律讲起来，都应该杀，汝以为朕不能杀汝吗？"哪知盘瓠听了这话，仍旧不动。帝喾愈怒，拔出佩刀，举起来，正要作势砍去，此时帝女急得来顾不得了，慌忙过来，将帝喾的手阻住，一面哭，一面说道："这个盘瓠，妄想非分，不听父亲的说话，原是可恶。但是父亲尊为天子，又素来以信字为治天下之根本的。昨日赏格上两个者字，虽说是指人而言，但是并没有兽禽不在内的声明。如今杀了盘瓠，虽则它咎由自取，然而寻常人的心理想起来，总是说父亲失信的。还有一层，现在盘瓠不过不饮不食，呼它不动，尚未为患。父亲此刻要杀死它，亦并不是与禽类计较礼节，不过恐怕将来在女儿身上或有不利，所以要杜绝后患的意思。但是女儿想过，总是自己命薄的缘故，即使杀死盘瓠，亦仍旧不利的。那个马头娘娘，岂不是女儿前车之鉴吗！左右总是一个不利，所以照女儿看起来，索性听它去，看它怎样。它要咬死女儿，听它咬死；它要拖了女儿走，就跟了它走，看它怎样。总之是女儿的命恶罢了。"帝喾听了这番话，亦作声不得，丢了佩刀，正在踌躇，猛不提防那只盘瓠霍地里立起来，倒转身子，将那后股向帝女一撞，帝女出于不意，立脚不稳，直扑下去，恰好伏在盘瓠背上，盘瓠背了帝女，立刻冲出帐外，向后山而去。这事出于仓卒，而且极其神速，大家都不及防阻，直看它冲出帐外之后，方才齐声呼救，那盘瓠已走有丈余远之路了。

卫士等在外，陡然看见盘瓠背了一个人跑出来，又听见里面一片喊救之声，忙忙向前狂追，那盘瓠已到半山之中。盘瓠走的不是正路，都是樵径，卫士等追赶非常吃力，赶到半山，盘瓠已在山巅，赶到山巅，盘瓠早已无影无踪，不知去向了。正在徘徊之间，后面老将羿和逢蒙带了无数兵士，已张弓挟矢而来，见了卫士，便问道："帝女往哪里去了？"卫士道："我们到得山头，已经不知去向，我们正在这里没法想呢。"老将道："赶快分头去寻，假使寻不到，我们还有脸去见天子吗？"大家一想不错，于是重复振起精神，向前山追去。追了许久，也不知走了多少路程，仍是杳无踪迹，那一轮红日已在西山了。老将羿还想前进，倒是逢蒙说道："我们不可再赶了，一则日已平西，昏黑之中，万山之内，赶亦无益；二则仓皇之间，未曾携带粮食，枵腹恐怕难支；三则房王虽诛，蛮兵未尽歼灭，伏莽遍地。我们悉众而来，离帝处已甚远，万一蛮兵余孽或乘机窃发，那时卫士空虚，危险甚大。据弟子之意，不如暂且归去，等明日再设法吧。"老将一想，话亦有理，于是传令退回。一时角声大起，四山之兵，陆续集中一处，缓缓行走。哪知走不到多路，天已昏黑，山路崎岖，行走万分不便，幸喜隔了多时，半轮明月渐渐上升，方得辨清路径，回到帝处，已是半夜了。那时常仪已哭得死去活来，帝喾亦不住地叹气，口中连叫："莫非命也，莫非命也。"还有一个宫女，年龄和帝女相仿，是素来服侍帝女的，帝女极其爱她，她亦极敬爱帝女，到此时亦悲痛异常。其余宫人，感念帝女平日的温和仁厚，亦无不凄怆欲绝。所以全个帐中，充满了一种悲哀之气，所唯一希望的，就是老将羿等一干人的追寻，或者能够同了回来，那是人人心中所馨香祷祝的。哪知左等也不来，右等也不来，悲哀之中，更不免带一种忧疑。直等到羿等归来之后，仍是一个空，大家不免又悲哀起来。究竟帝喾是个圣君，明达老练，虽则爱女情切，还能强自排遣镇定，急忙出来向羿等慰劳一番，说道："汝等已经连日为朕勤劳，今日又为朕女辛苦一昼夜，朕心甚为不安。朕女遭此变故，总缘朕之不德，亦是天之定数有以致之，汝等请不必再为朕操心了。夜色已深，汝等进点食物，从速休息吧。"众人齐声告罪，称谢而退。

# 第十六回

## 帝喾入深山寻帝女阻于云雾　陈锋
## 握衷逝世　唐尧降生，育于母家

且说帝喾慰劳羿等之后，重复回到内帐，劝常仪道："汝亦不必再悲伤了，这回事情，大约无非是个'天数'。汝想这只盘瓠，它的来历就非常之奇异。当时朕留它在宫中，原说要看它后来的变化，不想它的变化竟在女儿身上，岂不是'天数'注定的吗！再则，这个女儿是母后所非常钟爱、一刻不能离开的，此次南巡，母亲竟一定要朕和她同来，岂非怪事！如此想来，可见得冥冥之中，自有前定，无可逃遁的了。女儿此去，朕看来未必即至于伤身，将来或者有重逢之日，亦未可知。如今悲伤也是无益，不如丢开了，不再去想她吧。"常仪哭道："妾何尝不如此想，争奈总是丢她不开，真是没法的。想女儿从小到大，何尝有一日离开妾身；承欢侍奉，有说有笑，何等热闹！如今冷冷清清，焉得不使人触目悲伤呀！至于女大须嫁，原是总要离开父母，不能长依膝下的。但是那个犹有可说，事前还有一个预备，事后还有一个见面的日子。今朝这个事情，岂能说得个嫁，简直比强盗劫了去还要凶。因为强盗虽凶，究竟还是人类呀；简直比急病而死还要惨，因为急病而死，真真是'天命'，以后倒不必牵肠挂肚了。如今生死不明，存亡莫卜，妾身如果一日在世，恐怕此心一日不得安宁呢！想从前在亳都的时候，有多多少少的名人贵族，前来求亲，母后及帝和妾等总不肯轻易答应，总想选一个十全的快婿，不料今朝竟失身于非类！回想前情，岂不要令人痛死么！女儿生长在深宫之中，虽则算不得锦衣玉食，也总算是养尊处优惯的人了，今朝这一夜，在那荒山旷野之中，她能够习惯么？即使不冻死，恐怕亦要吓死；即使不饿死，恐怕亦要愁死悲死。帝说以后或者还有重逢之日，妾想起来，绝无此事，除非是梦中了。"说到此句，放声大哭。左右之人，无不垂泪。帝喾也是惨然，忍住了，再来劝慰。常仪道："妾想女儿此去，多半是个死的，可否请帝许妾明日亲自前往寻觅，如果寻得着尸首，将她葬了，那么妾的心思就可以丢开。如果寻不着，那么只好再说。未知帝允许不允许？"帝喾道："这个亦并没有什么不可，不过恐怕是空跑的。刚才老将司衡羿等大伙儿人追踪而去，尚且无处可觅，何况时隔一夜之久，路有千条之多，从何处再去寻起呢？"常仪道："虽则如此，但是妾不亲往一行，心终不死，万望我帝赐以允许。"帝喾答应道："那就是了，明日朕和汝一齐前去吧。"常仪至此，方才止住悲声。大家心里，亦都仿佛以为确有把握，可以寻得着的一般，略略放怀，暂时各去休寝。

不到一时，天已大明，帝喾出帐与各国诸侯相见，说道："朕此次南巡，本拟以衡山为行礼之地，还想到茶陵拜祭神农氏的陵墓，又想到云阳山景仰先祖皇考的遗迹，然后南到苍梧，以临南服，方才转去。不料事变横生，先有蛮人之祸，后又有小女之厄，现在蛮人虽已平定，而小女竟无踪迹。朕为天性之亲的缘故，不能不前往追寻，衡山之行，只能作罢。好在众多诸侯，均已接见，且有共经患难的，于朕前次通告，已不为失信，登岳祭告种种典礼，且待异日再来举行。汝等诸侯离国已久，均可即归，朕于汝等此番追随共忧危的厚意，深铭五内，永矢勿谖，谢谢谢谢！"说罢，举手向各诸侯深深行礼。各诸侯慌忙拜手稽首，齐声说道："臣等理应扈从西行，以寻帝女，岂敢归国即安。"帝喾再三辞谢道："小女失踪，乃朕之私事，岂敢累及汝等重劳跋涉，使朕心益发不安，请各归去吧。"诸侯不便再说，只能称谢，各自归国而去。

帝喾带了羿和逢蒙及卫士兵队等，同了常仪并众宫人，即日动身起行。常仪于将起身之时，先向天拜祷，求示方向，拔下一支压发，向前抛去，预计头向哪方，就向哪方前进。后来压发落下，头向正西，大众就向正西而行。但是正西并无大路，都是嵌崎山岭，登陟极其艰难，车舆不能适用。常仪至此，为女心切，亦一切不顾，舍车而徒步，由宫人扶掖，攀跻上升。但是那些宫人，亦都是生长宫闱的女子，气力有限，尤其未曾经过这种山路，况且要扶掖常仪，尤其为难，走不多远，早已气喘汗流，因此不时停息。走到日暮，才到昨日羿等兵士所追到之处，只得暂时住下。老将羿向帝喾道："如今山路歧而又歧，专走一路，不免脱漏。老臣的意思，拟将军士分为十队，分头搜索，似乎较为便利。"帝喾道："此言极是，但是在何处集合呢？"老将道："集合之处，每日相机而定。明日集合之地，就定在前面高山上吧。"帝喾听了，极以为然。到了次日，老将羿果然约束军士，分为十队，叫他们分头去寻。那常仪因迷信压发头向西的缘故，不肯绕道，直向西行。哪知如此十余日，越过无数山岭，看看已到浽水沿岸了，仍是杳无消息。帝喾劝常仪道："朕看起来，不必寻了，再过去都是溪洞，艰阻异常，而且保不住还有瘴气，甚危险呢！"常仪至此，亦自知绝望，但是心终不肯就死，指着前面一座大山向帝喾说道："且到那座山上看看，如果再没有影响，那么就回去吧。"帝喾依言，就令大众渡过浽水，向着大山而行。哪知走到半山，忽然有一条帨，丢在远远的草地里，被那帝女所爱的宫女瞥眼看见，忙忙地走过去拾起来，仔细一看，原来是帝女所用的帨，惊喜异常，不由得大声喊道："这条帨岂不是帝女的吗！"大众一听，如同触着电一般，齐声说道："那么帝女一定在这座山里了，即使不在这座山里，亦总是从这座山里经过，我们赶快去寻吧。"原来自从出发以来，寻了十多日，除了常仪等以外，大家的意兴都渐渐懈怠了，以为大海里捞针，是永远不会捞着的。现在既然发现了这条遗帨，把大众的意兴重复又鼓舞起来，而且比从前还要来得热烈，因为已经确有痕迹，确有端倪了。哪知刚刚到得山顶，陡然之间，大雾迷漫起来，对面不见一人，伸手不见五指，将前路一齐迷住。众人至此，颇觉惶窘。而且福无双至，祸不单临，一霎时间，又是雷声隆隆，电光闪闪，狂风急起，骤雨旋来。大众赶忙集队，支撑帷帐，原来这个帷帐的制度，是帝喾所创造的。帝喾因为巡狩出行的缘故，路有远近，地有夷险，不一定有客馆，亦不一定能赶到客馆，所以特别创出这种帷帐来，夜间搭起，可以遮风，可以阻雨，可以免霜露的欺虐，和在房屋中无异。日里动身的时候，就将这帷帐拆下，折叠起来，捆载而去，绝不累赘，是个极便利的物件。这次大众猝不及防，在昏雾之中摸索支撑，颇觉费力，而且雨势既急，风势尤狂，刚刚支撑得好，又被风吹倒了，弄得人人手忙脚乱，个个衣裳淋漓。好容易将帷帐支好了，大家躲了进去，略略喘息，那时风也定了，雨也止了，雷声也收了，独有那电光，依旧和紫金蛇一样，在空中掣个不休。这时候万众寂静，但听得帐中泠泠之声，响个不已。

　　读者诸君，要知道这泠泠之声是什么呢？原来常仪平日极喜欢弹琴，曾经取一种碧瑶之梓，做一张琴，不时地在那里弹的。帝喾因为她欢喜琴，是个极高雅的事情，所以遇到好的琴，总买来给她弹。后来得到一张琴，真是异宝了，不但品质好，弹起来音调佳，而且每遇到电光一照，它就会得应光而鸣，因此给它取一个名字，叫作电母琴。常仪爱如性命，时刻不离，这次南行，自然也带在身边了。刚才雷霆风雨，声响甚大，而且在忙乱之中，故不曾听到，如今万籁俱寂，所以觉得那泠泠之声，震人耳鼓。帝喾听了，知道天气一时无晴霁之望，不觉心中焦急。又过了许久，电光止了，大家探头向帐外一望，但觉沉沉昏晦，亦不知道究竟是昼是夜，然而无法可施，只得忍耐，听之而已。又过了许时，帝女所爱的那个宫女忽然站起来说道："那不是盘瓠在叫吗！"常仪和其他宫人等仔细静听，都觉寂无声息，便斥她道："何尝有此事呢？你是自己的心理作用，或者是耳鸣弄错了。"那宫人力争道："盘瓠的吠声，是我听惯的，哪里会弄错。而且此刻还在那里狂吠，仿佛越走越近的样子，你们听见了吗？"说罢，侧着耳，伸着手，向外边指指。大家又仔细听了一会儿，依然寂无声息，都责备她的错误。那宫女不服，气愤愤地说道："让我去唤唤它看。"说着，不等常仪答应，将身挨出帐外，像个要去呼唤的意思。哪知这一去，竟不复回来了。帐里的人等了许久，不见她进内，亦不见她嗾狗之声，颇觉诧异，提着她的名字叫，亦不见答应，大家这才惊疑起来，慌忙通知卫士，叫他们设法去寻。但是在此昏暗迷漫之中，伸手不见五指，举步不辨高低，哪里去寻呢？只能在附近一带，提着名字，叫喊了一会儿，寂无应声，也只索罢了。常仪因此重复纳闷，觉得这事真有点可怪。又不知过了多少时候，却见东方远远地有一块灰暗色的白璧，在空中挂起，原来已是第二日了。又过了许久，白日渐高，大雾渐消，山东一带已隐约辨得出路径，但是山西之地，仍旧昏黑如故。大家没法，只得静待。哪知等了三日，仍是如此，而且每到下午，东方亦昏黑起来。帝喾看到这种情形，知道没有希望了，便对常仪说道："朕看起来，明日我们回去吧，不用再寻了。起初女儿的事情，朕以为是'天数'，照现在的情形一看，不但是'天数'，而且还含有一种神秘的道理在里面，即使再寻，恐怕亦是无益的呢。汝想想看，大家同在一起，何以都没有听见盘瓠的吠声，只有那宫女硬说听见，这是可怪的一项。宫女一出帐门，就会忽然不见，而且一点声息都没有。四面驻扎的，都是卫士和老将部下的兵士，重重围裹，从哪里跑出去的呢？这是可怪的第二项。我们一到山顶，风雨雷电就忽然而来，仿佛有意阻住我们去路似的，这是可怪的第三项。大雾三日，始终不消，而且东方较明，西方则昏暗不见一物，分明不许我们前进，或者不许我们窥见它的秘密，这是可怪的第四项。有这许多可怪之事，所以据朕的猜想，女儿与盘瓠一定就在这座山的西面，而且都安然无恙，那个宫女或许也同在一处，亦未可知。不过要使我们寻着，那是万万不可能之事。因为种种的现象，都是挡我们的驾、止我们的步的表示。假使再不觉悟，不肯回转，恐怕它还要用强硬的方法来阻止我们呢！到那时候，另有奇异的变化发生，使我们大受惊恐，或者竟有死伤，那么何苦来呢！况且朕等在此深山穷谷之中，走了多日，万一粮食不继，岂不是进退两难吗？再者，朕和汝为了女儿，骨肉情深，受苦受难，固然是应该的，情愿的，他们这批将士兵士，为什么缘故亦要叫他们跟着吃这种苦头呢？为了女儿私情，要那做国家干城的将士吃苦，朕心实有不忍，而且于理上亦说不过去。所以朕想起来，只有赶快回去，不要再等再寻了。"常仪听了这番话，垂泪无语，只得答应。

到了次日，天气依然如昨，帝喾便传令归去。老将羿听了不解，就进来问道："如今帝女未曾寻到，何以舍之而归？"帝喾便将昨晚劝告常仪的话，又重述了一遍。老将羿叹道："帝真是仁慈之主，体恤将士，可谓至美尽美了。其实这些将士，深感帝的仁德，即使叫他们为帝赴汤蹈火，亦乐于从事，何况跑跑山路，在山里住两日，哪便是苦呢？至于粮食一层，老臣早已饬人转去预备，源源接济，即以现有者而论，亦尚有数日可以支持，何妨再迟几日，等这大雾消了再说呢。"帝喾道："朕意决了，不必再等了。朕于一切行事，总求心之所安，不安者不做。现在劳师动众多日之久，为了朕的私事，朕回想起来，实在不安已极，所以总以赶快回去为是。汝等如此忠诚，朕真感激不尽。"老将羿见帝意如此坚决，不便再说，只得号令将士，拔队转身。

哪知一到山脚，天色顿然清朗，与山上绝不相同。常仪到此，方才相信帝喾之言不谬，死心塌地地一同回去。不过回想到出来的时候，何等高兴，何等热闹！今日遄归，如此寂寞，如此凄惨！不由得不悲从中来，不能自已，一路上眼泪未曾干过，这亦是母女天性，无可避免的，闲话不提。

　　且说这次归程，是沿澨水而下，直到云梦大泽，沿途蛮人甚多，形状衣饰亦极诡异，但都不敢为患。一则有兵队拥护，甲仗整齐，彼等自望而生畏；二则房王、吴将军的被杀，彼等亦有传闻，早生恐惧。所以大众所到之处，不是望风逃匿，就是道旁稽首，绝无阻碍。一日到了云梦大泽，要想北渡，但是搜求船只，非常缺乏。原来帝喾前次所坐来的船，都给房王的兵毁坏了。他们深恐帝喾逃脱的缘故，又将所有大泽南岸的船只都统统毁去，因此交通早已断绝。即使有几只新造的船只，因帝喾人多，加以老将羿统率的大队，万万不能敷用。所以会商的结果，只得从大泽的西岸，走陆路回去。到了汉水，帝喾向常仪说道："此地离亳都近了，汝归宫之后，切不可再露出悲伤状态。因为母后年高，并且甚钟爱女儿，假使问起来，朕不敢隐瞒，而且亦无可隐瞒，到那时母后必定十二分的悲痛，还须汝与正妃等宽慰疏解。倘汝再悲伤起来，触动母后哀绪，那更不得了呢！"常仪听了，唯唯答应。

　　过了几日，竟回到亳都了。那亳都留守的臣子，听见帝喾巡守归来，自然皆出都迎接，又问起房王作乱之事，帝喾大略地告诉一遍，并且慰劳他们一番，然后与常仪进宫，来朝见握裒。那握裒因为子妇孙女多月阔别，一朝团聚，不胜欢喜，正在那里和姜嫄、简狄等商量，如何接风，如何燕乐，又说道："孙女儿是最欢喜谈天说话，这次到南边去了一转，听见的看见的一定不少，回来之后，那一种谈笑，恐怕说几日几夜还不肯闭嘴呢。"正在说时，人报帝来了。握裒一看，前面是帝喾，后面是常仪。帝喾先上前向握裒问安，随后常仪上前也是如此。姜嫄、简狄亦都相见了。握裒等了一会儿，不见帝女进来，觉得有点诧异，便问道："孙女儿呢？"这一声问，大家顿时寂无声息，答应不来。原来帝女遭难大略，帝喾在归途之中，禀安握裒的时候，早经附信给姜嫄、简狄，告诉一切，但是叫她们万万不可就说出来。所以这个时候，姜嫄、简狄是早早知道了，握裒一问，如何回答呢？常仪悲痛在心，恨不得大哭出来，然而又不敢哭出来，哪里还能回答呢。只见帝喾走到握衷面前，低声下气，婉婉转转地说道："儿有一事，正要禀告母亲，但是请母亲总要达观，切不可伤心。"握衷听见这两句话，晓得事情不妙，面色登时大变，气急匆匆地直站起来，问道："怎样怎样？病死了吗？水里溺死了吗？给蛮人劫去了吗？"帝喾连连说道："不是，不是，母亲不要着急，请坐下吧，待儿好说。"握衷坐下了，帝喾就将那日如何情形，曲曲折折地说了出来。握衷没有听完，已经哭了，听完之后，放声大哭，直哭得气接不上。姜嫄、简狄亦泪落不止，常仪更不必说。然而握衷已经如此了，大家只能忍住悲声，走过去替握衷敲背的敲背，捶胸的捶胸，呼唤的呼唤，过了好一会儿，才慢慢地回过气来。帝喾亦力劝道："事已如此，母亲哭也无益，请看开些吧。万一悲苦伤身，做儿子的益发不安了。"握衷又哭着说道："当初你原是不准她同去的，都是我硬逼着你同了去，现在如此，岂不是我害了她吗！"帝喾道："母亲，不是这样说，实在是儿子的不是。假使当时儿不要研究这个盘瓠的变化，不留它在宫中，那么岂不是就没有这一回事吗。所以儿看起来，这个中间，无非是'天意'，请母亲千万不要再去想她了。"那时姜嫄、简狄亦齐来相劝，可是握衷越想越悔，越悔越伤心，接连两日，不曾好好地吃一餐饭、睡一窹觉，总是哭泣。年老之人禁不住，第三日就生起病来了。帝喾着急，赶快延医调治，躬侍汤药，但是那病势日日加重。姜嫄私下埋怨帝喾道："帝太爽直了，当日不应该对母后直说。"帝喾道："朕一路归来，何尝不如此想。一则，人子对于父母，不该有欺诳之事；二则，这个情事，即使要欺诳，亦欺诳不来。女儿是向来生长在宫中的，朕等一同归来，而女儿不归来，这个理由，从何说起？若说已经嫁人了，嫁的是何人？并非迫不及待之事，何以不先禀命于母后？若说连常仪亦不同回来，那么她们母女两个，究竟在何处？为什么不同回来？母后假使问起来，无论如何，总说不圆的。总而言之，朕不仁不德，致有这种非常之变，现在又贻患于母后，朕不孝之罪，真是无可逃遁的了。"说着，泪落不止。过了数目，握衷病势愈重，群臣束手。帝喾忙叫人去寻访那个给简狄收生的医生，亦杳无踪迹，尤其窘迫，无法可施。又过数日，握衷竟呜呼了，帝喾擗踊哭泣，哀毁尽礼，自不必说。

哪知刚到三朝，忽然伊耆侯处有人报到，说三妃庆都生了一个儿子了。帝喾正在热丧之中，无心去理会他。群臣知道了，亦不敢称贺。过了七日，握褒大殓已毕，帝喾才把那新生的儿子取一个名字，叫作尧。是否因为他生在外边，取遥远的遥字别音，不得而知。总之，帝喾因新遭母丧，不乐闻喜庆之事，又因伊耆侯报到之时，握褒已死，假使能早十天五天来报，那么握褒虽有丧一孙女之悲，却有添一孙子之喜，或者病势可以减轻、不至于陨命，亦未可知。因此一想，愈加伤感，愈无兴趣。就和伊耆侯的使者说，叫庆都和尧就住在伊耆侯处，成服守制，不必回来奔丧。如将来要他们回来时，自有命令来召。使者领命而去。哪知从此之后，帝尧在外家竟一住十余年，此是后话不提。

# 第十七回

唐尧降生之历史　丹邱国贡玛瑙瓮

咸黑、有倕作乐

且说那唐尧怎样降生的呢？原来庆都自从归宁之后，到了伊耆国，伊耆侯夫妇格外优待，自不消说。隔了多日，伊耆侯夫妇和庆都说道："这几日天气很好，我们陪你出去游玩游玩吧。"庆都听了，非常欢喜，就问道："到哪里去呢？"伊耆侯道："我们这里，可游玩的地方很多，你是喜欢水呢，还是喜欢陆呢？"庆都道："女儿想，还是水路好。一则坐船比较安逸，二则风景亦似乎比山岭来得清秀。"伊耆侯道："那么我们到大陆泽去吧，那边风景很不坏。"当下就议定了。

次日，伊耆侯夫妇便同了庆都，径向大陆泽而来。一路山势逶迤，林木葱郁，正走之间，忽然空中落下一块细石，正打在庆都头上。庆都出其不意，虽则不甚痛，不免吃了一惊，往上一看，并无别物，但见一群小鸟，向前飞去，颇觉诧异。伊耆侯道："这种鸟儿，名叫'精卫'，又叫'鸟市'，又叫'冤禽'，又叫'志鸟'，原来是炎帝神农氏女儿的魂魄所化的。当初神农氏有两个女儿，都是慕道求仙，要想长生不老。哪知后来一个女儿跟了赤松子云游四方，居然成了神仙。还有一个，名叫女娃，偏没有成仙的缘分。赤松子不去收她，她愤极了，要想跑到海外去访求神仙。谁知到了东海，上船不过半天，舵翻樯折，竟溺死了，因此她的精魂不散，就变成这种鸟儿。它的窝都在我们国的西面发鸠山上（现在山西长子县西）。它们常常衔些小木小石，飞到东海去丢在海中，要想填平东海，以泄她溺死之恨。它们一生一世，除了饮食倦卧之外，就是做这件事情，历代以来，子子孙孙，无有休息间断，真真是个怪鸟。我们在这一带走路，往往给它所衔的小石打着，这是不足为异的。"庆都听了，方才恍然。过了一会儿，走到一座林中，只听得一片叫'精卫'之声，原来就是这些小鸟，在那里自己叫自己。仔细一看，形状很像个乌鸦，不过头是花的，嘴是白的，脚是赤的罢了。

过了几日，大家到了大陆泽，船只早已备好，就一齐登船。正要启碇，忽然一阵大风，只见东南角上卷起一朵红云，那红云之中，仿佛有一个动物蜿蜒夭矫，跟着红云，直向船顶而来。须臾之间，愈逼愈近，鳞爪全见，原来是一条赤龙，长十余丈，张牙舞爪，骧首摇尾，形状怕人。大家都看得呆了。后来那条赤龙渐渐来到船的左近，顿然风也止了，云也散了，它却盘旋于船的左右，忽而飞腾，忽而上下，总不离开这只船。众人都吓得惊疑不定，猜不出是祸是福。独有那庆都，不作一语，亦绝无恐怖，尽管凭着船窗，呆呆地对着那条赤龙看，看到后来，脸上露出笑容，仿佛那条赤龙是十分可爱的样子，大家亦莫名其妙。过了一会儿，天色向晚，暮云四起，那条赤龙亦渐渐不见。当晚众人就宿在船中，谈那条龙的奇异。伊耆侯夫人道："我们今朝，假使不是为了这条龙，早已走了不少路了。虽则看见了一种没有见过的东西，却是耽搁了我们半日的行程。"伊耆侯道："有什么要紧呢，我们原是游山玩水，并没有什么一定的去处，就是多迟几日，亦不妨。"三人说说谈谈，不觉向夜，各自归寝。

到了次日，天色甫明，只听得一阵呐喊之声，伊耆侯大惊，急忙披衣起身，问有何事。众人报道："昨日的那条赤龙又来了。"伊耆侯听了，诧异之至，来到船头一看，果然就是昨日的那条赤龙，但是身体像是短小了好些。隔了一会儿，伊耆侯夫人和庆都也来了，只见那赤龙总是在半空中翱翔，和老鹰一般，但是总不离开这只船，大家都猜不出它是什么意思。有几个水手就问伊耆侯："照这个样子，今天是开船呢，还是不要开呢？"伊耆侯道："开船便怎样？"水手道："万一开到半中间，同昨日那样的大风刮起来，那是禁不住的。龙的可怕，就是它那一条尾巴，假使它将尾巴向水里一掉，那水就会直立起来，岂不是可怕的吗！"伊耆侯听了，踌躇半响，便说道："既然如此，我看就再等一会儿吧，那条龙想来总就要去的，等它去了，再开船不迟。"哪知这赤龙在空中，总是不去，直到傍晚，方才渐渐不见。到了次日，却又来了，接连三日，都是如此。但是每隔一天，它的身躯必短小不少。大家诧异至极，心中疑惑，闷闷不已。伊耆侯和他夫人说道："我看只好回去吧，这条龙实在有点古怪，恐怕有祸事发生呢。"伊耆侯夫人道："我们劳师动众，到得此地，好不容易，大陆泽的风景还没有领略得一半，就此回去，未免可惜。"庆都道："据女儿的意思，我们不要直渡了，只要沿着岸，慢慢开过去，倘使遇着变动，赶快收篷拢港，想还不至于来不及。好在我们这次出来，不过游赏风景，并没有目的地的。即使不能走远，亦是无妨，不知父亲母亲以为何如？"伊耆侯道："这也却好。"于是吩咐水手，沿着岸开去。哪知那条赤龙非常作怪，总是随后跟往。过了几日，它的身躯已缩得只有一丈左右长了，离船也愈近了。众人看了，都莫名其妙，却因为连日以来，渐渐习惯，亦不以为意。一日船到一处，伊耆侯猛然想起一事，就笑向庆都说道："女儿呀，这里是近着三河地方了，你可知道吗？和你甚有关系呢！"庆都道："从前记得父亲曾经说过，女儿生于三河之野的一块大石中，由一个叫陈锋的母亲看见了，抚养大的，是不是？当时年纪小，不十分注意，原来就在此地吗？既然在这里，今朝倒要去看看，究竟那块大石在哪里？"伊耆侯道："我们连日坐船，正有点气闷，上岸走走，舒舒筋骨，亦是一法。"等了一会儿，船到三河，伊耆侯便吩咐停泊。大家登岸，行不多路，只见那条赤龙依旧紧紧跟随，大家亦不去理会它。走了许久，庆都要想寻那块托生的石头，却是无从寻起。一则此处地方荒僻，人烟不多，无可询问；二则伊耆侯当时亦是听人传说，并非目击，亦未遇到陈锋氏，所以不能确实指出这个地方。大家只得在前后左右走了一会儿，碰到几块有裂缝的大石，便猜度揣测一番，如此而已。究竟是与不是，没有人能够证实它。庆都此时，心中非常难过，暗想，可惜最初抚养我的那个陈锋母亲死得太早了，假使她在这里，定然能够使我知道生身之所在，岂不是一件快事吗！我这种出身法，本来是前古所未闻、天下所没有的，倘能够指出一个证据，在这里立一个纪念物，传到后世，或者还有人相信。现在这般迷离惝恍，不要说后世的人听了未必相信，就是我自己现在亦不能相信呢。究竟我这个人，是哪里来的呢？想到这里，不禁烦闷起来，正在出神之际，忽听得后面一片喊叫道："快走开！快走开！龙来了。"庆都回头一看，但见那条赤龙，离地不过二尺，张牙舞爪，直向前来，慌得众人连跌带滚，纷纷逃避。便是伊耆侯夫妇，亦顾不得庆都，急向左右分窜。庆都刚要逃时，那龙已到面前。庆都急向左转，那龙冲过右边，再回转左面来，将庆都阻住。庆都急向右转，那龙从左边再回右边，又将庆都阻住。如此两三次，陡然风声飒飒，阴云四合，伸手不见五指，那条龙直向庆都身上扑来，此时庆都已如醉如痴，失其知觉，仰身倒地，听其所为。过了些时，云开日出，龙已不知所往了，庆都心地亦顿然明白，慌忙从地下爬起，整束衣带，但是满身涎沫，腥秽难当。这时伊耆侯夫妇及家人等都逐渐奔集，看见这个情形，便问庆都道："怎样了？怎样会得如此？没有给那龙撞坏吓坏吗？"庆都满面羞惭，不好回答。伊耆侯夫妇也觉得这个情形有点尴尬，亦不再追问。恰好看见地上丢着一卷物件，腥涎满腻，想来是那条赤龙遗下在这里的。拾起来一看，原来是一幅图画，展将开来，只见上面有字有画，当中画的是一个赤色人，眉如八采，鬓发甚长，面貌上小下大，上面的文字，是"赤帝受天祐，眉八采，鬓发长七尺二寸，面锐上丰下，足履翼宿"二十四个大字，大约就是说所画的这个人了。下面还有七个字，是"赤帝起成天下宝"。大家看了都不能解。不但这幅字画的意义不能解，就是那赤龙何以能够有这幅字画，又何以遗在此地，这种理由都不可解。但是这时庆都身体狼狈肮脏，软弱疲惫，万万不能再留，只好大家搀扶着，急急回到船中。换过衣服，庆都回想刚才之事，胸中不快，懒怠异常，一到天晚，即便安歇。哪知自此之后，已有身孕了。这种事迹，在古史上说来，亦算是感生的一种。后来直到秦始皇的时候，那汉高祖的母亲刘媪，在大泽之陂困觉，梦见和一个神人相遇，她的父亲太公去找她，远远看见一条龙在她身上和她交接，后来就有孕而生汉高祖，大约还是抄的这篇老文章吧。闲话不提。

且说庆都自从这日之后，总觉得恹恹少力，游兴全无，便向伊耆侯夫妇说，要回去了。伊耆侯即叫水手转舵，过了多日，回到耆国。休息了几个月，时交夏令，伊耆侯夫人向庆都道："现在已是夏天，此地很热，你是有孕的人，恐受不惯这种炎暑。离此地西南，有一座山，叫作伊耆之山，原来那山上常有虎豹猛兽为患，伤人不少。你父亲到了此地之后，派兵去将那虎豹猛兽统统驱杀净尽，那山边的人民感激异常，因此就将此山改了这个名字，并且在那山边一个丹陵（现在山西长子县南）上，造了些房屋，以作纪念。那些房屋甚为幽雅，四面多是森林，夏令颇觉凉爽，大可以避暑，你父亲曾经在那里住过几时，现在我和你到那边去住吧。"庆都听了，极为愿意，于是大家就搬到丹陵去住。转瞬暑退凉生，庆都因贪恋着此地的风景好，不愿搬回去，又住了几个月。一日分娩，产生了一个男孩。却也奇怪，那男孩的状貌，竟和那幅字画上所说的差不多。两只脚心上，各有二十二颗朱痣，仿佛同天上的翼星一般。（翼星是南方的第六宿，有二十二星为朱鸟之翼，所以叫作翼星。）这个叫"赤帝之精生于翼"，就是大名鼎鼎的唐尧降生之历史了。那时，伊耆侯夫妇和庆都都非常高兴，并料定这男孩生有自来，将来一定是个非常之人，于是一面用心抚养，一面赶快修书去报告帝喾。这时候离庆都从亳都动身之日，恰恰已有十四个月，就说她是孕十四月而生的，后世就传为佳话。到得汉武帝时候，他的妃子钩弋夫人诞生昭帝，亦是十四个月，汉武帝就把她居住地方的门取一个名字叫"尧母门"，就是用这个典故了。哪知帝尧降生的历史虽然奇异，但是生出来之后，却事不凑巧，刚刚他祖母握衷死了，帝喾不要他回去，因此长住在外祖伊长孺家，一住多年，连他的姓都变为伊耆了。这是后话不提。

且说帝喾居丧三年，不亲政治，后来服满，才出来处理政务。那个时候，至德所被，物阜民康，真可算得一个郅治之世。就有大小臣工创议，请求帝喾举行封禅之礼。帝喾正在谦让未遑，忽有南方的官员奏道："丹邱国前来进贡，使臣已到郊外了。"帝喾大喜，便和群众商量招待他的礼节，命木正、火正前去办理。过了多日，丹邱国使者到了，帝喾就令在殿庭延见，由火正领导，兼做翻译。丹邱国使者共有二人，一正一副，其余随从的总共六十多个。内中有八个人，用一个彩亭抬着一项物件，跟了正副使者同上殿来，其余的都留在外面。当时二使者上殿之后，见了帝喾，行过了礼，就说道："小国僻在南方，向来极仰慕中华的文化，只因路途太远，不能前来观光，甚为缺憾。近年风调雨顺，海不扬波，小国人民意想起来，一定中华又出了一位大圣人了，才能如此。小国君主本想亲自前来朝见的，只因政务甚忙，一时找不出摄政之人，只能略备一项不中用的东西，特饬陪臣等前来贡献，聊表远方小国的敬意，伏乞圣人赏收，小国人民不胜荣幸。"说罢，便回身叫那八个人将彩亭抬上殿来，安放在中央。二个使者掀开帷幕，从彩亭中捧出一件其赤如火的东西，仿佛是瓶瓮之类，恭恭敬敬送到帝喾面前。早有帝喾侍从之臣，将它接住，放在旁边几上。众人一看，果然是个大瓮，高约八尺，通体鲜红，艳丽夺目，可爱之至，却不知是什么东西制成的，更不知里面盛着些什么。当下帝喾先慰劳了使者一番，又对于他国君称谢一番，又问那使者何日动身，走了多少路程，又问他国中政治风俗及一切情形。两个使者一一对答了，帝喾方才问那所贡的物件道："这个叫什么名字？用什么制成的？"使者道："是用玛瑙制成的，所以就叫玛瑙瓮。"帝喾道："玛瑙是矿物吗？"使者道："小国那里玛瑙有好几种：一种是矿石，一种是马的脑质变成的，一种是恶鬼的血变成的。矿石生成的那一种，品质极小，不能做大的器物。恶鬼血变成的那一种，不可多得。现在这个瓮，是马的脑质做成的，尤其是稀罕之物。小国君主偶然得到了，不敢自私，因此特来贡献于中华圣天子。"帝喾听了，诧异之至，问道："马的脑质，可以做器物吗？"使者道："可以可以。小国那里有一种人，听见了马的鸣声或者看见了马的状态，就可以辨别它脑质的颜色。大概日行万里的马，以及能够腾空飞行的马，它的脑子的颜色一定如血一般的鲜艳。现在这个瓮，就是这种马的脑子所做的。能够日行千里的马，它的脑子一定是黄色的。假使嘶鸣起来，几百里之远的地方都能够听到它的声音，那么它的脑子一定是青色。走到水里去，毛鬣一点都不濡湿，跑起路来，每日可以走五百里，那么它的脑子一定是黑色。力气甚大，并且善于发怒，这种马的脑子一定是白色。所以这一类的玛瑙，红、黄、青、黑、白，色色都有，并不十分稀奇。不过红色的最难得，最贵重罢了。"帝喾听了这篇话，似乎不相信，然而他既然说得如此确凿，也不好再去驳他，只得又问道："那么恶鬼之血变成的玛瑙，又是怎样的呢？"使者道："这一类亦有两种：一种白色，一种赤色。赤色的生在小国野外，是小国本国恶鬼的血所变成的。至于白色的那一种，据故老传说，是中国的恶鬼所化成的。当初中国闻说有一圣人，名叫黄帝，和一个恶鬼的首领蚩尤打仗。那蚩尤氏部下的凶人，恶魔妖魅，各种都有，并且不可胜计。后来黄帝用天兵天将将那蚩尤氏杀败了，连四方的凶人恶魔以及各种妖魅一概杀戮净尽，填川满谷，积血成渊，聚骨成山，几年之中，血凝如石，骨白如灰，膏流成泉，都汇集到小国那边去。所以小国那边有肥泉之水，有白垩之山，远望过去峨峨然和霜雪一般，这种山水里面，白玛瑙甚多。所以陪臣知道，白色的玛瑙是中国的恶鬼血所化成的。"帝喾道："汝这种话可信吗？"使者道："小国那边，故老相传是如此说的，究竟可信不可信，陪臣亦不知道。不过肥泉之水，白垩之山，明明都在，山下水中又常常有白玛瑙发现，证据凿凿，想来一定是可信了。"帝喾听了，也不再和他分辩，又问道："那么贵国矿石质的玛瑙有几种呢？"使者想了一想，才说道："据陪臣所知道的，共有六种：一种红色，里面含有枝叶和五色的缠丝，仿佛同柏枝一样，这种叫作柏枝玛瑙。一种黑色与白色相间，叫作金子玛瑙。一种质理纯黑，中间夹杂白色和绿色的，叫作合子玛瑙。还有一种，正面看起来莹白光彩，侧面看起来仿佛和凝血一般，这种叫夹胎玛瑙，最可宝贵。还有一种叫作鬼面青，它的颜色是青中带黑，有的中间杂以红色，同蜘蛛丝一样，尤可珍贵，我们小国那边竟不大有，听说中国西北这一种生产得最多，不知是不是？还有一种，颜色正红，一些瘢点都没有，小国那边就叫它真正玛瑙，因为它是南方正色的缘故，生产亦最多，不过品质大的竟没有。以上六种，都是陪臣所知道的，此外有无遗漏，不得而知了。"帝喾听了，觉得他于玛瑙一类的矿石的确大有研究，与刚才那一番荒唐之话大不相同，又不胜诧异，当下又问道："这个玛瑙瓮，既然是马的脑子做成的，那么贵国的人都会得制造玛瑙器具了。如何制造法，汝可知道么？"使者道："小国的这种玛瑙器物，不是人工制造的，是鬼工制造的，所以如何制造法，陪臣实在不得而知。"帝喾听了，尤其诧异，便问道："鬼是无形无质的，如何能够制造？贵国人有何种法力，能够驱使鬼物呢？"使者道："小国那里有一种鬼，叫作夜叉驹跋之鬼，它的性质，最喜欢制造玛瑙器具，尤其喜欢用红色的玛瑙来制造成瓮碗之类。它轻易不肯露形，有时人遇到它，就倏然隐去，亦从不向人作祟作害。人要叫它制造玛瑙器具，亦不是用法术驱遣它的，只要将玛瑙放在一间暗室之中，向空中祝告，说我要制造一种什么器物，务请费心等话，过了几日去看，一定已经制造好了。还有一层，小国那边这种夜叉驹跋之鬼，不但能够制造瓶瓮盂碗之类，而且能够制造各种乐器，并且极其精妙美丽。中国人凡有到小国那边去的，都愿拿出重价来买几个使用。一则物件真可爱，二则出门行路、游山过水的人，有了这种夜叉驹跋鬼所制造的东西在身边，一切魑魅之类都会得望之而远避，还有这么一项伟大的功用，所以这次小国君主特地选了这件东西来贡献。固然因为它难得，或者圣主有相当的用处，亦未可知。"帝喾听了，觉得又是一篇鬼话，亦不追究，再问道："现在这瓮里盛有什么？"使者道："是天上降下来的甘露，服之长生。小国君主在国内造起一个高台，台上安放一个承露盘，积之多年，方才得到少许，现在盛在瓮内，谨敬奉献，恭祝圣主万寿无疆。"帝喾称谢道："承汝主如此嘉赏，实在可感之至。汝归去之后，务须着实为朕道谢。"使者连称不敢，当下帝喾就叫火正设宴款待，后来又叫他陪着往各处游玩，以表显上国的风景。过了月余，使者告辞，帝喾备了许多贵重物件，报答丹邱国王，对于两个使者及随从的人，都厚加赏赐，并饬人送他们出境。那些人都欢欣鼓舞而去。

　　这里帝喾就命将那玛瑙瓮供藏在太庙里，以示珍重，又取了许多甘露分赐与群臣。群臣尝过了，其味如饴，无不称谢称贺，都再拜稽首说道："现在帝德被于殊方，如此远的丹邱国，都来贡献珍物，这是前古所无的。依臣等看起来，那封禅大典，实在可以举行了。"帝喾听了，兀自谦逊。后土句龙道："臣闻古代圣帝，功成之后，都先作乐；乐成之后，以祀上帝，以致嘉祥。如今帝既不肯封禅，何妨先作乐呢？"帝喾道："还以汝的说话为是。不过要作乐，必须先要有精于乐理的人，汝诸臣意中，可有这个人吗？"木正道："臣属下有咸黑，颇精乐理，可以胜任。"水正熙道："后土句龙之子有倕，善于制造乐器，臣可以保举。"帝喾大喜，即刻命二人以官职，叫他们前去办理。帝喾无事之时，常常到那里去看看，和他们二人谈谈。

# 第十八回

盘瓠逸去，帝女归来　帝喾至
东海访柏昭

　　且说帝喾四个妃子，姜嫄生弃之后，又生了一个，名叫台玺；简狄只生了一个禼；庆都亦只生了一个尧；常仪生了一个帝女和一个挚。后来帝喾又纳了两个宫人做侧室，一个生了二子，大的名叫阏伯，小的名叫实沈；一个生了三子，长的名叫叔戏，次的叫晏龙，小的叫巫人。除出庆都母子久住在外边，不曾回来外，其余三妃、两侧室、九个儿子，雍雍熙熙，倒也极家室天伦之乐。只有常仪，因为帝女失身非类，生死不明，时时悲思。虽经姜嫄等百般劝慰，终解不了她的愁闷，这也是母子天性，无可避免的。

　　一日，常仪正在独坐伤怀的时候，只听见外面宫人报道："帝女回来了。"常仪吃了一惊，诧异之极，刚要详问，只见许多宫人已拥着一个服式奇异的女子进来。那女子一见常仪，就抢过来，一把抱住，双膝跪地，放声大哭。常仪仔细一看，只看见她面庞、声音、态度的确是帝女，不过肌肤消瘦得多了。再加以穿的是个独力之衣，所系的是个仆鉴之结，膏沐不施，形状憔悴，不觉惊喜交集，一时间竟说不出话来。又看见帝女这样大哭，也禁不住痛哭起来。这时候早惊动了一宫之人，姜嫄、简狄、挚、弃、禼、台玺诸兄弟，都跑了过来。便是帝喾正在退朝之后，得到这个消息，亦急忙跑来。大家看见这种情形，都禁不住垂下泪来，一室之中，充满了悲哀之气，仿佛与帝女失去那一日的景象差不多。过了一会儿，还是帝喾止住他们，叫不要哭了。帝女见是父亲，方才止住悲声，走过来参见了，又和诸母亲及诸兄弟见过了。帝喾叫她坐下，便问她那日以后的情形。帝女还是抽抽噎噎的，一面哭，一面说道："女儿自从那日被盘瓠背了出门以后，身不自主，但觉忽高忽低，总在那丛山之中乱窜。女儿那时，早把生死两个字置之度外，所以心中尚不十分慌。只见两旁木石，如飞如倒地过去，不知道窜过了几个山头，又不知道窜过了几条大河，天色渐渐昏黑了，忽然到了一个石洞。那石洞很宽很大，寻常最大的房屋大约还比它不上。（现在湖南泸溪县西一百八十里，有一座武山，半山有洞，就是盘瓠的遗迹。据说此山高可万仞，山洞可以容到数万人，洞前有石羊石兽，洞里有石床，又有一石，其形状如狗，就是盘瓠的遗像。）盘瓠到此，才把女儿丢下。女儿那时惊忧饥饿，真疲倦极了，不能动作，不觉昏昏睡去。及至醒来，一轮红日，照进洞来，想来已是第二日了，却见盘瓠口衔一个大石碗，碗中满盛着清水，到女儿面前放下，要女儿喝。女儿真是饥渴，就勉强喝了两口，那精神才渐渐回复。细看那洞里面，远远有一张石床，另外还有石灶、石釜，并各种器具之类甚多，不过都是石做的。女儿到此，痛定思痛，心想，前回山膏所骂的那句话，不料竟给它说着了，真是命该如此，亦没得说。不过撇下了祖母、父亲、诸位母亲和诸位兄弟，独自一个，在这荒山石室之中，与兽类为偶，真是最惨酷之事。自古以来的女子，同女儿这样的遭际，恐怕是没有的。想到这种地方，寸心如割，几次三番要想寻个自尽，但是盘瓠非常有灵性，总是预先知道，总是预先防备，所以不能如愿。最难过的，盘瓠虽懂得女儿的话，女儿却懂不得盘瓠的话，无可谈讲，尤其气闷。有一日，盘瓠忽然有许多时候没有到石室里，女儿正在怀疑，哪知到了夜间，它竟又背了一个人进来。女儿大吓了一跳，仔细一看，原来就是伺候女儿的那个宫女。"大家听到这里，都诧异起来，说道："原来又是它背去的，所以无影无踪，总寻不着。"帝喾又问道："那么后来怎样呢？"帝女道："那时宫女看见了女儿，亦是惊喜交集。后来女儿细细地问她，才知道父亲、母亲如何为了女儿悲愁，又如何叫大众追寻，又如何寻到女儿的一块巾帼，又如何大雾迷路，不能前进。女儿听了，愈加悲伤，原抵配与宫女商量，要想两个人下山，寻路回来的，不过走出石室一望，早已心慌腿软，原来那边山势极高，一面是下临绝壑，一面亦是崎岖险阻，绝无路途，想来自古以来，从没有人走过的。况且女儿和宫女，又都是生长闺门，此等山路，如何能走呢？还有一层，盘瓠每日总是伴着，绝少离开的时候，因此逃走的这一层，亦只能作罢。不过自此之后，有了一个宫女做伴，可以谈说商量，比到前数日，颇不寂寞，亦只能就此延捱过去。"常仪听到此处，忍不住傻言道："你们的吃食，哪里来的呢？"帝女道："总是盘瓠去衔来的，或者野兽，或者飞禽，狼、獾、狐、兔、虎、鹿、雉、鸠、鸽、雀之类，无所不有，大约它每日总去衔一件来。"常仪道："你们是生吃的吗？"帝女道："不是，是熟吃的。那边山洞中，原有石灶、石釜之类，连其他器具，以及取火的器具，种种都齐，不知道它究竟是从哪里弄来的。所以女儿有时候想想，实在是神异，或者竟是天数了。"常仪道："你们两个做这种烧煮洗剥的事情，做得惯吗？"帝女道："起初很觉困难，不过事到其间，亦无可如何，只能硬了头皮做，做了几个月，亦渐渐熟习了，所欠缺的，就是没有盐，味道太淡，甚难下咽，久而久之，才成习惯。"说到此处，帝喾忙拦住她道："这个且慢说，后来到底怎样？此刻汝又怎能回来呢？"帝女把帝喾这一问，不禁涨红了脸儿，低下头去，半晌才说道："自此之后，不知隔了多少日子，女儿与宫女两个都有孕了。大约有三四年光景之久，女儿连生三胎，每胎两男两女，总共六男六女；宫女也连生三胎，每胎一男二女，总共三男六女。"帝喾忙问道："所生男女，都是人形吗？"帝女道："女儿生的都是人形，宫女生的，女子是人形，只有三个男子，虽则都是人形，但有一条狗尾，颇不好看。"帝喾道："现在他们都在哪里？"帝女道："都在山洞之中。"帝喾道："那么汝怎样能够寻来呢？"帝女听了，又哭起来，说道："女儿自从失身于盘瓠之后，生男育女，渐渐相安，盘瓠的说话，女儿亦渐渐了解了。盘瓠虽则是个异类，但是待女儿甚好，待宫女亦好。女儿常和它说：'你既然要我做妻子，不应该弄我到这种地方来，使我受这种苦。我有祖母、父母，不能侍奉，我有兄弟、亲戚，不能见面，未免太刻毒了。'它对于女儿的这种话，亦不分辩，不过说，将来自有归去之一日，叫女儿不要性急。女儿问它到底几时可以归去，它又摇摇头不说。这种经过，不知道好几次了。有一日，它忽然不饮不食，只管朝着女儿和宫女两个呜呜地哭。女儿问它为什么缘故，它说，同我们夫妻缘分已尽，不久就要分离了。女儿和宫女听了它这句话，都大吃一惊，忙问它道：'为什么要分离呢？分离之后，你又要跑到哪里去呢？'哪知它只是呜呜地哭，不肯说出来。后来女儿问得急了，它才说出一句，叫作'天意如此，无可挽回'。当时女儿等虽失身非类，但是，多年以来，情同夫妇，听说它要走，如何放得下呢，就问它道：'你走了之后，撇下我们和一班儿女在这里，叫我们怎样呢？你既要走，何妨带了我们同走，何必一定要分离呢？'盘瓠说：'这个不能，种种都是定数，不是我不愿，实在是天数难违。好在我从前和你说，你还有归去之一日，现在这个日子就要到了，你何必愁呢？'女儿当时听了这话，更加诧异，便又问道：'你在这里，或者你还能够送我们回去。现在你要去了，剩我们两个，和一班小孩在此，此地又是一个绝境，多年以来，从没有看见一个人影儿，叫我们怎样回去呢？'盘瓠道：'凡事都有天定，天数要叫你回去，自然到那时有人指引你，何须过虑呢！至于你们没有回去之前，所有粮食，我都已预备好，就在这石屋后面，你们只要安心等待，一切不必担忧。'女儿等见它说得如此确凿决绝，亦无可再说。哪知到得第二日，盘瓠果然一去不复返了。女儿等料想寻亦无益，只好听之。寻到石屋之后，果然堆着无数食物，也不知它什么时候安放在那里的。然而计算起来，不到一年之粮，究竟这一年内，能否有机会可以回家，正不敢说，但是事已至此，只能按着盘瓠的说话，安心度日，静待天命。哪知有一日，女儿一个长子，名叫自能的，忽然直往山下乱跑，呼之不应。等了许久，不见回来，女儿没法，只得将其余的男女交付宫女代管，独自一人下山去找，一直走到山脚下，这是女儿几年来从没有到过的地方。哪知自能刚从前面回转来，手里拿着一件不知什么东西，离自能前面五六丈路，仿佛一个男子，匆匆向那面跑去，这又是这几年来初次见到的一个人。自能走到面前，女儿察看他所拿的东西，原来一张本处的地图，非常工细。女儿问自能哪里来的，自能回转头，指指向那面跑的男子说道，是那男子给他的。女儿又问自能：'那男子给你地图的时候，怎样和你说呢？'自能道：'他叫我拿了这张东西去见外祖。'女儿听了这句话，知道盘瓠的话要应验了，急忙和自能跑回石洞中，与宫女商量，并将地图展开观察。只见图上注得明明白白，从山上起身，到何处转弯，到何处又须转弯，到何处才有市镇，不过到了这个市镇，此外就没有了。宫女道：'是呀，只要到了有人烟的地方，就有方法好想了。'于是商量动身之法，究竟如何动身呢？统统同走吗？两个弱女子，带了二十几个小男女，有几个年纪甚小，万万走不动，即使走得动，亦实在照顾不到，况且还有三个是有尾巴的，路上假使有人怀疑起来，欺侮凌辱，那么又将如何？还有一层，这班小男女极善吵闹，实在是野性难驯。平日在山洞里，已经不容易制服，一旦到了外面，假使闯起祸来，那么又将如何？所以统统同走一层，实在办不到。至于女儿一个人动身独走，荒山旷野，千里迢迢，实在有点心慌，亦是做不到的。假使同宫女同走，撇下了一班小男女在洞里，听他们自生自灭，那更无此办法，问心亦所不忍。后来决定了，由女儿带两个年纪最长、身体较健的男孩，陪伴女儿同走，其余的多留在洞中，由宫女抚育，约定一到毫都之后，即刻去迎接他们同来。哪知到了动身的那一日，十几个小男女一齐哭吵，说道：要去同去，要不去都不去。女儿没法，气得一个死，只得硬着头皮说，都去吧。但是，粮食问题，衣裳问题，一路都是不可少的。两个大人，总还可以勉强多带些，二十几个小男女的衣食，都要两个大人兼带，那是已经为难了，况且还有几个尚须提抱之小孩，顾了行李，顾不得小孩，顾了小孩，顾不得行李，真是难之又难。后来一想，只好一个不同走，女儿独自一人走吧。幸喜得下山之后，走了不到两日，就遇着移家的两夫妇，刚刚经过此地。起初见了女儿的装束，以为是野人蛮女，很有不肯和女儿接近之意，后来经女儿将情况告诉了他们一番，他们才愿意与女儿同行，一路招呼，并且非常优待。直到了云梦大泽旁边，他们住下了，又相帮女儿到处招呼，寻人伴送。那边百姓知道女儿是个帝女，并且知道有盘瓠背去之事，大家都来馈送食物或川资，或者情愿陪送一段路，所以女儿从那边直到这里，虽则走了一两个月，但是很舒服的，这都是父亲的恩德及于百姓之故呀。"正说到此，忽然问道："今日祖母和三母亲何以不见？"众人见她原原本本地叙述，正听得出神之际，忽然给她这么一问，不觉都呆住了。停了一停，常仪就告诉她说，三母亲回母家去了，太后已经去世了。帝女听了，吃了一惊，那眼泪又不禁直淌下来，急急问道："几时去世的？患什么病？"常仪就将所有情况都告诉了她。帝女愈听愈凄惨，听完之后，又放声大哭起来，说道："女儿向来承祖母异常钟爱的，离开了多年之久，今朝邀天之幸，得回家乡，满拟依旧和从前一样，承欢膝下，弥补这几年的缺陷，不料祖母竟为我而死，可不是要使我恨死惨死吗！"这时提起了太后，大家都不禁哭起来。帝喾在旁边，引起了终天之恨，尤其泣不可仰。过了一会儿，还是简狄，含着眼泪来劝帝女道："你可不要再哭了，一则你沿途劳顿，伤心过度，恐怕损害身体；二则太后去世，帝亦悲伤之至，到现在才有点停止，你不可使帝再伤心了。"帝女道："女儿这几年里，总是终日以泪洗面，损害身体的一层，只好不去管它。至于女儿的这种境遇，二母亲想想看，怎能够不伤悲！"帝喾一面拭泪，一面立起身来，说道："罢了罢了，以前的事，都不必去提它了。汝那个地图还带在身边吗？可交与朕，再写一信给宫女，朕立刻饬人去接他们到此地来，何如？"帝女收泪道："承父亲如此，那是好极了，不过地图在外边行李里，停一会儿，等女儿信写好之后，一同检出，送交父亲吧。"帝喾道："如此亦好。"遂往外而去。这里姜嫄、简狄、常仪等，就和帝女问长问短。多年阔别，劫后余生，自然分外地亲热。有好几个小兄弟，都是近来生的，尚未见过，都上前见过了。常仪又到里面，拿出一套衣裳来，叫帝女将独力之衣换去，一面说道："这套衣裳，还是你从前的呢，你认识吗？可怜我自从你遭难之后，回到这里，看到你剩下的这些衣裳用具，实在难过之至，几次三番要想分给宫人，不愿再放在眼面前了。然而仔细想想，终究不忍，硬着头皮，年年地替你收拾晒晾，看到这几件衣裳，仿佛如看见你这个人一般。不想你今朝果然能够回来，依旧穿这几件衣裳，这真是皇天保佑。"说到此处，禁不住那眼泪又和珍珠一般簌簌地下来，帝女亦哭起来了。姜嫄忙打岔，指那独力之衣问道："这种衣服是哪里来的？"帝女道："女儿在石洞中住了几时，衣服只有这随身几件，又垢又敝，实在困苦不堪，便是那宫女，也是如此。后来走到洞外，偶然看见一种野草，仿佛和葛草一般，采来考验起来，的确相类。女儿从前在宫中，曾经听见大母亲讲过，并且看见制过织过，所以颇有点经验。因此同宫女商量，就拿了来试试织织，果然织成了一种布，不过没有器具，纯是手工，所以粗拙到这个样子，但是现在已经改良而又改良了，当初还要难看呢。"说罢，走进房中。宫人早将浴具等备好，帝女洗过了浴，换好了衣服，又梳栉了一回，然后写了一封给宫女的信，报告别后一切情形，叫她见信之后，就领这批男女回来。又在行李之中寻出地图，叫宫人一并送与帝喾。帝喾将地图展开一看，只见那地图画得虽然详细，但只有从石洞到村镇的一条路，显然这图是专为帝女归路而画的。画图的是什么人？送图的又是什么人？盘瓠的长子自能，向来不跑下山，何以这日不听母命，直跑下山？又何以恰巧与那送图的人相遇？帝喾将这几点联想起来，再加之上次的大雾拦阻，断定其中不但是个"天意"，而且冥冥之中竟还有鬼神在那里往来簸弄，但是这种簸弄，究竟是祸是福，不得而知，只能顺势顺理做过去就是了。当下帝喾想罢，就叫了一个素来和宫女相识之人，随同许多人，星夜往南方而去。

过了数日，帝喾正在视朝，只见木正出班奏道："昨日臣属下有人从东海回来，说道，在那边遇到柏昭老师，叫他转致问候帝的起居，特谨奏闻。"帝喾听了大喜道："朕即位之后，就叫人到扶桑去问候，哪知柏老师已不在扶桑了。后来又几次饬人去探听，都说不曾回来。哪知老师却不在西海，而在东海，那自然寻不着了。但不知老师是久住，还是偶然经过，汝那个属官知道吗？"木正道："据那个属官说，柏老师住在那边已有好许多月，将来是否长住，不得而知。"帝喾想了一想，说道："那么朕明日就去访老师吧，多年不见了。"木正道："何妨就叫臣的那个属官去请他来呢？"帝喾道："那个不可。柏老师是朕的师傅，并且未曾做过一日的臣子，哪里可去请呢，还是由朕亲自去拜为是。好在此刻朝中无事，来往不过数月，轻车简从，亦没有什么不便。"说罢，就决定次日起程。司衡羿带了几十个卫士，随同前往。一切政务，仍由众臣工共同处理。

且说帝喾这次出门，并非巡守，所以沿途亦别无耽搁，不过一月，已到东海之滨。哪知事不凑巧，柏昭已渡过海去了，到哪里去却又探听不出。帝喾不胜嗟怅，驻车海边，望洋而叹，便问那土人道："海外最近的是什么地方？"土人道："最近是颛顼国，再过去是羲和国。"帝喾听到颛顼国三字，猛然想起一件事，便向羿说道："当初颛顼帝有一个儿子，名叫伯偁，亦叫伯服，就是现在火正祝融的嫡亲伯父，自少欢喜出游，后来竟一去不返。朕即位之后，到处访问，仿佛听见说他已跑到海外，辟土开疆，自立为一个国王了。现在这个颛顼国，不知是否他所立的？朕想就此渡海过去看看，兼可以访问柏老师的踪迹，汝看何如？"司衡羿道："这个甚好。老臣于陆地山水跑得多了，西海亦去过，只有这东海的风景还不曾见，借此随帝游历，长长见识，多个经历，亦甚有趣。"土人在旁说道："帝要渡海，恰好明日有船要出口，帝何妨就此同去呢。不过帝的从人太多，一只船恐怕局促，再叫他们多开一只吧。"帝喾道："这个不妨，朕的从人可以少带几个去。倘能专开一只尤其好，将来朕可以从重酬谢，但不知渡过去要几日？"土人道："如遇顺风，十日可到，倘遇逆风，则不能定。"帝喾沉吟了一会儿，决计渡海，于是就叫土人前去定船。

# 第十九回

## 帝喾纳羲和国女为妃
## 盘瓠子女到亳都

到了次日，帝喾等一齐登舟泛海，恰好遇着顺风，那船在海中真如箭激一般，四面一望，不见涯涘。帝喾暗想：我曾祖考黄帝创造舟楫，创造指南针，真是利赖无穷。假使没有这项东西，茫茫大海，怎能够飞渡过去呢？过了八日，果然远远已见陆地了。舟子欢呼道："这回真走得快，不到九日，已经到了，这是圣天子的洪福呢！"天色傍晚，船已泊岸，早有颛顼国的关吏前来检查行李和人数，并问到此地来做什么。帝喾的卫士一一告诉了他。那关吏听说是中华天子降临，诧异万分，慌忙转身飞奔，去报告他的长官。这一夜，帝喾等依旧宿在船中。次日黎明，只听得岸上人声杂遝，并夹以鼓乐之音。帝喾急忙起身，早有从人来报说，颛顼国王率领了他的臣民前来迎接了。帝喾听了，非常不安，忙请那国君登船相见。颛顼国王定要行朝见之礼，帝喾谦让再三，方才行礼坐下。帝喾先说明来意，又细问他建国的历史，才知道他果然是伯偶的孙子。伯偶开国到现在，已有八十多年。颛顼帝驾崩的时候，伯偶早死了，传到他已经第三世，排起辈行来，颛顼国王是帝喾的堂房侄孙。于是那国王益发亲敬，一定要邀帝喾到他宫里去住几日。帝喾不能推却，只得依他。于是，颛顼国王亲自带领了他的臣民做前导，帝喾坐在一个极笨重的车上，一路鼓乐拥护着过去。司衡羿和卫士从人亦都拥护在一起。帝喾四面一望，早知道这个国是很小很贫苦的，大约不过是个小岛吧。不一时，已到宫中，一切装饰果然都极简陋。颛顼国王请帝喾在居中坐了，又吩咐臣下招呼司衡羿等，又叫人去查询各处关吏，两月之中有没有一个中华人，姓伯名昭的，到本国来过。两项吩咐已毕，才来陪侍帝喾，说道："小国贫苦，又不知圣帝驾临，一切没有预备，很简慢的。"帝喾谦谢了几句，就问他道："此处物产不多吗？"颛顼国君道："只有黍最多，其余都很欠缺，要向邻国去买。"帝喾道："此地与哪一国最近？"颛顼国王道："羲和国最近。"

帝喾道："那国丰富吗？"颛顼国王道："比小国要丰富得多。"帝喾道："此地民情很古朴，共有多少人？"颛瑞国王道："小国民情很鄙陋，共只一千五百多人。"帝喾道："羲和国民情如何？"颛瑞国王道："他的人民多智慧，善于天文，有几句诗，是他们精神的表示，叫作：'空桑之苍苍，八极之既张，乃有夫羲和，是主日月，职出入以为晦明。'听了这几句诗，就可以知道他们的民情了。"帝喾听了，不胜诧异，暗想海外小国，竟有这样的学问，真是难得了。当下又问道："羲和国离此有多少路？"颛顼国王道："他们共有好几个岛，最大的一岛，名叫旸谷，是他国都之所在，离此颇远。最近的一岛，名叫甘渊，离此地不过半日程。那岛上有一个甘泉，风景颇好，帝如有兴，可以前往游玩。"帝喾道："那亦甚好。"于是又谈了一会儿，就进午膳，除黍之外，略有几项鱼肉，要算他们的珍品了。

膳后，国王就陪了帝喾等上船，渡到甘渊，天尚未晚，只见无数人民皆在海边，男女分行，面西而立。帝喾甚为诧异，不知他们是在做什么。颛顼国王道："这是他们的风俗，每日日出日入的时候，都要来迎送的。早晨在东岸，晚间在西岸，名叫浴日，亦不知道究竟什么意思。"帝喾仔细一看，他们人民文秀者多，内中一个年轻女子，很是端庄，又很姝丽，是有大福之相，不觉称奇，暗想：如此岛国，竟有如此美人，真是芝草无根了！因此一想，不觉看了她几眼，哪知颛顼帝在旁，见帝喾看那女子看得出神，起了误会，以为有意了，便暗地饬人去和那女子的家属商量，要他将女子献与帝喾。一面仍陪了帝喾，到甘泉游玩一回。那甘泉在山坳之中，其味极甘。登山而望，海中波浪如浮鸥起伏，荡漾无常，中间夹以日光穿射，又如万点金鳞，闪烁不定，风景煞是可爱。隔了一会儿，斜阳落于水平线下，顿觉暮色苍茫，浮烟四起，羲和国人民亦都归去了。大家急忙回到船中，那时颛瑞国王遣去商量的使者亦回来了。那女子家属听说中华天子要娶他女儿为妃，非常愿意，就是那女子亦愿意了，约定明日送来。颛顼国王大喜，但是仍旧不与帝喾说明。这一夜，大家都住在船里。到了次日，船回颛顼国，早有人来呈报国王说，各处关吏都已查过，数月之中并无中华人柏昭来过。帝喾道："既然不在此，朕回去吧。"颛顼国王固留不住，恰好那羲和女也送到了。帝誉问起缘由，不禁大惊，忙说："这个不行，万万动不得。朕偶然来此一游，娶女子而归，外国之君知道了，必定说朕是个好色之徒，专为猎艳而来，哪里可以呢！"颛顼国君道："这是臣的一点微忱，她家属又非常愿意，并非帝去强迫，有什么要紧呢！况且羲和国女子极重名节，她既来此，忽又退回，使她难堪，以后不能再嫁，岂不是反倒害了她吗！"帝誉一想，这事太突兀了，然而事已至此，无法可施。转念一想，凡事皆有"天数"，或者这亦是天数之一种，亦未可知，姑且收纳了吧，当下就收纳了。一面与颛顼国王道谢，作别，转舵而归。这一次却是逆风，路上日子耽搁甚多，回到海边，已有月余了。那羲和女子资质很聪敏，帝誉给她起一个名字，就叫作羲和。后来十年工夫，连生十子，都以甲乙丙丁做小名，所以史传上面载着说"羲和生十日"，就是这个解释，此是后话不提。

且说帝誉回到东海边，因柏昭既寻不着，就急急回去。到了亳都。进宫之后，只见无数小孩子在院中乱窜，有的爬到窗上去，有的躺在地上，衣服都是斑斓五色，口中的话亦是叽叽咕咕，一句不可懂。看见帝誉和羲和走进来，大家便一拥上前，或是牵衣，或是抱腿，有几个竟用拳头来打。左右的人喝他们不住，推开了这个，又来了那个。羲和初到，便碰到这种情形，吓得真莫名其妙。帝誉亦无可如何，料想必定是盘瓠的子孙到了。正在难解难分之际，恰好帝女跟了姜嫄、简狄、常仪等出来迎接，看见了大喝一声，那些小孩顿时四散奔逃，一霎时不知去向。帝誉等方才进内坐下，先指引羲和与姜嫄、简狄、常仪等相见。行过了礼，又将路上大略情形说了一遍，便问帝女道："他们是几时来的？"帝女道："来了第六日了，野性未除，吵个不得了，几乎连房屋都被他们拆去；看见了生人，就要欺侮，所以几个小兄弟这几日来只好隔绝，不让他们见面。似此情形，如何是好？女儿看起来，只好将他们仍旧撵回去，或者挑一所房屋，将他们关禁起来，才是方法，否则恐怕要闯祸呢！女儿为着这件事，连日与诸位母亲商量，真无良策，专盼父亲回来处置。"帝誉道："他们既具人形，必有人心，或者因为生长山野之中，与社会从没有接触过，所以发生这种野性，亦未可知。朕想，只能慢慢地设法教导，使他们识字读书，范之以礼貌，或者可以变化他们的气质。汝不必这般性急，且待朕来想法吧。就是一层，人数太多，合在一处，实在不宜。必须要将他们分开来，才有办法；合在一堆，恐怕就是教导亦无效的。"帝女道："女儿看起来，恐怕有点难。他们这种桀骜野蛮之性，在人与兽之间，是不容易使他变化的。父亲既是这样说，且试试看，如果将来能够成一个人，真是父亲如天之德了。"帝喾道："照刚才情形看起来，汝大声一喝，他们就逃走，似乎见了汝还有惧怕，对于宫女呢……"说到此际，用眼四面一望，就问道："宫女何以不来见朕？她是同回来的？"帝女听了这一问，顿时脸上露出一种凄怆之色，扑簌簌又掉下泪来，说道："宫女没有同回来，据说，她已化为石头了。"帝喾诧异之至，忙问道："岂有此理！人哪里会化石头呢？在半路上化的吗？在山洞里化的吗？怎样一来会化石头？"帝女道："据说是在山上化的，至于怎样会化石头，到此刻总想不出这个理由。"帝喾听了，沉吟了一会儿，又问道："是在我们迎接的人未到以前化的呢，还是在迎接的人到了之后化的？"帝女道："是在我们迎接的人未到以前化的。"帝喾道："我们迎接的人，既然没有到，怎样知道她是化为石头呢？或者因为汝久无音信，下山寻汝，迷失路途，或为野兽所吞噬，都是难说之事。人化石头，绝无此理！朕总有点不信。"帝女道："不是化了一块石头，竟是化成一个石人。据那迎接的人回来说，身材面貌，种种确肖，一切都没有改变，看过去俨然可以认识，不过不动不摇，抚摸她的身体，冷而且硬，竟是个石质罢了。"帝喾听到此处，愈加诧异，就叫宫人立刻去宣召那个迎接的人来。过了一会儿，那人到了，帝喾便问道："汝等去接盘瓠的男女，是怎样一回事，其中详细情形，可说与朕听。"那人道："臣等到了沅江方面，按照地图，果然寻到一座山；半山中间，果然有一个极大的石洞；洞内洞外，有十几个小孩在那里跳跃嬉戏，看起情形，都不过七八岁光景。臣等知道一定是了，就跑过去问他们话。哪知他们都不懂，一齐向石洞里逃进去。臣等追踪进去，只见那洞里除出几个小孩之外，并无一个大人。那些小孩看见臣等进洞，有些躲向洞的暗陬去伏着，有几个乘隙逃出洞外去了。臣等见寻不着宫女，和小孩子又无可说，只得退出洞外，向各处找寻，料想宫女不过暂时出外，总在此洞附近，不久总要回来的。哪知等了许久，不见踪迹，到处寻喊，亦杳无影响。臣等不胜怀疑，忽见对面山上，有许多孩子在那里乱跑，臣等即忙赶过去，那些小孩看见了臣等，回身便跑。臣等跟随过去，又走了好几里路，只见远远一个大人，立在山坡上，臣等以为一定是宫女了，哪知这些小孩都已跑到那人身边，团团围绕，或是牵，或是推，或是哭叫，但是那个人总是兀然不动。臣等甚为诧异，渐渐走近，见那人的身材的确是个女子；又走近些，觉得那状貌的确是宫女。当时极口大叫，那宫女也不应，及至走到面前，仍是如此。仔细一看，原来她的面色已经和石头一样了。（现在湖南泸溪县西南三十里，山上有石，屹立如人，相传高辛氏女化石于此，所以名叫辛女岩，就是这个典故。）用手去摸，其冷如冰，其硬如金，真个和石头无异。臣等此时，惊异至极，也不知是什么缘故，当时大家商量，无法可施。后来决定，索性连石人扛了回来吧，可以做个凭证，大家研究研究，以广见识。哪知众人用尽气力，总扛她不动，原来石人和山石已经连成一块了。回头看那些小孩，因为臣等走到，早已四散跑开，看见臣等搬弄石人，他们都站远处观看，呼之不理，走过去时，他们又跑开了。臣等至此，都是一筹莫展，看看天色将晚，方才一齐会合，向山洞而去。他们这些小孩，年纪虽小，那爬山越岭的本领却非常之大，臣等几乎跟他们不上。后来看他们都走进洞去，那时天已昏黑，洞中一无所见，只听见那些小孩都在里面呼叫争闹，亦不知道他们为着何事。臣等不便进内，只得就在洞外支帷帐露宿。后来大家商议，这些小孩言语既不通，接引又不能，宫女又化为石头了，无人管束，我们假使再用柔软的方法叫他们跟了我们同走，恐怕不能成功的。万一明朝仍旧是如此，环山追逐起来，顾了这个，顾不了那个，或者发生意外危险，那么何以回来复命呢？因此决定用强硬手段，臣等十余人，制服二十几个小孩，只要不给他们逃出洞外，总有方法可想。到了次日，天尚未明，臣等就到洞外守候。过了多时，天大亮了，他们有几个醒来，看见臣等，慌忙爬起，发一声喊，要想逃走，禁不住洞口已经堵塞，只得大家陆续都向洞底藏躲。臣等多数人守住洞口，几个人手携干粮饼饵之类，进去分给他们。他们起初一定不敢接收，后来有两个最小的接去吃了，大家才慢慢地接去吃了，但是个个狼吞虎咽，吃得甚多，想来可怜，大约有两日没得吃了。吃完之后，臣等和他们做手势，表示要与他们同走的意思，但是他们始终不懂。有几个大一点的，几次三番要想冲出洞去，幸喜有人把守，没有给他们逃出。臣等一想，照此情形，终非了局，只能实行强权，先将六七个大的都捉住了，用布捆住手脚，挟之而行，其余小的，逼定他们同走，方才慢慢地下山。可是臣等有几个已经被他们拳打脚踢嘴咬，几乎体无完肤。下山以后，添雇人夫看守，在路上走了一个多月，防备甚严，幸喜未曾失事，这就是臣等这次去迎接的情形了。"帝喾听完之后，就说道："原来如此，朕知道了，汝等辛苦之至，且去休歇吧。"那人退出，帝喾向帝女道："照此说来，宫女化石之事是无疑的了。朕从前听人说，古时有女子望夫不至而化为石之事，甚不相信，以为天下必无此理，不料现在竟有此事，可见凡事不可以一概而论了。不过宫女化石，不在洞内洞外，而在相距甚远的地方，甚不可解。"帝女道："女儿想过，或者为女儿一去，杳无音信，时常到那处盼望，因而化在那处的；或者因女儿的几个长男女不听宫女教训，宫女责备了他们一番，他们不肯服气，逃了出去，不肯回洞，宫女到处寻找不着，恐无以对女儿，因而忧愁焦急，就在那里化为石的，亦未可知。女儿前日问过那些孩子，据说不服教训、有两日逃走不归的事情，是有之。依此看来，似以第二层为近。然而石人无语，莫可究诘，这个疑团如何能破呢？"说到这里，不免又痛哭起来。帝喾忙安慰她道："汝和宫女虽有上下的名分关系，但是数年以来，同处患难之中，情同姐妹。今朝她化为石头，汝的伤心亦是应该的。不过事已至此，无可如何，汝亦不必过于哀悼了。至于这些孩子，朕总替汝等设法，分别请人来教导，汝可放心。"说罢。起身出宫而去。

# 第二十回

赤松子之历史　师延之历史

凤凰之情形

一日，帝喾正在视朝之际，忽报有一道人，自称赤松子，前来求见。原来这赤松子是个神仙，他在炎帝神农氏的时候，曾经任过雨师之职，要天雨，天就雨；要天晴，天就晴；五日一雨叫行雨，十日一雨叫谷雨，十五日一雨叫时雨。当时百姓，因为他有这样大本领，称他所下的雨为神雨。他善于吐纳导引之术，辟谷不食，常常吃些火芝，以当餐饭。他又喜欢吃枸杞实，所以他的牙齿生了又落，落了又生，不知道有几次了。他在神农氏的时候，常劝神农氏服食水玉，说是能够入火不烧的。但是神农氏没有工夫去依他，只有神农氏的一个小女儿非常相信他。他自从辞了雨师之职之后，遨游天下，遍访名山，神农氏的小女儿总是跟着他走，后来亦得道而仙去。这位赤松子的老家，是在云阳山下（现在湖南茶陵县西）。他所常游玩的地方，是梁州西北（现在四川松潘县，唐朝时叫松州，便是以赤松子得名）、闽海之滨（现在福建将乐县天阶山下有玉华洞，是赤松子采药处）、震泽边的穹窿山（现在江苏吴中区西南六十里，相传赤松子采赤石脂之处，上有炼丹台遗迹）和彭蠡之滨（现在江西瑞昌市西北有赤颜山，亦赤松子游处）。他最欢喜住的是昆仑山，常住在西王母的石室之中，任是狂风大雨，他出来游玩，总是随风雨而上下，衣裳一点也不动，一些也不湿，所以真正是个神仙，这就是他的历史了。

且说帝喾是知道他的历史的，听说他来求见，非常欢喜，连忙迎接他进入殿内。行礼既毕，推他上坐，赤松子却不过，只好在上面坐下。帝喾细看那赤松子，生得长身玉立，颜如朝霞，仿佛只有三四十岁的模样，不禁暗暗诧异，便说道："夒久闻老仙人大名，只是无缘，不曾拜识。今日难得鹤驾亲临，不胜欣幸之至，想来必有以见教也。"赤松子道："山人前在令曾祖轩辕皇帝时，对于轩辕皇帝成仙登天，亦曾小效微劳。如今见王子功德巍焕

（道书上多称帝喾王子），与轩辕皇帝不相上下，那么成仙登天亦大有期望，所以山人不揣冒昧，前来造谒，打算略略有点贡献，不知王子肯赐容纳否？"帝喾听了，大喜道："那么真是夋之万幸了。既然如此，夋就拜老师为师，以便朝夕承教。"说着，就起身北面，拜了下去。赤松子慌忙还礼，重复坐下。帝喾道："弟子蒙老师如此厚爱，实属感激不尽，不过弟子想想，从前先曾祖皇考功业何等伟大，天资又何等圣哲，何等智慧，尚且要经过多少困难，经过多少时间，才能成功。如今夋这样庸愚，不能及先曾祖考于万一，恐怕老师虽肯不吝教诲，亦终不能渡脱这个凡夫俗骨呢。"赤松子道："这个不然。大凡一件事情，第一个做起的，总是烦难些，后来继起的，总是容易些。因为创始的人前无所因，后来的人有成法可考的缘故。令曾祖黄帝前无所因，登仙得道所以烦难。现在既然有令曾祖黄帝的成法在前，时间又相去不远，所以并不会烦难的。"帝喾道："那么全仗老师教诲。"赤松子道："山人所知，还不过粗浅之法，并非大道，不足为训。现在拟介绍两位真仙，如能传授，那么登仙得道真易如反掌了。"帝喾忙问是哪两位真仙，叫什么法号，住在何处。赤松子道："一位就是令曾祖黄帝曾经问道的天皇，现住在梁州青城山（现在四川省灌县西南）。一位法号叫九天真王，住在雍州西面的钟山。王子此刻正在制乐，且等制乐成功之后，亲到那边去拜谒，必定有效的。"帝喾大喜，就问道："天皇就是天皇真人吗？"赤松子道："不是不是。天皇真人住在峨眉山的玉堂，那天皇又是一个了。"帝喾道："人间的尊荣，夋不敢加之于老师，恐反亵渎。现在拟尊老师为国师，请老师暂屈在此，不知老师肯俯就吗？"赤松子道："这亦不必。山人在神农氏的时候，亦曾任过雨师之职。现在王子既然因为山人在此，不可没有一个名号，那么仍旧是雨师吧。"帝喾大喜，就拜赤松子为雨师，又指定一所轩爽静僻的房屋，请他住下。赤松子是不食人间烟火的，他的吃食，除服饵丹药之外，一种是云母粉，一种是凤葵草，所以一切的供给他都是不需要的。帝喾政务之暇，总常到那边去请教，学学服食导引的方法。

过了数月，咸黑来报，说道乐已经制作成功了。帝喾就给这个乐起一个名字，叫六英；又叫水正熙到郊外去，建筑一所宫殿，名叫合宫；又选择一个演乐的日子，是第二年仲春月的丁卯日。又过了一月，合宫造成，其时恰值是孟春下旬，距离仲春月的丁卯日不过一旬。咸黑报告帝喾，就定了甲子日开始演习。先将所有的乐器统统都搬到那里去，陈列起来。到得演习的那一日，帝喾大会百官，连赤松子也邀在里面，同到合宫。只见那合宫建筑在平时祀天帝的一个圜丘的北面，四围都是长林大木。合宫之旁，绕以流水，有桥通连。当中一座大殿，四边无壁无门。殿内殿外，陈列乐器，祥金之钟，沉鸣之磬，都挂在殿上，其余的或在两楹之旁，或在阶下。六十四个舞人，都穿着五彩之衣，手中拿着干戚、羽旄、翟籥之类，分列八行。三十六个乐工，则分作六列，各司其事。赤松子一看，就称赞道："实在制作得好，实在制作得好。"咸黑谦逊道："某的学问很为浅薄，承雨师过奖，真要惭愧极了。有一个人，他的学问胜某万倍，某当时很想保举他来承办这项大典，可惜寻他不着，只好作罢。假使那个人能够来，那么真可以通天地、降鬼神，值得雨师之称赞了。"帝喾在旁听见，忙问何人。咸黑道："这人名字叫延，因为他在黄帝时候曾经做过司乐之官，所以大家都叫他师延。"帝喾道："这个人尚在吗？年岁有这么长，料想必是一个得道之士，可惜朕无缘，不能请到他。"赤松子笑道："说起这个人来，山人亦知道，并且认识，果然也是一个修道之士，而且他于音乐一道确有神悟。他每次作乐的时候，抚起一弦琴来，地祇都为之上升；吹起玉律来，天神都为之下降；而且听到哪一国的乐，就能够知道它的兴亡治乱，真正可以算得是有数的音乐大家了。不过他的心术却不甚可靠，只要于他有利，就是长君之过、逢君之恶的事情，他亦肯做，所以当时令曾祖黄帝亦不甚相信他，没有拿重大的职务去叫他做。假使他学问这样高而品行能够端正，那么令曾祖黄帝升仙的时候早经携他同去，何至到现在还沦落人间呢！"帝喾道："此刻他可在何处？"赤松子道："此刻他隐居在一座名山之中，修真养性，很像个不慕人间富贵的样子。但是依山人看起来，江山好改，本性难移，照他那一种热衷的情形，以后终究是还要出来做官的。怎样一种结果，很有点难说呢。这次寻他不着，不去叫他来，据山人的意思，所谓'未始非福'，亦并没有什么可惜之处。"帝喾听他如此说，也就不问了。（后来这个师延，到商朝末年的时候，居然仍旧出来做纣王的官，迎合纣王的心理，造出一种北里之舞，靡靡之音，听了之后，真个可以荡魄销魂。纣王的淫乐，可以说一半是他的诱惑。后来不知如何得罪了纣王，纣王将他囚在阴宫里面，到得周武王伐纣，师过孟津，他那时已经放出来了，知道这事情有点不妙，将来武王一定将他治罪的，他慌忙越濮水而逃。谁知年迈力弱，禁不住水的冲击，竟溺死在濮水之中，一个修道一千几百年的人，结果终究如此，真是可惜。但是他究竟是修道多年之人，死了之后，阴灵不散，常在濮水的旁边玩弄他的音乐。到得春秋时候，卫国的君主灵公将要到晋国去，路过濮水，住在那里，半夜之中忽然听到弹琴之声，非常悦耳。左右之人都没有听见，独有灵公听见，不觉诧异至极，就专程叫了他的乐师师涓过来。那师涓是个瞎子，瞎子的听觉异常敏锐，居然也听见了。于是灵公就叫师涓记出他的声调来学，学了三日方才学会。到了晋国之后，灵公就叫师涓把这个新学来的琴弹给晋平公听。哪知晋国有一个大音乐家，名叫师旷，在旁边听见了，忙止住师涓，叫他不要弹了，说这是亡国之音，不是做君主的可以听的。大家问师旷怎样知道呢，师旷道：'这个琴调，是商朝师延所作的。他在纣王时，以此靡靡之乐蛊惑纣王，武王伐纣，他东走，死于濮水之中，所以这个琴声必定是从濮水之上去听来的。先听见这个声音之国家，必定要削弱，所以听不得。'大家听了这番话，无不佩服师旷之学问。照此看来，师延这个人做了鬼还在那里玩弄这种不正当的淫声，真所谓死犹不悟，难怪赤松子说不用他'未始非福'了。闲话不提。）

且说这个时候，各乐工已经将各种乐器敲的敲、吹的吹起来了。赤松子听了一会儿，又大加赞赏。忽然听见外面无数观看的百姓都一齐仰着头，在那里叫道："好美丽的鸟儿！好美丽的鸟儿！好看呀！好看呀！"帝喾和群臣给他们这一叫，都不禁仰面向上一看，只见有两只极美丽的大鸟，正在空中回翔，四面又有无数奇奇怪怪的鸟儿跟着。过了一会儿，两只美丽的大鸟都飞集在对面梧桐树上，其余诸鸟亦都飞集在各处树上。这时候大家见所未见，都看得呆了，便是各舞人也都停止了。赤松子笑向帝喾道："这最大的两只，就是凤凰呀！"帝喾惊异道："原来就是凤凰吗？"大家听了，更仔细朝它看。赤松子便指示道："凤凰有六项相像：它的头很像鸡，它的额很像燕，它的颈很像蛇，它的胸很像鸿，它的尾很像鱼，它的身很像龟，诸位看看，相像吗？"众人道："果然相像！"赤松子道："还有一说，头圆像天，目明像日，背偃像月，翼舒像风，足方像地，尾五色俱全像纬，这个亦是六像。"帝喾笑道："据夋看来，这个六像，有点勉强，恐怕因为凤凰是个灵鸟，特地附会出来的，不如以前那六个相像的确肖。"赤松子道："那么还有五像呢，试看它的五色文彩，头上的文彩，仿佛像德字；翼上的文彩，仿佛像顺字；背上的文彩，仿佛像义字；腹上的文彩，仿佛像信字；胸前的文彩，仿佛像仁字。戴德，拥顺，背义，抱信，履仁，所以说它是五德具备之鸟。诸位看看还像吗？"大家仔细看了一会儿，说道："这个虽则亦是恭维它的话，但有几处地方却非常之像，真奇极了！"正说时，只听见那两只凤凰"即足即足"地叫起来了，旁边一群异鸟亦一齐都叫起来，仿佛两个在那里问话，其余在那里答应似的。赤松子又指着说道："这个叫起来声音'即即即'的，是雄鸟，就是凤。那个叫起来声音'足足足'的，是雌鸟，就是凰。那边那些五色斑斓、尾巴极长的鸟儿，名叫天翟，亦是很名贵不可多得的，如今也跟着凤凰来了。"帝喾道："夋闻凤凰为百鸟之长，所以大家都跟着它，仿佛臣子跟着君主一般，这句话可信吗？"赤松子道："这句话可信。凤凰一飞，群鸟从者以万数，所以仓颉造字，凤字与朋字同一个写法。梁州南方，有一处山上，凤凰死了，群鸟每年总来吊悼一次，数百千计，悲啾唧唧，数日方散，因此大家将那座山叫作鸟吊山，古迹现在（现在云南省洱源县凤羽山）。山人游历到彼，曾经目睹，所以可信的。不过世界上的神鸟，五方各有一种。在东方的叫作发明，在南方的叫作焦明，在西方的叫作鹓鹐，在北方的叫作幽昌，这四种都在海外。我们中华人除出鹓鹐之外，都不能见。其实它们都能够使百鸟护从，亦是和凤凰一样的。因为凤凰是中央的神鸟，历史上常见，所以大家只知道凤凰为百鸟之长了。"帝喾道："朕听见说，凤凰能通天祉、应地灵、律五音、览九德。天下有道，得凤象之一，则凤凰过之；得凤象之二，则凤凰翔之；得凤象之三，则凤凰集之；得凤象之四，则凤凰春秋下之；得凤象之五，则凤凰没身居之。现在夋的德行，并没得好，而凤凰居然翔集，实在是惭愧。"赤松子道："有其应者，必有其德，王子亦何必过谦呢。不过当初令曾祖黄帝的时候，凤凰飞来，山人听说是再拜迎接的。如今王子似乎亦应该向它致一个敬礼，以迓天麻为是。"帝喾听了，矍然地应道："是是是。"于是整肃衣冠，从东阶方面走下去，朝着西面再拜稽首地说道："皇天降祉，不敢不承命。"礼毕之后，停了一会儿，率领大众回去。自此之后，那凤凰和群鸟亦就止宿在这些树上，不再飞去了。

# 第二十一回

赤松子治病　帝喾至青

城山访道　天皇之历史

且说凤凰飞来之后，那些百姓是从没有见过的，真看得稀奇极了，有些竟长日地守着它看，只见它起来时候的鸣声，总是"上翔"两个字；停落时候的鸣声，总是"归昌"两个字；早晨的鸣声，是"发明"两个字；昏暮的鸣声，是"固常"两个字；日间的鸣声，是"保长"两个字。又看它不是梧桐树不栖，不是竹实不食，不是醴泉不饮。飞起来时，大批异鸟天翟等总是跟着，没有单独飞过。那些百姓在几日之中，竟把这种情形考查得清清楚楚，真个是圣世盛瑞了。

　　过了三日，正是作乐享上帝的正日，帝喾和群臣先期斋戒，约定半夜子初，就先到合宫里去布置一切。哪知咸黑忽然病倒了，不省人事，原来他三年以来制乐造器，心力用得太过，明日又是个正日，大典大礼所在，关系非轻，他尤其用心筹度，深恐或有一点疏漏，致败全功。哪知一时气血不足，竟有类乎中风，仰面困翻了。这时大众心慌，不但是慌他的病势而已，一切布置都是他一人主持，蛇无头而不行，明日之事岂不要搁浅吗！所以一面赶快给他延医，一面飞奔地通知帝喾。帝喾这一惊非同小可，也顾不得是斋戒期内，就想出宫去望咸黑。后来一想，究竟不是，先叫人去探听吧。不多一会儿，探听的人和诊治的医生一齐同来，向帝喾道："这病是用心过度，血往上冲所致。现在照法施治，大命已属无妨，不过半月之内恐绝不能照常行动。"帝喾听了大命无妨的话，虽略略放心，但想明日之事，不免焦心。正在踌躇，左右忽报赤松子求见。帝喾听了，知道他突如其来，必有缘故，即忙迎入坐下。赤松子道："山人听说大乐正病了，急切不能全愈，明日大事又少他不得，山人有一颗黄珠在此，可以治这个病，请王子饬医生拿去，将这珠在大乐正身上周遍摩擦一番，就好了。"说罢，将珠取出，递与帝喾。众人一看，色如真金，确是异宝。帝喾大喜，忙叫医生拿去如法施治，不到一时，咸黑已和那医生同来，交还黄珠，兼谢帝喾和赤松子。帝喾看他精神矍铄，一无病容，大为惊异，便问赤松子道："这颗仙珠，是老师所炼成的吗？"赤松子道："不是，它名叫销疾珠，是个黄蛇之卵，所以一名蛇珠。这黄蛇却是仙山之物，很不易看见。山人从前偶然游戏，遇到黄蛇，要想拿它作龙骑，哪知它走入水中，忽然不见，就遗下这颗卵，为山人所得。山人知道它可以治百疾，有起死回生之奇效，所以常带在身边，这就是黄珠的历史了。"众人听了，无不称奇，咸黑尤感谢不置。

这日半夜里，帝喾君臣就先到合宫布置一切。天色黎明，大众恪恭将事。少顷，有偅的鞀声一动，钟声、磬声、鼗鼓声、椎钟声便一齐动作起来，中间杂以苓管声、埙篪声，热闹非常。忽而咸黑抗声一歌，三十六个伶人都接着齐唱，唱歌声与乐器之声按腔合拍，和谐之至。接着，那六十四个舞人亦都动手了，还有那许多不拿乐器的伶人，亦用两手交拍起来，以与那乐声的音节相应和。正在目穷千变、耳迷八音的时候，只见那对面林中的鸟儿，亦个个舞起来了。当先的一对凤凰，随后的是十几对天翟，再次的是各种文鸟，翻飞上下，左右参差，仿佛如五彩锦绣在空中乱抖，又仿佛如万朵奇花在风前齐放，真是好看至极。舞到后来，里面的歌止乐终，它们亦渐渐地歇住，仍旧栖息在树木之上。这一次，直把帝喾喜得来乐不可支，便是那些百姓群臣亦个个开心之至，交口称颂帝喾的功德，能够感动禽兽，是万古所稀有的。自此以后，数年以来所筹备经营的作乐事情，居然得到一个很美满的结果，于是大家又要商议请行封禅之礼了。帝喾自从赤松子介绍过两个真仙之后，时常想去访求，但是封禅的泰山在东方，两个真仙所住的在西面，路径是不对的。是先行封禅之礼呢，还是先访两个真仙呢？一时委决不下，便来请教赤松子。赤松子道："据山人之意，似乎应该先访真仙。因为封禅之礼，不过是王者告成功于天的一个手续，或迟或早，并无一定的。现在王子对于服食导引等功夫，渐渐已有门径，正应该访道求仙，以竟大功，功成之后，再行封禅礼，并不算晚呢。"帝喾道："老师指教极是，夋本来亦如此想，但是夋此番前去，拟请老师同往，庶不至于访求不遇，不知老师肯赐允许吗？"赤松子道："这个不必。王子圣德昭著，加以虔诚去寻访，绝没有不遇的道理。至于山人，是个闲散之人，和他们真仙气诣不同，同去亦殊无谓。昨日刚计算过，在这里闲住，不知不觉时日已经甚久了，现在暂拟告别，且等王子道成之后，我们再相见吧。"帝喾忙道："老师既不愿同去，亦不妨在此宽住几时，何必就要去呢？"赤松子笑道："不瞒王子说，山人山野之性，一向散荡惯了，在这里一住几个月，如鸟在笼中，实在受不住这种拘束。况且王子既出去访道，山人住在这里做什么？好在王子大道计日可成，我们后会之期亦不远呢。"帝喾道："虽然如此，爰总要请老师再住几日，且待爰动身之时，一同登程何如？"赤松子答应道："这个可以。"于是帝喾就去打叠一切，又择了起身的日期。到了那日，帝喾与赤松子一同出行，百官群臣在后相送。大家因为赤松子是个神仙，这一去之后，不知能否再见，都有依恋不舍之意。赤松子与大家一一握手道别，亦都有赠勉的话。独对于老将司衡羿，更着实地殷勤，向他说道："老将军年纪大了，忠心赤胆，实在是很可钦敬的，将来天下尚有一番大乱，全仗老将军双手扶持，愿加意自己保重为要。不过有一句话，老将军所最怕的是鹓扶君，以后倘使碰着了，千万不可去得罪他，须切记山人之言。"说罢，就向帝喾和众人告别，转身飘然而去。大家听了，都莫解所谓，只得听之。便是老将军也不将他的话语放在心上，以为只要将来碰到鹓扶君的时候，再留心就是了。

　　这里帝喾直待赤松子去远，方才与群臣作别，向西南而行。这一次是诚心访道，所以对于沿途风景，略不在意，便是各处的诸侯亦都不去惊动他们。沿着伊水，翻过熊耳山（现在河南卢氏县南），到了汉水旁边，适值水势大涨，车马不能通行，只得暂时歇住。那些百姓感戴帝喾的恩德，听说驻跸在此，个个都来拜谒。帝喾一面慰劳，一面教导他们，对于农桑实业，务须大家尽力，不可怠忽；又教他们对于用财务须节俭，千万不可浪费，倘使政令有不便的地方，尽管直说，可以改的总答应他们一定改。那些百姓听了，个个满意，都欢欣鼓舞而去。后来大家就在这个地方给帝喾立一个庙（现在陕西旬阳县南），春秋祭祀之，这是后话不提。且说帝喾等水退之后，即便动身，溯汉水而上，逾过嶓冢山（现在陕西略阳县东）、左担山（现在四川平武县东），直到岷江流域，在路上足足走了五个多月。有一日，远远望见青城山了，帝喾即忙斋戒沐浴，整肃衣冠，上山而来。哪知车子刚到山脚，只见有两个童子在旁迎接，拱手问道："来者莫非当今圣天子吗？"帝喾大惊，问那童子："汝何以知之？"童子道："早晨吾师说，今日当今圣天子要来枉驾，叫我们前来伺候，吾师随后便来迎接了。"帝喾尤为诧异，便问道："汝师何人？"童子道："法号天皇。"正说之间，只见山坡上一个道者飘然而来，童子忙指道："吾师来了，吾师来了。"帝喾一看，只见那天皇褊衣卢服，貌甚不扬，但是不敢怠慢，急忙跳下车，上前施礼。那时天皇已到面前，拱手先说道："王子驾临，有失远迎，恕罪恕罪。"帝喾一面施礼，一面说道："夋竭诚远来叩谒，深恐以下愚之质，摈斥不屑教诲，乃承吾师不弃，且劳玉趾，远下山来，益发使夋不安了。"天皇道："王子功德巍巍，现在做世间之帝主，将来列天上之仙班，名位之隆，远非野道所能及，又承枉驾辱临，安敢不来迎接呢！"帝喾又谦让两句，便回头吩咐从人在山下等候，自己却与天皇同上山来。走不二里，只见路旁山壁上刻有五个摩崖大篆，细看乃是"五岳丈人山"五个字，下面具款是黄帝轩辕氏的名字，原来当初黄帝亦曾来此问天皇以蟠龙飞行之道，所以特封青城山为五岳丈人山，并刻字于此，以志纪念。帝喾见了，更是肃然起敬。又走了一会儿，遥望奇峰屏列，曲崿低环，树荫中微露墙屋一角。天皇用手指指道："这是野道的下院，且进去歇歇吧。"帝喾上去一看，只见那道院背山临涧，景物清幽，种树成行，甃石作路，门外柳花糁径，豆蔓缘篱，杉柏四围，竹扉半掩，真乃是个仙境。进院之后，行礼坐定，帝喾便将访道之意与天皇说了。天皇道："王子过听了。野道所知，甚为有限，恐不能大有益于王子，但既蒙不弃，亦自愿贡献一点愚见。请问王子所问的，究竟是长生不死之道呢，还是白日飞升之道呢？如果是白日飞升之道，固然甚难，除出令祖黄帝之外，殊不多见；即使是长生不死之道，亦甚不容易，至多不过一个老而尸解罢了。因为人的精神，不能不附丽于肉体，但是肉体这项东西，不能久而不坏。譬如一项用器，用久必弊，勉强修补，终属无益，这亦是天然的道理，所以仙家不仅注意在服食导引，以维持他的衰老之躯，尤注重在脱胎换骨，以重创他的新造之躯。即如赤松子、展上公诸人，王子都是见过的，看他们那种神气，仿佛都是长生不老的样子，

169

其实他们的身体，不知道已经更换过几回了。即如野道，王子看起来，岂非亦是一个长生不老的人么？其实野道不但死过一次，并且死过多次。"帝喾听了，诧异之至，便问道："既然死了，何以此刻还在世界呢？"天皇道："这种死法！仙家不叫作死，叫作尸解。尸解的原因有三种：一种是要脱胎换骨，另创一个新身躯，因此就将那旧的臭皮囊舍去，所以叫作尸解，解是分解的意思。一种是因为在人间游戏久了，被世人纠缠不过，借一个方法，解脱而去。还有一种，是因为功成业就，不愿再到人间，所以也借此脱然而去。这两种尸解，都是解脱的意思。但是无论哪一种，这脱胎换骨的功夫总是不可少的。"帝喾道："老师以前死过几次的事情，可略说一点给夋听么？"天皇笑道："王子到此间来，可知道野道从前在俗世时的姓名吗？"帝喾道："夋疏忽，未曾打听。"天皇道："野道俗名叫作宁封子，在令曾祖黄帝的时候，曾经做过陶正之官，与王子排起来，还有一点世交呢。"帝喾愕然道："原来就是宁老师，夋真失敬。"说罢，重复稽首。天皇道："当初野道确好仙术，不远万里，到处寻访，对于脱胎换骨的方法，略略有点知道。后来走到昆邱之外，一个洹流地方，去中国约有万里之遥。那地方满地都是沙尘，所以一名叫兰沙，脚踏着就要陷落去，也不知道它底下有多少深，遇到大风的时候，那沙就满天地飞起来，同雾露一般，咫尺之间都辨不清楚，是个极凶险的所在。但是那水里有一种花，名叫石蕖，颜色青青，坚而且轻，跟着大风欹来倒去，覆在水面上，甚为好看。而且这种石蕖，一茎百叶，千年才开一次花，极为名贵，所以求仙的人往往欢喜到那里去望望。就是令曾祖黄帝，经野道谈起之后，亦曾经去看过。当时野道到了那边，正在赏玩的时候，忽见水中有无数动物在那里游泳，忽然有几个飞出水面来，把野道吓了一跳。仔细一看，原来一种是神龙，一种是鱼，一种是鳖，都是能飞的。恰好有一条飞鱼向野道身边飞来，野道不禁大动其食欲，便顺手将它捉住，拿到所住的山洞里，烹而食之，其味甚佳，方为得意。哪知隔不多时，身体忽然不自在起来了，即刻睡倒，要想运用那脱胎换骨的方法，但是那时候功夫不深，一时竟做不到，足足过了二百年，才得脱换成功，复生转来，这是野道第一次的死了。野道当日复生之后，就做了一篇七言的颂词，赞美那石蕖花，内中有两句，叫作：'青藜灼烁千载舒，百龄暂死饵飞鱼'，就是咏这次的事情了。后来偶然跑到这里，爱这座青城山的风景，就此住下。不知怎样一来，给令曾祖黄帝知道了，枉驾下临，谆谆垂询，并且力劝野道出山辅佐。那时令曾祖黄帝正在研究陶器，野道情不可却，又因为这种陶器果能做成，对于天下后世的确有极大的利益，所以当时就答应了，出山做一个陶正。但是野道于陶器一道，实在亦没有多大的研究，而那个用火之法，或者太猛了，或者太低了，尤其弄不妥当。后来有一个异人前来访问野道，情愿做这个掌火的事情，哪知他这个火却用得很好，陶器就告成功了，而且非常之精美。尤其奇怪的，他烧的火化为烟气之后，纲缊五色，变化不穷，大家看得奇异，都非常之敬重他。久而久之，那个异人就将所有用火的奥妙，以及在火中脱胎换骨的方法，统统都传授了野道。后来陶正之官做得讨厌起来了，屡次向令曾祖黄帝辞职，总是不允。野道闷气之极，不免玩一个把戏，有一日在院子里积起了许多柴草，野人就睡在柴草上面，点一个火，竟把自己烧起来。大家看见了，要来救时，只见野道身体随烟气而上下，久之渐渐消灭，化为灰烬。大家以为野道真个烧死了，拾起了灰烬之中的几块余骨，葬在宁北山中，做一个坟，封将起来，所以后人叫野道叫宁封子，其实野道并非姓宁名封子呀，这是第二次的死了。不过这次脱胎换骨非常容易，而且非常写意，以后还有三次四次，那是更容易了。所以野道的意思，以为王子果然要求道，与其求长生不死之道，不如求脱胎换骨之道，不知道王子以为何如？"帝喾慌忙稽首道："老师明诲，爰如开茅塞，但不知脱胎换骨之法，如何可成？还求老师教诲。"天皇道："此法一言难尽，一时难明，此刻时已不早，王子腹中想必饥饿，野道已令小徒薄具蔬肴，且待食过之后，与野道同至山上，再谈吧。"帝喾唯唯称谢。少顷，童子果然搬出饭来，食过之后，帝喾就和天皇一同上山。一路山势，皆排闼拥洞，仿佛和迎接人一般，而且松篁夹道，阴翠欲滴，溪流玲琮作响，音韵如奏笙簧，山色岚光，挹人衣袖，比到半山风景，又胜一层。那山势亦愈上愈峻，不知翻过几个盘道，方才到得山顶，却已日平西山，天色垂暮。帝喾看那上院的结构，并不宏大，却是精雅绝伦，几案之上及四壁，都是堆着简册。天皇招呼帝喾坐下，便问道："今日走这许多山路，疲乏了吗？"帝喾道："贪看山景，尚不觉疲乏。此山不知共总有多少峰头？"天皇道："此山有三十六个峰头，以应天罡之数；又有七十二个洞，以应地煞之数；此外另有一百八十个景致，今日所走，不过它的一小部分呢。"

隔了一会儿，吃过晚膳，一轮明月涌上东山，照得大千世界同银海一般，那天皇就邀帝喾到院门外一块大石上并坐倾谈，并将所有脱胎换骨的大道尽心传授，又向帝喾道："野道还有许多书籍，可以奉赠。"说毕，就匆匆走进院去。那时上院室中，已是昏黑之至，但是天皇一踏进去，便觉满室通明，纤毫毕现。帝喾在外面遥望，并未见他燃灯点烛，不知此光从何而来，不觉万分诧异。细细考察那光芒，像是从天皇身上射出，仿佛他胸前悬有宝炬一般，照来照去，总是依着天皇的身躯转动。正猜想不出这个理由，只见天皇走到几案旁边，在许多书籍之中取了几册，又走到东壁西壁两处，各取了几册，随即转身向外，匆匆而来。这时候帝喾却看得清楚了，原来那个光芒，竟是从天皇腹中迸出来的，灼灼夺目，不可逼视。等到天皇走出院外，在明月之下，那光芒就不见了。帝喾正要动问，那天皇已走到面前，将许多书籍递与帝喾，说道："这些书都可时时观看，作为参考之用，那么对于各种大道都可有点门径，不但脱胎换骨一法而已。"帝喾接来，随手翻开一看，只见上面都是些符箓，下面却有许多注释。天皇道："这一部叫作《五符文》，备具五行之妙用，王子可细心参之，成道入德之门大略都在这里了。"帝喾听了，慌忙再拜领受。这一夜，二人直谈到月落参横，方才就寝。在那就寝之前，天皇陪着帝喾走进院去，一到黑暗之地，天皇腹中的光芒又吐出来了。帝喾便问道："老师这个光芒，是一种仙术，一时拿来应用的呢，还是修炼之后，自然而然会有的呢？"天皇笑道："都不是，都不是，有一种植物，名叫明茎草，亦叫洞冥草，夜里望过去，如金灯一般，折取这草的枝条烧起来，能够照见鬼物的形状，却是一种宝贵的仙草。野道颇欢喜吃它，常常拿来做粮食，哪知久服之后，深得它的好处，每到夜暝之时，或黑暗之中，不必燃烛，亦不必另用什么仙术，腹中之光通于外面，无物不见，真是非常便利。"帝喾听了，方才恍然。

# 第二十二回

帝喾至钟山访九天真王

舟人授书　帝喾悟道

且说帝喾在青城山与天皇讨论道术，一连七日，把《五符文》研究得非常明白，觉得成仙登天之事有点把握了，于是拜谢天皇，说明还要到钟山去访求九天真王。天皇道："九天真王的道行，胜野道百倍，王子去访他，是极应该的。不过他从不轻易见人，王子到那边，务须要以毅力求之，切记切记。"帝喾稽首受教。到了次日，天皇一直送帝喾至山下，指示了西北去的路程，方才回山。

　　再说帝喾率领从人径向钟山而来，这一路却都是丛山峻岭，登降跋涉，非常困难，所看见的奇兽异禽、山鬼川怪，亦非常之多。一日，过了不周山，来到有娀国，那时有娀侯夫妇皆已下世，建疵亦早出嫁了，有娀侯的长子袭职，闻帝降临，前来迎接。帝喾便到有娀侯的宗庙里去吊祭一番，并不停留，随即匆匆上道。一日已到峚山，只见那无数丹木，依旧是红如榴火，焜耀山谷。仔细想想，不知不觉已过了多少年了，旧地重来，不胜感慨，电光石火，人生几何，因此一想，益觉那求仙访道之事更刻不可缓了。下了峚山，远望那稷泽之水，仍是汪洋无际，帝喾便吩咐从人，从陆路径向钟山而去。原来那稷泽，东到峚山，西接槐江，北接钟山与泰器山，西南连昆仑山，从峚山到钟山，约有四百六十里。帝喾走了五日，渐渐地望见钟山，便即刻斋戒沐浴起来。又走了三日，已到钟山，帝喾便整肃衣冠，屏去车子，虔诚地徒步上山而来。哪知走了半日，静悄悄地，不见一人，但见苍松翠柏盘舞空中，异草古藤纷披满地，白鸟青雕到处飞集，赤豹白虎不时往来，随从人等虽手中个个执有武器，但不免都有戒心。那帝喾却一秉至诚，绝无退缩之意。看看走到半山，日已过午，不但人迹不见，并且四面一望，连房屋草舍都没有一所。随从人等肚里真饿不过，都来劝帝喾道："依臣等看起来，此山绝无人迹，和从前青城山大不相同，九天真王或者不住在此山中，亦未可知。现在可否请帝下山，暂时休息，待臣等找几个土人，访问确实之后，再行前进，如何？"帝喾道："赤松子和朕说，九天真王住在钟山，绝无错误之理。朕前日下青城山时，天皇指示路程，亦说在此，哪里会错呢。况且现在已到此间，只宜前进，岂宜退转！汝等如饥饿疲乏，且在此地吃点干粮，休息片刻再走，亦无不可。"随从人等只得答应。过了一会儿，帝喾依旧向山顶而进，哪知道路愈走愈难，攀藤附葛，困苦不堪。后来走到一处，竟是插天绝壁，无路可通。帝喾至此，只能索然而止，心中暗想道：我竟如此无缘吗？或者因我尚欠至诚吗？望着山头，叹了两声，就照原路退了下来。那时一轮红日已在西山之顶，暮烟渐起，异兽怪物出没愈多。走到半路，天已昏黑，不辨路径，耳边但听得豹嚎虎啸豺鸣狼叫之声，惊心动魄。有时忽见一个黑影，仿佛从身边掠过；有时足下绊着荆棘藤蔓，几乎倒栽一跤；如此者亦不止一次。帝喾是个有道行的圣人，虽则不因此而生恐怖，但是随从之人却都气喘心颤，狼狈不堪了。幸亏得人多，拼命地保护了帝喾，走一程，息一程，有时大叫一阵，以壮声威；有时将武器挥一回，以壮胆力。走到半夜，那一钩明月渐渐地升起来，依稀辨得出途径，大家才得放心。可是歇不多时，天亦亮了，匆匆地回到山下宿舍，这一日一夜的疲乏，方得休息。

过了些时，有几个随从的人就去找土人询问。土人道："我们这里的钟山，走上去有好几条路。一条是从东面上去，但是路很难走，歧路又多，走错了就要上当。一条是从南面上去，较为好走些，不过路程远得多了。要是从稷泽里坐船过去，亦是一法，较为安稳。一条在北面，从泰戏山那边来的人，都是走那条路，但是我们不大到那边去，所以那条路究竟好不好走亦不甚清楚。"随从人又问道："这座钟山上，有一位九天真王，你们可知道他住在哪里？"土人道："九天真王是什么人？我们不知道。"随从人道："是个活神仙，你们怎么会不知道？"土人道："是神仙吗？我们亦听见说是有的，所以这座山里，有许多虎豹猛兽之类，从来不害人，大家都说是受了神仙感化的缘故。至于这个神仙，他的名字是否叫九天真王，却不知道。"旁边另有一个土人，夹着说道："我们这山上，有一项怪东西，名字叫作鼓，这是我们所知道的。据老辈传说，他就是这座钟山的儿子，他的形状，人面而龙身，

175

极为可怕。有一日，不知为什么事，和住在西南昆仑山上一个人面兽身的得道之怪神，名叫钦䲹，亦叫钳且的，联合起来，将住在昆仑山南面的一个祖江杀死了。天帝闻而大怒，就将鼓和钦䲹两个一齐捉住，在这座钟山东面的一个瑶崖地方正法抵命。哪知后来钦䲹的精魂化为一只大鹗，其状如雕，白头而黑羽，赤嘴而虎爪，叫起来声音仿佛和鸿鹄一般。那鼓的精魂亦化为一只怪鸟，名叫鵕，其状如鸱，赤足而直嘴，白头而黄羽，叫起来声音亦仿佛和鸿鹄一般。这两只鸟儿，都是个不祥之物，大鹗如果出现，地方就有兵革之灾，鵕鸟如果出现，地方就有极大之旱灾。但是几百年来，大鹗始终没有见过，鵕鸟亦只见过一次，大家都说，全是这座山里的神仙禁压住的，所以照这样看起来，神仙是一定有的，不过我们无福，没有见过。至于他的名字是不是叫九天真王，那就更不知道了。"随从等听了这番话，谢了土人，就来奏知帝喾。帝喾道："既然钟山正面不在这里，那么朕向南面那一条路去吧。"随从人道："从水路去呢，还是从陆路去呢？"帝喾想了一想道："水路贪安逸，便不至诚，朕从陆路去吧。"于是一齐起身，循山脚而行。到了次日，果然看见一条大路，直通山上，一面逼近稷泽，水口有一个埠头，停泊着一只船，船里没有人。帝喾也不去留意，遂一步一步上山而来。但是此处所有景物，与东路所见竟差不多，走了半日，并不见一个人影，四处一望，亦并不见一所屋宇。众人到此，又觉诧异，但是帝喾诚心不懈，仍旧前行，众人只得跟着。又走了一程，只听见从人中有一个叫道："好了好了！前面有人来了。"帝喾向上一望，果然看见一个人下山而来，便说道："既然有人，就好问了。"说着，止住了步，等他下来。只见那人头戴箬帽，身穿褐衣，脚踏草屦，手中拿着一根竹竿，徐步而行，神气仿佛像个渔夫。帝喾等他走到面前，慌忙拱手作礼，向他问道："请问一声，这座山上有一位九天真王，住在何处，足下可知道吗？"那人将帝喾周身上下估量了一会儿，又向那许多随从人等望了一望，然后才转问帝喾道："汝是何人？来此寻九天真王何事？"帝喾道："朕乃当今君主，特来拜询九天真王，访问大道。"那人道："既是当今君主，那么所访问之道，当然是理国治民之道，绝不是升仙登天之道。九天真王是个真仙，但知道升仙登天之道，并不知道理国治民之道，要到他那里去访问，岂不是错了吗？"帝喾一听这个话，词严而义正，大有道理，不觉肃然起敬，拱手正立，不作一声。隔了一会儿，那人又说道："如果要访问理国治民之道的，请回去吧，不必在此穷山之中。如其要访问升仙登天之道的，那么亦不必寻什么九天真王，跟我来就是了。"说着，徐步下山而去。这时，随从人等看见那人言语态度如此倨傲，个个心中都有点不平。因为他们跟了帝喾，跑来跑去多少年，所看见的人，对于帝喾总是极恭顺、极客气，从来没有这般大模大样的。但是看看帝喾，却是越发谦恭，竟跟了那人同走，大家亦只得跟了去。后来走到山脚，稷泽水口，那人就跳上停泊在那里的船上，插了竹竿，钻进舱中，隔了一会儿，手中拿了一部书出来，递与帝喾，说道："照这部书上所说的去做，亦可以升仙登天，何必寻九天真王呢？"帝喾接来一看，只见书上面写着《灵宝秘文》四个大字，知道是道家珍贵之书，慌忙稽首拜受，口中说道："谢老师赏赐。"原来帝喾竟愿以师礼事之了。哪知那人头也不回，早跳上船去，拔起竹竿，向岸边一点，将那只船向泽中撑开，然后放下竹竿，扳起柔橹，竟自咿咿呀呀地向西南摇去了。帝喾想问他姓名，已来不及，惆怅不已。

回到宿处，帝喾把那《灵宝秘文》翻开，细细一看，觉得非常之有味。原来帝喾本是个圣哲之人，又加赤松子、宁天皇两个已经讲究过，所以虽则极深奥的秘文亦看得明白。当下看完之后，又细细再研究一遍，心中想道："我这次跑来，虽则受了许多辛苦，但是得到这部秘文，亦可谓不虚此行了。不过九天真王始终没有见到，目的未达，就此回去，总觉问心不安。况且赤松子老师曾经说过，可以会到的，宁天皇亦劝我要有毅力，我想起来，不是九天真王一定不可得见，大约总是我欠虔诚罢了。"想到这里，起了个决心，重复斋戒沐浴起来，过了三日，吩咐从人将所有器具粮粮一切都携带了走，预备这次见不到时，就住在山上，各处去寻，一定要见着而后已。于是再由原路上山而来，走到半山，忽听得一派音乐之声，风过处，香气扑鼻。帝喾暗想：这次或许侥幸可以得见了，于是益秉诚心，奋勇而前。转过峰头，只见山顶上有一块平坦之地，地上有一座石头堆起来的台，台上坐着一个道者，修眉凤目，羽衣星冠，飘飘不群，正在那里焚香鼓瑟，旁边许多侍者，或是吹笙，或是击鼓，正在作乐。一见帝喾，那道者便推瑟而起，下台拱手道："王子远来，失迓失迓。"帝喾知道就是九天真王了，慌忙倒身下拜，说道："夋不远千里，前来求教，今日得拜接光仪，实为万幸，还请老师赐予收录，使夋得列门墙，那真是感戴不尽了。"九天真王急忙还礼，一面邀请帝喾登台坐下，便说道："王子远来，贫道极应相接，不过岑寂之性，不愿轻与世人晤面，所以未能迎迓，抱歉之至。后来知道王子诚心访道，贫道理应效劳，所以特饬舟人送上《灵宝秘文》一部，以供修养之助，不料王子殷殷厚意，仍复屈驾前来，贫道问心，更觉不安了。"帝喾听了，恍然道："原来那部《灵宝秘文》之书是老师所赐的，夋还没有拜谢，荒唐之至。"说着，再拜稽首。九天真王道："那送书的人，是王子一家呢，王子认识吗？"帝喾诧异道："是夋一家人？夋不认识。"九天真王道："他是颛顼高阳氏之子孙，王子没有见过面吗？"帝喾一想，颛顼氏子孙甚多，散在四方，没有见过面的人亦甚多，便答应道是是。只因求道心切，也不追问那舟人究竟是颛顼氏的子孙曾玄，便说道："夋自从在亳都的时候，已经立志前来拜谒。虽则老师赏以灵宝秘书，但是当时并未知道是老师所赏赐的，不远千里而来，未见老师之面，如何敢就回去呢！今蒙老师不弃，赐与接见，还请多多教诲。"九天真王道："王子求道之心，可谓深切，但不知于《灵宝秘文》一书，都能了解吗？"帝喾便将那秘文大意统统说了一遍，有些疑问处，经九天真王一一解释，也都豁然了悟。九天真王道："这种书，不过一个大意而已。大意如果都能了了，其余都是糟粕，无所用之。那部秘文王子可以见还，或者就藏在这座山里，待将来遇到有缘的人，再送与他吧。"帝喾连声答应，即向台下叫从人将那部秘文取来，亲自递与九天真王。那九天真王却又从袖中取出一书来，交与帝喾。帝喾一看，上面写着是《九变十化之书》。正要翻阅，九天真王忙止住道："现在且不必去看它，待下山之后，细细推究，一个月自然明了。王子本有凤根，此刻功行亦过一半，所未达者，只此一间。如能将此书参透，则不但升仙不难，而且一切可以无不如志了。此处不可久留，贫道亦就要他去，我们后会有期。"说罢，便站起身来。帝喾不敢再问，正要拜谢，只见那九天真王回转身来，用手将石壁一扳，顿时落下一大块，里面却露出一个大洞，叫帝喾将那部《灵宝秘文》放在洞内，他再用那大块岩石把洞口掩好，却是泯然无迹，和天生成的一般，一点碎缝都没有。帝喾看了，暗暗称奇，叹为仙家妙用，于是就拜辞了九天真王，下得台来。九天真王送来转弯之处，即便止步。这里帝喾等自下山而行，回到旅舍，就将那《九变十化之书》取来翻阅，哪知这部书却深奥极了，有几处看不懂，有几处竟连句法都读不断。帝喾无法，只得搁起，夜间辗转，不能成寐。次日再上山来，想请教九天真王，哪知走到昨日之地，空台尚在，人迹毫无。帝喾料想不能再见到了，于是将台的三面察看一回，只见那台是靠着石壁造的，高不过两丈，周围不过四丈，南面大石上凿着"牧德台"三个大字。帝喾于是又朝着台拜了两拜，方才循原路下山。心中想道：古人说，"思之思之，鬼神告之。"现在这部书，虽则有很多不懂的地方，但是我昨日并没有苦思，只想请九天真王指教，未免不用心了，未免太想不劳而获了。况且九天真王明明叫我研究一个月，现在还不到一日夜，未免太欲速了。这种情形，岂是学道之人所宜有的！想罢，心中自悔不已。不一会儿，回到旅舍，便和随从人等说道："现在朕拟在此休息一月，汝等跟着朕终日奔走，都太辛苦了，亦可休息休息，且待一月之后再回去吧。"众人答应。

帝喾自这日起，就居于室内，终日不出，一步不走，将这部《九变十化之书》返来复去，忽而诵读，忽而研求，过了二十日以后，却是绝无门路，不懂的地方仍旧是不懂，有几处已经懂的地方也反而疑惑起来。但是帝喾仍旧研究不懈，有时终日不食，有时竟终夜不寝。有一日，正在参究的时候，实在疲倦极了，不知不觉伏几而睡，忽见一人前来说道："九天真王有请。"帝喾听了，惊喜非常，慌忙站起，也不及招呼从人，也不及驾车，跟了来人便走。走到山上牧德台边，只见那九天真王依旧在台上鼓瑟。帝喾走上台去，正要行礼，那九天真王先问道："《九变十化之书》王子已参透了吗？"帝喾慌忙道："还不曾参透，正要请老师指教。"九天真王哈哈大笑道："区区这一点诀窍还不能参透，哪里还可望升仙登天呢！贫道看来，王子不如就此回去，做一个圣贤的君主吧，不必在此了。"说着，用手一推，将帝喾直从台上倒跌下去。帝喾大吓一跳，不觉醒来，乃是一梦。仔细一想，但觉那部《九变十化之书》通体一句一字，无不朗彻于胸中，一无疑难，一无遗漏，从前所疑惑不懂的，现在竟没有不懂了。这叫作："真积力久，一旦豁然贯通。"古来多少困而学之的人，大半有此境界，不是作书的人所能够虚造的。自此之后，帝喾大道已成，通天彻地，无所不晓，并且能够隐遁日月，游行星辰，从钟山回到亳都，不过倏忽之间，就可以到。不过帝喾以君主之尊，假使如此行动，未免骇人耳目，所以不动声色，仍旧吩咐从人等："明日起身归去。"计算起来，恰恰研究了一个月，这亦可谓奇了。

# 第二十三回

## 帝女、常仪先后逝世　盘瓠子孙
## 东西分封　帝喾议立嗣子

且说帝喾自出都访道之后，到此番回朝，不知不觉已是几年。这几年中，国家之事自有大小臣工和衷共济，仍旧是太平无事，可是宫中却起了非常之骚扰。为什么呢？就是盘瓠的一班男女，起初吵闹不堪，虽则依了帝喾的方法分别教导，但是帝喾的宫室并不甚大，声息相闻，不免仍旧要聚拢来。加之这班男女年龄渐大，恶作剧的事情亦渐渐增多，不是逾墙，就是穿壁，真是吵得来不可开交，管理教导他们的人竟是无可奈何。他们所惧怕的，只有帝女一个，但帝女终是女流，而且没有帮手，二十几个孩子，五六处地方，顾了这面，顾不了那面，教训了这批，又要教训那批，弄得来终日奔走，略无休息，舌敝唇焦，精力疲惫，几个月以后，渐渐生起病来了。姜嫄、简狄、常仪等见她如此，都苦苦相劝，叫她不要再操心了。但是这班男女，没有帝女去管束，益发肆无忌惮，到得后来，竟闹出风化案子来了。原来这些孩子虽不过都在十岁左右，但是身体发长得甚快，大的几个竟有寻常十四五岁样子，因而他们的知识亦开得甚早，异想天开，竟是兄弟姐妹各各做起夫妻来了。帝女在病中听到这个消息，一时急怒攻心，吐血不止。常仪知道了，慌忙过来，百般劝慰，又吩咐宫人，以后无论何种事情，都不许轻来报告。哪知自此以后，帝女之病日重一日，看看已是无望。恰好帝喾归来，常仪就把这种情形统统告诉帝喾。帝喾听了，也不免长叹一声，说道："莫非命也！"于是就到后宫来视帝女。帝女起初听见帝喾归来，颇觉心喜，后来看见帝喾走到床前，不禁又大哭起来，说道："父亲！你空养女儿一场了。女儿当初，原想做一个有名誉的人，给父亲争一口气，哪知道竟遭了这样不名誉的事情。仔细想想，倒不如做了那个马头娘娘，还能够到处立庙，受着人家的崇拜呢。现在剩了这许多小孽种，原想好好地教导他们，将来有点出息，成个人才，或者还可以挽回些名誉，不料如今竟做出这种禽兽乱伦的事来！女儿的羞辱亦羞辱尽了。生不如死，请父亲千万不要为女儿伤悲。不过女儿承父亲养育教诲之恩，丝毫未报，这是死不瞑目的。"帝喾不等她说完，连连摇手，叫她不要说。帝女还是哭泣不止，唠叨个不休。帝喾道："汝在病中，岂可如此伤心。世间之事，大概总离不开一个'命'字。以前的事情，汝还要尽着去想它做什么？至于这班小孩子，虽则吵闹无礼，但是因为他们的种性与人不同，并非就可算是耻辱之事。依朕看来，将来他们虽不能在历史上有赫赫之名，成赫赫之功，但族类一定非常蕃衍，而且有名誉的。汝可放心吧。"帝女听了，以为是父亲安慰她的话，并不信以为真，不过连声答应就是了。哪知因此一来，伤感过度，病势更剧，渐渐不救。临死的时候，向常仪说道："女儿生性欢喜游乐，硬要跟了父亲去南巡，以至得到这种不幸的结果，现在已无庸说了。不过女儿抛撇家庭的日子太多，这次回来，虽住了几年，但是寿命不济，又要离别父母而死。女儿虽死，女儿的魂魄仍旧恋恋于家庭，所以女儿死了之后，每到正月里，务望母亲拿女儿平日穿过的衣裳向空中招迎一回。那么女儿的魂魄一定仍旧回来的，母亲千万记牢。"常仪听到这种话，真如万箭攒心，凄惨至极，口中只能连连答应。隔不多时，帝女竟呜呼了，一切丧葬等事，自不消说。帝女平日待人甚好，她的这种遭际更为可怜，所以宫中上下人等，无不痛悼。但是依母女之情，自然以常仪为最甚，过了几日，不知不觉也恹恹地生起病来了。

且说常仪为什么缘故生病呢，固然连月以来服侍帝女之病，又悲伤帝女之死，忧劳憔悴所致，但其中还有忧子的一段故事。原来常仪只生了帝女和挚两个，帝女遭遇已经是大大不幸了，那个挚呢，照年岁说来，并不算小，却因从小祖母溺爱，又因为他是帝喾长子的缘故，凡事不免纵容，就养成了一种骄奢淫逸的习惯。虽说帝喾是个圣君，治国之道，齐家为先，但是一个人总只有这一点精力，总只有这一点时间。帝喾平日，勤求治理，旰食宵衣，已经是绝无暇晷，哪里还有工夫亲自教子！再加历年以来，省方巡守，出外的时间居多，近年又因求仙访道，多年不归，那么教子一层自然只好圈起了。那个挚既然没有严父之管束，已经不能循规蹈矩，禁不得手下一批势利的小人，又去怂恿他、诱惑他，把挚益发教坏了。这几年来，帝喾在外，挚的行为越弄越糟，声名亦愈弄愈劣。常仪知道了，气得个发昏，几次三番地叫了他来，加以训诫，但是挚的年纪已经大了，不是小孩子了，而且终日在外，做母亲的如何管得到呢，所以常仪虽则严切地教训，终是如水沃石，一无效验。常仪眼看见姜嫄所生的那个弃，终日在那里讲求农学，歧嶷英俊；简狄所生的那个卨，终日在那里研究礼义，孝友敦笃，都是极好的人才。便是侧室所生的子女，除出实沈、阏伯两个气性不大好外，其余亦都优秀。别人生的子女个个如此好，自己所生的子女，个个如此不好，妇女们的心理，本来以子女为希望依靠的，现在相形之下，到得如此，不免灰心绝望，因气生愁，因闷生郁，再加以劳瘁悲伤，那个身体如何禁得住呢，所以一经生病，便非常沉重。帝喾明知道常仪这个病是不能好了，但是为尽人事起见，不能不安慰她的心。一日，对常仪说道："朕看汝不必再为儿女操心了，挚儿虽则不好，没有做君主的德行，但是他品貌颇好，很有做君主的福分。朕年纪老了，继嗣问题，正在打算，拟就立挚儿做继嗣的人。名分定了之后，他或者知道做君主的艰难，能够改行为善，兢兢业业，亦未可知。朕再加之以训诲，好好地选几个正人去辅佐他，未见得不会好起来，汝何必尽管忧愁呢？"常仪听了，大惊道："这个断断乎动不得。君主之位，何等郑重！天生民而立之君，是为百姓而立的，不是为私情而立的，况且现在正妃生的这个弃，何等笃实；次妃生的这个卨，何等仁厚；就是三妃所生的那个尧，虽则还没有见过，但是听说亦非常之圣智，那么应该就他们三个之中选立一个，岂可以立这个不肖的挚呢！帝向来大公无私，处处以天下为重，以百姓为心，现在忽然有这个念头，莫非因为妾患重病，要想拿这个来安妾的心吗？帝的恩德，妾真感激极了，但是妾实在没有这个心思，而且以为万万不可的。照班次而论，妾居第四，当然应该立正妃之子。照人才而论，更不必说。就是为挚儿着想，亦断断不宜，因为他现在并没有做君主，尚且如此，万一明朝果然做了君主，势必更加昏纵。自古以来，昏君庸主的下场，是不堪设想的，岂不是倒反害了他吗！"帝喾听了这一篇大议论，不觉连连点头，说道："汝言极有道理，一无寻常妇女的私心，朕甚佩服。不过朕的意思，挚儿是个长子，太后向来又是极钟爱的，他的相貌又似乎还有做君主的福分，因为这三层，所以起了这个念头。现在给汝一说，朕亦不免疑惑起来，且待将来再议吧。"常仪道："三妃一去，多少年不回来，妾甚记念她。就是她生的那个尧，到今朝还没有见过父亲，亦未免是个缺陷。妾想起来，总应该叫他们回来，不知帝意如何？"帝喾道："汝言极是，朕即日就遣人去叫他们吧，汝总以安心静养为是。"说罢，走出宫来，要想到简狄那边去。哪知刚到转弯处，忽然一块瓦片迎面飞来，帝喾急忙把头一低，幸未打着，却把一顶冠帽打落地了。向前一看，又是那几个有尾巴的孩子在那里恶作剧，一见帝喾走来，都纷纷四散逃去。帝喾也不追寻，拾起帽子，就向简狄宫中而来。简狄与嫘慌忙迎接，看见帝喾手中拿着帽子，不免问起缘由，帝喾遂将上事说了。简狄道："论起那班孩子，实在太不驯良了。现在我们自家的这许多孩子，大家商量着只好不许他们出去。一则恐怕受那班孩子的欺侮，二则亦恐怕沾染恶习。但是照这种情形下去，如何是好！妾想帝总有办法可以处置他们的。"帝喾道："朕已定有办法，明朝就要实行了。"简狄刚要问如何办法，忽报木正重在外有事求见。帝喾不及细谈，就匆匆地出宫御朝去了。到了次日，帝喾吩咐教导盘瓠子女的几个人，将那些孩子都叫了来。原来那班孩子虽则桀骜不驯，但对于帝喾尚有几分惧怕，听见说叫他们，不敢不来，不过见面之后，一无礼貌罢了。帝喾一看，那班孩子大的竟与成人无异，小的亦有十二三岁的样子，暗想这个真是异种。当下就正色地向他们说道："朕在几年以前，从那么远的地方接了汝等来，给汝等吃，给汝等穿，又请了师长教导汝等，汝等不知道感激，用心习上，又不听师长的教训，不服师长的命令，终日到晚，总是恶吵，照这种情形看来，实在不能再留汝等在此，只好将汝等逐出去了。汝等不要怨朕无情，说母亲才死，便见驱逐，要知道实在是汝等不好。汝等懂朕的话吗？"那班孩子听了，面面相觑，都不作一声。帝喾便问那些教导的人："这些孩子对于朕的普通话能够懂吗？"大家齐声道："已能了解。"帝喾又正色问那班孩子道："据师长说，汝等对于朕的话都已能了解，那么为什么听了之后不发一言呢？现在朕再问汝等，如汝等愿意住在这里的，自此之后，必须改过自新，明白礼仪，研究书籍，才可以算得一个人。要知道这里是中土文化之邦，不是野蛮之地可以任性而行，随便糊涂过去的。

倘使不能够如此，还是早早离开这里的好，朕亦不来管汝等。汝等应该细细地想一想，自己决定。"帝喾说完了，用眼将那班孩子一个一个地看了一转。隔了一会儿，有一个年纪大的孩子说道："我们实在不要住在这里，一点不能跑动，要闷坏人的。"帝喾道："那么朕放汝等到外边去，好吗？"众孩子一齐大叫道："好！好！好！"帝喾道："朕仍旧送汝等到那个石洞的地方去，好吗？"有些孩子都连声应道："好！好！"有些孩子却连声反对道："不好！不好！"霎时间大家又吵闹起来。帝喾细看那些说"不好"的孩子，都是有尾巴的，知道是宫女的儿女了。一面喝住他们，不许吵闹，一面就问那些有尾巴的孩子道："那边山洞，是汝等的老家，理应回去，为什么说不好呢？"那些孩子道："那边去住了，人要变成石头的。我们母亲，已经变成石头了，所以我们不愿去。"那些帝女的孩子听了，非常不服气，就傲慢说道："帝不要听他们的话，活人变石头，不过是偶然之事，哪里尽管会变呢。我们的母亲何以不变？"说着，两方面又大吵闹起来。帝喾再喝住他们，便问那些有尾巴的孩子道："汝等既然不愿住在那山洞里，那么愿住在哪里呢？"有几个道："最好是有山的地方。"有几个道："最好是有水的地方。"帝喾道："朕给汝等一个地方，又有山又有水，如何？"那些孩子听了，都大喜跳跃，说道："好！好！好！"于是帝喾又正色向众孩子说道："汝等这些孩子，年纪尚小，现在出去，又分作两处，虽说是汝等情愿，但朕总不放心。现在朕想弄些牛羊布帛，及各种五谷种子之类，给汝等带去，那么到了那边之后，容易谋生，不至于饿死，汝等愿吗？"那班孩子又一齐拍掌跳跃地叫道："好！好！好！要，要，要！"帝喾道："那么，这许多东西一时一刻不能办齐，至少要等十几日，但是这十几日之中，汝等切须安静，不可再吵，汝等知道吗？"众孩子听了，又一齐叫道："知道，知道，我们决不吵，请帝放心，我们决不吵。"帝喾点点头，就叫教导他们的人领他们进去。过了十日，各物齐备了，姜嫄、简狄及各宫人对于众孩子虽无好感，但是看在帝女和常仪面上，各有衣服及种种物件赠送。常仪是自己的亲外孙，赐与的优渥更不必说，所以行李辎重非常之多。到了动身那日，帝喾选了四十个壮士，分做两组，一组伴送帝女的子女到石洞去，一组送宫女的子女到涂山（现在浙江绍兴市会稽山）去。

临走的时候，帝喾又切实地教训他们道："汝等这番出去，第一在路上要听送行人的话，不可倔强。第二，将来汝等蕃盛之后，对于中国，切须恪守臣子的礼节，不可随便前来侵犯，否则不但中国绝不轻恕汝等，必要用兵征讨，便是皇天亦不保佑，汝等可知道吗？"众孩子听了，都诺诺连声，欢欣鼓舞而去。后来那帝女所生的六男六女，到了山洞之后，自相婚配起来，子孙滋蔓得很，自号曰蛮，表面像个愚笨的人，里面实在很奸很刁。他们以为祖父是曾经有功劳于国家的，祖母又是皇帝的女儿，因此骄傲至极，不肯遵守法律，凡有种田经商等等，都不肯缴纳赋税。官吏对于他们，也无可如何。至于那宫女生的三男六女，到了涂山以后，亦自相婚配起来，子孙也非常众多。后来他们浮海东去，得到一块周围三百里的大地，立起一个国家来，叫作犬封氏。此是后话，不提。

且说盘瓠一班男女送出之后，大家都觉得顿时安静。帝喾的无数小儿女，从此可以往来自由，不比以前几年，只能躲在一室，不轻易出房，亦觉非常舒服。独有常仪，不免反有伤感，那病势不觉又重了几分。一日，庆都奉帝喾之命，带了尧回来了。那时尧已十岁，因为寄居母家之故，依了他母亲之姓，叫作伊耆尧。可怜他自堕地以来，尚未见过父亲，入宫之后，当然先来拜见帝喾。帝喾一看，只见他生得丰上锐下，龙颜日角，眉有八彩，鸟庭荷胜，好一表人才，真是个圣明天子的状貌。又拿他两只手来看看，掌中都有纹路，仿佛握着一个"嘉"字；问他说话，又是非常明达；当下心中不胜喜悦。那时姜嫄、简狄、羲和等妃子，及挚、弃、阏等小兄弟，都闻声而来，聚集在一处。就是常仪，因为庆都来了，也勉强扶病出来。尧都上前一一见过，真是热闹非常，几乎连屋子都挤不起，有几个只好站在外边。帝喾将四个妃子的儿子细细一比较，暗想，刚才尧儿的相貌固然好极，就是弃儿相貌亦不坏，下部披颐，上部开张，像个角亢之星，照相法上说起来，亦是个全福之相，再看看阏儿亦是不凡的。就是挚儿的相貌，虽则及不来三个兄弟，但是"九五"之尊亦是有分，至于凶败不得善终之相却一点没有，不过他的福分不长久罢了。我现在如果立他做储君，不但在朝的臣子要说我偏私溺爱，就是后世的人，亦要疑心我不辨贤愚。但是我如果不立他做储君呢，却又难违天意，这事却甚难处置。后来又想了一想，立即决定了一个主意，暂且不发表。过了几日，帝喾视朝，大会文武，除司衡羿因事他去外，其余百官都到。帝喾便说道："朕在位六十余年，现在已经九十多岁了。从前颛顼帝在位七十八年，享寿不过九十一岁。先祖少昊帝在位八十四年，享寿不过一百岁。即如先曾祖考黄帝在位百年，享寿亦不过一百十一岁。朕的薄德浅能，在位的年份虽则远不及列祖，但是在人世上的年龄，已经比颛顼帝为过，比少昊帝差不多了，将来还有几年可以在世，殊不能逆料。所以朕身后之事，不能不与汝等商酌妥协，庶免临时仓卒，不能妥善，汝等以为何如？"百官大小听了这番话，觉得是出其不意，不免面面相觑，无能作答。倒是火正吴回先说道："帝春秋虽高，但是精力很好，而且这几年来研求道学，功效不浅，面上的色泽，竟和三四十岁的壮年一样，将来享国长久，正未有艾，何必预先计算到后事呢？"帝喾道："这个不然，凡事预则立，不预则废，古圣人的话是一点不错的。现在朕并非说即刻就不能生存，不过为预备起见，不能不有一种商量。朕所最难解决的，就是继嗣问题。朕诸子之中，论人才，当然是尧与挚；论其母的资格，当然是弃；而论年纪的长幼，当然是挚；而且挚又是先母后所钟爱的。但他的才德，却及不来他的兄弟，朕因此甚为踌躇，所以欲与汝等一商。汝等以为朕之诸子中，究竟谁可继嗣？"木正重道："立储大事，最好简在帝心。臣等愚昧，实在不能赞一词。"水正熙道："木正之言甚是，古人说得好：'知子莫若父。'无论臣等知人之明，万万不能及帝，就是以亲疏而言，观察所及，亦绝不能如帝的详细，请帝自定吧。"帝喾道："朕因为踌躇不决，所以和汝等商量。现在汝等之意，既然如此，那么朕想谋之于鬼神，用龟来卜它一下，汝等以为何如？"诸臣齐声道："这是极应该的。"当下决定了方法，帝喾便去斋戒沐浴，择日告庙，以便占卜。

# 第二十四回

占卜之方法　帝喾立挚为嗣子

封禅泰山　留厌越于紫蒙之野

大凡古人占卜，所用的是龟。用龟之法有两种，一种是用活的，一种是用龟壳。用活龟来卜，须用神龟，寻常的龟是用不着的。龟有十种：一曰神龟，二曰灵龟，三曰摄龟，四曰宝龟，五曰文龟，六曰筮龟，七曰山龟，八曰泽龟，九曰水龟，十曰火龟。十种之中，灵龟、宝龟、文龟已难得，神龟更为难得。神龟的年岁，总在八百岁以上，到了八百岁之后，它的身躯能够缩小，不过和铜钱一样大，夏天常在荷花上游游，冬天藏在藕节之中。有人走过去，它受惊了，就随波荡漾，却仍旧不离开荷花的当中。人细细地看起来，只见有黑气如烟煤一般的在荷心中，甚为分明，这个就叫作息气。人如若要捉它，看见了黑气之后，切不可惊动它，只要秘密地含了水或油膏等，噀过去，那么这个神龟就不能再隐遁了。占卜的时候，是看它的颜色及动作来推测。假使问一个人的生死，如果能生的，这神龟的甲文便现出桃花之色，其红可爱；假使不能生了，那么它的甲文便变为黯淡之色，其污可恶。假使问一项事情之善恶，倘使是善的，那个神龟便蹒跚跳跃起来，制都制它不住；如若是恶的呢，那么它的颜色固然不变，而且伏息竟日，一动也不动。这个就是用活龟来占卜的方法。但是神龟要得到，谈何容易，所以古人的占卜，总是用龟壳。用龟壳之法，是用它腹下之壳，先用墨在壳上随意画两画，以求吉兆；再用刀刻一个记号，表示火所应该烧的地方；再用荆木扎成一个火把，用太阳里取来的明火烧起来，叫作楚焞。楚焞一时不容易烧旺，先用一种烧木存性的燋点起来，再烧在楚焞上，楚焞烧旺之后，就灼在龟壳上，看它龜裂的纹路如何，以定吉凶。这个纹路叫作"兆"，有玉兆、瓦兆、原兆三种。玉兆纹路最细，瓦兆纹路较大，原兆更大。倘使是依墨所画的地方龜裂甚大，叫作兆广；裂在旁边，纷歧细出的，叫作璺坼。它的变化，粗分起来，有一百二十个；细分起来，有一千二百个；每个各有一个颂辞，以断吉凶，总共有一千二百个颂。《左传》上面所说的繇辞，就是颂辞的别名。假使灼龟的时候，烧得过度，龟甲都焦了，那么兆既不成，卜亦无效，所问的事情，当然是不可以做的。所以古人对于龟卜这件事，看得非常郑重，有卜人之官，以专管这件事情，没有学识经验的人，是不能占卜的。就是对于龟壳，亦有一个龟人之官，以掌管之。取龟壳用春天，攻龟壳用秋天。又有藏龟之室，分作天地东西南北六部。天龟曰灵属，其身俯，其色玄。地龟曰绎属，其身仰，其色黄。东龟曰果属，甲向前长而前弇，其色青。西龟曰雷属，其头向左，其色白。南龟曰猎属，甲向后长而后弇，其色赤。北龟曰若属，其头向右，其色黑。这六种龟，用六间房屋分别藏起来。如卜祭天用灵属，卜祭地用绎属，春用果属，夏用猎属，秋用雷属，冬用若属，一丝不能乱，乱了就不灵验。古人对于这件事既然如此之考究，所以卜占起来，亦非常灵验，古书所载，斑斑可考。大凡无论什么事件，只要专心致志，细密错综地研究起来，必定有一番道理，必定另外有一个境界。古人尽有聪明圣哲的人，并不都是愚夫，不能说他都是迷信野蛮呀。自从那一千二百个颂词亡失之后，灼龟壳之法和辨纹路断吉凶之法又都失了传授，这个龟卜法就无人再能知之，这是甚可惜的，闲话不提。

且说帝喾当时斋戒了三日，就召集百官，到太庙会齐。先在庙门外西南面，向西设一张茵席，预备做占卜之所；又在庙门外西首塾上，陈列那所用的龟壳，及楚焞明火之燋等等；然后帝喾走进庙内，三拜稽首，虔诚祝告。原来这一次卜法，不指定一个人，挚、弃、卨、尧四个人个个都问到，看他们哪一个有做君主的福分，所以帝喾所祝告的也就是这点。祝告完毕，走出庙门，早有太卜将那陈列的四个龟壳及楚焞等一齐恭恭敬敬捧过来。帝喾亲自在四个龟壳上都画了墨，又用了刀刻了记号，一面就和立在旁边的史官说道："朕今日枚卜，其次序是依照四人年龄的长幼为先后，所以第一个卜的是挚，第二个是弃，第三个是卨，第四个是尧，汝可按次记之。"史官连连答应。那时卜人已用燋木从太阳里取到明火，将楚焞烧着，递与帝喾。帝喾接了，便将那龟壳烧起来，须臾壳坼兆成。太卜拿来细细一看，就将那繇辞背了出来，说道："这是大吉之兆，将来必定有天下的，恭喜恭喜！"接连第二个卜起来，也是如此。第三第四个，也是如此。可惜上古的书籍早已散失无存，那四个繇辞不曾流传下来。如果能和《左传》上所载一样，流传下来，那么它的语气必定是个个切合而极有趣的。现在作书的人不能替它乱造，只好装一个闷葫芦了，闲话不提。且说四个占卜毕事之后，所有百官个个都向帝喾称贺，说道："四子皆有天下，这是从古所无的盛事。不是帝的仁德超迈千古，哪能如此呢！"帝喾谦让几句，就说道："朕本意想挑选一个人而立之，现在既然四个人皆有天下，那么不妨以齿为序，先立了挚，然后再兄终弟及，亦是一个方法，汝等以为何如？"百官都说道："极是极是。"于是一桩大事，总算了结。

哪知这事发表之后，弃、卨、尧三个听了有天下的话，都毫不在意，就是姜嫄、简狄、庆都亦若无其事，独有常仪非常担忧，心想挚的这种行为，哪里可以做君主呢！但是事已如此，忧亦无益，正想等挚进来，再切实告诫他一番，使他知道做君主的烦难和危险，或者有所警戒，可以觉悟。哪知左等也不来，右等也不来，不免焦躁异常。原来挚这个人，虽则沾染了骄奢淫逸的恶习，但他的本性却是非常忠厚，所以他对于常仪，虽则不能遵从她的教训，而事母的礼节尚并无一失。常仪现在有病，他总是常来问候。此次占卜结果，他第一个轮到做天子，这个消息传布之后，直把他喜得来乐不可支。他手下的那一批小人匪类，又更加拼命地恭维他、奉承他，忽而这个设席庆贺，忽而那个又设乐道喜，把个挚弄得来昏天黑地，遂把一个有病在床上的母亲抛在九霄云外了。常仪等到黄昏以后，还不见挚进来，直气得一夜不曾合眼。到了次日午刻，挚居然走进来了，常仪就痛痛地责备了他一番，又苦苦切切将各种道理同他譬解。挚听了之后，心里未始不有所感动，不过天理敌不住人欲，当面应承得甚好，一出门之后，被那批小人匪类包围哄诱，母亲的慈训又不知抛向何处去了。常仪看到这般情形，料想他终于不可救药，也就不再开口，但是那病势却是日重一日，不到多日，也就离尘世而去。那时帝喾正在与群臣研究封禅的礼节，要想出外巡守，这么一来，不免耽搁住了。

直到次年二月，常仪丧葬之礼办毕，于是再定日期，东行封禅。在那出门的前两日，帝喾特地叫了挚来，和他说道："现在朕已决定，立汝为继嗣的储君。朕百年之后，汝就是四方之君主。但是汝要知道，做君主是极不容易做的。百姓和水一般，君主和舟一般；水可以载舟，亦可以覆舟；民可以戴君，亦可以逐君。汝想想看，区区一个人，立在无数臣工、亿兆黎民之上，锦衣玉食，赫赫威权，试问汝何德何功，而能够到这个地位？这岂不是最可怕的吗！所以朕临御天下七十年，兢兢业业，不敢一日自暇自逸，孜孜地勤求治理，就是这个缘故。汝靠了朕的一点余荫，一无功德，并无才能，居然亦可以做到君主，譬如那基础不坚固的房屋，已经是极可危险了，哪可以再做出一种无道之事来摇撼它呢！汝的母亲，是个贤母，时常教导汝，汝丝毫不听。现在汝母死了，虽则不是完全给汝气死的，但是为汝忧郁愁闷，多半亦有一部分在内。照这样看起来，汝的罪恶，实已不小，将来能否有好结果，殊难预言。历年以来，朕因为理政和访道的缘故，无暇来教导汝，现在朕又要出去了，汝在都中，务宜好好地改过自新。最要紧的，是亲近贤人，疏远小人，万万再不可和从前一样的骄奢淫逸。朕现在临别赠言，所教导汝的就是这两句话，汝如若不听，那么汝将来虽则做了君主，恐怕亦做不到十年吧。"帝喾说完，挚一一答应，又站了一会儿，帝喾命其退出去，自己却慢慢地踱到内室来。那时，姜嫄、简狄、庆都、羲和以及一班帝子等因为帝喾将有远行，所以都来团聚在一处。帝喾将出行的宗旨和大家说了，瞥眼见羲和生的儿子，伯奋、仲堪、叔献、季仲、伯虎、仲熊、叔豹、季狸、续牙、厌越十个，都已渐大了，站在一边，一个低似一个，仿佛和梯子档一般，甚为有趣。而且看他们的品貌，山林钟鼎，都是人才，心中不觉暗喜，便向羲和说道："汝自到此间，将近二十年了，尚未归过母家。朕此次东巡，离汝国很近，朕想带汝同去，汝借此可到母家一转，汝愿意吗？"羲和听了，真是喜出望外，连忙答应道："这是圣帝的恩德，贱妾的大幸，岂有不愿之理。"帝喾道："厌越年纪虽小，朕看他胆量甚大，不妨同了去。"厌越听了，更自不胜之喜。母子两个，谢了帝喾，急急去预备行李。其余诸兄弟，虽则不胜离别之情，然而帝喾不说同去，他们亦无可如何。

　　到了动身的那一天，大家都来送行。帝喾带了羲和、厌越、木正重，以及手下的属官等，还有许多卫士，一路向东而去。原来那木正是个掌礼之官，封禅大典是他的专职，所以不可少的。一路无话，到了曲阜，帝喾去祭过少昊氏的庙，就来到泰山之下。那时东方的诸侯，约有七十几国，听见了这个消息，都来朝觐，赞襄大礼，把一座泰山拥挤得热闹非常。这时木正等官早把封禅应该用的一切物件都预备好了。帝喾斋戒沐浴起来，到了吉日，就迤逦上山，诸侯官属都随从着。来到山顶最高的峰头，众多诸侯各司其事，分行地排列着，帝喾站在当中，木正就将那预备好的金简玉字之书送过来递与帝喾，由帝喾亲自安放在那预先掘好的坎里，然后从官卫士等畚箕锹锄，一齐动手，顷刻间将那个坎填平，又堆成一个大阜。堆好之后，帝喾就向着那大阜三拜稽首，行了一个大礼。这时候，百姓四面来观看的填山溢谷，正不知有几千几万人。因为这个典礼本来是不常见的，而且帝喾又是一个盛德之君，所以有这般踊跃。等到礼毕之后，大家一起呼起"万岁"来，真是震动山谷。那幽居在山洞或深林里的禽兽，听了之后，都为之惊骇，飞的飞，奔的奔，真可谓极一时之盛。礼毕之后，帝喾就率领众人向泰山北面而来，只听得远远有一种动物鸣叫之声，非常奇怪。厌越究竟年纪小，不免东张西望，只见前面树林中，仿佛有和豚豕一般的东西直窜过去，嘴里还在那里"同，同"地叫。厌越诧异，就问从官，这是什么野兽。从官道："这个名叫狪狪，其状如豚而有珠，它叫起来的声音，就是它的名字，这座山里很多，不稀罕的。"不一会儿，到了一座小山，名叫云云，大家就歇下了。只见那里已收拾出一片广场，广场上面，堆积无数的柴，足有两丈多高，柴上还有许多三脊的菁茅及各种香草之类，都是预先布置好的。帝喾等到了，少歇片时，那从官就取出一块水晶和燋木等，从太阳中取得明火，登时就把柴烧起来，顷刻间烈焰飞腾，上冲霄汉。帝喾就走到下面，朝着泰山正峰，举行三拜稽首之礼。木正重又奉着一篇昭告成功的文章，跪在旁边高声宣读。那时候祥云霭霭，景风徐徐，气象非常之美盛。宣读既毕，一场封禅大典于是乎告成。回到行馆，帝喾大飨诸侯，又慰劳勉励了他们一番。数日之后，诸侯纷纷归去，木正等亦回亳都去了。

帝喾带了羲和、厌越，就向东海边而来。到了海滨，帝喾向羲和道："汝一人归去吧，朕还想向东北一游，往还约有好多月，那时朕再遣人来接汝就是了。厌越不必同去，跟了朕走走，亦可以多一点阅历，增长见识。"羲和听了，唯唯答应。当下帝喾就叫许多宫人及卫士送羲和渡海，归国而去。这里帝喾带了厌越，径向东北沿海而走。一日，到了一个行馆歇下，那行馆在小山之上，面临大海，一片苍茫，极目千里。帝喾与厌越凭阑观望了良久，厌越爽心豁目，觉得有趣之极，隔了一会儿，独自一个又跑出来观望。只见前时所见的大海之中，忽然有一座大殿涌现出来，又有三座方楼端拱在殿的左面，又有三株团松植立在殿的右面。忽然间，又见无数车马、人民，纷纷来往，仿佛如做戏剧一般。厌越诧异非凡，不禁狂叫起来。帝喾听了，急忙来看，就说道："这个称作海市，虽则难得看见，却是不稀奇的。"厌越道："怎样叫作海市？"帝喾道："这有两说：一说，海中有一动物，名叫蜃，是蛟龙之类。它有时张口向上吐出气来，浮到天空，就能幻成楼台、人物、草木、禽兽等等形状，所以叫作海市，亦叫作蜃楼，但是恐怕靠不住。因为这种现象，不但海面可以看到，就是山谷之中、沙漠之中，亦都可以看到。在山谷中的叫作山市，在沙漠中的叫作漠市。假使果然是蜃气所幻成，那么山谷沙漠之中哪会得有蜃呢？况且，蜃不过是一种动物，它的气吐出来，就能幻成种种景气，于理亦通不过。还有一说，是空气疏密的缘故。因为空气本来是无色透明的东西，它在空中有疏有密，疏的地方，能够吸受远方的景物，如同镜子照物一般。春夏之交，天时忽冷忽热，空气变幻得厉害，它的疏密亦变幻得厉害，所以海市、漠市的出现总以春夏两季为多，这一说大约是可信的。现在看见的楼台人物，必定确有这个地方，不过这个地方究竟在何处，忽然被它照来，那就不可知了。"正说到此，忽然微风一阵，只见那楼台人物渐渐地消归乌有，又隐隐地露出无数远山来；又稍停一会儿，远山亦渐渐不见，依旧是一片苍茫的大海。厌越连声叫道："有趣有趣！这里好！这里好！这里好！"帝喾笑道："汝说这里好么？那好的地方多着呢。"

到了次日，又动身前行，帝喾向厌越说道："前面就是干山了，那山上无草木无水，所以叫作干山，但是却生一种三只脚的兽，名字叫'獂'，很是奇怪的。"厌越道："三只脚的兽能够走吗？"帝喾笑道："汝真是孩子气，不能走，怎样能活呢？大概世界上的动物，万有不齐，如蜈蚣之类，脚很多，但它走起来并不觉得累赘；至于夔，只有一只脚，亦能够跞踔而行，并不觉得吃力；可见天下事只要习惯就是了；一只脚尚且能走，何况三只呢！况且三只脚的动物亦并不止这个獂，太阳中之三足乌，那是我们所不能看见的，不去说它，至于水中的鳖类有一种叫'能'，岂不亦只有三只脚吗。"厌越道："夔是怎样的东西？出在何处？可以使儿见见吗？"帝喾道："夔是木石之精，形状如龙而有角，它的鳞甲有光，如日月一般，倘使出来，这个地方就要大旱，所以不能常见，亦不可以常见的。"厌越道："世界上怪物有如此之多吗？"帝喾道："世界上怪物正多着呢，即如前面干山过去，有一座伦山，山上出一种兽，名叫'罴'，它的粪门生在尾上，岂非亦是一个奇兽吗！"正说着，已到干山，厌越细细留心，果然看见一种三只脚的兽，其状如牛，不过走起路来有点不便，没有那四只脚的敏捷就是了。过了两日，到了伦山，又看见那种罴兽，其状如麋鹿，但是粪门生在尾上却远望不清。厌越一心想实验研究，叫从人设法去捉，哪知此兽善跑，一转瞬间不知去向，只得作罢。一日走到碣石山（现在渤海口的庙群岛），那山之高不过数十丈，自南而北，连绵不断，大约有十七八个峰头。山之西面，极目平原，地势卑湿，湖泊极多（就是现在的渤海）。山之东面，隔不久远，就是大海。这个碣石山，仿佛如海陆中间的门槛。帝喾看了一会儿，默默如有所思，但不知道他思的是什么。

又走了几日，到得一处，高山耸天，气象雄伟，而里面却有极大的平原，草木茂盛，禽兽充斥。厌越看了，又狂叫道："好一个所在！"就问帝喾："此地叫什么名字？"帝喾道："此地叫紫蒙之野（现在辽宁省西南部），南面山外就是大海，东北过去就连着不咸山（就是长白山），山北就是息慎国了。汝看此地好吗？"厌越道："甚好甚好！"帝喾道："汝既然说好，就住在此地吧，不要回去了。"厌越听了这句话，还道是帝喾之戏言，含笑不语。帝喾道："朕并非戏言，为汝将来计算，以留在此地为是。因为中原地方，虽则是个腹心，但是人才太多，不容易露出头角。即如汝兄弟多人，亦未必个个都能够发展，还不如在此地住住，将来或者可以自成一系，所谓人弃我取，汝以为何如？"厌越想了一想，说道："父亲的话是不错的，不过儿年纪还小，恐怕不能够自立，那么怎样呢？"帝喾道："这却不妨事，朕现在留多少卫士保护汝，将来再遣多少人来辅佐汝就是了。汝母亲之国，离此不远，汝去迎接她到此地来同住，亦未始不可。"厌越听了，满心欢喜，就留住在这里。后来他的子孙滋生日多，号曰东胡；到得秦汉之时，已渐渐出来与中原交通；到得晋朝，有一派叫作慕容氏，割据黄河流域，为五胡之一，有前燕、后燕、西燕等国，声势极大；又有一支分入青海地方，号称吐谷浑，到现在还有他的遗裔存在，亦可见这厌越与中国历史的关系了。这是后话，不提。

# 第二十五回

帝喾尸解　帝挚即位　三凶绰号
之由来　众老臣谋去三凶　三凶
蛊惑帝挚　三苗绰号之由来

　　且说帝喾游于海滨，将少子厌越留住紫蒙之野之后，又代他布置一切，然后转身归来，心想，一切俗缘都已办理了结，可以谢绝人世了。于是，过了几日，就渐渐生起病来，到了东海滨，饬人渡海去通知羲和，说身体有病，急须回亳都，叫羲和不必前来伺候，最好就到紫蒙之野去扶助厌越，以后有便，再回来吧。使者渡海东去。帝喾带了从官，急急趱行，哪知到了曲阜，竟是病莫能兴，只得暂且住下。从官等非常着急，星夜遣人到亳都去通报。当时姜嫄、简狄、庆都等听了，都吃惊不小，急忙带了挚、弃、阏、尧等一班儿女，随着木正、水正两大臣往曲阜而来。到了之后，帝喾病势已是非常沉重，语言塞涩。姜嫄等请示遗嘱，只说得一句："朕死之后葬在顿邱"而已。又过了一日，驾就崩了，在位七十年，享寿一百岁。那时后妃、帝子及臣下等，哀痛悲悼，自不消说。一切丧仪是木正的专职，统统归他按照典制去办理。一面讣告诸侯，一面公推火正祝融暂时摄政。因为这个时候挚在丧服之中，例须"亮阴"三年，不亲政事，所以不能就在柩前即位。过了七个月，群臣恭奉梓宫，葬于顿邱台城阴野之狄山（一名秋山，亦名渤海山，在今河北省濮阳市与河南省浚县之间）。照地理上考起来，帝喾的坟共有三个，一个在此地，一个在河北高阳县，一个在陕西郃阳县（现陕西合阳县）。三个之中，以在此地的为真，其余两个都是假的。大概古圣王功德隆盛，死了之后，百姓感激思慕，大家商量另外假造一个坟墓以作纪念，这是常有之事，所以伏羲氏、黄帝轩辕氏的坟都有好几个，就是这个缘故，闲话不提。且说帝喾当时是怎样的葬法呢，原来古时帝王葬法，与常人不同，他的坟墓叫作陵，是高大如丘陵的意思。陵的里面，有房，有户，有寝室，有食堂，仿佛与生人的家庭无异。这种制度并非一定是迷信有鬼，亦并非是表示奢侈，大约还是事死如事生的意思。坟内种种布置好之后，另外开一个隧道，通到外面，那口棺材，就从这隧道之中抬进去。棺材并不是埋在地下，亦不是摆在地上，却是六面凌空的；或者上面造一个铁架，用铁索将棺材挂在中间；或是铸四个铁人，跪在地上，用四只手将棺材擎住，方法甚多。帝喾虽是个崇尚节俭的君主，但是礼制所在，亦不能不照样地做，不过稍为减省一点罢了，但是终究费了好几个月的工程，方才办妥。在这几个月当中，群臣送葬监工，闲着无事，不免纷纷议论，大家对于帝喾的死都有点怀疑。因为帝喾近年求仙访道，非常诚切，看他的精神态度，又确系返老还童，何以忽然得病，终究不免于一死？有的说，神仙之道，究竟虚无缥缈，靠不住的；有的说，帝喾功候未到，大限已到，所以无可逃的；有的说，成仙必定要有仙骨，有仙缘，大概这两种帝喾都没有的缘故；有的说，帝喾既然有志求仙，应该抛弃一切，摄心习静，练养功夫，方才可以得到效果，不应东巡西狩，劳精疲神，以促年龄的；一时众论纷纭，莫衷一是。后来直到夏朝中衰的时候，有一班强盗发掘帝喾的坟，但见里面空空洞洞，一无所有，就是棺材里面亦没有尸骸的痕迹，只有一把宝剑在北面寝宫之上，看见有人进去，它就发出声音来，仿佛龙吟一般。一班强盗吓得魂不附体，不敢上前，后来又邀了许多人再走进去，那一把宝剑已不知所往了。这才知道帝喾的死并非真死，是个尸解，就是宁封子教他的脱胎换骨方法，于是这重疑案方才明白，这是后话，不提。

且说帝喾安葬之后，大众回到亳都，那时距离帝喾的死期差不多要两年了。又过了几月，挚服满之后，就出来行即位之礼，亲揽大政，于是从前单名一个挚字的，以后便改称帝挚了。帝挚这个人，从前说过，是个忠厚无用的。假使有好好的人才去辅佐他，未始不可以做一个无毁无誉的君主，可是他从小就结交了几个不良之人，一个名叫骦兜，是黄帝儿子帝鸿氏的子孙。这个人，秉性凶恶，专喜做一种盗贼残忍的事情，又最喜和那种凶恶的人相结交，后世史家有五句话批评他，叫作：

掩义隐贼，好行凶德，丑类恶物，顽嚚不友，是与比周。

照这五句看起来，这个人的不良已可概见，所以当时的人给他取一个绰号，叫浑敦。浑敦亦叫浑沌，有两个意思：一个是中央之神，无知无识，无有七窍，是个不开通的意思；一个是恶兽的名字，这恶兽生在昆仑之西，一名无耳，又名无心，其状如犬，长毛而四足，似罴而无爪，有目而不见，有耳而不闻，有腹而无五脏，有肠直而不旋，食物经过，空居无常，咋尾回转，向天而笑，遇有德行之人，往往抵触之，遇有凶恶之人，则往往凭依之，如此一种恶兽。给他取这个绰号，就比他是浑敦了。这个人，帝挚却和他最要好。还有一个，名叫孔壬，是少昊氏的子孙。这个人比驩兜尤其不良，表面巧言令色，非常恭顺，极像个善人，但是他心里却非常刻毒。后世史家有五句话语批评他，叫作：

毁信废忠，崇饰恶言，靖谮庸回，服谗蒐慝，以诬盛德。

照这五句话看起来，驩兜的不良不过坏在自己，他的不良却害及善人，岂不是比驩兜还要不良吗！所以当时的人亦给他取一个绰号，叫作穷奇。穷奇也是个恶兽之名，出在北方一个蜪犬国之北，其状如虎而有翼，能飞，浑身猬毛毪毪，足乘两龙，音如嗥狗，最喜吃人，能知道人的言语。看见人在那里争斗，便飞过去吃那个理直的人；听见有秉忠守信的人，它就飞过去咬他的鼻子；看见一个凶恶的人，或者做一件恶逆不善之事，它就咬死了野兽去馈送他，仿佛是敬慕他、奖赏他的意思，你想这种兽凶恶不凶恶！还有一层，猛虎的吃人是从脚上先吃起的，吃到两耳，它知道是人了，它就止住不吃。至于穷奇的吃人，是从头上吃起，更可见它比猛虎还毒。孔壬得到这种绰号，他的为人可以想见。还有一个，名字叫鲧，是颛顼帝的儿子，和帝挚正是从堂叔侄。他的做人，并没有怎样的不好，不过自以为是，刚愎得很。后世史家亦有六句话语批评他，叫作：

不可教训，不知话言，告之则顽，舍之则嚚，傲很明德，以乱天常。

照这六句话看起来，虽则没有驩兜、孔壬那种凶恶，但是这种态度、脾气，人遇到他总是惧怕厌恶的。所以当时的人也给他取一个绰号，叫作梼杌。

梼杌也是一个兽名，不过可以两用，有的说它是瑞兽，商之兴也，梼杌次于
丕山，是当它作兴王之瑞，如麒麟、驺虞一类的看待。但是给鲧取作绰号的，
却指的是恶兽。何以见得呢？因为梼杌这个兽，生得非常凶恶，形如猛虎，
浑身犬毛，长有二尺，而且人面、虎足、猪牙，尾长一丈八尺，生在西方荒
山之中，最喜欢搅乱一切，所以它的别名又叫作傲很，又叫作难驯，岂非亦
是一个恶兽！鲧的性情，有点和它相像，所以人给他取这个绰号，一定是恶
兽的意思了。闲话不提。

　　且说帝挚自幼即和这三个不良的人做朋友，当然被他们引坏。自从做了
君主之后，那三人更是得意，益发教导帝挚做不道德之事，不是饮酒，就是
作乐，或是和驩兜等出去打猎，对于政事非常懈怠。那时木正重、火正吴回
和司衡羿等一班老臣宿将看了之后，着实看不过，商量着大家齐来规谏。帝
挚想起他母亲常仪的教训，又想起帝喾临行时教训的一番话，又想起常仪病
死的情形，心中未始不动，颇想改过振作，但是隔不多时，受了孔壬等的诱
惑，故态又复萌了。诸大臣忧虑之至，对于孔壬等无不愤恨，称他们为"三
凶"，老将羿尤为切齿。过了几月，金正该以老病逝世，大家商议继任之人。
帝挚道："朕意中却有三个人，一个是驩兜，一个是孔壬，一个是鲧，这三个
都是帝室懿亲，而且才德兼备，朕想在这三个人之中选一个继金正之职，汝
诸臣以为何如？"火正吴回首先站起来说道："这三个人虽则是懿亲，但是平
日性行不良，大不理于众口。金正一职，系股肱之臣，非常重要，如果叫
他们来继任，势必大失天下之望，臣谨以为绝对不可。"帝挚听了，非常诧
异，急忙问道："这三个人向与朕要好，他们的德行，朕所素知。汝说他们
性行不良，又说他们大不理于众口，不知何所见而云然？朕实不解。"火正
道："这三个人是有名的不良，驩兜的绰号叫浑敦，孔壬的绰号叫穷奇，鲧
的绰号叫梼杌，人人皆知，帝可以打听。假使他们果然是有德行的，那么天
下之人应该歌颂赞美，何以反把他们比成恶兽呢？帝只要从此一想，就可以
知道了。"水正熙接着说道："人君治理天下，以精勤为先。臣等前日，拿了
这个道理向帝陈说，蒙帝采纳，十余日中早朝晏罢，不惮辛劳，可见帝德渊
冲，虚怀纳谏，臣等无任钦佩。哪知后来骤然疏懈了，臣等悬揣，必有小人

在那里蛊惑君心，仔细探听，知道这三个人常在那里出入宫禁，料必是他们在帝面前蛊惑了。蛊惑君心之人，岂是贤人？所以照臣熙的意思，这三个人不但不可以使他继任金正之职，还要请帝疏而远之，或竟诛而窜之，方不至于为帝德之累。臣言戆直，但发于忠诚，还请帝三思之。"帝挚未及开言，土正又接着说道："古人有言：'亲贤人，远小人，国家所以兴隆也；亲小人，远贤人，国家所以倾颓也。'先帝当日与臣等讲求治道，常常提到这两句话，又谈到共工氏误在浮游手里，未尝不为之叹息。可见亲贤远佞，是人君治乱的紧要关头，最宜注意。不过奸佞小人，他们的那副相貌，他们的那种谈论，看了之后，听了之后，往往非常使人可爱可信，一定不会疑心他们是奸佞小人的。古人有言：'大奸似忠，大诈似信。'这种地方，还请帝细细留意，不可受他们的愚弄。臣等与这三人并无仇隙，因为为帝计算，为天下百姓计算，这三个人断断乎用不得的。"帝挚本来是一团高兴，受了三凶之托，一心一意要想给他们安插一个位置，不料被诸大臣这么一说，而且越逼越紧，不但不可用，并且要加以诛窜，当下不禁呆住了。沉吟了一会儿，才说道："那么，金正之职何人可以继任呢？"司衡羿在旁即说道："以老臣愚见，无过于尧，他不但是帝的胞弟，而且是大家佩服的，帝以为何如？"帝挚道："好是好的，不过年龄太小呢，恐怕不胜任。"羿道："老臣看起来，绝不会不胜任。从前先帝佐颛顼，颛顼佐少昊，都只有十几岁，这是有成例可援的。"帝挚道："虽然如此，朕终不放心，且再说吧。"水正、土正同声说道："司衡羿之言甚是，帝何以还不放心？"帝挚道："朕总嫌他年纪太轻，既然汝等如此说，朕且先封他一个国君，试试看吧。当初颛顼任用先帝，朕记得亦是如此的。"火正道："既然如此，请帝定一个封地。"帝挚道："朕前年奉先帝梓宫安葬，曾走过陶邑（现在山东定陶区），那地方甚好，又近着先帝灵寝，离亳都亦不甚远，封他在此地，汝等以为何如？"诸大臣都稽首道："帝言甚善。"于是就决定封尧于陶，择日再行册命之礼。这里君臣又辩论了许久，三凶虽则得不到金正之职，但是继任之人亦始终想不出，只得命水正脩暂代。

帝挚退朝之后，急忙叫人去召了三凶进来，向他们说道："前日汝等想继金正之职，要求朕提出朝议，如今提出过了，不想诸大臣一齐不答应，倒反说了汝等一大批坏话，可是汝等平日亦太不检点，以致声名狼藉，弄到如此，这是汝等自己之过，怨不得朕不能做主。"说罢，就将刚才那些话述了一遍，并说："以后朕亦不好常常来召汝等，免致再受诸大臣之责备，汝等亦宜自己设法，挽回这个狼藉之声名才是。"那三凶听了这番话，直气得胸膛几乎胀破，但亦无可如何，只能愤愤而已。过了一会儿，三人退出，一路商量，绝无善策。后来，骥兜说道："我家里有个臣子，名叫狐功，颇有谋略，某平日有疑难之事都请教于他。现在二位何妨到我家去，叫他来同商量商量呢。"孔壬、鲧都说道好，于是同到骥兜家中，骥兜就命人将狐功叫来。孔壬、鲧二人一看，只见那狐功生得短小精悍，脑球向前突出，两睛流转不定，很像个足智多谋的样子。骥兜介绍过了，就叫他坐在下面，仔细将一切情形告诉他，并且说："我们现在金正做不成，不要紧，为帝所疏远，亦不要紧，只是给这班老不死的人这样嘲骂轻侮，实在可恶之极。我们要想报仇出气，争奈他们都是三朝元老，资深望重，连帝都奈何他们不得，何况我们。所以我特地叫了汝来，和汝商量，汝有妙法能够使我们出这口气吗？"孔壬接着说道："如果足下果有妙法，使我们能够出气，不但汝主必定重用足下，即吾辈亦必定重重酬谢，请足下细细想一想。"话未说完，只见那狐功的眉心早已皱了几皱，即说道："承主人下问，小人无不尽心竭力。不过小人想这件事，还得在帝身上着想，如果帝心能够不倾向他们，不相信他们，那么这事就有办法了。"孔壬道："我亦正如此想，可谓英雄所见略同，不过怎样能够做到这个地步，总想不出一个方法，还要请教。"狐功问道："帝有什么嗜好没有？"骥兜道："帝的嗜好多呢，好酒、好音乐、好田猎，项项都好。"狐功道："女色呢？"骥兜道："这却不清楚。"狐功道："小人想来，一定是好的。既然好酒、好音乐、好田猎，那么帝的心性必定是聪明流动的一路人，既然是聪明流动的一路人，一定多情，一定好色。现在最好多选几个美女，送至帝处，使他迷恋起来，那么和那些大臣自然而然地就疏远了。疏远之后，主公还有什么事办不到呢？这个叫美人计，主公以为何如？"骥兜拍手大笑道："甚好甚好！汝诚不愧为智多星。"鲧道："我看此计太毒，似乎不可行。"狐功诧异道："为什么？"鲧道："我们和诸大臣有仇，和帝没有仇，和国家百姓也没有仇，如果这策行了之后，诸大臣固然疏远了，然而帝亦为色所迷，不能处理政治，岂非对于帝身、对于国家百姓都有害吗？"孔壬听了，连忙摇头说道："这话太迂腐了，我们现在头痛救头，脚痛救脚，且出了这口气再说。将来如果帝身为色所迷，我们再想补救之法不迟，现在哪里顾得这许多。"驩兜、狐功一齐称善，鲧也不作声了。孔壬便说道："此法妥妙之至，不过这些美女要送进去的时候，还得和她们约定，对于她们的家属，结之以恩，许之以利，那么她们在宫中可以暗中帮助我们。有些话我们不能或不便和帝说的，只要她们去和帝说，岂不是格外简便而有效力吗！"驩兜、狐功又齐叫道："好极好极！这么一来，不但我们的这口气可以出，而且以后的希望甚大呢。"大家正在说得高兴，只见外面踉踉跄跄地走进一个少年来，身材高大，牙齿上下相冒，面带醉容，手中还拿着些珠玉等类，嘴里糊糊涂涂地说他的醉话。孔壬、鲧看了，都不认得，只见驩兜向那少年喝道："日日要吃得这个模样，两位尊长在此，还不过来行礼！"那少年似听见不听见的样子，还要向里边走去，倒是狐功赶过去，一把拖了过来，勉强和孔壬、鲧行了一个礼，也不说一句话，一转眼，又连跌带滚地跑进去了。鲧便问驩兜道："这位就是令郎苗民么？"驩兜道："是的，这个孩子，论到他的才干见识，还不算坏，就是太贪嘴，欢喜多吃，刚才那种模样，真是见笑于两位尊长了。"孔壬道："听说令郎一向在南边，未知几时回来的？"驩兜道："回来得不多时，两位尊长处还没有叫他来拜谒，实在失礼。"孔壬道："令郎在南边做什么？"驩兜道："这个孩子自小善于理财，最喜积聚财宝，听见说南方多犀象、玳瑁、珠玉等种种宝物，所以一定要到南方去游历。一去之后，将近十年，给他弄到的宝物却不少，这个亦可以算他的成绩了。"鲧道："这样年纪，就有这样本领，实在佩服得很。老兄有此佳儿，可贺可贺！弟结褵多载，嗣续犹虚，真是羡慕极了。"四人又谈了一会儿，推定狐功、孔壬两个去搜罗美女，方才散去。

且说这个苗民，究竟是何等样人呢？原来他一名叫作三苗，为人非常贪婪，又非常凶狠，后世史家亦有几句话批评，叫作：

贪于饮食，冒于货贿，侵欲崇侈，不可盈厌，聚敛积实，不知纪极，不分孤寡，不恤穷匮。

照这八句话看起来，他的为人亦可想而知了。所以当时的人亦给他取一个绰号，叫作饕餮。饕餮亦是一个恶兽之名，但是有两种。一种出在钧玉之山，羊身而人面，其目在腋下，虎齿而人牙，音如婴儿，食人如食物。一种出在西南荒中，垂其腹，羸其面，坐起来很像个人，但是下面很大，仿佛如承着一个盘子似的，有翼而不能飞。古时候鼎彝敦盘各种器具上，往往刻着它的形象，但是都有首而无身，表明它的吃人不及下咽，已经害及其身，拿来做个警戒的意思，可见得亦是个恶兽了。驩兜家里，四个凶人倒占据了两个，还有佞臣狐功为之辅佐，古人所谓方以类聚，真是一点不错的。闲话不提。

# 第二十六回

帝尧出封于陶　众老臣辞职

当朝　孔壬至西方收伏相柳　三凶

且说三凶定了美人计之后，一面搜寻美女，一面又劝帝挚将众兄弟都迁出宫去，以便腾出房屋，可以广储妃嫔。帝挚是为三凶所蛊惑的人，当然言听计从，于是就下令册封弟尧于陶，即日就国，其余帝子亦均令其出宫居住。诸大臣虽然觉得这个命令来得太突兀，但是从前颇有成例，而且是他的家事，不是国事，因此不好进谏，只能由他去吧。于是，尧奉了庆都先往陶邑而去，随后弃和弟台玺亦奉了姜嫄搬到亳都之外一个村上去住，因为那边有许多田地，是姜嫄平日所经营，并且教弃学习耕稼的，所以搬到那边去。姜嫄和简狄最要好，弃和卨亦最友爱，因见简狄等尚找不到适宜的住处，于是就邀了他们前去，一同住下。阏伯、实沈两弟兄则住到旷林地方去，其余伯奋、仲堪等弟兄则径到羲和国寻母亲去，还有的都散住于各处，一个热热闹闹、向来团聚的家庭，不到几日，风流云散。大家到此，都不免感慨万分，离愁万种。然而聚散亦人生之常，况且这事出于帝命，亦是无可如何的。

　　过了几日，孔壬、驩兜果然选了四个美女送来。帝挚一看，个个绝色，而且先意承志，极善伺候，百媚千娇，令人荡魄，直把帝挚陷入迷阵中，不但从此君王不早朝，可说从此君王不视朝了。诸大臣日日赴朝待漏，帝挚总推说有病，不能出来，约有半个多月。诸大臣已探听明白，知道中了美人之计，不觉都长叹一声，有的打算竭力再谏。老将羿愤然道："就使再谏，亦是无益的，病根现在更深了。"火正吴回亦说道："现在连望见颜色都不能，何从谏起呢。"水正熙道："我们同进去问疾，如何？"众人都道："亦好。"于是即刻叫内侍进宫去通报，说诸大臣要来问疾。哪知去了半日，回来说道："帝此刻尚未起身，候了许久，无从通知，诸位大臣下午来吧。"众人听了，都默无一声。老将羿道："既然如此，我们就是下午去。"于是大家散归，到了下午，重复聚集，再要进宫求见。此刻帝挚已经起身，知道诸大臣早晨已来过，料必是来进谏的，一则宿酒未醒，精神确有一点不济；二则羞恶之心发生，实在愧见诸大臣之面；三则知道诸大臣这次谏起来，一定是非常痛切，受又不能，不受又不能的。三种缘由，交战于胸中，到后来决定主意，总只有饰非文过的了。于是吩咐内侍，只说病甚沉重，不能起坐谈天，承诸大臣来问，甚为感谢，明后日如能小愈，一定视朝，一切政治届时再议吧。内侍将这番语言传到，诸大臣亦只好怅怅而出。火正向众人道："寒舍离此不远，请过去坐坐吧。"于是众人齐到火正家中，尚未坐定，老将羿就发话道："照这样情形看来，还是照老夫的原议，大家走吧。诸位就是不走，老夫亦只好先走了。前日帝妃、帝子纷纷迁出，老夫已大不以为然，何况现在又是这种景象呀！"水正脩拖他坐下道："且坐一坐再说。古来知其不可为而不为的，叫智士；知其不可为而为之的，叫仁人。我以为与其做智士，不如做仁人，还是再谏吧。"老将气愤愤说道："见面尚且不能，哪里去谏呢？"水正脩道："我们可以用表章。"木正重道："不错不错，我们前两次的谏，虽说是良药苦口，应该如此，但是有些地方终嫌激切，不免有束缚驰骤的样子，这个大非所宜。帝今日不肯见我们，或者亦因为这个缘故。我们这次的表章，口气应该婉转些，诸位以为何如？"众人都赞成，于是大家共同斟酌，做了一篇谏章，到次早送了进去。又过了两日，帝挚居然视朝了，但是那神气却是昏昏沉沉的，开口便向诸大臣道："前日汝等谏章，朕已细细阅览，甚感汝等之忠忱，不过错疑朕了。朕近日虽纳了几个嫔妃，不过为广宗嗣起见，决不至因此而入迷途。前数日不能视朝，确系患病，望汝等勿再生疑。"火正道："臣等安敢疑帝，只因为帝自纳嫔妃之后，即闻帝躬不豫的消息，而调询内侍，又并无令医生诊视之事，是以遂致生疑，是实臣等之罪也。"说罢稽首。帝挚听了这句话，不觉涨红了脸，勉强说道："朕自思无甚大病，不过劳伤所致，静养数日，即可痊愈，所以不要服药。再者，近来医生脉理精的很少，万一药不对症，病反因此加重，所以朕决定不延医，亦是不药为中医的意思。"诸大臣听他如此说，知道他全是遁词，却不好再去驳他。只见水正熙说道："帝能不迷于女色，不但臣等之幸，亦是天下国家的大幸。不过臣等所虑的，就是帝近日所纳的几个嫔妃，并不出于上等人家，亦并没有受过优美的教育，这种女子，将来不免为帝德之累。臣等为防微杜渐起见，所以起了这种误会。既然帝躬确系不适，那么臣等妄加揣测之罪，真是无可逭了。"说罢亦稽首。帝挚道："汝等放心，朕决不为女色所误也。"于是处理一些政务，未到巳刻，推说患病新愈，不能久坐，就退朝回宫而去。自此之后，又接连多日不视朝。老将羿到此刻，真耐不住了，首先上表辞职，不等批准，即日率同弟子逢蒙出都而去。过了两日，水正兄弟同上表乞骸骨，火正、木正亦接续的告了老病。土正看见众人都走散，便亦叹口气道："一木焉能支大厦！"于是亦辞职了。帝挚见诸大臣纷纷辞职，其初亦颇动心，照例挽留。后来接二连三，一辞再辞地辞之不已，不免渐渐地看得淡然起来。禁不得骦兜、孔壬等又从中进谗，说诸大臣同盟罢工，迹近要挟，如果做君主的受了他们的挟制，势必魁柄下移，臣下可以朋比为奸，君主地位危险万分了！帝挚已是受迷的人，听了这种话，当然相信，把诸大臣辞职的表章个个批准。犹喜得他天性忠厚，虽则准他们辞职，仍旧表示种种可惜，又赏赐重叠，并且亲自送他们的行，这亦可见帝挚这个人尚非极无道之君了，闲话不提。

且说诸大臣既纷纷而去，朝廷之上不能一日无重臣，继任之人当然是三凶了。当时帝挚和孔壬等商量好，不再用五正等官名，另外更换几个。一个叫司徒，是总理一切民政的，帝挚就叫骦兜去做。一个叫共工，是供给兴办一切工作器具的，帝挚就叫孔壬去做。一个叫司空，是专治水土道路的，帝挚就叫鲧去做。其余各官，更动的及自行告退的亦不少，都换过一大批，真所谓"一朝天子一朝臣"了。自此之后，帝挚固然可以安心寻他的娱乐，没有人再来谏净，就是三凶，亦可以为所欲为，可说是各得其愿，所苦的就是百姓罢了。哪知隔了几月，帝挚为酒色所困，身体怯弱，咳嗽咯血，真个生起病来，医药无效。鲧便埋怨孔壬、骦兜，说道："果然帝受你们之害，我当初早料到的。"孔壬道："不打紧，某听说昆仑山和玉山两处，都有不死之药，从前老将羿曾去求到过的，所以他年在百岁以上还是这么强壮。现在帝既患了赢症，某想到那两处去求求看，如果求得到，不但于帝有益，就是我们呢，亦可以分润一点，个个长寿了。"鲧冷笑道："恐怕没有这么容易。"骦兜道："即使求不到，亦不过空跑一次，有什么妨害呢？"于是议定了，就和帝挚来说。帝挚极口称赞孔壬之忠心，感谢不尽。

过了几日，孔壬带了几十个从人动身出门，径向昆仑而行，经过华山，泛过山海，溯泾水而上，刚要到不周山相近，只见一路草木不生，遍地都是源泽。走了好久，人踪断绝，景象凄惨。正在不解其故，忽然腥风大起，从对面山上窜下一条怪物，孔壬和从人都怕得不得了，不敢向它细看，回身便跑。但是到处都是源泽，行走甚难，那怪物窜得又非常之快，转瞬之间，已到面前，将几个从人盘住，它的尾巴又直扫过来，将孔壬及其余从人等一概扫倒。孔壬在这个时候，明知不能脱身，倒在地下，仔细向那怪物一看，原来是一条大蛇，足有十多丈长，却生着九个人头，圆睁着十八只大眼，撑开了九张大嘴，好不怕人！被它盘着的几个人，早经吓死绞死了，它却俯下头去，一个一个地咬着，吮他们的血，唧唧有声。孔壬到此，魂飞魄散，自分绝望，不觉仰天长叹一声道："不想我孔壬今朝竟死在这里！"哪知这怪物听见了，竟放下人不吮，把头蜿蜿蜒蜒伸过来，说着人话，问道："你刚才说什么？什么叫孔壬？"孔壬这个时候，看见怪物头伸过来，以为是来吃他了，闭着眼睛，拼却一死，忽听得它会说人话，而且问着自己的名字，不由得又惊又喜，便开了眼，大着胆说道："孔壬是我的名字，我是中朝大官，天子叫我到昆仑山去求灵药的。如今死在你手里不足惜，不过灵药没人去求，有负天子之命令，这是可恨的，所以我刚才叹这口气，说这句话。"那怪物道："你既是天子的大官，又是给天子去求灵药的，那么我就不弄死你也可以，不过我有一件事要求你，你能答应我吗？"孔壬听到这口气，觉得自己大有生机，就没命地答应道："可以可以。"那怪物道："我在这里多年，各种动物都已给我征服了。吮它的血，吸它的膏，甚而至于取它的性命，都由我。这里的土地亦给我占据了，只是还有一件美中不足的事，就是没有一个名号。照理说起来，我现在既然霸有一方，就是随便给自己取一个什么名号，所谓'赵王赵帝，孤自为之'，亦未尝不可。不过我自己想想，究竟是一个人不像人、兽不像兽的东西，自己取一个名号，总没和人间帝王赐我的那种体面。所以我要求你的，就是这件事。你能够在君主面前保举我，封我一个什么国君，那么我就达到目的，不但不弄死你，而且还要感激你呢。"孔壬听了，仍旧连声说："可以可以！一定可以！"那怪物道："答应的权柄在你嘴里，封不封的权柄不在你手里。假使天子不答应封我，你怎样呢？"孔壬又连声道："总答应的，我去说，一定答应的。"那怪物道："我的心愿很和平，你这次替我去求，求得到一个国君的名号固然甚好，即使求不到，国君随便封我一个什么官爵都是好的。或者你做一个国君，我给你做臣子，我亦愿意，只要有一种名号就是了。"孔壬听了这话，不禁心生一计，就说道："我去求，天子一定答应的。不过你的形状与人不同，倘使问起来，或要召见你，那时却不免生出一个问题，就是对于百姓、对于万国，都失了一种体统，讲到这点，恐怕为难。至于封我做国君，我们天子因我功大，早有此意，那是一定成功的，不过屈你做我的臣子，未免不敢当。"那怪物道："不要紧，不要紧，我自己知道这副形状不对，所以只好降格以求，这是我自己情愿的。只要你不失信，我一定给你做臣子，假使你有急难，我还要帮助你呢。"说到这里，那怪物已经将身躯盘起在一堆，那九个头昂在上面，足有一丈多高。孔壬从地下爬起来，朝它一看，实是骇人，便问它道："你住在什么地方？"那怪物道："我就住在西面山洞之中。"孔壬道："你有名姓吗？"那怪物道："我没有姓，只有名字，叫作相繇，或叫作相柳，随你们叫吧。"孔壬道："你们这一族类，共总有多少？"相柳道："只有我一个，我亦不知道我身从何来。"孔壬道："那么，你能说人话，懂得人类的事情，是哪个教的呢？"相柳道："我自己亦不知道，我只觉向来是会的，或者我从前本来是个人，后来变成这个形状，亦未可知，可是我不明白了。"孔壬看它说话尚近情理，就问它道："我有点不懂，你的形状既与我们不同，你的本领又有这么大，那么你自己独霸一方，亦未为不可，何必一定要一个天子的封号，并且做我的臣子都肯呢？"相柳道："这是有一个缘故。我在此地，是专门以吸吮人民的脂膏为生活的。人民受了我的吸吮，必定以我为异类，心中不服，就是我亦终觉得是一无凭借的。假使有一个封号，那么我就奉天子之命，来临此土；或者是奉国君之命，留守此邦，名正言顺，人民自然不敢不受我的吸吮，我就可以为所欲了。所以自古以来，那些豪强官吏，占据地方，不受朝廷指挥，但他的嘴里，总是口口声声说服从君命，拥护王家，并且要求节钺的，我就是师他们的故智呀！"当相柳滔滔汩汩地说时，孔壬细看，它虽则有九个头、九张嘴，但是只用当中最下的一个头、一张嘴，其余八个头、八张嘴始终没有动，究竟不知它用不用的，只是不好问它。等它说完，便说道："原来如此，那么我一定给你达到目的。不过你要多少地盘才满心愿？"相柳道："地盘自然愈大愈好，起码总要一个大国的里数。但是这个不成问题，因为我立定了基础之后，自己会逐渐扩张开去的。"孔壬道："那么我怎样给你回信呢？"相柳道："等你得到天子允许之后，你就将天子的册书送来，我总在这里等你便了。"孔壬道："我还要西行求灵药，回来经过此处，再和你细谈吧。"相柳道："我看不必去了，昆仑山的灵药是不容易求的，一万个人里面，求到的恐怕不到一个。再者，现在时世变更，路上如我一般和人类作对的不止一个，即如西面弱水之中，有一个窫窳，亦是要吃人的，恐怕还有危险呢。况且往返一来，时日过久，我性很急，等不及了，不如赶早回去吧。"孔壬听见，怎敢不依，只得喏喏连声，招呼了从人起身要走。那从人三分之一已死，其余亦是拖泥带水，面无人色。孔壬看见满地源泽，就问相柳道："此地源泽甚多，是向来如此吗？"相柳道："不是，这是因为我身躯过重，经过之后，摩擦而成的。"孔壬听了，不禁咋舌，于是与相柳作别，急回亳都而来。一路吩咐从人，以后不许将相柳之事提及，违者处死，从人等只能答应。

不一月，孔壬回到了亳都，驩兜和鲧急忙来访道："回来得这样快，不死之药已求到吗？"孔壬道："阻于山水，未能求到，只是在路上收得一员人才，尚不虚此一行。"驩兜道："如何人才？"孔壬道："此人力大无穷，在西方很有势力，我意想请帝封他一个国君，以备干城之用。不料他感激我的知遇，一定不肯，情愿做我的臣子。所以我想明日请帝授以名号，将来西陲有事，总可以得他之死力的。"二人道："原来如此，这真不虚此一行了。"孔壬道："近日帝躬如何？"驩兜道："自兄去后，忽好忽坏。据医生言，确系痨瘵初步，最好摄心静养，节欲节劳，所以近日一切政治都是我们两个处理，连报告都不去报告了。"孔壬听了，不作一语。停了一会儿，二人辞去。次日，孔壬独自进宫，将那灵药求不到的原因乱造了一回，又将那相柳的本领铺张了一遍，一面为他求封号，一面又说道："封他一个国君，固然是好的，不过此人向无功绩，并不著名，无故封之，恐天下疑怪。二则他未必肯受，因为他一心愿为臣效力的，但是如若不封，又恐他心冷，被人收去，反足为患。因此臣一路踌躇，绝无善策。"帝挚道："这有什么踌躇呢，他既愿效忠于汝，就是间接地愿效忠于朕，有什么不可呢？不必多说，朕就封汝为那边的国君吧。"孔壬听了，佯作惊恐之状，说道："臣本为收罗人才起见，现在倒先封了臣，仿佛是臣托故求封了。况且臣一无勋劳，安敢受封呢？"帝挚道："能进贤，就是勋劳，应受上赏，不必多言，朕意决了。"于是就传谕到外边，叫臣下预备典礼。孔壬大喜，拜谢而出，在朝之臣闻得此信，都来称贺。

过了两日，孔壬受了册封，就来拜辞帝挚，说要到那边去略为布置。帝挚道："这是应该的，不过汝是朕股肱之臣，不能久离朕处，一经布置妥当，即便归来，那边就叫相柳留守吧。"孔壬受命，稽首退出，就选择了无数人员，再往不周山而来。哪知相柳早已等着，一见孔壬，就大喜，说道："你真是信人，封号得了吗？"孔壬道："天子因你形状与人不同，险些儿不答应。幸亏我竭力申说，由我负责担保，才许叫我做这里的国君，叫你留守，不过有屈你吧。"相柳道："不打紧，我自己情愿的。你真是个守信之人，将来你如有急难，可跑到此地来，我一定帮你。"孔壬道："你的盛情是好极的，不过现在有一句话，要和你说，不知你肯听吗？"相柳道："什么话？"孔壬道："现在你有了留守的封号，就是代理国君了，但是你的形状怕人，又要吮人的脂膏，人民当然见而惧怕，望风远避，弄到千里荒凉，一无人烟，哪里还算得一个国家呢？我的意思，劝你以后藏躲起来，我另外派人到此地，筑起房屋，耕起田来。人民看见了，以为你已不见了，或者以为你不再吮人的脂膏了，庶几可以渐渐聚集、蕃盛，才可以算得一个国家。否则一个人都没有，尽是荒地，可以算得国家吗？"那相柳听了，想了一想，将九个头一齐摇动，说道："这个做不到。我是靠吮人脂膏过生活的，假使藏躲起来，岂不要饿死吗？"孔壬道："这个不然，你每天要吃多少人的脂膏，不必自己出去寻，只要责成手下人去代你寻觅贡献，岂不省事！我看你孤立无援，很是可怕。万一人民怕你极了，四散逃开，岂不是就要受饿吗？或者操了强弓毒矢，来同你拼命，岂不亦是危险！所以我劝你，还不如在暗中吸吮吧，一则人民聚集，可以成为一个真正的国家，二则你的食料可以源源不断，三则没有害人之迹，可以不居害人之名，你看如何？"相柳一听，顿时九张面孔一齐笑起来，说道："你说强弓毒矢来同我打，我是不怕的，你没有见我的本领呢。至于食料缺乏一层，却是可虑。我有时出来寻觅食物，终日寻不到，已屡次受饿了。没有害人之名这一层，尤其合我的理，既如此说，就依你吧。"孔壬就叫同来的人，都来见相柳，并将他们的姓名都一一说了，又吩咐他们："好生服侍相柳，设法供给它的食料，一面按照我所预定的计划，分头进行。我每年必来省视你们一次。"吩咐既毕，又和相柳谈了些话，就转身回亳都而去。

# 第二十七回

驩兜求帝挚封国南方
狐功设计残民蛊民愚民

　　且说骓兜自为司徒之后，在朝臣之中居于首位，心满意足。一日，正在家中闲坐，计划行凶德之事，忽见狐功跑来，说道："小人今日听见一个消息，甚为不好，虽则尚未成为事实，但亦不可以不防。"骓兜忙问何事，狐功道："小人有个朋友，新从东方来，说起东方诸侯的态度，对于帝甚不满意，而陶侯尧的声望却非常之隆盛，许多诸侯都和他往来密切。小人以为这个不是好现象。"骓兜道："怪不得现在各处诸侯来朝贡者甚少，不要说远方，就是近畿的亦不肯来，原来他们都已有异心了。但是我看不要紧，现在天子的大位是先帝所传与，名分所在，他们敢怎样不成？"狐功道："主人的话固然不错，但是小人有一点顾虑，就是陶侯尧亦是先帝的嫡子，亦是卜卦上所说可以有天下的。万一他们诸侯结合起来，借着一种事故，推尊陶侯为帝，不承认此地的帝，那么亦可以算名正言顺，我们其奈之何！"骓兜道："我看亦不至于如此，因为四方诸侯恐怕没有这样齐心，即使能够齐心，那尧这个人是假仁假义、自命为孝悌的，向来与帝亦非常和睦。违先帝之命，不能称孝；夺长兄之位，不能称悌，他肯受四方诸侯的推戴吗？"狐功道："主公明见，极有道理，但是现在帝甚多病，据医生说，痨瘵已成，颇难医治。小人知道痨瘵这个病无时无刻可以变剧，脱有不讳，龙驭上宾，前月嫔妃所生的那个帝子玄元又不是嫡子，万不能奉以为君，那么怎样？岂不是我们所依靠的冰山倒了吗？危险不危险？"骓兜道："是呀，前年我和孔壬早已虑到这一层，所以想到昆仑山去求灵药，不想灵药求不到，而帝的病势亦愈深，那可怎么办呢？你想想有何方法可以补救。"狐功道："小人想来想去，只有两个方法。一个是改封陶侯，明日主公去奏帝，说明陶侯功德昭著，治绩茂美，请求改封一个大国。如此一来，可以表明朝廷赏罚之公，并不糊涂；二则可以缓和陶侯受诸侯的拥戴；三则主公可以卖一个情面给陶侯，为后来退步计，这是一法。"驩兜道："此法不难行，不过改封在什么地方，须先想好。不然，帝问起来，不能对答，倒反窘了。"狐功道："小人看来，最好是近着大陆泽一带。因为陶侯本来是生长在那边的，富贵而归故乡，人之常情；况且那边又近着他的外家，现今庆都尚在，妇女心理总以近母家为满意，封他在那边，岂不是更可以在陶侯母子前卖个情面嘛！"驩兜道："好好，有理有理。还有一法呢！"狐功道："还有一个，是'狡兔三窟'之计。照主公现在所处的地位，一个地盘是不够的，必须另外还有一个地盘，才可以遥为声势。万不得已，亦有一个退步，不至于穷无所归。回耐孔壬那厮，假称求药，到外边去游历了一转，假造一个什么叫相柳的人，骗帝封到一块土地，建立一国，自去经营去了。小人想起来，他就是这个'狡兔三窟'的方法。不过孔壬那厮甚为奸诈，不肯和主公说明就是了。"驩兜拍手道："汝这方法甚好，不过地盘最好在哪里呢？再者，即使得到了地盘，我自己决不能去，汝是我的心腹，须时时替我筹划，其势又不能去，另外又没有什么相柳不相柳，那么谁人去守这个地盘呢？"狐功道："小人已计划好了，公子三苗，人才出众，前在南方，是游历长久的，对于那边的风土人情及一切地势险要，都非常熟悉，所以小人想，最好将地盘选在那里，就叫公子去做留守。父子两个一内一外，遥为声援，即使易代之后，亦轻易不敢来摇动，岂非三窟之计吗！"驩兜听罢，又连连拍手道："妙极妙极！我此刻就去进行，想来没有不成功的。"正要起身，忽然又问道："我听说，那边天气非常炎热，地势非常卑湿，人民又都是九黎、南蛮那一类，恐怕不容易收服他，那么怎样呢？"狐功道："小人从前曾听见公子讲过，那边天气、地势两种虽不好，尚不碍于卫生。至于人民不易治这一层，主公虑得很不错，但是小人亦有方法去制服他们，可以使他们为我效力，请主公放心，只管去进行吧。"驩兜对于狐功的话，本来信如神明，听见他这样说，料想必有把握，于是亦不再问，就匆匆入宫，来见帝挚。

帝挚正斜卧在一张床上，旁边环侍着几个嫔妃，那嫔妃就是驩兜等进献的，所以并不回避。帝挚叫他坐下，问道："汝来此有何政事？"驩兜道："臣偶然想起一事，封赏是人君鼓舞天下、收拾人心的要务，自帝即位以后，数年之间，还没有举行过，人心不免觖望。现在帝子新生，虽则不是嫡子，但亦是帝的元子，可否趁此举行一次封赏大典，亦是好的。"帝挚道："前日共工册封时，朕亦想到，汝和他还有鲧，你们三人本是同功一体之人，他既封了，你们两个亦应当受封。不过朕病总是不好，时常发热，因此非常懒惰，不觉忘记了。汝既提醒了朕，朕明日就册封，何如？"驩兜慌忙起立道："不可不可，帝误会臣的意思了，臣的意思是覃敷帝的恩德起见，并非为自己设法。假使专对臣等，天下必以帝为偏爱，而臣今日之提议，又变了为自己求封起见，这是大大不可的。"帝挚命他坐下，再问道："照汝的意思，应该先封哪个呢？"驩兜道："臣伏见陶侯尧自就国之后，治绩彰彰，百姓爱戴，天下钦佩，况且又是帝的胞弟，若先改封他一个大国，天下诸侯必定称颂帝的明见，其余再择优的庆赏几国，那就对了。"帝挚道："陶侯对于朕，素极恭顺，人亦极好，改封大国，朕甚以为然，不过改封在什么地方呢？"驩兜道："臣的意思，冀州最宜，因为陶侯自幼生长在那边，风土民情当然熟悉，治理起来容易奏功；再者，冀州地方的百姓最不易治，虽则有台骀、伊耆侯等化导多年，但是都早死了，非得有贵戚重臣，才德兼备如陶侯一般的人去治理他们不可，帝以为何如？"帝挚道："甚好，朕决定改封他吧。但是汝亦不可没有封地，汝为朕亲信之臣，愿封何地，尽可自择，不必谦逊。将来鲧自己愿封何地，朕亦叫他自择便了。"驩兜听了，故意装出一种局促不安的模样，说道："既承帝如此厚恩，臣肝脑涂地，无以为报。臣不敢求善地，臣听说荆州南部民情最反复难治，当初先帝曾经在那里受困过的。臣子苗民，游历其地多年，颇有研究，如果帝必欲封臣，愿在那边得一块地，庶几可以为国家绥靖南服，未知可否？"帝挚大喜道："汝不取善地，偏取此恶劣之地，忠忱实是可嘉，朕依你，明日即册封吧。"驩兜谢恩退出。到了次日，帝挚果然降诏，改封陶侯于唐，那唐的地方恰在恒山脚下。（现在河北省唐县。明《一统志》以为河北省唐山县西北八里有一座尧山，就说尧改封在唐山县，恐是靠不住的。）封驩兜于荆、扬二州之南部，何地相宜，听其自择，并令其子苗民先往治理，驩兜仍留都供职。

此诏降后，陶侯一边之事暂且不提，且说驩兜、三苗奉到了封册之后，就叫狐功来和他商议，怎样去制服那些人民。狐功道："小人早想好了，共总有三个方法。第一个叫立威。南方的人民天性刁狡，而又好乱，非有严刑重罚，不足以寒其胆。从前玄都九黎氏的时候，百姓都非常服从他，听说就是用重刑的缘故。所以小主人这次跑去，切不可姑息为仁，重刑是必须用的。"三苗听了，大笑道："这个容易，我到那边，就立一个章程，叫他们有好的宝货、好的饮食统统都要献来给我，如不听号令，我就杀，你看如何？"狐功道："据小人看来，不必定是如此。事有大小，罪有轻重，应该有一个分别，统统都杀，哪里杀得这许多呢？况且他们一死，就没有痛苦，倒反便宜他了。小人有个方法，叫他们求生不得，求死不能，那么才可以使他们惧怕。"三苗不等他说完，就问道："什么方法？敲他吗？打他吗？囚禁他吗？罚他做苦工吗？恐怕都无济于事呢。"狐功道："不是不是，小人的意思，除杀头之外，再添四项刑法：一项叫'黥'，把那犯人的脸上或额上用针刺一个字，或刺一个符号，再用丹青等颜色涂在上面，使他永远不能磨灭，那么他虽则活在世上，无论走到哪里，人一看见，就知道他是个犯人，就可以嘲笑他、轻侮他，这种精神上的苦痛，到死才休，岂不是比杀头还要厉害吗！"三苗拍手笑道："妙极妙极！还有三项呢？"狐功道："一项叫'劓'，是割去他的鼻子；一项叫'刵'，是割去他的耳朵。这两项和黥差不多，不过面上少了两件东西，比黥较为痛苦些、难看些。"狐功说到此处，骤然停住不说。三苗忙问道："还有一项呢？"狐功只是看着三苗，不肯说。驩兜在旁，亦问道："还有一项呢？你说呀！"狐功才笑着说道："还有一项叫'椓'，是将他的生殖器割去，但是仍不至于死，你看这个方法刻毒不刻毒！难过不难过！"三苗笑道："男子的生殖器可以割去，女子怎样呢？"狐功道："女子亦可以割的，使它失其效用。"三苗听了，似乎有点不信，说道："哦！有这么一个法子，我到了那边，首先要弄两个女子来试试，看它灵不灵？"驩兜笑向狐功道："你这个椓刑的方法，就是从人的处置禽兽学来的。马有骟马，牛有犍牛，羊有羯羊，猪有阉猪，鸡有镦鸡，狗有骟狗，猫有净猫，岂不是都用椓刑么。"狐功道："是的，不过那处置禽兽的方法，都是去掉它里面的能力，根本解决，使它的生殖功用完全消失，连性欲都没有了，而且只能施之于牡的雄的。小人这个椓刑，是仅仅去掉他外面的作用，于里面的能力丝毫无伤，性欲的冲动仍旧是有的，而且女子亦可以适用。"三苗没有听完，就叫道："是呀是呀！是要使他仍旧有性欲的冲动呀，假使施用椓刑之后，性欲完全消失，一点不难过，那么这椓刑的价值亦等于零了。是要使他性欲依旧存在，到那冲动的时候，要发泄无可发泄，方才够他受用呢。"骓兜道："第一个方法是立威，说过了，第二个呢？"狐功道："有威不可无恩，第二个方法，就是用恩惠去结他们的心，然后可以受他们的崇拜。"三苗不等说完，又忙叫道："这个不能。用恩惠去结他们，不过多多赏赐，或者轻赋薄敛就是了，但是这个我做不到。"狐功道："不是如此，小人用的方法，是惠而不费的。大凡人生在世，不过两大目的，一个是保持自己的生命，一个是接续自己的生命。要保持自己的生命，那饮食货财是不能少的；要接续自己的生命，就是男女大欲。所以世间万物，从极小的虫儿起，一直到我们人类，从朝到暮，一生一世，所孜孜营求的，直接间接，无非是为了这两大目的。但是以我们人类为尤其厉害，而我们人类对于两大目的之中，尤其以求接续生命之目的为更厉害。所以有些人类，竟情愿舍弃饮食，舍弃货财，甚而至于情愿舍弃生命，以求满足他的男女大欲。照此看来，要人民感激崇拜，与其分给他们货物，不如使他们满足男女的大欲，一则惠而不费，没有博施济众的那样烦难，二则他们感激崇拜的心思，比较分给货物还要浓重。小主人，你看这个方法好吗？"三苗听了不解，忙问道："用什么方法使他们满足男女的大欲呢？"狐功道："小人听见说，上古时候，男女的大欲本来是极容易满足的。自从伏羲氏、女娲氏定出嫁娶之礼以后，那男女的界限就束缚得多了。后世圣人又将那些礼节再限制得加严，说道：'男女无媒不交，无币不相见。'又说道：'男女非有行媒，不相知名；非授币，不交不亲。'到得颛顼氏的时候，定一个刑罚，叫作'妇人不避男子于路者，拂之于四达之衢'。那些世上的男女，受了这种严酷的束缚，不要说满足他的大欲，就是寻常要相见一面都是很难的。他们的心理都没有一个不叫苦，不过受历代圣人礼教的束缚，不敢说，不敢动就是了。现在小主人到了那边之后，可首先下令，提倡一种新道德，同时竖起两块招牌：一块叫'废除吃人之礼教，社交公开'；一块叫'打倒买卖式之婚姻，自由恋爱'。如有顽固的父母家长，欲从中干涉阻挠者，一经发觉，严重处罚。这么一来，那边所有的男女，都可以随意自由，无不各得其所愿，岂不是都要歌功颂德，感激小主人，崇拜小主人吗！严刑峻法，只可一时，不能持久。用这个方法接上去，所谓严寒之后，继以阳和，他们自然不会铤而走险了。"骓兜想了一想，说道："这个方法，好是好的，不过圣人礼教推行得好久了，虽则有些人心中以为不便，但是有些人却很以为当然。万一我们废除礼教之后，反而招起许多人的反对，说我们大逆不道，岂不是倒反不妙吗？"狐功道："主公虑得极是，但是小人以为不妨，为什么呢？小人刚才说过，男女大欲，是人生最大的一个目的，可以满足他的目的，只有欢迎，绝无反对。即使有人反对，亦不过几个顽固老朽在那里作梗，大多数的青年男女，包管非常之赞成。因为青年男女受礼教的浸染还不深，而且青年男女正在春情发动的时候，对于男女大欲尤其看得郑重真切，仿佛世界上的事情除了男女两性以外，没有再比它重要似的。准他们社交公开，准他们自由恋爱，不但可以满足他们的大欲，而且还可以博得一个新道德的荣名，岂有再来反对之理？青年男女既然欢迎，那么一批顽固老朽虽然要反对，亦决然没有这个力量。因为青年男女是越生越多的，顽固老朽是越死越少的。自古以来，新旧两派的竞争，旧派起初颇胜利，但是到后来，往往失败；新派起初必失败，到后来往往胜利。并非旧派所持的理由一定不如新派，就是这个越死越少、越生越多的缘故。所以小人现在为主人着想，要收拾蛮方人民的心，除去利用青年外，别无他法。至于礼教推行日久，究竟应该废除，不应该废除，那又是另一个问题了。"三苗道："这是第二个方法，还有第三个呢？"狐功道："第三个方法，是神道设教。小人知道南方之人，受了玄都九黎氏的感化，最重的是迷信。自从颛顼帝破了九黎氏之后，竭力禁止，已是好了许多。但是他们迷信的根性终究不能尽绝，譬如原上的草儿，虽则野火烧尽，一遇春风，又芊芊绵绵地长起来了。小人的意思，以为这个情形亦是可以利用的。因为第一个立威的方法，可以制服他的表面，不能制服他的心思；第二个结之以恩惠的方法，可以服其心，但是不能急切奏效；用神道设教起来，他们自然服服帖帖，一点不敢倔强了。"三苗道：

"怎样用神道设教呢？"狐功道："现在有一个人，虽则不是神仙，但与神仙亦差不多。他在黄帝轩辕氏初年，和蚩尤氏打仗的时候，已经在军中效力，后来隐居不仕，专门研究他的神道。他研究的神道，名叫巫术。'巫'字的写法，就是像一个人的两只大袖舞起来的样子。他要和鬼神交通的时候，只要秉着精诚，用两袖舞起来，便能使鬼神下降，他就可以和鬼神谈话，或者鬼神竟附在他身上，借他的嘴和人谈话，给人延福消灾，都是极灵验的。他的名字叫作'咸'，人家因为他创造巫术，所以就叫他作巫咸，主公知道这人吗？"骓兜、三苗都说不知道。狐功道："小人从前曾经见过他一面。有一天，他在野外和许多人游玩，大家都要他试验法术，他便指着路旁一株参天拔地的大树说道：'我要叫它枯'。说毕，嘴里轻轻地叽里咕噜不知念了些什么，不多时，那株树果然枝叶憔悴，渐渐地枯了。又指着半空中飞的鸟儿说道：'我要叫它跌下来'。说着，又轻轻念了几句，那鸟儿果然立即跌下来了。大家看了，都莫名其妙，问他是什么缘故。他说：'我都有咒语的。'问他什么咒语，他却不肯说。这都是小人亲眼见的。后来听说他这种咒语不但能够变这个树枯鸟落的把戏，而且还能够替人治病。尤为灵验的是外症，无论什么痈疽疮疖，甚或跌打损伤，断肢折足，他亦不用开方撮药，只要念起他的咒语来，那病症自然就会好了，而且非常之速。主公看，这个人岂不是活神仙吗！所以小人的意思，假使能够请这个人和小主人同去，做一点法术给那些百姓看看，那些百姓未有不敬小主人若天神，一点都不敢倔强的，主公以为何如？"骓兜听了，诧异道："果然如此，不但迷信很深的南方人要崇拜，就是我不迷信的，见了也要崇拜了。不过现在此人究在何处，肯否和我们同去，最好先设法探探他的意思。"狐功道："是是，这个人从前住在大荒之中，一座丰沮玉门山上。那山上百药丛生，并且是日月所入的地方，那是很远呢。现在听说住在北方登葆山，小人明日就动身去请，何如？"骓兜、三苗听了，都大喜，就叫狐功即速动身。

# 第二十八回

尧改封于唐　羿往少
咸山杀猰貐

不提狐功动身而去，且说这时孔壬已从相柳处回来了。一日，骥兜、孔壬、鲧三人正在朝堂商决国事，忽报北方沈侯有奏章前来。原来沈侯就是台骀的儿子，台骀死了受封于沈。他的奏章是为冀州北面少咸山地方，近来出了一个怪兽，牛身、人面、马尾、虎爪，名叫窫窳，大为民害，无法驱除，不得已，请帝派人前往，设法剿杀，以安闾阎等语。孔壬没有看清楚，就大嚷道："我知道窫窳是生在弱水中的，为什么又会跑到少咸山上来？莫非它是两栖类吗？恐怕是沈侯在那里遇事生风，欺骗朝廷，要想邀功呢。"鲧道："或者是偶然同名，亦未可知。"孔壬道："不管他。既是两种东西，应该有两个名字，这边是一个窫窳，那边又是一个窫窳，搅乱不清，我给他改一个名字吧。"说着，提起笔来，竟将那"窫窳"二字改为"猰貐"二字。三人将奏章看完之后，就商议办法，究竟理他呢，不理他呢？派人去呢，不派人去呢？鲧道："依我看，不能派人去。为了区区一个兽，就要朝廷派兵，岂不是笑话吗？如派兵去仍然杀它不掉，尤失威信，所以我看以不理他为是。"骥兜道："我看不然，现在四方诸侯都有轻叛朝廷之心，只有沈侯随时还来通问。如今他来求救，我们再不理他，岂不是更失远人之心吗？所以我想应该理他的。"孔壬道："我有一法，陶侯尧现在已经改封于唐，唐和少咸山同在冀州，相去不远，我看就叫陶唐侯去救吧。如若他杀得了猰貐，当然仍旧是我们朝廷遣将调度之功；倘使杀不了猰貐，那么陶唐侯的信用必致大减，不至于和我们竞争天下了。如若他自己亲征，竟给猰貐吃去，尤为好极。"骥兜和鲧二人听了，都鼓掌大笑道："好计好计！就照此做去吧。"于是一面打发沈侯的使者归国，并说道："朝廷就派人来救了。"一面又下诏陶唐侯，叫他即速前往少咸山除害，按下不表。

且说陶侯尧自从亳邑出封之后，在他的国里任贤用能，勤民恤下，几年工夫，将一个陶国治得非常之好，四邻诸侯无有一个不佩服他。他所最注重的是农事，遣人到亳都去，将姜嫄、简狄两个母亲并弃、阏两个兄长都接了来，住在一起，就叫弃做大由之官（大由就是大农，凡东西耕的田叫作横，南北耕的田叫作由），管理全国农田之事。一日，正在听政，忽报亳都的司衡羿同逢蒙来了。尧与羿本来要好，又兼是先朝的老臣，慌忙出门迎接。坐定之后，尧问他何日出都，有何公事。羿听了，摇头叹息，就将近日朝廷腐败的情形以及自己发愤辞职的经过统统说了一遍。尧亦叹息不置，就留羿住下。次日，设宴款待，叫了许多朝臣来做陪客。羿一一见过，内中有个白髯老者，骨格不凡，陶侯尧待他亦非常敬重，亲自替他布席，请他上坐，又亲自给他斟酒献菜。羿看了不解，忙问何人。尧道："这位是务成老师，名字叫跗，说起来司衡想亦是知道的。"羿吃惊道："原来是务成老先生吗？某真失敬了。"说着，慌忙过去，向务成子行礼道："适才失敬，死罪死罪。"务成子亦还礼不迭，谦谢一番。羿道："从前某得到一个可以避箭的药方，在颛顼帝讨伐共工氏的时候曾经用过，大大地收了功效，据说就是老先生发明的。当时某极想拜谒，以表感谢，苦于不知道老先生的住处。后来寻仙访道，跑来跑去几十年，又随时探听老先生消息，终究没有探听到，不想今日在此处相见，真是三生之幸。"务成子道："那个方药，不过区区小技，何足挂齿。就是没有这个方子，以老将的威武，还怕破不来那共工氏吗？老将归功于某的这个方药，未免太客气了。"羿又问道："老先生一向在何处？何日到此？"务成子道："某一向只是遨游，海内海外，并无定处。前月偶尔到此，承陶侯殷殷招待，并且定要拜某为师，某不好过辞，只能受了，计算起来，亦不过四十多天呢。"两人一问一答，渐渐投机，羿无事时，总来找务成子谈谈，好在务成子亦是个并无官守的人，正好和羿盘桓。

一日，陶侯忽然奉到帝挚的册命，说改封于唐，亦不知道是什么缘故，只得上表谢恩，并且即日预备迁徙。可是那陶邑的百姓，听见了这个消息，顿时震动得不得了，一霎间扶老携幼，齐来挽留。陶侯一一好言抚慰，并告诉他们，这个是君命，无可挽回的。众百姓听了，亦无可奈何，但只是恋恋不舍。到了陶侯动身的那一天，差不多全邑都跑来走送，而且送了一程又一程，直至十里之外，经陶侯再三辞谢，方才哭拜而去。这里陶侯奉了姜嫄、简狄、庆都以及弃、卨兄弟和务成子、羿、逢蒙等一大批臣子，径到唐邑。一切布置经营，自然又要一番辛苦。

一日，忽又奉到帝挚的诏令，说道："现在少咸山有异兽猰貐，大为民患，仰即遣兵前往剿灭，以安闾阎"等语。陶唐侯拜受了，即刻召集臣工商议。大家都很诧异，说道："一只野兽食人，有什么大不了的事，就近的国家尽可以自己设法剿除，何至于要我们起兵远征呢！"务成子笑道："这个不然，这只猰貐确是异兽，不容易剿除的。它生得龙头，马尾，虎爪，长四百尺，是兽类中之最大者，而且善走，以人为食；遇有道之君在位，则隐藏而不见；遇无道之君在位，则出而食人。他们哪里能够剿除呢。"群臣道："我们新到此，诸事未集，哪有工夫分兵出去，且待我们布置就绪之后再去救吧。"陶唐侯道："这个不可。一则君命难违，二则民命为重，不可缓的。"言未毕，老将羿起身说道："老臣有多日不曾打猎，很觉手痒，既然有这样异兽为患，虽则务成老先生说不容易剿除，老臣且去试它一试，何如？"务成子笑道："老将肯出手，想来那只猰貐的寿命已经到了。"陶唐侯大喜，就说道："司衡肯劳驾一次，甚好。请问要带多少兵去？"羿大笑道："不过是一只野兽，何至于用兵。老臣此去，仿佛是打一次猎，只需逢蒙等三数人就够了。"陶唐侯道："不然，宁可多带些。"于是议定，带了三十个人，即日动身。

过了几日，羿等一干人到了少咸山相近，先找些土人来问问，那猰貐究竟在哪里。岂知土人一听说到猰貐，就怕得不得了，说道："它在山里呢，你们千万不要过去，要给它吃去的。"羿道："我们此次专为杀猰貐而来，替你们除害，但不知道此地离山有多少远，那个猰貐每日何时下山，你们可详细告诉我。"那些土人听了，很像不相信的模样，朝着羿等看了好一会儿，就问道："你们这几个人，恐怕不知道这个猰貐的情形呢。这个猰貐，不比别种猛兽，前次我们联合了几千个人，用长刀大斧去打它，还是打它不过，终究给它咬死了许多人。你们现在只有这几个人，如何中用？须要小心，不是游戏的事。"羿道："这且不管它，我问你，这个猰貐到底要什么时候下山，你们知道吗？"土人道："不能一定，因为山的两面，路有好几条，它不是到此地，就是到彼方，所以有时候竟日日跑来，有时候隔几日才来，但是它来的时间总在申酉二时之后，午前午后是从来不来的，因此午前午后我们还敢出来做点事业，一到申刻，就家家闭户，声息全无了。这一年来，我们人人自危，不知道哪一日是我们的死期呢。"说到此处，向太阳影子看了一看，忙叫道："啊哟不好！时候要到了，赶快回去吧。"说着，也不和羿等作别，就各自匆匆而去。羿等一干人看了这种情形，真莫名其妙，不知道这猰㺄究竟有怎样厉害，他们竟害怕到如此地步！一面诧异，一面向前走，果见所有人家都关上了门，寂静无声，仿佛和深夜一般。羿道："照此情形看来，这个猰㺄一定是很凶猛的，我们须要小心，不可大意。"说着，就和各人都将弓箭器械等取出，准备好了，再慢慢前进。走到山脚，日已平西，逢蒙问道："我们上山去吗？"羿道："我们新到，路不熟，天又向晚，不如回转，等明日再说吧。"哪知回转身来，天色已晚，敲着人家的门，要求食宿之地，竟没有人肯答应。羿等无可如何，只得一路寻去，幸亏得月色微明，尚不致迷路。忽见一处大树多株，连枝接叶，荫庇甚广。逢蒙道："我们露宿，究竟危险，不如到树上去，一则可以藏身，二则亦可以瞭远。"众人听了，都以为然，于是先将所备干粮打开分散，大家饱餐一顿，然后一个一个爬上树去。那些树上的宿鸟一齐惊起，在半空之中狂飞乱叫，把一个寂静的昏夜顿时搅乱了。但是众人也不去理它，有的爬在高处，有的爬在低处，各自攀枝倚干，或跨丫杈，或攀枝条，个个都稳固了。正要想打个盹儿，忽听得远远有婴儿啼叫之声，大家亦不以为意，以为是民家的婴儿夜啼。哪知这声音越近越大，而且极迅速，倏忽之间，仿佛已向林后斜掠而去。羿高声叫道："哦！不要就是那猰㺄么？尔等须留心注意，不要睡。"众人道："这是婴儿声音，不是兽叫。"羿道："不然，老夫跑的地方多了，所见的野兽亦不少，那叫声竟是各种都有的，你们须要注意小心。"说着，又叫逢蒙道："我想来果然是那猰㺄，既然跑去，必定要回转上山的，等它转来时，我们射它两箭吧，这个机会不可错过。"逢蒙答应道："是，是。"于是师徒两个从高处爬到低处，拣着树叶稀疏可以瞭望的地方停下了，弯弓搭箭，凝神静气地四面注意。等了一会儿，果然又听见婴儿啼叫之声。羿叫众人肃静无哗，独与逢蒙两个对着婴儿啼叫的方向仔细望去，在那朦朦胧胧之中，仿佛见一大物，向林外疾驰而来。羿等不敢怠慢，嗖嗖两声，两支箭一齐射去，但听得那猰㺄一片狂叫，如电一般地奔去，顷刻间万籁无声，不知所在。羿道："怪不得大家制它不下，原来它的奔跑真是快不过，老夫的箭几乎射不着呢。这次它虽然受伤了，但是并非要害，明朝上山，还要留心。"说着，便和众人胡乱在树上睡了一夜。次早，大家起身下树，再向前面而来，只见街上仍是静悄悄地，又等了许久，日高三丈，才见有几家开门而出，但还是探头探脑，像很小心的样子。一见羿等在街上走，就说道："你们这一班人，胆量太大了，这样早就出来闲逛，不怕身子被吃掉吗？"羿的从人说道："这只猰㺄昨夜已经给我们射伤了，今天还要弄死它呢，怕什么！"那人听了，还当说的是玩话疯话，摇摇头不再理睬，就进去了。这里羿等一干人又将所备的干粮打开，尽量地吃了一餐，大家上山。羿一面走，一面吩咐众人道："你们到了山上，千万要留心，那猰㺄冲过来是极快的。如若来不及用箭，还是用刀。"众人唯唯听命。到得半山，只见地上有许多血迹，其色鲜红。逢蒙道："想来昨夜猰㺄受伤之后，曾在此处休息，所以有这许多血。"话犹未说完，只听得羿道："来了来了，留心留心！"众人一看，只见山顶上一只大怪物，如飞一般冲来。大家一齐放箭，谁知那猰㺄着了箭之后，仿佛不曾觉得，顷刻之间，已冲到面前，早有十几个人被它冲倒，连用刀都来不及，有几个竟被它抓住，就要俯首去咬。幸亏逢蒙力大，猛力向它腹上一刀刺去，那猰㺄大叫一声，忙疾转身来，想往逢蒙猛扑。哪知逢蒙的刀已经深入腹里，急切不能拔出，因为猰㺄转身甚猛，势力又大，逢蒙支持不住，不觉倒在地下，离开它的虎爪不过一寸多，真是危险至极。然而那一把刀，借着这般势力，已将猰㺄肚腹划开，鲜血直淋。这里羿等一干人看见猰㺄凶猛，逢蒙危险，哪敢怠慢，一齐用力向猰㺄乱斩过去。猰㺄究竟受伤甚重，又大叫一声，疾忙向山顶逃去。羿等且不追赶，忙将逢蒙扶起，幸喜不曾受伤，其余受伤的人有九个，四个受伤尚轻，有五个为它虎爪所伤，血肉模糊，颇为痛苦，但细细察看，于性命尚无妨害。羿便将携带的伤药叫众人先给他们一一敷好包扎了，又叫几个人守护着，然后与逢蒙带了其余之人直向山顶追寻。羿道："这个畜生受伤已重，谅来不能为患，不过我们仍要小心。"渐渐到了山顶，只见一片平阳，有一处巉岩斜覆，仿佛一个大洞，洞外猰貐正伏着，看见人来，又立起来。羿和逢蒙早是两支箭齐齐射过去，恰巧将它两眼射中。那猰貐瞎了，仍旧乱撞乱冲，咆哮一会儿，方才倒地。大家走过去一看，只见它龙头，牛身，人面，马尾，虎爪，长约四百尺，确是一个怪兽。再计点它的伤痕，除出两眼之外，只有背上一创，是昨夜所射的；腹上二创，一处仿佛已穿过了，一处深入里面，那箭尾还露出在外；其余众人所射的，都不觉得。它的身上，血流成池，想系逢蒙那一刀的厉害。羿看完叹道："怪不得此地人民惧怕到如此，原来这种大兽真是世界所少有的。我们这次来得太大意，真算侥幸之至了。"众人道："不知那洞里还有小猰貐没有，我们且去搜搜看。"于是大家都到洞口，只见人的骸骨遍地狼藉，有些还未吃完，正不知道有几千百具，真是可惨之至！但并没有小猰貐。羿道："时已不早，我们下山吧。"有一人道："这猰貐究竟死不死，我再斩它一刀看。"说罢，一刀斩去，哪知猰貐竟还未死，嘴里叫起来，四足乱动，仿佛还要想立起来。众人道："不好不好！我们再斩吧。"于是大家一齐动手，斩了许久，脏腑都露出来，料想不能再活，大众方才转身。到了半山，扛了那几个受伤的人，一同下山。天已昏黑，细看所有人家，依旧和昨日一样，寂无声息，只得仍到那树林下休息。这时大家都疲倦了，吃过干粮，倒头便睡，因为猰貐已除，大家放心，这一觉直睡到红日高升方才醒来。细看那受伤的人，已无大碍，替他们换了些药，又吃了些干粮，然后羿和逢蒙几个人再走到街上去，见了土人，便告诉他们，猰貐已经杀死。那些土人听了，都不相信，说道："世上绝无如此大本领，几个人就能杀死这样怪兽的。"羿道："你们如不信，只要到山上去看就是了。"众人听了，却又不敢。逢蒙道："我等和你们同去，难道你们怕死，我们不怕死的吗？"众人听了，还是犹豫。羿道："我们来欺骗你们做什么？你们如再不信，那边树下还有几个我们受伤的同伴卧在那里，难道受伤亦是伪造的吗？"众人听了，才有几个大胆的说道："那么我跟你们去看，但是你们切不可造谎，这个不是开玩笑的事情呢。"羿和逢蒙听了，亦不作声，带了从人迈步向前。那些土人陆续跟着，走到半山，看见斑斑的血迹，众人方才相信了。走到山顶，众人看见那猰貐的尸首如此庞大怪异，个个惊骇，个个切齿，又个个快心。走到洞边，看到这许多骸骨，无不伤心落泪。有的哭父母，有的哭妻子，有的哭兄弟亲友，都说从前给猰貐吃去的，如今认不明白了。于是大家环绕拢来，把羿和逢蒙一干人感激崇拜得和天神一般。有一个人问羿道："你这位老翁，究竟是哪里来的天使？"羿道："老夫是陶唐侯遣来的。"大家听了，齐声道："原来是陶唐侯遣来的，怪不得有这样大本领。前日有人说，亳都天子已经叫人来剿除异兽了，我们想亳都天子那样无道，哪里会遣人来管我们百姓之事呢。"羿刚要分辩，有一个人接口问道："陶唐侯既然叫你老先生来替我们除害，为什么不预先知照，使我们可以供给招待，略尽一点心呢？"羿道："陶唐侯最怕烦扰百姓，你们这里受猰貐的残害已经够了，哪可以再来烦扰你们。况且这次不过一个奇兽，并非敌国强兵，我们同来的亦不多，不过和打猎一般，何必又烦扰你们呢！"众人听了，益发感戴陶唐侯不止。于是一齐邀请羿等下山，置酒款待，十分真挚。羿等再三称谢。过了多日，那受伤的人已大愈了，才整队回国。这里众人，自将猰貐尸肉脔割分食，又将它的骸骨焚化扬灰，方才泄恨，按下不提。

且说羿等归国之后，陶唐侯慰劳一番，随即拜表到帝挚处复命。这时帝挚在位六年，荒淫无度，借生病为名，将一切政治都托付在驩兜、孔壬、鲧三个人身上。这日三个人正在议事，看见陶唐侯表文到了，驩兜就向孔壬说道："陶唐侯居然能够杀了猰貐，以后威名愈大，恐不可制，将如之何？"孔壬道："不要紧，前日我接到四方报告，作乱的人正多着呢。东方有大风，占据沿海一带；西方有九婴，占据凶水之地；听说都是有非常本领的。南方更有一条妖蛇，盘踞在洞庭之野，给它吞吃的人民不少，所以南方奏报有多少年不通了。好在各地诸侯多不来报告请援，所以我们亦落得随他去。假使来请救起来，我们只要下令叫陶唐侯去，料想陶唐侯那边所靠的不过一个羿，东西南北各处叫他跑起来，也尽够断送他的老命了。况且陶唐侯虽则是个大国，不过百里，兵役粮饷都有限，我们叫他去打仗，不给他接济，包管他坐困，岂不好么！"驩兜一听，对于陶唐侯一层倒毫不在意，对于南方妖蛇可着急了，忙问道："南方有妖蛇，汝何以知之？这个消息的确么？"孔壬道："为什么不确？我们忝居执政，天下四方之事都应该有人在那里探听，随时报告。你不知道，真太麻木了。"骧兜正要问他详细，忽见家中有人来请，说有要事，骧兜乃不再问，就匆匆而去。

# 第二十九回

巫咸弟子辅佐三苗　巫术之情形

羿往桑林杀封豕

且说骦兜回到家中，只见三苗、狐功陪着几个服式奇异的人坐在那里，男的也有，女的也有，看见骦兜，都站起来。狐功上前一一介绍，指着几个男的道："这位是巫先先生，这位是巫祠先生，这位是巫社先生。"又指着几个女的道："这位是巫保先生，这位是巫凡先生，都是巫咸老先生的高足弟子。"骦兜听了，慌忙一一致礼，让他们坐下，就问狐功道："巫咸老先生为什么不见？"狐功未及开言，巫先代答道："敝师尊承司徒宠召，又承狐功君不远千里，亲自枉驾，感激之至，极愿前来效力。只因山中尚有些琐事未了，不克分身，是以特遣小巫与巫凡君前来，听候司徒驱策。将来敝师尊事了下山，再到司徒处谒见谢罪，望司徒原谅。"骦兜听见说巫咸不来，面上顿时露出不满意之色，就向狐功道："我久听说巫咸老先生道术高深，这次公子分封南方，为国宣劳，非得巫咸老先生同往辅佐不可，所以特地命汝前往敦请。老先生乃世外之人，不比寻常俗子，有何俗事未了？想系汝致意不诚，以致老先生有所推托，这是汝之过呀。"说着，两眼尽管望着狐功。狐功慌忙道："不是不是，小人对于巫咸老先生真是竭力恳求的，不过老先生总是推辞，说有事未了，不能起身；并且说这位巫先先生是他手下第一个大弟子，道术与他差不多，辅佐公子前往南方，必能胜任，他可以负责担保的。小人听他说到如此，不好再说，只能罢了。主公不信，只要问诸位先生，就可以明白。"骦兜听了，就问巫先道："令师尊是学道之人，以清净为本，有何琐事，我所不解。"巫先道："敝师尊自从得道之后，曾立下一个大愿，要使他的道术普遍于天下，所以近年以来，广收生徒，尽心传授，以便将来分派到各州去传道。现在还有几个未曾学成，所以必须急急地教授，以此不能下山，这是实情，请原谅。"骦兜道："令师尊现在共有多少高足弟子？"巫先道："共有十余人。"骦兜道："现在有几位已经派出去呢？"巫先道："敝师尊之意，本来想将各弟子一齐教授完毕，亲自率领下山到一处留几个，到一州留几个的。现在因为司徒宠召，不能不改变方法，先遣小巫和巫凡君前来效劳，以便即往南方传道。其余巫社、巫祠两君前往冀州传道，巫保君往雍州传道，这是已经派定的。此外各州将来必定一一派遣，不过此时敝师尊并未发表，小巫不得而知之。"骥兜一听，更觉诧异，便指指巫保、巫祠、巫社三人道："原来这三位并不是随公子往南方去的人吗？往南方去的只有汝等二人么？"巫先应道是。骥兜听了，大不以为然，暗想：我如此卑辞厚礼，不远千里去请这个贱巫，不料他竟大摆其臭架子，不肯前来，仅仅派遣徒弟，又只肯给我两个，不肯多派，情愿分派到别处去，这真是可恶极了。而且这两个徒弟，一男一女，都是年轻文弱的人，究竟真个有道术没有呢？只怕是个假货，那更岂有此理了！想到这里，正要想法试探他们的本领，忽见三苗从外面引着一个病人呻吟而来，向诸巫说道："诸位先生来得正好，昨日舍间这个人坠车伤臂，痛楚极了，据此地的医生说，已经断骨，一时恐不能痊愈，可否就请诸位先生代为一治？如能速愈，感激不浅。"当下巫凡就走过来，将那病人伤臂的袖子撩起一看，说道："这个伤势很奇怪，不像昨日受伤的，很像刚才受伤的；而且不像压伤折伤的，很像用金属的器具打伤的，与公子所报告的完全不同，不知何故？"三苗听了，一时作声不得，勉强期期艾艾地说道："我，我亦不知道是什么缘故，只是这这个伤势容易治吗？"巫凡道："很容易，很容易，即使要它速愈亦不烦难。"说着，就从他所带来的许多箱箧之中，拣出一块黄布，拿来将那病人的伤臂扎住了。那病人疼痛非常，叫唤不止，巫凡也不去理他。扎好之后，左手托住伤臂，右手叠起了中指食指，不住地向那伤臂上指点，他的两眼却是闭着，口中念念有词，不知道念些什么。骥兜等众人亦莫名其妙，目不转睛地向他看。过了约半个时辰，只见他忽然将两眼一张，两手一齐放下，说道好了。众人细看，那病人呻吟顿止，解开黄布，只见臂上已无伤痕，和好的人一般，大家无不骇然。骥兜、三苗至此，方才倾心佩服，礼貌言谈之间，不像刚才那种倨傲轻蔑了。那病人谢了巫凡，便退出去。这里仆人便搬了午膳来，骥兜就邀请诸巫坐下。骥兜与巫先为一席，三苗与巫祠、巫凡为一席，狐功与巫保、巫社为一席，男女杂坐，社交公开，今日总算开始实行了，好在诸巫向来本是如此的，倒亦不以为意。宴饮之间，骦兜、三苗着实恭维诸巫的神术。狐功道："某有一事，还要向诸先生请求，不知可否？"诸巫忙问何事。狐功道："敝小主人此次奉帝命前往南方，至小是一个大国，地方百里，境宇辽阔，辅佐的人才不厌其多。巫保、巫祠、巫社三先生，虽说奉巫咸老先生之命，到雍、冀二州去传道，但是并不限定日期。某想此刻请三位亦一同前往南方，到得敝小主人基础奠定之后，那时再由三位分往雍、冀，不知此事可以俯从否？"巫社道："这个似可不必，因为某等道术由一师传授，大致相同，并非各有特长。南方有巫先、巫凡两君同去，已足济事，何必再要某等呢！"狐功道："不然，譬如刚才受伤的人只有一个，巫凡先生治起来自然从容了，假使同时受伤的不止一个，那么岂不是延长时间，使病人多受苦痛；而巫凡先生一个人，自朝至晚，一无暇晷，亦未免太辛苦。"巫祠道："这亦不然，一人有一人的治法，多人有多人的治法，可以同时奏功，不必人多。"三苗听了，诧异之至，便问多人用什么方法。巫祠道："这个不是语言可以传达的，等一会儿实验吧。"三苗听了便不言语。午膳毕后，三苗就出去了，不一会儿，领了许多断臂折肱的人进来，请诸巫医治。巫保道："我来吧。"于是先叫人取一只大锅，中间满注清水，下面用柴烧煮。霎时水已沸了，巫保取一大棒，在锅中乱搅，搅到后来，愈搅愈浓，竟成为膏。巫保便叫人将这膏用布裹了，去贴在那些病人的伤处，须臾之间，那许多病人都说已痊愈了，于是大众益发惊异，有的竟猜疑他们都是神仙。三苗忽然跑出去，又跑进来，说道："一个人被我杀死了，可救治吗？"巫先道："怎样杀死的？且让小巫看一看再说。"三苗答应，领了群巫往外就走；骦兜、狐功也都跟了出来。到得一处，只见一人仰卧血泊之中，腰间腹间血流不止，显然是刚才弄死的。巫先先将他鼻管一摸，气息是没有的了，但是身体尚温；又将他的衣裤解开，原来是用刀杀死的，腰间深入尺许，肋骨、脊骨、大肠都已折断，直拖出外面，状甚可惨。巫先看了一会儿，说道："可治可治，不过不能立刻见效，须要七日。"骦兜等要试验他的法术，当然答应。巫先便走到里面，将他带来的箱篋打开，取出一包药末，又向骦兜要了许多好酒，将药末和酒调和，然后走到外面，一手擎着药碗，一手将中指、食指叠起，对着尸身指画，又念起咒来，一面念，一面两只脚或左或右、或前或后、或倚或斜，做出许多怪异的状态；做毕，俯身下去，用手指将死者的牙关撬开，随即将那碗药慢慢地向他口中灌去，足足灌了半个时辰，只听见死者喉间格格作声，眼帘忽开忽合，似乎复活的样子，众人真惊异极了。灌完药末之后，巫先又叫人取水来，将他拖出的肚肠细细洗过，受伤之处敷之以药；截断之处接好之后，用针线缝起来，再敷之以药；断了的骨头亦是如法施治；再将肚肠盘好，安放到他腹里边去；然后又将他外面的皮肉用针线统统缝好，又叫人取两块木板来，一左一右，将尸身夹住，外面又用绳索捆缚，吩咐众人不许丝毫移动，这个医治手术方才完毕。众人看巫先时，已经满头是汗，想是吃力极了。天亦昏黑，骦兜就邀巫先和诸巫到里面去坐。三苗就问道："这死尸会得活吗？"巫先道："必活必活，明日就可以活，过七日可以复原。"众人似信似疑。当夜诸巫都留宿骦兜家中，到得次日，大家来看那死尸，果已复活了。巫先仍丝毫不许他动，早晚二次亲自来灌他的药，接连七日，解开木板，那人居然已能起坐行走。从此，骦兜一家之人都崇敬诸巫和天神一般。

　　一日，众人聚集闲谈，三苗又问道："假使一个人被伤，骨节少了一段，不知去向，有法可医么？"巫保道："可以医治。譬如一个人的下颏被打去，可以割取别个人的下颏来补换；一个人的手足骨毁坏了一段，可以将他人的手足骨切一段来接换；不过救了这个人，牺牲了那个人，仍旧是一样的，而且太觉残忍，公子切不可再拿来试试了。"说得众人都笑起来。骦兜问道："诸先生道术高深如此，假使一个妖怪或猛兽、毒物，为人民之患，不知诸位有法驱除么？"巫祠道："要看它的能力如何。假使它的能力寻常如虎豹之类，小巫等有法可以禁制；如果是天地异气所钟，不常见的怪物，却有点不容易了。"三苗接口道："竟没法可想吗？"巫先道："方法亦有，不过不能直接，只能间接。"三苗道："怎样间接？"巫先道："就是请命于神。如何驱除，神总有方法的。"三苗父子大喜，过了几日，骦兜就命三苗带了几百个壮丁前往南方建国，又和狐功说道："你在这里虽则是不可少之人，但是现在公子草创国家，需要你去辅佐，且到那边基础立定之后，你再回来吧。"

狐功领命，遂和三苗、巫先、巫凡等动身自去。这里巫祠、巫社、巫保等亦各自向雍、冀二州而去，按下不提。

且说三苗等一干人一路南行，到了云梦大泽，只见泽边船只密密排排，正不知有多少！叫了舟子来，向他雇船，舟子回说："现在大泽西南岸出了一条大蛇，吞食人民不知其数，大家都逃开了，所以我们亦不敢开船过去。"三苗等一听，才知道孔壬之言不谬，就问他道："不过一蛇，有什么可怕呢？"舟子道："我没有见过，听说有八百多丈长，躺在地上，身躯比平屋还要高，张开嘴来，比门还要大，所以它走过的时候，不要说房屋为之崩摧，就是山岳亦为之动摇。这种情形，我们人类如何能够抵敌？恐怕我们几十个人还不够它做一餐点心呢！前几年听见说，有许多大象都被它吞下去，三年之中，把象的骨头陆续排泄出来，竟堆得和丘陵一般高，你想可怕不可怕！（现在湖南临湘市西南三十里有一座象骨山，据说就是它暴骨的地方。）还有它嘴里的毒气呢，喷出来，几十里远的人民触者多死，这真是奇妖呢！"三苗道："我从前走过几次，并未遇到这个，究竟是哪里来的？"舟子道："听说是从西面巴山一个朱卷国里来的，所以大家都叫它巴蛇。起初据说还没有这么大，后来吃人越多，身躯也越大了。"狐功听说，忙问巫先道："这个有方法可制吗？"巫先道："这是天地异气所钟，非寻常所有之物，小巫恐不能制伏，须要请命于神。"说罢，到旅舍中找了一间静室，登时披散头发，舞起两只大袖，口中又不知念何咒语；过了一会儿，只见巫先仿佛若有所见、若有所闻的样子；又过了一会儿，方才挽起头发，整理衣裳，向狐功说道："这个巴蛇可以制伏的，不过要司衡老将羿来，才有方法，此刻却非其时。"三苗向狐功道："如此将奈何？"狐功道："怕什么，我们回去，请帝下诏，叫羿来，他敢不来吗？"

于是大家重复回到亳都，将此事与驩兜说明。驩兜道："恰好，前月朝廷遣人去祭告先帝的陵墓，去者共总有二十个人，不料昨日归来，只剩了三个人。问起原因，说是走到桑林地方，给一只大野猪吃去了，他们三个在后，逃得快，才能回来。又据说，桑林一带已无人烟，所有人民统给大野猪吃去，所以此刻正要请帝降旨，叫陶唐侯遣兵剿除。既然如此，一客不烦二主，就一总叫他去剿吧。"次日，果然帝挚降诏与陶唐侯，说道："现在桑林之野，生有封豕，洞庭之野，藏有巴蛇，大为民害，朕甚悯之。前日少咸山猰㺄，汝曾讯奏肤功，朕心嘉赖。此次仍着汝饬兵前往诛除，以拯兆民，朕有厚望"等语。陶唐侯接到此诏，召集臣下商议。羿道："可怪现在天下的患害，都是一班畜生在那里搅扰，真是从古所无的。"务成子道："大凡天下大乱的时候，割据地方、为民祸害的，有两种：一种真是畜生，但知道敲剥民髓，吮吸民膏，其他一无可取，就是这种封豕、长蛇之类；还有一种，稍为有一点知识，稍为有一点才艺，但是只知道为自己争权夺利着想，而不知为百姓着想，以致百姓仍旧大受其害。这种人似人而非人，依某所知，现在天下已有好几个，将来还要仰仗老将的大力去驱除他们，一则为天下造福，二则为真王树德，区区封豕、长蛇，还不过极小之事呢。"陶唐侯道："现在此事，自然亦非司衡不可，请司衡不要怕辛苦，为百姓走一遭。"羿听了亦不推辞，正要站起来，务成子忙止住道："且慢且慢，某知道老将有神弓神箭，除灭封豕是极容易的，但是那巴蛇，却非封豕之比，它有毒气，喷出来很是难当，还须有预备才好。"羿道："那么怎样呢？"务成子道："当初黄帝的时候，贲邱地方有很多灵药，却有很多毒蛇，黄帝屡次想去，终不能去。后来听了广成子的话，随行的人个个都带雄黄，那些毒蛇方才远避，可见得制伏毒蛇全靠雄黄，所以老将此去，雄黄必须多备。"羿道："雄黄生于何处？"务成子："产于西方山中者佳，武都（现在甘肃武都区）山谷中所生，色黄如鸡冠者，尤佳。产于山之阳者为雄，产于山之阴者为雌，雌的不足贵，雄的其用甚多。"陶唐侯道："那么先遣人到武都去采办，如何？"务成子道："恐怕有点难，因为那边新近出了一种怪物，名叫九婴，专是陷害人民，采办雄黄的人绝不能走过去呢。"羿道："那么怎样？"务成子道："依某愚见，老将此刻先去剿封豕，一面由陶唐侯申告朝廷，说明要除巴蛇，非先办武都山的雄黄不可；要往武都山取雄黄，非先剿灭那边的九婴不可；且看朝廷办法如何，再行定见。"羿冷笑道："朝廷有什么办法，不过仍旧叫我们去就是了。"务成子道："果然如此，老将还得一行。某刚才说过，这种民贼多着呢，老将一一去打平它，一则为天下造福，二则为真王树德，想来老将总是愿意的。"羿听到此，连声说道："愿意愿意！果然能够如此，随便到哪里去，我都愿意。"于是陶唐侯就将此意用表章申奏朝廷，一面老将羿就带了逢蒙和二百个兵士，径向桑林而来。

原来那桑林地方，在菏泽的南面，孟猪（现在河南商丘市东）的西面，那边一片平原，密密的都是桑树，本来是人民繁富之地，自从给封豨占据之后，人民大半被噬，余者亦逃避一空，大好桑林，化为无用，那封豨却藏在里面，做个安乐之窝，亦不知道有几年了。据土人说，这封豨是个神兽，很能变化，所以百姓用尽方法，总是捉它不得。羿打听明白，就和逢蒙商议。逢蒙道："既是神兽，只能用计取，不能用力攻。弟子想来，它所凭依的，不过是个密密桑林，可作隐蔽，现在先用一把火，将桑林烧尽，使它失所凭依，那么自然易于擒捉了。"羿道："汝这话甚是，但老夫之意，这些桑林都是民生之计，统统烧去了，须有多少年不能恢复，百姓如何过活呢？岂不是他们免了封豨之害，又受我们之害吗？老夫尝看见有些军事家打起仗来，先将百姓的房屋烧尽，以清障碍，讲到战略，虽说不错，然而总太残暴了。况且现在不过一兽，何必如此大举，难道我们两个人还敌不过一兽吗？"逢蒙见羿不用他的计划，心中不快，但亦只能服从。到了次日，羿率逢蒙一干人带了弓箭器械和绳索等，到桑林四周察看情形，只见四面密密，纯是桑树，其间有许多地方，仿佛通路，想系封豨从此出入行走的。正在看时，忽见前面一只大猪，比象还大，张口舞爪，狂奔而来，其势非常猛迅。羿不敢怠慢，连射两箭，逢蒙亦连射两箭，箭箭都着，但是它这个豕突是很厉害，虽则身中四箭，还是直冲过来。羿和逢蒙等慌忙避入林中，哪知地下尽是泥泞，两脚全陷下去，不能动弹。那封豨却张开大口，撞进林来，要想吞噬。羿趁势一箭，直贯它的喉咙，那封豨长嗥数声，化道黑气，穿林而去，桑林给它摧倒的不下数十株。这里有许多未曾陷住的人，慌忙过来，将羿等一一拖出泥泞。逢蒙道："这个封豨真是神兽，为什么一道黑气就不见了？倘使它再化一道黑气而来，那么我们真危险呢！"羿道："不妨不妨，我知道它受伤甚重，料难为患了。"说着就带了众人，沿着桑中之路，一直寻去，约有二里之遥，但是那路径歧而又歧，颇难辨认。最后遇到一个大丘，四面骸骨纵横，不知其数。逢蒙道："此处必是它的巢穴了，我们细细搜寻吧。"忽有兵士发现一个大穴口，里面幽黑，窅不见底。羿道："这封豨一定藏在里面。"忙叫士兵将绳索结成一个大网，布在穴口，一面取箭向穴中射去。陡然听见狂嗥之声，就有一大物冲穴而出，众人急忙把网一收，哪知封豨力大，几乎捉它不住，羿急忙又是一箭，封豨才倒下来，于是众人收了网，几十个人拖了它走。逢蒙道："不怕它再化黑气吗？"羿道："老夫刚才这支箭是神箭，它不能再化了。"出得林外，大家休息一会儿，又拖到有人烟之地，众多百姓前来聚观，无不奇怪，又无不拍手称快，都道："我们这两年中，给它吃去的人不知有多少了；它又将我们这桑林占据，我们失业、受饥寒的人也不知有多少了；难得陶唐侯派老将军来为我们除害，真是感恩不浅。"当下就有许多受害人的家属来和羿说，要想脔割这只封豨，且吃它的肉，以泄仇恨。羿答应了，于是大家拿了刀，七手八脚地乱割，却从它身上取出六支箭，原来都是羿和逢蒙所射的。内中一支较小，羿取出揩洗一会儿，收拾起来，说道："这是我的神箭，将来还要用呢。"逢蒙听了，颇觉奇怪，问道："这就是神箭吗？老师从哪里得来的？"羿道："这是老夫幼时专心一志研炼得来的，并非仙传，亦非神授。还有一张神弓，亦是如此，可以仰射星辰。"逢蒙道："弟子追随老师几十年，从来没有听见老师说起过。"羿道："这是不常用之物，而且极不易为之事。老夫早想传授你，但是因你年龄太长，绝练不成功，所以就不和汝说起了。"逢蒙听了，将信将疑，然而因此颇疑心羿不肯尽心传授，不免有怨望之心了，这是后话不提。且说众人解剖封豨，忽然发现它的两髀上各有八颗白而圆的斑点，大家不解，纷纷议论。羿道："依此看来，这封豨真是神兽了。老夫知道天上奎宿，一名叫封豨，共总有十六颗联合而成；那奎字的意思，本来是两髀间之意，因为奎星象两髀，所以取名叫作奎；现在这封豨两髀之间，既有十六颗白点，上应奎星之精，岂不是个神兽吗！"众人听了，方始恍然。到得次日，羿和逢蒙就率领众兵士归亳邑而去。

241

# 第三十回

羿杀九婴，取雄黄　羿往洞庭之野屠巴蛇

　　且说骦兜、孔壬、鲧三人，自从接到陶唐侯请讨九婴的表章以后，当即聚集商议。骦兜道："我看起来，这是陶唐尧不肯出师远征，所以想出这话来刁难我们的。杀一条大蛇，何必要远道去取雄黄？况且他在东方，并未到过西方，何以知道有九婴为患？岂非有意推托吗？"孔壬道："这个不然。九婴为患却是真的，并非假话。"骦兜道："即使真有九婴，与他何干？我叫他去除巴蛇，他反叫我去除九婴，岂不是刁难吗！"孔壬道："那么你看怎样？"骦兜道："依我看来，我就不叫他去除巴蛇，我这里自己遣将前去，料想一条大蛇，有什么厉害！只要人多，多操些强弓毒矢就是了。等我除了巴蛇之后，再降诏去斥责他，说他托故推诿，看他有何话说？"孔壬道："你这话不错，我想九婴既然在西方为患，天下皆知，我们朝廷尽管知而不问，总不是个办法，恐怕要失天下之心。现在你既调兵南征，我亦遣师西讨，趁此机会，张皇六师，一振国威，你看何如？"骦兜道："甚好甚好！只是我们调多少兵去呢？"孔壬道："我听说九婴甚是厉害，我拟调两师兵去。"骦兜道："我亦调两师兵去。"孔壬道："除一条蛇，要用两师兵，不怕诸侯笑话么？"鲧在旁听了，亦说道："太多太多，用两师兵捕一蛇，胜之亦不武，不如少些吧。"骦兜不得已，才遣了一师兵。原来那时天子之兵，共有六师，如今两师往西，一师往南，拱卫京畿的兵已只有三师了。到了那出师之日，骦兜、孔壬亲自到城外送行，指授各将士以方略，看三师兵分头走尽，方才进城，一心专待捷音。独有那鲧毫不在意，为什么缘故呢？原来骦兜要除巴蛇，是为自己南方封国的缘故；孔壬要除九婴，深恐将来九婴势大，阻绝了他和相柳交通的缘故；各人都是为私利起见，并非真有为民除害、为国立威之心。至于鲧，是一无关系之人，所以淡淡然毫不在意了。小人之心，唯利是图，千古一辙，真不足怪，闲话不提。

且说有一日，骥兜、孔壬正在朝堂静等捷音，忽然外面传说，有捷音报到。二人慌忙召来一问，原来是陶唐侯的奏表，说道"封豨已诛，桑林地方已经恢复原状"等语。二人看了，都默不作声。又过了多日，忽见南方将士纷纷逃归，报告道："巴蛇实是厉害，我们兵士给它吃去的甚多，有些给它绞死，有些中它的毒气而死，有些被逼之后，跳入云梦大泽而溺死，总计全数，五分之中死了三分，真厉害呀！"骥兜听了，忙问道："你们不是预备了强弓毒矢去的吗？为什么不射呢？"那些将士道："何尝不射呢，一则因它来得快，不及射；二则那蛇鳞甲极厚，射着了亦不能伤它；三则它的毒气真是厉害，隔到几十丈远就已经受到了。一受毒气，心腹顿然烦闷，站立不牢，那蛇的来势又非常之快，怎样抵敌得住呢？"骥兜道："你们没有设立各种障碍物和陷阱吗？"那些将士道："巴蛇的身躯大得很，无论什么障碍物都拦它不住，区区陷阱更不必说了。"骥兜听了，长叹一声，心中深恨自己的失策，应该听神巫之言，叫羿去的。哪知这时亳都和附近各地的人民听到这个败报，顿然间起了极大的震动和骚扰，一霎时父哭其子、兄哭其弟、妻哭其夫的声浪，震动遍野。原来那时候的制度是寓兵于民，不是募兵制度，所以此次出师南征西讨的兵士就是近畿各邑人民的子弟，一家出一个壮丁，南征的兵士，五分中既然死了三分，计算人数当在几千以上，他们的家属焉得不痛哭呢！还有那西征将士的家属，尤其悬悬在心，究竟不知前敌胜负如何。

　　忽有一日报道，西征军有使者到了。孔壬忙叫那使者来问道："胜败如何？"那使者道："已大败了。"孔壬问："如何会败呢？"那使者道："我们初到那边，就叫细作前往探听，原来那九婴不是一个人名，是九个孩子，内中有四个而且是女的。我们将士听了，就放心大胆，不以为意。哪知第一夜就被他们放火劫寨，烧伤将士不少，损失亦很重。第二日整队对垒，恰待和他们交锋，哪知他们又决水来灌，那个水亦不知从哪里来的，因此我们又吃了一个大败仗。自此之后，他们不是火攻，就是水淹，弄得我们无法抵御，精锐元气都丧失殆尽，只好退到山海边，静待援军。望朝廷从速调遣，不胜盼切之至。"孔壬一听，作声不得，仔细一想，救是再救不得了，还是叫他们回来为是。遂又问那使者道："现在全军损失多少？"那使者道："大约一半光景。"孔壬听了，把舌头一伸，几乎缩不进去，就下令叫他们迅速班师，那使者领命而去。这里各处人民，知道这个消息，更是人心惶惶。驩兜、孔壬到此，亦无法可施。后来帝挚知道了，便召二人进去，对他们说道："依朕看起来，还是叫陶唐侯去征讨吧。他有司衡羿在那边，尽能够平定的。"驩兜道："当初原是叫他去的，因为他刁难推诿，所以臣等才商量自己遣兵。"帝挚道："不是如此。陶唐侯乃朕之胞弟，素来仁而有礼，对于朕绝不会刁难，对于朕的命令亦不会推诿，他不去攻九婴，要先奏闻朝廷，大约是不敢自专的意思。现在朕遵照古例，就赐他弓矢，使他以后无论对于何处得专征伐，不必先来奏闻，那就不会推诿了。"驩兜、孔壬听了这话，出于意外，不觉诧异，都说道："这样一来，陶唐侯权势太盛，恐怕渐渐地不可制服，那么将如之何？"帝挚笑道："这却不必虑，朕弟尧的做人，朕极相信得过，绝不会有夺朕帝位之心；即使有夺朕帝位之心，朕亦情愿让他，因为朕病到如此，能有几日好活，殊难预料，何必恋恋于这个大位？况且平心而论，朕的才德实在万不及他，为百姓计，这个帝位实在应该让他的。朕已想过，倘使朕的病再不能即愈，拟竟禅位于他，所以汝等不可制服一层是不必虑的。"二人听了这话，都默然不敢作声。

次日，帝挚就降诏，赐陶唐侯弓矢，叫他得专征伐，并叫他即去征服九婴。陶唐侯得到诏命，就召集群臣商议。务成子道："现在朝廷起了三师之兵，南征西讨，均大失利，所以将这种重任加到我们这里来。既然如此，我们已经责无旁贷，应该立即出师。但是出师统帅，仍旧非老将不可，老将肯再走两趟吗？"羿道："军旅之事，老夫不敢辞。现在出师，自然先向西方了，但是九婴究竟是个什么东西？何以朝廷两师之众仍然失败？老夫殊觉诧异，老先生可知道吗？"务成子道："九婴来历，某颇知之，他们是个水火二物之怪，所以善用水火，其他别无能力。"陶唐侯道："水火能为怪吗？"务成子道："其中有个缘故，当初太昊伏羲氏生于成纪（现在甘肃秦安县），自幼即思创造一种符号，为天下利用，就是现在所传的八卦。后来仓颉氏因了他的方法，方才制造出文字来，所以伏羲八卦实在是中国文字的根源。但是伏羲氏画八卦的地方，不止一个（河南淮阳县北一里，又上蔡县东三十里，

都有伏羲八卦台）。而最早的地方，终究要算降生地方的成纪，所以成纪那
边伏羲所画的八卦尤为文字根源的根源。那边画八卦的地方，后人给他起了
一座台，作为纪念。每逢下雪之后，那台下隐隐约约还有所画八卦的痕迹，
精诚所结，日久通灵，遇到盛世，就成祥瑞，遇到乱世，就为灾患。所以那
九婴就是坎、离二卦的精气所幻成的。坎卦四短画、一长画，离卦二短画、
二长画，共总九画，所以是九个。因为是伏羲氏幼时所画的，而且卦痕多不
长，所以都是婴孩的样子。坎为中男，所以五个是男形；离为中女，所以四
个是女形。坎为水而色玄，所以五个男婴都善用水，而衣黑衣；离为火而色
赤，所以四个女婴都善用火，而衣红衣。大抵这一种精怪，所恃者，人不知
其来历出身，所以敢于为患。老将此去，只要将这种情形向军士宣布，他们
自然胆怯心虚，虽有伎俩，亦不敢施展了。再加之以老将的神箭，还怕他做
什么？"羿听了，欢欣之至，即忙向务成子称谢，又辞了陶唐侯，出来择选
了一千兵士，和逢蒙率领，向西进发。

　　过了多日，到了成纪地方，一条凶水旁边，果然遥见两大队九婴之兵，
一队纯是黑色，有一个较大的男孩子领队，一队纯是红色，有两个较大的女
孩子领队。羿在路上，早将这九婴的来历向众兵士说明，众兵士心中均已明
白。古人说得好："见怪不怪，其怪自败。"一到阵上，羿的兵士个个向他们
大叫道："坎、离两个妖怪！死期到了，还不早逃！"那九婴听见这话，料知
事情败露，不禁张皇失措，要想逃走，禁不起这边羿和逢蒙的箭如雨点一般
射来，登时把九婴统统结果了。其余都是胁从来的百姓，羿令兵士大叫："降
者免死！"于是九婴的兵都纷纷投降。这一回竟自马到成功，并没有交绥一
次，把西方来助战的诸侯都惊得呆了。有了前此帝挚两师兵的失败，越显得
这次陶唐兵的神奇，于是西方诸侯和人民无不倾心吐胆，归向陶唐侯了。

　　且说羿杀了九婴之后，一面遣人向武都山采取雄黄，一面即率师振旅归
国。陶唐侯率臣下慰劳一番，自不消说。过了多日，武都山雄黄采到了，羿
拜辞陶唐侯，又要出征。务成子送他道："老将此去，杀死巴蛇，不足为奇，
不过巴蛇的皮肉很有用处，老将杀了巴蛇之后，它的皮肉请为某收存一点，
勿忘勿忘。"羿问道："有何用处？"务成子道："可以制药，治心腹之疾，是

极灵验的。"羿唯唯答应，于是又和逢蒙带了一千兵士，直向云梦大泽而来。一日，到了桐柏山（现在河南省桐柏县），只见一人，形容枯槁，面色羸败，倒在山坡之上。羿忙叫兵士救他起来，问他姓名，又问他何以至此。那人道："某姓樊，名仲文，向住在樊山的（现在湖北省武昌区樊山），自从亳都天子遣将调兵来攻巴蛇之后，巴蛇没有除灭，而人民大受兵士之骚扰。后来兵士大败，相率北归，又是大抢大掠，而那条巴蛇却渐渐荐食过来。我们百姓，既遭兵士之蹂躏，又遇巴蛇之害，无处存身，只得弃了家乡，四散逃命。某有一个同族，名竖，号仲父，住在中原，本想去投奔他的，不料走到这里，资斧断绝，饿不过了，所以倒在这里。今承拯救，感激之至。"羿听了，急忙叫兵士给他饮食，等他恢复气力之后，羿又问他道："你既受巴蛇之害，知道它怎样厉害吗？"樊仲文道："当初巴蛇沿着云梦大泽向东来的时候，某亦曾倡议，纠合乡里的人去抵御。无如弓矢之力所及，不如它毒气喷得远，所以总御不住。假使有方法能够消除它的毒气，某想亦容易除灭的。"羿又问道："你于那边的地理熟悉吗？"樊仲文道："家乡之地，很熟悉。"羿道："那么你可否暂时不到中原，且在我军中做个向导，你情愿吗？老夫是奉陶唐侯之命来此诛巴蛇的，对于它的毒气已有抵御之法，你不要害怕。假如你不肯，亦不勉强。"樊仲文听了，大喜道："原来是陶唐侯的大军，某情愿同去。"于是就留在军中，一同前进。

过了桐柏山，已离云梦泽不远，羿便吩咐樊仲文，带二十名兵士先往探听巴蛇消息，究竟此刻藏在哪里。去的时候每人给一包雄黄，叫他们佩在身上，或调些搽在鼻端，或弄些吞在腹中，都是好的。仲文等领命而去，羿等亦拔营缓缓而前。过了两日，仲文等回报，说已探听着了，那蛇正在云梦大泽东边一座山林之中呢。羿听了，便叫兵士每人预备柴草两束，每束柴草之内，都安放一包散碎的雄黄并火种，个个备好，又各人发给一包雄黄，随身佩带，临时如法施用。又向兵士说道："假使碰到巴蛇，它来追赶，你们各人都将所拿的柴草先取一束烧起来，丢在地上，随即转身退回，我自另有处置。"告诫兵士完了，又和逢蒙说道："他们兵士的箭都不能及远，我和汝二人每人各持十箭，箭头上都敷以雄黄，大概亦可以结果它了。"逢蒙道："弟子看来，斩蛇斩七寸，能够射它的七寸，最好。但是它身躯太大，七寸恐不易寻，还是射它的两眼，老师以为如何？"羿道："极是，那么你射右，我射左吧。"计议已定，即带了兵士，向大泽东方而进。羿吩咐前队，须要轻捷，不可惊动它，反致不妥。过了一日，只见前队来报，说巴蛇在对面山上，已经望见了。羿听了，即与逢蒙上前观看，只见那蛇确在山上曝它的鳞甲，头向西朝着大泽，足有车轮一般的大，张口吐舌，舔舐不已，好不怕人！周身鳞甲，或青或黄，或黑或赤，几乎五色毕具。细看它的全身，除一部分在山石上外，其半身还在林中，从东林挂到西林，横亘半空，俨如一道桥梁。众人看了，无不骇异。正在指点之时，那蛇似乎有点觉得，把头昂起，向北旋转，朝着羿等。羿和逢蒙一见，不敢怠慢，两支箭早已如一对飞蝗，直向它两眼而去；接着，又是两支箭，觑准了嗖嗖射去；但是它的那股毒气，亦是喷薄而来。这面兵士早已防到，一千束柴草顷刻烧起，雄黄之气馥裂袭人，凑巧北风大作，将雄黄烟卷向巴蛇而去。这时烟气弥漫，对面巴蛇如何情况，一时亦望不明白，但听见大声陡起，震动远近，仿佛是山崩的样子。过了一会儿，烟气渐渐消散，仔细一看，对面山上所有树林尽行摧折，山石亦崩坍了一半，却不见巴蛇的踪迹。逢蒙道："巴蛇逃了，我们赶过去吧。"羿道："此刻日已过午，山路崎岖，易去难回，恐有危险，不如先饬人去探听为是。"正在说时，只听见东面山上又是一声大响，众人转眼看时，原来巴蛇已在东山了，它忽而昂头十丈之高，忽而将身盘起，又急而将尾巴掉起，四面乱击，山石树木给它摧折的又不少。原来那蛇的两眼确已被羿和逢蒙的箭射瞎了，本来想直窜过来，因雄黄气难当，又因眼瞎，辨不出方向，所以乱窜，反窜到东山去了。过了一会儿，觉着两目不见，非常难过，因而气性暴发，就显出这个形状来。但是它口中的毒气，还是不住喷吐，幸而北风甚劲，羿等所立之地是北面，不受影响。又过了一会儿，那蛇忽伏着不动，想是疲乏了。逢蒙道："看这个情形，它的两眼确已瞎了，我们再射两箭吧。"羿道："极是极是。"于是两人拈弓搭箭，觑准了又连射三箭，箭箭都着，有一箭仿佛射在它要害里，那蛇像是疼痛难当，又乱撞乱窜起来，最后仿佛有点觉得了，望着羿等所在，竭力窜过来。众人猝不及防，赶快后退，一面将柴草烧起，向前面乱掷。幸喜那蛇眼睛已瞎，没有标准，行动不免迟缓，未曾冲到面前，给烟一熏，又赶快掉头回去。然而有几个人已经受了毒气，霎时间周身浮肿，闷倒地上。羿急叫人扛之而走，一面吩咐，将所佩带的雄黄冲水灌服，约有一个时辰，腹中疼痛，泻出无数黑水，方才保全性命，亦可见巴蛇之毒了。且说巴蛇退去之后，羿亦不赶，率众回到行营，与逢蒙商议道："今日那蛇受伤已重，料想不能远逃，明日当可歼除，不过柴草、雄黄等还是要备，因为它的毒气真是可怕，汝看何如？"逢蒙道："老师之见极是。"到了次日，各种柴草、雄黄都备好了，大众再往前面而来，只见山石树木崩坏得非常厉害，道路多为之梗塞。羿叫兵士小心在前开路，走到一处。但见地上有一个血泊，腥秽难闻，血泊中却浸着一支箭。兵士认识是羿的箭，急忙取了出来，哪知这只手顿时红肿，情知中了蛇毒，急忙用雄黄调敷，方才平服。羿道："这支箭必是中了它的要害，它疼痛不过，所以用牙衔出。大凡蛇的毒全在两牙，既然是用牙衔出来的，所以这支箭亦毒了。"逢蒙道："现在我们只要依着血迹寻去，总可以寻得到。"众人道是，于是一路搜寻血迹，约有两里路，忽有一兵士说道："前面盘着的不是蛇吗？"众人一看，如土堆一个，鳞甲灿然，相离已不过几十丈路。羿叫军士先烧起柴草，又和逢蒙及几百个兵士一齐放箭。那蛇又着了无数箭，急忙乱窜，但是受伤过重，又为雄黄所制，窜了多时，已不能动弹。羿等怕它未死，还不敢逼近，又远远射了无数箭，看它真不动了，才敢过来。只见它的头纯是青色，身子大部分是黑色而杂以青、黄、赤三色，其长不可约计，真是异物。众人就要去斩它，羿道："且慢，再用雄黄在它头上烧一烧看。"士兵答应，烧了柴草，丢过去，哪知它余气未尽，昂起头，鞠起身躯，仿佛还要想逃的样子，但是终究无济，仍旧倒了下去，连一部分肚皮都向天了，众人知其已死。羿道："且待明日再细细收拾它吧。"于是大家仍旧回营。到了次日，羿叫士兵备了无数刀、锯、斧、凿之类，来处理那蛇。那时有些百姓知道了，无不称快，跟了羿等来看的人不少。羿叫兵士先将蛇头锯下，再翻转它的身躯，将胸腹剖开，取出脏腑，然后再细细将它皮肉割下。樊仲文在旁看了不解，便问道："这蛇的皮肉有用吗？"羿便将务成子的话告诉了他，仲文方始恍然。几百个兵士整整割了一日，方才割完。那蛇毕竟太大了，虽说可以制药，然而无论如何总用不了这许多，于是羿取了些，逢蒙和兵士各取了许多，樊仲文取了些，其余观看的百姓又各取了些，此外剩下的皮肉骨殖，就统统堆在大泽之边，盖上泥土，足足有丘陵那样高。后人就将这地方取名巴陵（现在湖南省岳阳市），亦可以想见巴蛇之大了。

# 第三十一回

羿往寿华之野杀凿齿　帝挚下诏

禅位唐尧　三苗建国于南方

司衡羿既屠巴蛇，在云梦大泽附近休息数日，正要班师，忽传南方诸国都有代表前来，羿一一请见。当有渌国的使者首先发言道："某等此来，有事相求。因为近年南方之地，出了一种似人非人、似兽非兽的东西。说他是兽，他却有两手，能持军器；说他是人，他的形状却又和兽相类，竟不知他是何怪物，更不知他从何处发生。因为他口中的牙齿有三尺多长，下面一直通出颔下，其状如凿，所以大家就叫他凿齿。这凿齿凶恶异常，大为民害，又纠合了各地剽悍狠戾的恶少地棍等，到处残虐百姓，为他所杀去不知凡几。某等各国联合出兵，四面攻剿，但是总打他不过，只好坚壁自守，但他不时还要来攻打，去岁某等各国会议，乞救于中原，但到了此地，又为妖蛇所阻，不能前进。今幸得陶唐侯派老将军前来将妖蛇除去，真是造福无穷。所以希望老将军乘便移得胜之师，到南方剿灭凿齿，敝国等不胜感盼之至。"说罢，再拜稽首。羿道："为民除害，某甚愿效劳，但未奉陶唐侯命令，不敢自专，请原谅。"云阳国使者道："某素闻陶唐侯仁德如天，爱民如子，天下一家，绝无畛域。现在南方人民受那凿齿之害，真在水深火热之中，老将军如果率师南讨，便是陶唐侯知道，亦断不会责备的。望老将军不吝援助，不但敝国等感激，就是所有南方百姓，都无不感激。"说罢，亦再拜稽首。羿道："某并非推却，亦非惧怕敝国君的责备，不过论到做臣子的礼节，是应该请命而行，不能专命的。现在诸位既如此敦促，某且驻师在此，遣人星夜往敝国君处陈请，奉到俞允后，再从诸位前往剪除那个怪物，诸位以为何如？"各国使者听了，连声道好。于是羿即申奏，一面将屠戮巴蛇之事叙明，又将巴蛇皮肉等附送务成子合药，一面又将各国请讨凿齿之事详细说明，使者赍表去了。各国使者向羿说道："承老将军如此忧诺，料陶唐侯一定俯允。某等离国已久，那边人民盼望，不免焦急，而且这几日中，凿齿的蹂躏又不知如何，所以急想归去，一则安慰人民，二则探听凿齿情形，以便再来迎接报告。如果陶唐侯命令一到，还请老将军即速前来为幸。"羿答应了，各国使君都纷纷而去。

过了多日，陶唐侯的复令没有来，那云阳国的使者又来了，见了羿，就下拜道："凿齿已经打到敝国，现在都城失守，敝国君和臣民等退保北山，真是危急之至，万望老将军勿再泥于臣下不自专的礼节，赶快前往救援，否则敝国从此已矣。"说罢，涕泣如雨，稽首不止。羿听了，一面还礼，一面说道："去，去，去，某就去。"于是下令拔队前进。樊仲文因不愿随从，自回家乡而去。羿等大队直向前行，忽然前面一片喧吵之声，但见无数人民狼狈奔来，口中喊道："凿齿来了！凿齿来了！"羿听了，忙叫兵士整队，持满以待。等了许久，果见前山拥出三十几个人，每人一手执刀，一手持盾，飞奔而来。羿见了，忙和逢蒙抽出无数箭，不断地向前射去。原来凿齿所持的盾，本是极坚固的，他的舞法又甚好，所以自从蹂躏地方以来，任你强弓利矢，总是射他不进，因此所向无敌。此次碰到了羿，他们以为不过如寻常一般，而且距离尚远，箭力不及，所以不曾将盾舞动，一直冲向前来。哪知羿和逢蒙的箭力都是极远，早有几个饮羽而死，有几个看得怪了，忙舞起盾来，但仍有几个着箭。那些人看看害怕，赶快退后，一经退后，再没有盾可以遮拦，因而中箭的更多。那时羿的兵士赶上去，除死者之外，个个都生擒，解到羿处，听候发落。羿一看，这些人都是寻常人民，并不是兽类，看他们的牙齿亦并不凿出，就审问道："你们这批恶类，到底是人是兽？"那些凿齿兵连连叩首道："我们都是人，不是兽。"羿喝道："既然是人，为什么如此为害于百姓？"凿齿兵道："我们本来亦是好好的百姓，因为有一年凿齿来了，他的状貌，全身兽形而有两手，且能够人立，立起来极其高大，上下牙齿甚长，又能够说人话，但是性情凶恶无比。到了我们那边，就用武力来强迫我们，叫我们给他服役，假使不听他的话，他就要处死我们。我们怕死，没有办法，只好降他。他又叫我们制造一支长戈，一张大盾，是他自己用的。另外又叫我们造无数短戈、小盾，都是分给我们用的。他又教我们用戈舞盾的方法。我们为他所用，实出于不得已，请求原谅。"羿道："你们给他所用的人，共有多少？"凿齿兵道："共总有二三千人。"羿诧异道："有这许多人吗？从哪里来的？"凿齿兵道："都是历年裹胁威逼来的。"羿冷笑道："不见得吧，恐怕自己投靠他的人亦不少呢。"有一个凿齿兵道："有是有的，有许多人甘心投靠他，情愿给他做儿子、称他做父亲的都有。"羿道："这些人现在哪里？"凿齿兵道："他们都在凿齿旁边，非常得势，亦非常富有了。"羿道："你们这一队人共有多少？"凿齿兵道："二百五十人。"羿道："现在还有许多人呢？"凿齿兵道："在前面约五十里远的一个村庄里。"羿道："那个凶兽现在在哪里？"凿齿兵道："他的行踪无定。我们出发之时，他亦在那村庄里，此刻不知在何处。"羿道："你们到这里来骚扰做什么？"凿齿兵道："亦是奉了凿齿的命，先来掠地的。"羿大喝道："你们这班无耻的东西，甘心给害民的凶兽做走狗，倒反狐假虎威，来虐杀自己的同胞，实在可恶已极，罪无可赦，左右快与我拖出去，统统斩首。"那些人大哭大叫道："我们实在不是本心，是被那凶兽强迫的。冤枉呀！冤枉呀！"叫个不止。羿喝道："胡说！从前或者是被逼的，如今你们有得抢、有得房，饱食暖衣惯了，都非常得意，早把良心丧尽，还要说是被逼吗？恐怕有些害民的方法，还是你们这些给凶兽做走狗的在那里教唆指导呢。不然，一个凶兽，哪里会害民到如此？我看你们也许已经做了凶兽的什么官职了，还要说是冤枉，骗谁来？"那些凿齿兵听了，作声不得，就一个个牵出去斩首，一共有二十多人。内中有一个，年纪甚轻，不过二十多岁左右，刚要拖出去，羿看了，忽然心中一动，就叫暂且留下，便问他道："你要死要活？"那少年已吓得发颤了，战战兢兢地说道："请饶命！请饶命！"羿道："你甘心做那凶兽的走狗吗？"那少年道："我不甘心。"羿道："你如要保全性命，须立功赎罪。"那少年不解所谓，呆着不作声。羿道："我此刻放你回去，你可将今日的情形和我刚才所说的话，去告诉同伴的人，劝他们不要再给凶兽做走狗了。一个人总应有一点良心，何苦做这种无耻之事？要知道帮助凶兽来害同胞，这是天理所不容的。大兵一到，首从全诛，何苦来！一个人要想丰衣足食，自有方法，何必如此？你回去将这些话劝劝他们，劝得一个人转意，就是你的功劳；劝得多数人转意，就是你的大功劳。你能够如此，不但不杀你，将来而且有赏赐，你知道吗？"那少年

听了，连声说："知道知道，能够能够。"羿又大喝一声道："你不要口不应心，
随便答应。假使你不依我的话，再去给凶兽做走狗，将来捉住，碎尸万段！"
说完，又喝道："去吧！"那少年向羿谢了一谢，慌忙疾奔而去。这里羿和
逢蒙说道："我刚才看那凿齿的兵，舞起盾来，煞是有法度。他们的兵又多，
恐怕一时不易取胜，所以想出这个方法，要想离间他的羽翼，但是恐怕不能
有多大效果。明朝打起仗来，我想叫兵士伏在地上，专射他们的脚，他们的
脚是盾所不能遮蔽的，你看如何？"逢蒙道："老师之言甚是，弟子以为，明
日接战最好用十面埋伏之法。弟子带些人先去交战，慢慢地诱他过来，老师
带兵士伏在前面山冈树林之内，等他来时，出其不意，一齐丛射，可以取胜，
老师以为何如？"羿道："甚善甚善。"

　　计议已定，到了次日，逢蒙带了一百兵士前进数里，不见凿齿兵踪迹。
正要再进，只见前面隐隐约约有多人前来，逢蒙便叫兵士且分藏在林子里。
过了一会儿，那些人愈走愈近，果然是凿齿兵。逢蒙一声号令，百矢齐发，
早射伤了几十个。凿齿兵出于不意，茫无头绪，正要想逃，谁知后面大队凿
齿兵到了，数在一千以上。逢蒙急传令后退，凿齿兵不知是计，欺逢蒙兵少，
紧紧追赶，不一时已入伏兵之中。逢蒙兵忽而转身，一齐伏地，凿齿兵莫名
其妙，仍旧赶来。霎时众矢齐发，凿齿兵脚上受伤者不知其数。然而前者虽
伤，后面的仍如潮而进，忽然一声呐喊，羿的伏兵一齐起来，凿齿兵不知虚
实，方才急忙退转。羿等从后面追射，射死甚多，擒获的亦有几十个，只不
见那个长牙的凿齿。羿就问那些擒获的凿齿兵道："凿齿在哪里？"凿齿兵
道："在后面呢，他向来打仗，总是在后面的。打胜了，他才上前；打败了，
他先逃之大吉，所以不在此处。"羿道："照这样说来，他太便宜，你们太愚
蠢了。你们为什么情愿如此为他效死出力？岂不可怪！"凿齿兵道："我们不
依他，他就要杀，所以只好如此了。"羿大喝道："胡说！你们有许多人，他
只有一个，难道敌他不过吗？"凿齿兵道："因为没有人敢发起这个意思，大
众又不能齐心，所以给他制服了。"羿道："现在我放你们回去，你们敢去发
起这个意思吗？"凿齿兵齐叩头道："若得如此，我们一定去发起，弄死他。"
羿道："这话靠得住吗？"凿齿兵道："我们已蒙不杀之恩，安敢再说谎话？"

羿听了，就叫兵士取出无数金疮药来，给他们敷治，又赐以饮食，那些凿齿兵都欢欣鼓舞而去。云阳国使者道："这种人残忍成性，放他们回去，恐怕仍旧不能改的呢。"羿道："老夫也未尝不想到此，不过这种人推究他们的来源，何尝不是好好的百姓，因为国家不能教养他或保护他，陷入匪类，以致汩没到如此。论起来，国家也应该分负一部分的过失，绝不能单怪他们的。况且凿齿现在所裹胁的人民，共有几千，岂能个个诛戮？所以老夫此刻，先加以劝导，使他们觉悟，如其有效，岂非好生之德！倘使教而不改，然后诛之，那么我们既问心无愧，他们亦死而无怨。敝国君陶唐侯，常常将此等道理向臣下申说，老夫听得烂熟了，极以为然，所以如此施行，亦无非是推行敝国君的德意罢了。"云阳使者道："那么，昨日的二十几个人，都极口呼冤，除少年外，何以统统杀死呢？"羿道："昨天二十几个人，情形不同。一则，如此少数之人离开大队，远来劫掠，必是积年老寇，陷溺已深，难期感化的人；二则，据难民说，刚刚杀人越货，那是不能不抵罪的。"云阳使者听了，深佩陶唐侯君臣不置。

次日，羿率师前进，到了一个村庄，只见尸横遍地，房舍都残破无余，尚有几个受重伤的人，呻吟于零垣败屋之中。羿急叫军医替他们施治，又问他们情形。这些人说："凿齿大队在此已盘踞多日，抢掠淫杀，无所不至。昨晚不知何故，都匆匆向南而去，临走的时候，又大杀一阵。我们虽受重伤，幸亏逃得快，躲在暗陬，得延性命，然而家破人亡，生计凋毁，此后恐亦难存活了。"说罢，放声大哭。大众听了，无不惨然，不免抚慰一番。因为知道凿齿逃了，赶快向前追逐。走了一程，云阳使者遥指道："左旁山林，是敝国君等困守之地，现在未知如何，容某去看来。"说罢，匆匆而去。过了一时，和云阳国君及其他臣民蜂拥而来。齐向羿行礼，表示感激。原来他们凭险固守，虽经凿齿兵屡次攻打，尚能应付，不过粮食看看将完，幸而羿兵来救，否则完全灭亡了，所以对于羿感激不置。羿亦谦谢而已。正要拔队向前，忽路旁有数十人齐向羿军叩首。羿问他们为什么事，那些人道："我们是凿齿兵，昨日蒙不杀之恩，归去劝我们同伙，大家觉悟，愧悔的甚多。本来要想乘机刺杀那个凶兽，前来赎罪，只因他手下有几百个多年的老党，是死命帮他的。前日有几十个出来抢掠，不期都被天朝兵杀死，单剩一个少年逃回去。那少年就是凶兽部下一个最得宠之人的儿子，他逃回去报告说，天朝兵怎样叫他来劝降，因此那批老党都疑心了。昨日我们打败，有几个逃回去报告他们，就有逃遁之心，后来我们被放回去，他们更疑心，不许我们近着那凶兽，所以无从下手，特此先来报告。"羿道："凶兽此番逃往何处，你们知道吗？"那些人道："听说是往南方，那边有一个大泽，名叫寿华，据说那凶兽就是出生于此，此番想是退守老巢了。"羿道："此地离寿华多少路？"那些人道："大约有几百里。"羿听了，慰劳那些人几句话，留在营中，一面仍率军进追。沿路凿齿兵自拔来归及逃散的不少，将近寿华之野，所剩下的不过几百个老党了。羿打听明白，下令明日两路进兵，羿率一路，沿寿华泽而右，逢蒙率一路，沿寿华泽而左。到了次日，竟追到凿齿。那凿齿料想不能逃脱，遂与其老党数百人做困兽之斗。凿齿一手持盾，一手执戈，站起来，高出于寻常人之上，又且长牙显露，是个兽形，最容易认识。羿军见了，两路就合围拢来，一场恶斗，凿齿的老党禁不住羿军的弓矢，一个个伤亡逃散，到后来，只剩了几十个人了。凿齿大吼一声，要想逃去，羿和逢蒙早抄到他的后面，当头截住。几十个老党又死完了，只剩得凿齿一人，却已浑身带伤，勉强撑持。最后羿一箭射他的脚，他急用盾往下一遮，却把头露出了。谁知羿又是一箭，直中脰颈，方才倒地而死。众兵士一齐上前，割去首级，仔细一看，似兽非兽，形状甚是凶恶。羿即叫人将其头用木匣盛了，凡是凿齿所蹂躏过的地方，统统持去传观号令，各地百姓见了，无不拍手称快。到了羿班师的那一日，送来犒师的礼物堆积如山，送行的人络绎不绝。云阳侯有复国之恩，尤其情重，直送羿等到出境，方才归去。

自此之后，四方诸侯看见陶唐侯之威德日盛，北斩猰貐，西灭九婴，中除封豨，南屠巴蛇，又杀凿齿，大家钦仰极了，于是信使往来，反复商议，都有废去帝挚、推尊陶唐侯为帝之心。这个消息传到亳都，把骦兜、孔壬、鲧三个人吓坏了，慌忙来见帝挚，将这个消息说知。帝挚听了，默然半晌，才说道："朕前日已经说过，朕的才德万不及尧，为百姓着想，是应该推他做君主的。现在既然四方诸侯都有这个意思，那么朕就降诏禅位吧。"孔壬听了，忙拦阻道："现在如此，未免太早。一则这个消息确否未可知，二则或者还有可以补救挽回之法，且再想想。何如？"帝挚道："既有风闻，必有影响；既有影响，渐渐必成事实，补救挽回之法在哪里？现在趁他们但有议论、没有实行的时候，朕赶快禅位，那还算是朕自动的，还可保持一部分之体面；假使他们已经实行了，那么朕虽要禅位，已来不及了，岂不更糟吗？"三凶听了，无话可说，只得任帝挚降诏，禅位于陶唐侯。不一时，那诏命办好，就发出去了。三凶退出，各自闷闷归去。

单表骥兜回到家中，狐功接着，就问道："今日主公退朝，如此不乐，何故？"骥兜就将帝挚禅位之事大略说了。狐功道："小人早考虑到这一着，所以劝主公经营三窟，以备非常，就是恐怕要到这一日。好在此刻巴蛇已除，主公应该叫公子即速前去建邑立国，树一基础为是。"骥兜道："禅诏已经发出了，恐怕我们去立国无济于事，因为新主可以不承认的。"狐功道："依小人看来不要紧。现在帝虽降诏禅位，但是陶唐侯新丧其母，正在衰绖之中，未必就会答应；即使要答应，但是那'东向让者三，南向让者再'的故事，他亦是要做的，往返之间，至少非几个月不能定；而且小人又听见说，占据东海滨的那个大风，知道司衡羿出师远征，要想乘虚而入，现在已经攻过泰山了。陶唐侯这个时候自顾不遑，哪有工夫再来更动诸侯之位置？况且主公这个国家，又是当今帝命册封，并不是自立的。陶唐侯果然受了禅位，他对于今帝当然感激，而且又是亲兄，绝不会立刻就撤销前帝所册封的国家。等到三年五载之后，那时我们的基础已立定，还怕他做什么！还有一层，这回公子到南方去，我们先探听南方诸侯对于陶唐侯的态度，如果他们都是有意推戴的，那么我们就好首先发起，或签名加入，拥戴陶唐侯，攀龙鳞，附凤翼。到那时，陶唐侯虽要取消我们的国家，亦有点不好意思了。主公以为何如？"骥兜听了大喜，就说："极是极是，你们就去建国吧。"于是次日，三苗、狐功率领了巫先、巫凡及几百个壮丁，一齐往南方而去，相度地势，决定在幕阜山（现在湖南省平江县东北）住下了，经营起来。一切开国的方略，都是狐功的规划，几年之间，势力渐渐扩张，右到彭蠡，左到洞庭，俨然成为一强盛的大国。小人之才，正自有不可及的地方，这是后话，不提。

# 第三十二回

唐尧居母丧 务成子论风

大风于青邱之野 羿缴

且说陶唐侯自从遣羿南征之后，不到几日，庆都忽然生病了。陶唐侯衣不解带地服侍，真是一刻不离。有一日医生来诊治，说道："此地逼近大陆泽，地势低下，湿气太重，最好迁居高处，既可以避去潮湿，又可以得新鲜空气，于病体较为有益。"陶唐侯听了，当然遵从，急急预备，将庆都移到一座山上去居住。（后来这座山因为庆都所住之故，就叫作伊祁山；又因为尧在此奉母之故，又叫作尧山，在现在河北省顺平县之西、唐县之北约十里。）但是，病仍不好，而且愈见沉重，急得没法，只能斋戒沐浴，去祈祷山川。那尧山东北有一座山，上有神祠，据土人说极其灵验。当下陶唐侯秉着一片诚心，徒步走上山祈祷，可是他身虽在此，心中却时时悬念着垂危之母亲，所以走上去的时候，不时地回转头来望望。望什么呢？就是望他母亲居住的地方，走下山来时亦是如此，这亦可见陶唐侯的纯孝了。所以后人就将这座山取名叫望都山，以纪念陶唐侯的孝行。但是庆都的病始终医治不好，过了两月，竟呜呼了。陶唐侯居丧尽礼，自不消说。五月之后，就在唐邑东面择土安葬（庆都墓在现在河北省望都县城内）。那时讣告到亳都，帝挚虽在病中，但是因庶母的关系，祭奠赙赠，却也极其尽礼，四方诸侯亲自来送葬者也不少。陶唐侯居丧亮阴，照例不言，一切政治概由务成子摄理。那时羿杀巴蛇及请讨凿齿的表文，都是务成子批发的。

一日，务成子正在处置政事之时，忽然取出一面朱布做成的小幡，上面图画着日月星辰之文，吩咐属官，叫他照这式样放大五倍，去做一百二十面，定期十日，须要如数完毕。百官看了，都莫名其妙，只能照样如数去做。过了十日，一百二十面朱幡一齐做成，只见东方诸侯的使者都纷纷来告难，说道："占据海滨的大风，现在逐渐西来了。他所到的地方，房屋树木为之摧残；人民牲畜为之压毙；江湖之中，波浪滔天，交通断绝；田亩之中，茎枝毁折，秋收无望；近更纠合各地莠民，有据城池、占土地之情势。敝国等无法抵御，为此特来恳请陶唐侯，迅发雄兵，立予援助，不胜感激之至。"说罢，都再拜稽首。务成子道："敝国君正在衰绖之中，未能与诸位相见，殊为抱歉。但是对于此妖之为患，早有所闻，所以那破除他的器具亦预备好了。"说着，就叫人将那造的朱幡取一百面来，按次分给各国使者，说道："大风所恃的，无非是他的风力。现在可将此幡于正月元日子时，在每邑每村的东北方竖立起来，以重兵守之，不要给他砍倒，他的风就失其效力，那就容易抵敌了。"各使者接到朱幡，口中虽竭力称谢，但是心中都不免疑惑，暗想：区区一幡，何济于事呢？仍向务成子恳求出兵。务成子道："敝国老将司衡羿出师南征，现在听说凿齿已经伏诛，不日即可凯旋，到那时立刻就叫他来吧。"各使者听了，方才欢欣鼓舞，持了朱幡，拜谢而去。

过了几日，司衡羿果然班师回来了，务成子代表陶唐侯率领百官迎接，到朝堂之上，设宴慰劳。饮过三巡，务成子就向羿说道："老将连年勤劳，今日才得归来，但是还要请你辛苦一趟，你愿意去吗？"羿道："果然于国于民有利益，某决不敢辞劳。请问老先生，还要叫某到哪里去？"务成子就将东方各国请求的事情说了一遍，并且说："这事亦非老将前往不可，而且就要去的，某已答应他们了。"羿道："大风的名字甚熟，但不知究竟是什么东西？老先生必知其详。"务成子道："这个人亦是得道之士，生平专门喜欢研究风学，所以他的名字就叫大风。后来被上界的风伯收录了，他就在天上得了一个位置，和箕伯、巽二、飓母、孟婆、封姨共事。但是他却是个不安分之徒，被风伯查知，将他斥革，从此他就流落在下界，却仍旧僭称风伯。当少昊、颛顼、帝喾三个圣人相继在位之时，主德清明，四海康乂，所以他不敢为患。现在帝挚荒淫无道，三凶朋比为奸，四海鼎沸，万民咨嗟，他就趁机而起，这就是他的历史了。"羿道："那个风力，有方法可破吗？"务成子道："有方法可破，前日某已制成了一百二十面大朱幡，给各国使者拿去一百面，还有二十面，请老将带去，竖起来，就可以使他的风失其效力，但是只能限于朱幡的范围以内，不能及于朱幡的范围以外，假使出了朱幡的范围以外，那就不中用了。老将去攻打起来，最好择要害之地，于二月二十一日子时将各朱幡一齐竖起，然后设法诱他入于幡的范围以内，风力无所施展，不怕他不成擒了。"羿道："他既然做过上界的神仙，当然有变化隐遁的法术，即使失败，要想擒获他也恐怕难呢。"务成子道："老将虑得可谓周密了，某还有一物，可以奉赠，以助老将之成功。"说着，就叫从人到寓所中将一个红匣子拿来，从人领命而去。

这里众人又随便谈谈，逢蒙问务成子道："某听说，'大块噫气，其名为风。'风这项东西，不过是阴阳之气流动而成的，哪里是有神道在其中主持呢？"务成子道："风的起来，有一定的时候，有一定的方向，又有一定的地方，这就是有神道主持的证据。不然，风这项东西并非动物，绝无知识，何以能如此呢？例如至治之世，风不鸣条；人君政治颂平，则祥风至；而乱离之世，往往巨风为灾。这是什么理由呢？神道的主持，就是主持在这种地方。"逢蒙道："风这项东西，蓬蓬然起于北海，蓬蓬然入于南海，折大木，飞大屋，它的势力非常之猛烈，神道能够指挥它，真是奇怪不可思议了。"务成子道："这个并没有什么奇怪，不必是神道，就是各种动物亦做得到。山里的猛虎，长啸一声，谷风就跟着而至，所以古人有一句话，叫作'风从虎'，岂不是动物亦能够号召风吗！岳山有一种兽，叫作山獋，它走出来则天下大风，这又是一种了。江里的江豚，浮到水面上来一吹，风亦应时而生，这种多着呢。小小动物尚且能如此，何况神道！"逢蒙道："照这样说来，我们人类不能够如此，倒反不如动物了？"务成子道："我们人类何尝不能够如此。从前有一个寡妇，侍姑至孝，后来姑的女儿贪她母亲之财，谋杀了母亲，倒反冤枉是寡妇谋杀的。寡妇受了这个冤枉，无可申诉，不觉悲愤填膺，仰天大呼。顷刻之间，大风骤起，天地昏黑，将君主的宫殿都吹坏了，君主才明白她的冤枉。这岂不是人类亦能够致风吗！但是这件事还可说是偶然的，或者说是神明之佑助，并非她自己要致风。还有一件，古时一个大将，和敌人交战，要想用火攻，但恨无东南风，恐怕纵起火来风势不顺，倒反烧了自己。后来另有一个人，会得借风，先在山下筑起一座三层的台，台上插二十八宿星旗，按着六十四卦的方法，用一百一十人侍立左右，每日祈求，三上三下，后来东南风果然大起。这岂不是人类能够致风之证据吗？

还有蚩尤氏能够征风召雨，尤其是大家所知道的。即如某前日分给各国的朱幡，能够止风，亦是人类能力之一种。"羿在旁边问道："老先生刚才所说的风伯、箕伯、巽二、飓母、孟婆、封姨等，当然都是司风之神了，但是他们的历史如何，还请老先生讲给我们听听。"务成子道："风伯名叫飞廉，是个神禽，其身如鹿，其头如雀，有角而蛇尾，浑身豹纹，是司风的专官。箕伯是二十八宿中之箕星，照五行推起来，箕是东方木宿，风是中央土气，木克土，土为妻，所以箕是风之夫，风是箕之妻，夫从妻之所好，所以箕星最喜欢风。但是箕星在二十八宿中自有专职，所以他的对于风，不过旁及，并非专司，平时不甚去管理，只有月亮走到他星宿里的时候，他就要起风了。至于巽二，是主持风信最紧要的职员，因为八卦之中，巽为风，他的排行，在兄弟姐妹之中是第二，所以叫作巽二。飓母所管的，是海里的风，常住在南海那方面，生性非常暴烈。每当夏秋之间，云中惨然，有晕如虹，长六七尺，就是他要出来的讯号。舟人看见了这讯号，就好去预备躲避，这亦是他暴而不害的好处。孟婆所管，是江里的风。她常游于江中，出入的时候，必有风跟着她，因为她是上帝的少女，所以尊称她为孟婆，那个风就叫少女风。封姨姐妹甚多，她的排行是第十八，所以又称为封十八姨，年轻貌美，性最轻狂，专喜欢作弄人，但她的职司最微，不过管理花时之信风而已。"鬶在旁又问道："风神之中，一半是女子，为什么缘故？"务成子道："八卦之中巽为长女，所以多女子了。"

正说到此，那从人已将务成子的红匣子取到。务成子把匣打开，从里面取出一物，递与老将羿。众人一看，原来是一颗极大的珠子，圆径一尺，色黑如漆，却是光晶耀目。务成子道："此珠名叫玄珠，出在寒山之北，圆水之中，阴泉的底里。所以叫它圆水的缘故，因为这个水波常圆转而流，与他水不同。这水中有一黑蚌，其大无比，能够出水飞翔，常往来于五岳之上，千岁而生一珠。某在黄帝时，偶然游于寒山之巅，遇到此蚌，就取到此珠，这就是此珠的来历了。夜间悬起这珠来，明亮如日月；即使日间取出，照耀起来，亦能使百种神祇不能隐其精灵，真个是件宝物。所以这次大风战败之后，如果要变化而逃，老将但将此珠取出一照，他就无可隐遁了。"羿道：

"假使他已逃远，亦能照得出吗？"务成子道："可以照得出，况且老将自有神箭，能够射高射远，怕他什么？不过据某看起来，老将的神箭上，最好先系一根极长的绳索，仿佛和那弋鸟儿的矰缴一般，射着之后，就可以寻踪搜获，拖它过来，岂不好吗！"说得众人都大笑起来。当下席散，众人各自归去。

次日，羿到垩庐之中慰唁陶唐侯，又到庆都坟上去拜谒过，一面挑选兵士，正要东征，忽报亳都又降诏来了。陶唐侯虽在亮阴之中，但是对于君命理应亲接，当下拜受了一看，原来是个禅让之诏，内中并且有"本拟亲率群臣前来敦劝，因病体不堪跋涉，务望早登大位，以副民情"等语。陶唐侯不觉大吃一惊，就召集群臣，商议如何措辞辞谢。司衡羿道："现在帝的无道，可谓已极，但是这次禅让天下，颇有仁心，亦颇有识力，而且语气恳挚得很，从此可将以前的不善遮盖一半了。老臣的意思，劝我主竟受了他吧，不必辞了。古人说'成人之美'，亦是此意，不知我主以为何如？"陶唐侯道："这事万万不可。禅让之后，臣反为君，君反为臣，天下断无此理。况且寡人薄德，尤其不克承当，赶快拜表去辞吧。"羿道："老臣听说，从前炎帝敌不过蚩尤，知道黄帝的德大，就让位于黄帝，黄帝亦不推辞。臣反为君，君反为臣，自古有之，何足为奇呢。"陶唐侯道："这个不然，炎帝与黄帝不过一族，并非骨肉，今帝与寡人乃系同胞兄弟，攘兄之位，于心何忍？"羿道："这次并非我主去攘帝的位，是帝自己情愿让位。况且九年以来，帝的失德太甚，难期振作，我主如不肯受禅，将来帝的失德愈久愈彰，四方诸侯，天下人民，必有怨叛分崩的一日，难免要身败名裂。现在受了帝的禅，既可以成就帝的美名，又可以保全帝的声誉，岂不是两利吗！所以老臣替我主着想，替今帝着想，替天下兆民着想，替先帝的宗社着想，总是以受禅为是。"陶唐侯听了，仍旧是摇摇头，说："不可不可。"那时君臣两个辩论了许久，其余务成子、弃、嶲等大小百官都默无一语。羿便向务成子道："老先生何以不发言，劝劝君侯受禅呢？"务成子笑道："依某看来，以辞之为是。"羿大诧异，忙问何故。务成子道："不必说缘故，讲理应该辞的。"羿听了虽不惬心，但素来尊重务成子，亦不再强争了。于是陶唐侯就恳恳切切地作了一篇辞表，内中还含着几句劝谏帝挚的话语。辞表刚刚拜发出去，忽然报道四方诸侯都有拥戴的表文来了，推尊陶唐侯为帝，废去帝挚，表文里面列名的，共有九千二百五十国。陶唐侯看了，更是吃惊。因为在丧服之中，不便自己招待，就由务成子代为延见，并且苦苦辞谢。那些使者都说道："这次小臣等奉敝国君之命，来推尊陶唐侯践临帝位，假使不答应，敝国君等只有亲来朝觐劝进。切望陶唐侯以天下兆民为重，不要再辞，小臣等不胜盼切之至。"务成子又将好多冠冕的话敷衍了一番，才将他们遣发回去。

羿因东方事急，不可再留，也就率师出征。那时大风的势力已过了泰山以北。羿到了历山（现在山东省城），东方诸侯齐来相见。羿问起情形，才知道各国自从竖了朱幡之后，大风的风力就不能达到幡的范围以内，所以不能攻进来，但是各国之兵亦攻不出去，彼此成了相持之局。后来不知怎样，给大风知道是朱幡的缘故了，几次三番要来夺这个幡，幸而守备甚严，未曾给他夺去，这是近日的情形了。羿与逢蒙商议道："今日是二月十五日，再过五日，就是二月二十一日，可以竖立朱幡之期。我和你各执十面，分向两旁由小路抄到他后面去，竖立起来，将他包围在当中，可以得胜，你看何如？"逢蒙道好。于是两人各带兵士，执了朱幡，夜行昼伏，向大风后面抄去。那大风本想从曲阜之南进攻中原，后来忽被朱幡所阻，不能施展风力，颇觉怀疑，不知对方何以有这种法术。仔细探听，才知道是陶唐侯所给的，不免愤恨，立刻变计去攻陶唐。哪知节节北行，过了八九十个村邑，处处都有朱幡保护，奈何它不得。屡次设法要想去砍倒它，又做不到，不免心灰意懒，疏于防范，因此羿等抄袭他后路，他竟不知。到得二十一日子时，羿与逢蒙大圈已合成，要害之处都立起朱幡。看看天明，羿等兵士一声呐喊，从四面包围拢来，大叫："大风从哪里走！快快出来受死！"大风大惊，竟不知道这些兵是从哪里来的，慌忙率领党羽出来迎敌，作起法来，哪知风息全无，顿时手足无措。禁不起那些羿的兵士，箭如飞蝗一般射来，大风军中死亡枕藉，顷刻大乱。大风情知不妙，将身一隐，向上一耸，望天空中逃去。那老将羿在对面山上瞭望久了，早取出玄珠，交与逢蒙，叫他拿珠向天空不住地照耀，一面取出系有长绳的神箭向天空中射去。说也奇怪，那大风逃到天空，本来已看不见了，给珠光一逼，不觉显露原形。羿觑准了一箭射去，正中着他的膝盖，立脚不牢，直从天空中掉下来，系着一根长绳，仿佛和风筝倒栽下来一般。各国兵士看了，无不称怪，又无不好笑。但是这一掉下来，直掉到后面去，幸亏有长绳牵住，可以寻觅他的踪迹。直寻到三里路外一个大泽边，只见大风已浸在水中，急忙捞起一看，却已头破脑裂，血肉模糊，一命呜呼了。原来这个大泽旁边有一座高邱，名叫青邱，青邱临水之处有一块大石，巉削耸峙，大风倒栽下来，头正触在石上，以致重伤，滚入水中，所以死了。一个神仙，结果如此，亦可给贪顽凶暴的人做一个鉴戒了。

　　且说大风既死，余党悉数崩溃，东方乱事至此遂告一结束。各国诸侯看见大风如此妖异，终逃不了羿的显戮，于是益发归心于陶唐侯，犒师的时候，款待羿等，各诸侯就向羿恳请：班师回去之后，务必力劝陶唐侯俯顺万国之请，早正大位，勿再谦辞。羿听了这种话，很是合意，不过不知道陶唐侯的意思究竟肯不肯，亦不敢多说，唯唯而已。过了几日，就班师回去，在路上仿佛听见说帝挚已崩逝了，未知确否。

# 第三十三回

唐尧践位，定都平阳　命官分职
莫英生阶　皋陶感生之历史

且说陶唐侯居丧，转瞬已是三年，服满之后，依旧亲自出来处理政事。一日，退朝归寝，做其一梦，梦见游历泰山，要想走到山顶上去，但是愈走愈高，过了一个高峰，上面还有一个最高峰，路又愈走愈逼仄。正在彷徨趑趄、无法可想的时候，忽见路旁山洞之中，蜿蜿蜒蜒，走出一条大物来，仔细一看，却是一条青龙。因想道：龙这项东西是能够飞腾的，我何妨骑了它上山去呢。正在想时，不知不觉已经跨上龙背，那龙亦就凌空而起，但觉耳边呼呼风声，朝下一看，茫茫无际，颇觉可怕。也不知过了多少时候，才落在一座山峰上，跨下龙背，那龙将身躯一振，顷刻不知去向。四面一望，但觉浩浩荡荡，无边无畔，所有群山，都在眼底。尧在梦中自忖道，此处想是泰山绝顶了，"登泰山而小天下"，这句古话真不错呢。忽而抬头一看，只见上面就是青天，有两扇天门，正是开着，去头顶不过尺五之地，非常之近。心中暗想，我何妨到天上去游游呢，但是没有梯子，不能上去。踌躇了一会儿，遂决定道：我爬上去吧。就用两手攀住了天门的门槛，耸身而起，不知不觉，已到了天上，但觉银台金阙，玉宇琼楼，炫耀心目，真是富丽已极。不知怎样一来，蘧蘧而醒，原来是一场大梦。暗想：这梦真做得奇怪，莫非四方诸侯经我这番诚恳的辞谢，还不肯打消推戴之心吗？青龙属东方，或者是羿已平定了大风，东方诸侯以为我又立了些功绩，重新发起推戴我的心思，亦未可知。天门离我甚近，我可以攀跻而上，也许帝还有来禅让于我的意思，但是我如何应付呢？想了许久，不得其解，也只好听之。

　　过了多日，羿班师回来，尧亲自到郊外迎接，慰劳一番，羿便将东方诸侯推戴的意思陈述了一遍。尧一听，却应了前夜的梦，亦不好说什么。到了晚间，忽报亳都又有诏到。尧慌忙迎接，哪知却是个遗诏，原来帝挚果然崩逝了。遗诏之中，仍是恳切恳挚地劝尧早登大位，以副民情。遗诏之外，还附一篇表文，亳都群臣除鲧之外，个个列名，而以驩兜、孔壬两个人领衔，仔细一看，原来是劝进表。陶唐侯不去理它，单捧着遗诏放声大哭。一则君臣之义，二则兄弟之情，都是不能不悲恸的。哭过之后，照例设位成服，正打算到亳都去奔丧送葬，扶立太子，忽报四方诸侯都有代表派来，为首的是东方诸侯代表爽鸠侯（封地在今山东临淄区），北方诸侯代表左侯（黄帝臣左彻之后，其地在山西闻喜县）两个。见了陶唐侯，大家都再拜稽首，陈述各方诸侯的意思，务请陶唐侯速践大位。陶唐侯还要谦辞，务成子劝道："从前帝挚尚在，当然推辞，如今帝挚已崩，遗诏中又谆谆以此为言，而四方诸侯的诚意又如此殷殷，真所谓天与人归，如再不受，那就是不以四方之心为心、不以遗诏为尊，毫无理由了。"说到此，陶唐侯方才答应，于是大家一齐朝拜起来。陶唐侯乃选择一个吉日，正式践天子位，从此以后，不称陶唐侯，改称帝尧了。过了几日，各方诸侯代表拜辞而去，按下不提。

且说那在亳都的帝挚，何以忽然会崩逝呢？说到此处，须补一句，大家方能明白。原来那帝挚的病是痨瘵，纯是荒淫无度，为酒色所伤，本来已难治了，后来知道诸侯要废己而立陶唐侯，不免忧急，病势顿增。后来降了禅让诏去，陶唐侯不受，暂且宽怀。过了多时，忽听到四方诸侯已推举代表到陶唐侯那里去朝觐，同时废去自己的帝号，那个檄文早已发出。这一气一急，身子支撑不住，就顿时病笃，忙叫了驩兜等三人进来，叫他们预备遗诏，禅位于陶唐侯。那时驩兜等知道大势已去，无可挽回，也就顺水推舟，去草遗诏，另外又和在朝的大小臣工商量，附表陶唐侯劝进。大家无不赞成，只有鲧不肯具名。等到帝挚安葬之后，鲧就不别而行，不知何处去了。所以，驩兜、孔壬、鲧三人虽则并称三凶，但是讲到过恶，鲧独少些，讲到人格，鲧更高得多，不可以一概而论也。闲话不提。

且说帝尧既登大位之后，将一个天下重任背在身上，他的忧虑从此开始了。草创之初，第一项要政是都城，决定建在汾水旁边的平阳地方（现在山西临汾市），就叫阏和有倕带了工匠，前去经营，一切建筑，务须俭朴。第二项要政是用人。帝尧之意，人唯求旧，从前五正都是三朝元老，除金正、土正已逝世外，其余木正、火正、水正三人均一律起用，并着使臣前去敦请。

过了几月，平阳都城营造完竣，帝尧即率领臣民迁徙，沿途人民欢迎不绝。一日，到了一座山边，看见山顶满布五色祥云，镇日不散，问之土人，据说已有好多月了，大约还是帝尧践位的那时候起的。（现在叫庆云山，在山西长子县东南。）大家听了，都称颂帝尧的盛德所感，帝尧谦逊不迭。到了平阳之后，布置妥帖，气象一新，正要发布新猷，忽报务成子不知所往了，留下奏表一道，呈与帝尧，大意是说"山野之性，不耐拘束。前以国家要事甚多，不敢不勉留效力，今则大位已定，可以毋须鄙人。本欲面辞，恐帝强留，所以只好拜表，请帝原谅恕罪"等语。帝尧看了，知道务成子是个神仙之士，寻亦无益，唯有叹息惆怅而已。过了几日，帝尧视朝，任命弃为大司农，专掌教导农田之事；又任命离为大司徒，专掌教育人民之事；又任命羿仍为大司衡，逢蒙副之，专掌教练军旅之事。三项大政，委托得人，帝尧觉得略略心宽。

　　一日，忽报火正祝融来了。帝尧大喜，即忙延见。但见吴回须发苍白，而步履轻健，精神甚好，尤为心慰。火正道："老臣等承帝宠召，极应前来效力，无如木正重和水正兄弟都因老病不能远行，只有老臣差觉顿健，是以谨来觐见，以慰帝心，但官职事务亦不能胜任，请帝原谅。"帝尧道："火正惠然肯来，不特朕一人之幸，实天下国家之幸。政务琐琐，岂敢重劳耆宿，但愿安居在此，国家大政大事，朕得常常承教，为福多矣。"说罢，又细细问起木正等的病情。火正一一告诉了，又说道："木正有两子，一个叫羲仲，一个叫羲叔；臣兄重黎有两子，一个叫和仲，一个叫和叔；其材均可任用。臣与木正商定，援古人'内举不避亲'之例，敢以荐之于帝，将来如有不能称职之处，老臣等甘心受诛，以正欺君徇私之罪。"帝尧道："两位耆臣，股肱先帝，公正不欺，朕所夙知，岂有徇私之嫌。朕决定任用，不知道已同来了吗？"火正道："现在朝门外候旨。"帝尧大喜，即令人召见。四人走进来，行过礼之后，帝尧仔细观察，只见羲仲温和敦笃，蔼然可亲，是个仁人；羲叔发扬蹈厉，果敢有为，是个能者；和仲严肃刚劲，懔懔不可犯，是个正士；和叔沉默渊深，胸多谋略，是个智者；看起来都是不凡之才，足见火正等所举不差。便问他们道："汝等向在何处？所学何事？"羲仲年最长，首先说道：

"臣等向在羲和国学习天文，因此就拿羲和两字来作臣等之名字，以表示志趣。"帝尧大喜道："朕新践阼，正缺少此项人才，不期一日得四贤士，真可为天下国家庆。"当下，就命羲和等四人分掌四时方岳之职，他们的官名就叫作四岳。羲仲为东方之官，凡是东方之事，及立春到立夏两个节气以内的事情，都归他主持。羲叔做南方之官，凡是南方之事，及立夏到立秋两个节气以内的事情，都归他主持。和仲做西方之官，凡是西方之事，及立秋到立冬两个节气以内的事情，都归他主持。和叔做北方之官，凡是北方之事，及立冬到立春两个节气以内的事情，都归他主持。四人听了，都稽首受命。后来他们四人测候天文，常跑到边界上去。羲仲在东方边界，所住的是嵎夷之地（现在朝鲜境内）。羲叔在南方，所住的是南交之地（现在越南境内）。和仲住西方，是在极西之地（现在新疆以西）。和叔住北方，是在朔方之地（现在内蒙古境内）。那个火正吴回，就此住在平阳，虽则已不做火正之官，但是以相沿的习惯，仍旧叫他祝融，这是后话不提。

且说帝尧将农桑、教育、军旅以及时令内政四项重政委任了各人之后，当然要时时考察他们的成绩。军旅之事，最易收效，司衡羿和逄蒙又是个专家，不到几个月，已训练好了，就请帝尧于仲冬之月举行检阅，并请打猎一次，以实验各将士的武艺。帝尧答应了，就叫羿等去选择地点和日期。至于大司农教导农田的方法，是在汾水下流择了一块地，将百谷先按时播种起来（现在山西稷山县便是弃始教稼穑之地），又令各国诸侯派遣子弟，前来学习，一批毕业了，又换一批。开办之初，教导的人只有大司农一个，实在不敷，连姜嫄也住到那边去，帮同教授。但是他的成绩非几年之后不能奏效，一时无可考察。至于羲和等四人测候天文，他们所住的地方都远在千里以外，往返一次便需一年半年，所以更不容易得到成绩。恰好帝尧朝堂面前的庭院之中，生了一株异草，颇可为研究时令的帮助。那株异草是哪里来的呢？原来帝尧虽则贵为天子，但是他的宫室极其简陋，堂之高仅二三尺，阶之沿仅二三等，还是用土砌成的，那庭院中更不必说，都是泥了。既然是泥，那些茅茨蔓草自然茂密丛生，有的春生秋枯，有的四季青葱，有些开花结实，有些仅有枝叶而并不开花，真是种类繁多，不可胜计。不过帝尧爱它们饶有生

271

意，从不肯叫人去剪除。每日朝罢，总在院中闲步徘徊，观看赏玩。过了多月，觉得有一株草非常奇怪，它的叶子每逢朔日则生一瓣，以后日生一瓣，到得十五，已是十五瓣了；过了十五，它就日落一瓣，直到三十日，十五瓣叶子恰好落尽，变成一株光秆。到得次月朔日，又一瓣一瓣地生起来，十六以后，再一瓣一瓣地落下去。假使这个月应该月小，那么它余多的这瓣叶子就枯而不落，等到次月朔日，新叶生出之后，才落下去，历试历验。帝尧不觉诧异之至。群臣知道了，亦无不称奇，就给它取一个名字，叫作蓂荚，亦叫作历草。原来阴历以月亮为标准，月大月小最难算准，有了这株异草，可以参考，于羲和等四人之测候亦颇为有益，时令一部分已总算有办法了。

独有那大司徒所担任的教育，却无办法。为什么呢？讲到教育，不过多设学校，但是单注重于学校的教育，有效验吗？例如说，"嫖、赌、吃、着、争、夺、欺、诈"八个字，学校教育当然绝对禁止的，假使做教师的人自己先嫖赌吃着争夺欺诈起来，夫子教我以正，夫子未出于正，这种教育固然绝对无效的。但是做教师的人个个都能本身作则，以身立教，他的教育就能有效吗？亦不见得。因为学校之外，还有家庭，还有社会，还有官厅，学校不过一小小部分罢了。学校中的教导虽然非常完善，但是如果家庭教育先坏，胚子不良，何从陶冶？学生看了教师的行为，听了教师的训话，固然是心悦诚服，五体投地，但是一到社会上，看见社会上那种情形，心里不由得不起一种疑问。教师说：凡人不应该嫖赌的，但是现在社会上几乎大半皆嫖，尽人而赌，这个又是什么缘故呢？况且看到那嫖赌之人，偏偏越是得法，声气既通，交游又广，手势既圆，薪水又厚。而看到那不嫖不赌之人，则寂寞冷静，几乎无人过问，如此两相比较，心中就不能不为所动。自古以来，守死善道、贫贱不移的人，真正能有几个？从前学校中所受的种种教育，到此地步，就不免逐渐取消了。况且社会的上面，还有官厅，官厅的感化力比社会还要大。譬如说，诚实、谦让等是学生在学校里所听惯的，但是一入政治界，看到那政治界的言语举动，则又大大不然。明明灭亡别人的国家，他反美其名曰合并；明明瓜分别人的土地，他反美其名曰代管；明明自己僭称一国的首领，他反美其名曰受人民之付托；明明自己想做一国的首领，反美其名曰为人民谋幸福；欺诈不诚实到如此田地，其余争权夺利、互相攻伐之事，那更不必说了。但是这种国家却越是富强，这种官员却越是受大家的崇拜。照这种情形看起来，那学校里面宜诚实不宜欺诈、宜谦让不宜争夺的话，是欺人之谈呢，还是迂腐之说呢？还是设教者的一种手段作用呢？那些学生更要起疑问了。学校中千日之陶熔，敌不了社会上一朝之观感；教师们万言的启迪，敌不了环境中一端的暗示；那么学校教育的效果就等于零了。帝尧等讨论到此，知道单靠学校教育，肯定是无效的。但是社会教育亦谈何容易，究竟用什么方法呢？况且学校教育，生徒有不率者，必须施之以罚，但是罚而不当，生徒必不服；社会教育，人民有不从者，必须辅之以刑，刑而不当，人民尤不服。所以，在社会教育未能普遍奏效之时，那公正明察的法官先不可少，可是这种人才又从何处去寻？大家拟议了一会儿，不得结果。

帝尧为此不免闷闷，回到宫中倦而假寝，便做其一梦。梦见在一个旷野之地，四顾茫茫，绝无房屋，亦不见有人物，只见西面耸起一个高丘，也不知道它叫什么名字。正在怀疑，仿佛东面远远的有一个人走来，仔细一看，却是一个女子，年纪不过三十上下，态度庄重，很像个贵族出身，又仿佛在什么地方见过面的，但一时总想不起来。等她走近面前，帝尧就问她道："此处是什么地方？汝是何人？为什么一个年轻妇女，独自到这旷野地方来走？"那女子说道："我亦不知道此地是什么地方。我是曲阜人，是少昊金天氏的孙媳妇。我的丈夫名大业，我是少典氏的女儿，名叫女华，号叫扶始，你问我做什么？"帝尧听了，暗想，怪道她如此庄重，原来果然是个贵族呢。但是何以独自一人来此旷野，甚不可解。既而一想，我自己呢，为何亦是独自一人来此？此处究竟是什么地方呢？正在沉思之际，忽听得后面一声大响，慌忙回头一看，只见一个神人从天上降下来，倏忽之间，已走到面前，向那女子扶始说道："我是天上的白帝，我和你有缘，我要送你一个马嘴巴的儿子呢，你可跟了我来。"说着，回转身自向高丘上走去。这扶始本是一脸庄重态度的，给那个神人一说，不知不觉，态度骤然变了，急匆匆跟着那神人向高丘而去。帝尧看了，颇为诧异，目不转睛地向他们看，只见那扶始走上高丘之后，忽而那神人头上冒出无数白云，霎时间绸缊缤纷，竟把一座高丘

完全罩住，那神人和扶始亦都隐入白云之中。过了多时，那白云渐渐飞散，帝尧再仔细看高丘之上，那神人已不知所往，只有扶始鬓发蓬松，正在结束衣带，缓缓下丘而来，看见了帝尧，不觉把脸涨得通红。帝尧正在诧异，忽然听见门响，陡然惊醒，原来是做了一个梦。暗想道：这个梦真是稀奇，莫非又是一个感生帝降的异人吗？然而感生帝降的梦，是要他的母亲做的，与我何干？要我夹杂在内，难道要我做个证人吗？不要管他，既然有如此一个梦，我不可以不访求访求。好在梦中妇人说，是少昊之孙，大业之妻，号叫扶始，住在曲阜，这是很容易寻的。现在暂且不与人说明，且待将来查到了，再叫她来问。想罢，就提起笔来，将这梦细细记出，以备遗忘，并记明是元载季秋下旬做的梦。

# 第三十四回

## 帝尧田猎讲武　鸿超被鸟射伤其目

且说那日司衡羿请帝尧田猎，帝尧允许，就叫羿去筹备。羿退朝之后，就和大司农等商议起来。第一项是地点，定在霍太山北麓，那边有山有泽，林木翳翳，禽兽充斥，可以举行。第二项是日期，决定在仲冬中旬五日。第三项是典礼仪节，这一种却很费研究，议了两日，方才决定。于是大司农、大司徒两个先往霍太山一带布置，这里羿自去通告部下将士人民，叫他们准备一切，并限于仲冬中旬四日以前到霍太山北麓大旗之下会齐，后至者照军法从事。这些将士人民得到这个消息，知道打猎是一项极愉快而有兴味的事情，平时武艺精练了，正愁太平之世无用武之地，现在有这种玩意儿，可以出出风头，岂不痛快！于是各各慌忙自去预备不提。且说大司农、大司徒二人带了些属官到了霍太山之后，就叫了当地许多虞人前来计议。原来上古时候土地全属于国有，所有山林川泽都有官员在那里管理，这种虞人就是管理山林川泽的官，山有山虞，泽有泽虞。那霍太山北面就接着昭余祁大泽，所以这次叫来的，山虞也有，泽虞也有，总共五个人。大司农就告诉他们天子要来举行冬狩的事情，并将拟好的章程交给他们，叫他们依着去照办。这个章程共有七条：

一　行猎围场，周围须五十方里左右，限十日以内必须选定，前来报告。

二　围场周围须处处竖立旌旗或其他物件，以为标帜。

三　围场之内，地势道路等等均须制就地图，于二十日以内交呈。

四　围场之内，如有草莱翳障，有碍行猎之物，须预先除去之。

五　围场外须择一片平旷之地，为天子及将士驻足之所。

六　围场四周须建立四门，以为入围之路。

七　围场四门之内，亦须有平坦之地，树立旌旗，以为猎者献禽之所。

虞人等接了章程，自去布置。到了仲冬上旬，各事备妥，大司农、大司徒二人先到围场四周察看一转，又将一面大旗交给虞人，叫他到十三日的清晨在场外大旷地之上插起，不得有误。虞人答应。这里大司农、大司徒二人回到平阳，将日期奏知帝尧，并将一切布置情形通知了羿。到了十三这一日，近畿内外的将士领了人民，带了棚帐、器具、粮食等，一队一队地向东北而去。最后，老将羿和大司农、大司徒以及一班文武臣子扈卫着帝尧，共数百辆车子，亦都接续前往。

十四日午正，众人一齐到了，各人依照所编定的地方支帐驻扎。帝尧和群臣的幄幕居于当中，其余将士人民等一层一层地环列其外。帝尧略略休息一会儿，就和诸大臣出帐巡视，但见平原莽莽，万帐森森，从南北一望，穿林度谷，冘不知其所极；对面一带林峦，高低不一，都有旌旗插着。大司徒阘指示帝尧道："此处是西门，便是正门，迤南是南门，迤北转过两个山冈便是北门，极东是东门。明日合围，请帝从正门进去，余臣从东、南、北三门进去，大约尽一日之长，亦可竣事了。"帝尧道："四面合围，未免太不仁了，放它一面吧。"大司徒道："臣听见说，古时候天子的田猎，春天叫作搜，是搜寻不孕育之禽兽的意思，所以最不多杀；夏天叫作苗，专为保护禾苗起见，所以亦不多杀；至于秋天，是肃杀之气，可以杀了，所以那时的田猎就以杀为名，叫作狝；到得冬天，万物尽成，无所顾忌，所以田猎起来，所捉到的禽兽都可以杀，不必选择，这个名字就叫作狩。现在正是冬令，应该用狩法，何妨一合围呢。"帝尧道："这个道理，朕亦知之，不过四面合拢来，使它们无可逃避，朕想总嫌它是个不仁之事，不如放开一面吧。"群臣听了，都佩服帝尧的仁德，不再多言。于是，由司衡羿飞饬传令，吩咐将士将东面一门撤了，所有预备从东门进去的军士，一半分配从南门而进，一半分配从北门而进。自此之后，"天子不合围"这句话就著为《礼经》，推想起来，或者是从帝尧起的，亦未可知。闲话不提。

且说帝尧君臣出帐巡视，行了数里，那时仲冬天气，日暮甚短，不知不觉，暮色已苍茫了。帝尧等即便转身，只见一轮明月涌上东山，照得大地如白昼一般。这时六师兵士已在传餐之后，个个在营休息，准备明日可以大逞技能，所以人数虽多，却是一点声息都没有，所有的仅仅是刁斗之声而已。古人有两句诗说得好，叫作"中天悬明月，令严夜寂寥"，这种情形，最是描写得得当，闲话不提。且说帝尧君臣正走之际，忽然有一个黑影从面前横掠而过，众人都吃了一惊，不知它是何物。司衡羿手快，急忙拈弓搭箭，直向黑影射去，只听远远有一个动物在那里"铁马，铁马"地大叫，早有侍卫依着声音跑过去寻，果然在数十丈远之外看见一个奇兽，受伤卧地，众人即忙扛了它过来，与帝尧等观看。月光之下，非常清楚，只见它形如白犬，而头是黑的，嘴里兀自"铁马，铁马"地叫，左腿上着了箭，血流不止。众人猜度一回，都不知道它是什么东西。大司徒急忙饬人去传虞人，一面叫人扛了这个异兽，随帝尧等缓缓而归。到得帐中，虞人亦来了，帝尧就问他，这个异兽叫什么名字。虞人道："此兽出在前面一座马成山上，它的名字却不知道，因为书籍上无可考。它的鸣声仿佛'天马'二字，臣等就叫它天马，但是不典的。"大司农问道："它在空中能行走吗？"虞人道："不能行走，它有两个肉翅，能飞，平常出来寻觅食物，见人则疾飞而逃。"说着，就用手在天马身上左右一扳，果然有两个肉翅。大家看了，都说道："兽类有翅，能飞，煞是奇怪。"虞人道："冀州之兽能飞的不止这一个，离此地几百里有一座天池之山（现在山西省静乐县东北），山上有一种兽，其状如兔而鼠首，它背上的毛很长，就用它的毛来做翼翅而飞，飞的时候，腹向上，背向下，名字叫作飞鼠。再过去有一座山，叫作丹熏之山，上面有一种兽，因为其状如鼠，所以叫耳鼠，但是它的头又像兔，身又像麋，声音又像嗥犬，用它的尾来飞，真是奇怪之至。据说，这耳鼠的皮毛给孕妇拿了，可以治难产，亦可御百毒，功用很多，但不知可信不可信，却未曾实验过。"众人听了，都说道："天地之大，何所不有！"虞人将天马扛去之后，一宿无话。

到得次日五鼓，帝尧亲御甲胄，戎车之上放着一面大鼓，司衡羿立在右方，执弓挟矢，前面一张大红旗，翻飞招展。帝尧鼓声一响，六飞徐行，四轮辗动，群臣随着进入正门，天已向曙。渐近围心，只见前面远山之上人行如蚁，渐渐穿出林行，如一条黑线一般；又见近处山上人马，飞空下坂，点点如天仙撒米，而连续移动的是军士在那里奔走；又见有或红、或白、或青、或黄如星光之闪烁不定的，是旌旗在那里飘扬；又见有往来若飞，忽而出、忽而没的，是麋鹿、麞、麖、麂、獐、麃、麇等兽类在那里逃窜；又见有飞腾奋迅、羽声肃肃、鸣声磔磔、散满天空的，是雉、鹊、鸤鸪、鸷、隼、雕、鹰等禽类在那里奔逸；真个是非常之壮观，非常之好看！当下众人看见了红旗，听见了鼓声，知道帝尧到了，格外地起劲用力。须臾之间，风荡云卷，南北两面渐渐地合拢来，帝尧在车上，只听得虎啸豹嗥，熊吟狼吼，以及兵士大呼喊杀之声，真正是震动山谷。细细一看，只见有猛虎被人追逐，无可逃遁，而转身扑人，人用刀和虎格斗的；又见有两三个兵士共同杀一只熊的；又见有一个人单独杀两只赤豹的；而半空之中，箭如飞蝗，禽鸟下坠，连贯如飞星，尤为好看。猎了半日，真所谓是风毛雨血，洒野蔽天了。当下帝尧看见众人之中，有一员小将往来奔驰，箭无虚发，既快又准，技能独精，便问老将羿道："这个是什么人？汝认识吗？"羿道："这是逢蒙的弟子，名叫鸿超，他的射法颇不差。他从逢蒙学射，不过三年，颇有心得。听说有一天与他的妻子因事生气，他想吓他的妻子，取了一张乌号之弓，用一支綦卫之箭，射他妻子的眼睛，注着眸子而眶不睫，后来这支箭坠在地上而尘不扬，真有古时纪昌贯虱的本领，可以算得一个后起之秀了。"正说时，那鸿超渐近帝车，老将羿即饬人将鸿超叫来，谒见帝尧，行了一个军礼。帝尧在车上奖赞了他几句，又问了几句话，随即退去。帝尧便向羿道："鸿超的才艺果然是好，但是朕观其相貌，察其举止，聆其言语，未免近于轻浮。轻浮的人，绝非远大之器，而且容易遇到危险。汝如见着逢蒙，可叫逢蒙加以劝戒，亦是朕等养成人才、保全人才之道，汝以为何如？"羿连声应道："极是极是。"帝尧又道："朕观逢蒙这个人，蜂目而豺声，他的心术恐怕有点靠不住，汝亦应该加以留意，不可过于信任他。朕因为汝刚才说起纪昌之事，忽而想起这个人，明朝要做起纪昌杀师的故事来，恐亦难说的呢。"羿听了，亦连声应道是是，但他口中虽然答应，而心中却不甚以为然。原来羿这个人天性正直，而心地又极长厚，以为我尽心教授逢蒙，又荐拔他起来做官，天下岂有恩将仇报之理，所以并不将帝尧的话放在心上，可是到得后来，悔已迟了，这是后话不提。

且说当下大军打猎一回，时已下午，所有禽兽，幸而奔脱的，统统向东面逃去。帝尧即令羿传令罢猎，然后徐徐向献禽的地方而来，只见鸟兽堆积如山，陆续来献的犹纷纷不绝，有无数小吏在那里分头点验录记，过了好一会儿，方才完毕。然后拔队起身，仍从正门而出，回到那昨日支帐的地方休息。时已黄昏，大家劳苦了一日，快乐既极，疲倦亦甚，各各安寝。到了次日，军吏将那献禽的记录细细斟校，呈上帝尧，请论定赏罚。结果，赏者甚多，受罚者不过数人。众将士得到无数的禽兽，无不欢欣鼓舞。其中奇异的禽兽，除出前日所捉着的那个天马外，又得到几种。一种兽，其状如牛而赤尾，其颈甚坚，状如句瞿。又有一种兽，其状如麢羊而有四角，其尾似马而有距，都不知道叫什么名字。又有一鸟，其状如鹊，身白而有三目，赤尾而六足，亦不知道叫什么名字。又有一鸟，其状如乌，首白而身青，足黄，亦不知道它是什么名字。据虞人说，那个像牛的兽，出在阳山，名叫领胡，其肉可以治狂疾；那像麢羊的兽，生在太行山中的归山，名字叫䟘，善于旋舞；那个白头鸟，出在马成之山，名叫鶌鶋，吃了它的肉就可以不饥，而且可以治昏忘之疾；那个六足鸟亦出在归山，名字叫鹓，最容易受惊吓，胆小不过。但是这四种禽兽，究竟叫什么名字，虞人等亦不知道，并且古书上亦无从稽考，不过听它们叫起来是什么声音，就给他取什么名字就是了。当下帝尧就将这几种异物分赏了羿、弃、阌及羲和、有倕诸臣，诸臣拜谢。

到了第三日，帝尧吩咐回都，六师先行，帝尧及诸大臣在后。走到一个谷口，只听见有鸣泉汨汨之声，帝尧向谷中一望，觉得里面的景物非常幽雅，遂和诸臣说道："朕等到里面游游吧。"说着便下车来，与诸臣一同步行进去，沿着溪流，走不半里，只见半山中有清泉一道，自空中飞流喷薄而下，其色洁白如玉，滔滔向西而去。帝尧就坐在一块石上，不住地向那飞泉观看。大司农道："这个泉水名叫玉泉，从这里流出去，可以灌田百余顷，所以不但风景甚好，而且很是有利益。"帝尧点点头，又坐了一会儿，方才起身，出谷上车。后人因为这个谷是唐尧所赏玩过的，所以就给它取一个名字，叫陶唐谷（现在山西省霍州市东三十里），这亦可谓地以人传了。

当下帝尧等仍复前行，忽然听见前面喧嚷之声，帝尧忙问何事。早有人

前来报道："鸿超在前面，他的眼睛给一只鸟儿射瞎了。"帝尧和群臣听了，
都诧异道："岂有此理！鸟儿哪里会射箭呢？"那人道："的的确确之事，小
臣哪里敢谎报呢！刚才鸿超听见说车驾游幸谷中，他亦约兵士在路旁休息，
忽见林中飞来一鸟，他就射了它一箭，不料那鸟衔住了这支箭，随即就反射
过来。鸿超出于不意，而且那反射的势力又大，速度又快，所以给它射中了
左目。众人看了，惊异至极，一声呐喊，正要群射过去，但是那鸟儿已经
飞去了。现在军医正在那里替鸿超医治呢。"正说到此，逢蒙匆匆跑来，奏
知帝尧，所说情形大略相同。老将羿忽然想到，说道："哦哦！是了，是了，
这个鸟儿名叫鹳鹆，其形如雀，老臣从前亦曾吃它的亏过的。原来老臣幼时
酷喜弓矢，时常出外弋飞射走，以为快乐。一日，遇到这种鸟儿，老臣一箭
射去，哪知这鸟儿竟衔着箭反射过来，幸而老臣那时已知避箭之法，慌忙将
身一偏，未曾给它射着。却不料足旁有一老树根，臣被它一绊，随即堕于地
上，同行的人看了莫不大笑，因此又给臣取一个名字，叫作堕羿。后来臣东
跑西走，经过的地方不少，却从没有再看见过这种鸟儿，不料此地亦有。可
是鸿超这个亏比老臣当日更吃得大了。"帝尧道："鸿超这时不知危险如何，
朕且去看他一看。"说着，即向前面而来。只见许多人团团将鸿超围住，看
见帝尧到来，都纷纷让开，鸿超亦站了起来。帝尧看时，只见他左眼已成一
个窟窿，流血不止，原来箭杆虽已拔出，那个箭镞却留在里面，群医正在
聚议，要想设法取它出来，但是始终取不出，不免相顾束手。在这个当儿，
忽然有一个军校是近地方人，他上前献议道："某听见说，前面村中近日来
了三个神巫，医术非常灵奇，何妨请他们来看看呢。"帝尧听见了，就说道：
"既然如此，朕等就过去吧，汝可先去通知。"那军校领命而去。

# 第三十五回

祝由科之方法　巫咸以鸿术为尧

医　越裳氏来献神龟　开天辟地

以后之历史

　　且说那军校去了，帝尧等亦慢慢起身前进。鸿超疼痛难禁，由众人扛了，同到前村。那军校已领着三个人前来见帝。帝尧一看，只见他们服式非常奇异，但是神气都峻整不凡，在前的是个老者，苍髯皓首，大袖飘飘，后面跟着两个少年，骨相亦复不俗。当下见了帝尧，行过礼之后，帝尧急于要他们治好鸿超，也不及问他们姓名、来历，就叫他们过去施治。那老者上前，向鸿超一看，便说道："这个箭镞入骨，是很容易治的。"说罢，指定一个少年，叫他动手。那少年就从大袖之中取出一根钉来，四面一看，就钉在支帐的木柱上。众人看去，钉的入木约有一寸光景。钉好之后，他又闭着眼睛，叠着手指，周旋曲折，忽而向着鸿超，忽而又向着那木柱，徐步往来，口中念念有词，陡然之间，用手向那木柱上之钉一指，喝声道："疾！"只见那长钉忽然飞舞而出，落在数尺外地上，随即转身向鸿超左目一指，亦喝声道："疾！"只见那鸿超目中之箭镞亦飞舞而出，落在数尺外地上，自始至终，不过半刻。众人看了，无不骇然。帝尧即忙命他们三人坐下，然后问他们姓名。老者道："小巫名字叫咸，这两个都是敝徒，这个叫祠，那个叫社。因为学习了这种巫术，不许娶妻，不许生子，用不着传宗接代，所以废去了姓氏，通常叫小巫等，就叫巫咸、巫祠、巫社罢了。"帝尧听了，颇觉诧异，就问道："从前先高祖皇考轩辕氏的时候，有一位善于卜筮之人，名字与汝相同，想来汝羡慕他的为人，所以亦取名叫咸吗？"那巫咸笑道："不敢相欺，就是小巫呢。"众人听了，无不骇异，帝尧亦觉出于意外，便问道："那么汝今年几百岁了？"巫咸道："黄帝攻蚩尤氏的时候，小巫刚刚三十岁，如今已三百七十五岁了。"帝尧道："那么汝一向在何处？何以世上没有人知道汝呢？"巫咸道："小巫在黄帝轩辕氏乘龙升仙之后，心中着实羡慕，就弃掉了官职，向海外一跑，要想访求仙道，寻一个长生不死之方。但是仙人始终没有遇到，长生不死之方亦始终没有得到，却在大荒之中一座丰沮玉门山上住了二百多年，前数年方才重到中国，又在北方登葆山上住了几年，所以世人久不知道有小巫这个人了。"帝尧道："原来如此，朕看汝的学术，神妙极了，是自己发明的呢，还是自古就有的呢？"巫咸道："这个学术，名叫祝由术，是黄帝轩辕氏时候一个祝由之官传给小巫的。但照黄帝所著的那部《内经》看起来，《素问》一篇里面，就有几句，叫作'往古恬淡，邪不能深入，故可移精祝由而已。今之世，祝由不能已也'。可见得黄帝以前，早有这个法术，并非发明于黄帝时代。传授小巫的那个祝由，不过研究而集其大成，以官得名而已。"帝尧道："既然古时有这个法术，何以现今竟会失传，除汝师徒之外竟无人知道呢？"巫咸道："此法并不失传，黄帝轩辕氏并且还有许多著作留在世间。（宋淳熙中，节度使雒奇修黄河，掘出一石碑，上勒符章，人莫之辨。有道士张一槎独识之，曰：此轩辕氏之制作也。雒得其传，以治人病，颇验。）不过那时候，人民都能够与鬼神交通，所以其术大行，施治亦易有效。自从颛顼帝叫南正重司天以属神，北正黎司地以属民，断绝天地交通之后，这个学术就渐渐地不著名了。但是求之于从前南正属下的故府，恐怕那种书册还存在呢。"帝尧道："人和鬼神交接，这个法术容易学吗？"巫咸道："说到易，亦不易；说到难，亦不难，大约总需从静功入手。从前有几句古话，说道：'古之民精爽不携贰者，而又能斋肃中正，其知能上下比义，其圣能光远宣朗，其明能光照之，其聪能听彻之，如是则神明降之。'照这几句话看起来，精爽不携贰，斋肃中正这九个字，真是入手第一步了。至于知、圣、明、聪四项，须看他的天资如何，学力如何，以定他的浅深，那是不能勉强的。"帝尧道："刚才汝的高徒用手指那根钉，钉自然会飞出，指那个镞，镞亦自然会飞出，这个是真有鬼神在那里帮助的呢，还是另有原因呢？"巫咸道："这个方法称作禁，纯是一股气的作用，并非有鬼神的帮助。"帝尧听了，诧异道："气的作用能够如此吗？如何才能够用这股气呢？"巫咸道："天地之中，不过水、陆、气三种东西，这三种东西都是与天地俱来的。水与陆沉而在下，人的目力能够看见，所以用水、用陆都称作形而下之学。大气浮而在上，人的目力所不能看见，所以使用大气称作形而上之学。但是大气虽则无形，可是的的确确有这项物质，大而言之，就是风。风鼓荡起来，能够折大木、摧大屋，各种物件都为之飘动。假使不是的确有一种物质，哪里能够推动万物呢？但是它那种物质却是极细极细，无论什么地方，它都能够钻进去，躲在其中。所以水中有气，陆地之中亦有气，人的身体之中亦有气，动物之中有气，草木之中亦有气，总而言之，不管它是软的、硬的、疏的、密的，统统都有大气包含在里面。既然有大气包含在里面，那么用外面的大气一引，使它里面的大气往外一托，那个钉头、箭镞自然出来了。这就是用气的一种方法。至于如何才能够用这股大气，说起来亦不甚烦难，不但人能够做到，就是动物亦有能够做的。例如，一种鹨鹌鸟，一名啄木鸟，是个微小的动物，它的巢在树穴之中，假使用木橛将树穴塞住，它就用嘴在地上左右乱画，如画符一般，不到多少时候，那木橛自然拔出了。又譬如鹳鸟、鸩鸟，都是一种小动物，都是喜欢吃蛇的，假使它们遇到一条蛇躲在大石或大木之下，不能吃到的时候，它们就用一种方法，将两只脚按着规矩进退左右地踏步起来，那块大石自然会得翻转过来，那株大木也自然会得倾倒，它们就可以吃到蛇了。从这种地方看起来，动物尚且如此，何况于人呢！人为万物之灵，依小巫的愚见，从前的人大概无人不知道这个法术，不过人的智慧和能力太发达了。如果一块木橛塞住，只需用手一拔，自能拔出；一块大石压住，一株大木阻住，只需一人手扳，或数人一扛，自能翻开倾倒，直捷敏速，何必画符踏步，麻烦费事？这个法术长久不用，久而久之，自然消灭，自然失传。现在看起来，人反不如动物了，不但不如动物，倒反要学动物了。即如小巫刚才那个拔钉去镞的方法，就是从啄木鸟的画符和鹳鸟、鸩鸟的踏步学来的。"帝尧忙问道："如何学法？"巫咸道："学啄木鸟画符之法，可用灰铺在树底下，再用木橛塞其穴口，啄木鸟用嘴画符，画过的地方灰上必定有迹，那么就有模型可寻，依样可画了。至于学踏步之法，等那鹳鸟育雏的时候，缘木而上，用一根篾绹缚住它的巢，鹳鸟看见了，必定要走到地上来作法踏步，去解放那篾绹，预先在地上铺满了沙，将它的足迹印在上面，也就可以模仿了。"众人听了，无不称奇，都说："踏步画符，何以能鼓动大气，真是不可思议之事。至于啄木鸟、鹳鸟、鸩鸟等，又从何处学到这个方法，想来真是

285

天性之本能了。"帝尧又问道："朕闻擅长这种方术的人，男子叫作觋，女子叫作巫。现在汝明明是男子，何以亦称为巫，甚不可解。"巫咸道："巫这个字是普遍称呼，所以男子亦可以叫作巫。但是女子却不能叫作觋，因为男子阳性能变，而女子阴性不能变的缘故。"帝尧又问道："登葆山那边，风景如何？"巫咸道："那边风景虽不及丰沮玉门山，但亦甚好，而且灵药亦甚多，可以服食。不过有一项缺点，就是多蛇，寻常人不敢前往。小巫有法术，可以制蛇，所以尚不怕，寻常无事，总以弄蛇为戏，左手操青蛇，右手操赤蛇，许多弟子学小巫的样子，亦是如此。所以左右的人因小巫等的形态、服式与别人不同，就将小巫等所住之地叫作巫咸国，这亦是甚可笑的。"帝尧道："汝弟子共有几人？来此何事？"巫咸道："小徒共有十余人，现在分散各州，专以救人利世为事。小巫常往来各州，考察他们的工作，并且辅助他们的不及。这次到冀州，还没有多少时候呢。"帝尧道："汝既来此，可肯在朕这里做一个官吗？"巫咸道："小巫厌弃仕途长久了，但是求仙不得，重入凡尘，既然圣主见命，敢不效劳。"帝尧大喜，即命巫咸做一个医官，世传"巫咸以鸿术为尧医"，就是指此而言，闲话不提。

光阴荏苒，帝尧在位不觉五载，一日和群臣商议，出外巡守，考察民情，决定日期是孟夏朔日起身，司衡羿、逢蒙以及大司农弃随行，大司徒阄暨诸司留守。不料刚到季春下旬，忽然羲叔的属官有奏章从南交寄来，说道："越裳国要来进贡，现已首途了。"原来越裳氏在现在安南的南面，交趾、支那、柬埔寨一带之地，前临大海，气候炎热，向来与中国不甚往来。这次因为羲叔到南交去考察天文，和它做了比邻，两三年以来，帝尧的德化渐渐传到那边，所以他们倾心向化，愿来归附。当下帝尧君臣闻此消息，于是将巡守之事暂时搁起，先来商议招待远人的典礼。大司徒道："远方朝贡之事，自先帝时丹邱国贡玛瑙瓮之后，久已无闻。臣等皆少年新进，一切典礼虽有旧章可稽，但是终究不如曾经躬亲其事的人来得娴熟。臣查先帝当日招待丹邱国，是木正、火正两人躬亲其事。现在木正虽亡，火正近在郊圻，可否请帝邀他前来一同商酌，庶几更为妥善，未知帝意如何？"帝尧道："汝言甚是，朕就命汝前往敦请，如其肯来最好，否则不可勉强，朕不欲轻易烦劳旧臣也。"

286

大司徒领命，即日出北门向祝融城而去。

　　且说那祝融城究竟在什么地方呢？那火正祝融为什么住在那边呢？原来那祝融自从到了平阳，给帝尧留住之后，他就在平阳住下，虽则不做官，没有一点职司，但是帝尧的供给却非常之优渥，所以亦优游自得。后来他听见木正死了，他就慨然，想到万事无常，人生朝露，是极不可靠的，于是就起了一个求长生的念头，一味子祠起灶来。且说求长生为什么要祠灶呢，原来祠灶求长生是他高祖黄帝的成法。当初黄帝求仙，将各项方法都试过，古书上面说道："祠灶可以致神，而丹砂可以化为黄金；黄金成，以为器饮食，则益寿；益寿，则海中蓬莱仙者皆可见；见之以封禅则不死，黄帝是也。"照这几句古书看起来，黄帝祠灶，实在是后来成仙的一种方法。祝融知道有这个方法，所以亦祠起灶来，但是苦于都城之中太觉烦杂，且无山林，不能静修，所以就搬到都城北面三百里外，汾水西面一个空旷之地去住下了。帝尧闻知此事，就饬人去替他营造几间精室，又叫他侄子和仲弟兄不时去探望。后来那边人民亦渐渐多起来，因为是祝融所居，所以就叫作祝融城（现在山西汾阳市西）。祝融既住到这个地方，索性连姓名都换过，不叫吴回了，叫苏吉利；连他续娶的夫人亦更换姓名，叫作王搏颊，以表示隐居杜绝世事之意。两夫妻便终日孜孜不倦，在那里祠他们的灶，足迹不出大门。这日正在祠灶，忽然大司徒奉命到了，祝融没法，只得出来招待。大司徒就将帝意说明，并请他同到平阳，共议典礼。祝融道："鄙人在先帝时，曾经参与过这种典礼，时候虽久，大略却还记得，既承下问，敢不贡献，但是亦不必鄙人亲往，只需书写出来，请司徒带回去参考就是了。"说着，就取出简册来，逐条疏写，足足有半日，方才写完。自己又看了一遍，就递与大司徒道："当时大略，已尽于此，不过时代不同，还请诸位斟酌为是。"大司徒接了之后，看见祝融衣裳诡异，言辞决绝，亦不敢强邀，并不敢久留，略略周旋几句，即便告辞，回平阳而来，与帝尧说知。帝尧即召集群臣，大家会议，将祝融所写的作为底稿，又稽考旧章，参酌情形，或增或减，于是将典礼议定了。

　　过了多日，越裳氏使者到了平阳，舍于宾馆，供帐丰厚，自不消说。这时正是五月，在明堂太庙之中延见。那使者一正一副，随同两个翻译，由羲叔陪伴而来。后面数人，抬着一座彩亭，亭中放着一只大缸，也不知盛的是什么东西。当下使者见了帝尧，行过礼之后，就开口叽叽咕咕地说了一遍，不知是什么话。后来旁边一个翻译提起喉咙，也哩哩噜噜说了一遍，大家亦不知道说的是什么话。最后羲叔手下的翻译才用中国话将它译出来，大约是慕德向化的意思。后来又说，有一项微物贡献天邦，也许是有用的。帝尧谦谢，慰劳他几句，亦由翻译辗转传译。当下将彩亭抬上来，取出大缸，放在地上，众人一看，里面盛着的原来是一个大龟，约三尺余见方，昂头，舒足，曳尾，端然不动，甲的四周细毛茸生，甲上全是花纹，想来是千岁以上之物了。越裳氏使者道："小国得到此龟已有多年，但寡君自问德薄，不足以当此神物，谨敬畜养，以待仁圣之君。现在听见大国圣主，钦若昊天，敬授人时，那么此龟是很有用的，所以特遣小臣前来贡献，庶几可为圣主治历的一种帮助。"帝尧听了不解，便问道："龟与历有关系吗？"使者道："寻常之龟与历无关系，此是神龟，它的背甲上全是记载开天辟地以来的事情，所以有关系。"帝尧君臣听了，无不骇异，说道："那背上的花纹是文字吗？"说着，都上前来细看，然而总看不明白。忽见那龟蠕蠕而动，转眼之间，爬出缸外，掉转身躯，往外就爬。大家慌忙让开，说也奇怪，那龟一面爬，一面将它的身躯放大，出了殿门，下了台阶，到了庭中，那身躯已足有五丈见方，比刚才竟大了几十倍，把一个庭中几乎塞满了。那龟至此，方伏着不动，大家才知此龟之神异。再细看那甲背时，果然都是蝌蚪形文字，但是字体仍是甚细，不过如黄豆一般大小，而且距离过远，亦看不清楚，只有近着面前的，俯身下去，略略可以认到两句。帝尧等料想一时不能尽看，便走进殿来，招呼那使者。说也奇怪，那龟见帝尧不看，也就渐渐缩小，不到片时，即已恢复原状。众人看了，无不叹为从来未有之奇，真正是个神物了。当下帝尧和群臣按照前日议定的典礼，款待使者，并且深深致谢，优加犒赏。那个神龟早有专司其职的有司捧了，养到宫沼里去了。

过了数日，越裳氏使者动身归国，帝尧方叫人将那神龟取来，放在一个极大的场所，使龟体可以尽量地发展，然后又命史官将那龟背的文字照样录出来。当那钞录的时候，很不容易，因为看不清楚，只能叫一人爬在龟背上，且看且报，一个人再钞录，足足钞了大半日，才把全文录毕，那龟又依然缩小。史官就将所钞录的全文呈与帝尧。帝尧一看，只见上面所写的是：

天地初分之时，盘古生于其中，能知天地之高低及造化之理，故曰盘古氏开天辟地，盖首出御世之人也，又曰浑敦氏。

盘古氏后有天皇君兄弟一十三人，姓望，名获，字子润，号曰天灵，以木德王，被迹在柱州昆仑山下。其时地壳未尽坚固，屡屡遭逢劫火，天皇始制干支之名以定岁之所在。十干曰阏逢，旃蒙，柔兆，强圉，著雍，屠维，上章，重光，玄黓，昭阳。十二支曰困顿，赤奋若，摄提格，单阏，执徐，大荒落，敦牂，协洽，涒滩，作噩，阉茂，大渊献。其年岁兄弟各一万八千岁。

天皇君后有地皇君继之，姓岳，名铿，字子元。兄弟共十一人，兴于熊耳龙门山，以火纪官。爰定日、月、星三辰，是为昼夜。以三十日为一月，十一月为冬至。兄弟各一万八千余年。地皇君后共有十纪。

其一曰九头纪。是曰泰皇氏，亦曰人皇氏，姓恺，名胡洮，字文生，人面龙身，生于刑马提地之国。兄弟九人，驾六羽，乘出车，出谷口，依山川土地之势，裁度为九州，而各居其一方，亦曰居方氏。兄弟合四万五千六百年。

其二曰五龙纪。人皇氏厌倦尘事，乃授篆于五姓。五姓者，皇伯、皇仲、皇叔、皇季、皇少。五姓同期，俱驾龙，故号曰五龙氏。乘云车而治天下，治五方，司五岭，布五岳。

其三曰摄提纪。有五十九姓，亦曰五十九姓纪。

其四曰合雒纪。共有三姓，教民穴居，乘蜚鹿以理。

其五曰连通纪。共有六姓，乘蜚麟以理。

其六曰叙命纪。共有四姓，驾六龙而治。

其七曰循蜚纪。共有二十二氏，首曰巨灵氏，次曰句彊氏，谯明氏，涿光氏，钧陈氏，黄神氏，狙神氏，犁灵氏，大骓氏，鬼骓氏，弇兹氏，泰逢氏，冉相氏，盖盈氏，大敦氏，云阳氏，巫常氏，泰壹氏，空桑氏，

289

神民氏，倚帝氏，次民氏。以上皆穴居之世也。

其八曰因提纪。共有十三氏，首曰辰放氏，是为皇次屈。古初之人卉服蔽体，至辰放氏时多阴风，乃教民塞木茹皮以御风霜，绚发闻首以去灵雨，而民从之。命之曰衣皮之人，传四世。次曰蜀山氏，传六世。次曰虺傀氏，传六世。浑沌氏传七世。东户氏传十七世。皇覃氏传七世。启统氏传三世。吉夷氏传四世。儿蓬氏传一世。猗韦氏传四世。其第十一曰有巢氏，教民栖木而巢，以避禽兽之害，又刻木结绳以为政，又教民取羽革续衣牵领着兜冒以贲体，又令民之死者厚衣之以薪而瘗之，传二世。十二曰燧人氏，作钻燧，教民取火以为熟食，又教民范金合土以为釜，又立传教之台而师道以起，兴交易之道而人情以遂，故亦曰遂皇氏，有四佐焉，曰明由、必育、成博、陨邱，传四世。十三曰庸成氏，传八世。共为六十八世。

其九曰禅通纪。共有十六氏，首曰仓帝史皇氏，名颉，姓侯冈，龙颜四目，生而能书，实创文字，天为之雨粟，鬼为之夜哭，万古文化由此起。柏皇氏继之，以本纪德，居于皇人山，传二十世。中皇氏继之，居于嶷部山。一曰中央氏，传四世。大庭氏继之，都于曲阜，以火为纪，号曰炎帝，传五世。粟陆氏继之，愎谏无道，有贤臣曰东里子，不能用而杀之，天下叛之，传五世而亡。昆连氏继之，一曰鳌连氏，又曰鳌畜氏，亦无道，传十一世。轩辕氏继之，始作车，伐山取铜以作刀货，传三世。赫胥氏继之，亦曰赫苏氏，传一世。葛天氏继之，始作乐，八人捉抃投足掺尾叩角而歌八终：一曰载民，二曰玄鸟，三曰遂物，四曰奋穀，五曰敬天常，六曰达帝功，七曰依地德，八曰临万物之极，块枻瓦缶武桑从之，是谓广乐，传四世。宗卢氏继之，亦曰尊卢氏，传五世。祝诵氏继之，一曰祝龢，是为祝融氏，作乐名属续，以火施化，号赤帝，都于邻，传二世。昊英氏继之，传九世。有巢氏继之，教民编槿而庐，葺蘦而扉，塓涂茨翳以蔽风雨，是为有房屋之始，亦曰古皇，传七世，权臣为变而亡。朱襄氏继之，其时多风，群阴闷曷，乃命其臣士达作五弦之瑟以来阴气，令曰来阴，传三世。阴康氏继之，其时阴多滞伏，民气壅闭，乃制为舞以利导之，是谓大舞，传三世。无怀氏继之，传六世。太昊伏羲氏继之，姓风，以木德王，都于陈，教民佃渔畜牧，画八卦，造书契，作甲历，定四时，制嫁娶，造琴瑟，以龙纪官。女娲氏继之，云姓，一曰女希，是曰神媒。神农氏继之，姓姜，以火德王，都曲阜，初艺五谷，尝百草，制医药，始为日中之市，以火纪官，传八世。

其十曰疏仡纪。首曰黄帝有熊氏，姓公孙，名荼，一曰轩辕，后改姓姬，字曰玄律。

那龟文到这个地方就完了，后面还有一行，叫作：

自开辟以来，至黄帝有熊氏元年，共二百七十五万七千七百八十年。

帝尧看完了这一篇龟文，不禁又喜又异，太息道："从开天辟地到现在，竟有这许多年数吗！可见吾人生在世上，不过如电光石火，一转眼间而已。争名夺利，何苦来！何苦来！"又说道："有巢氏竟有两个，黄帝之前已有一个轩辕氏，伏羲氏画卦还在仓帝造字之后，这几项都是创闻，想来总一定是靠得住的。"说着，就将那龟文递给群臣，个个传观了一遍，然后叫史官谨敬地宝藏起来。这个神龟的故事就此完了。

# 第三十六回

帝尧东巡　掎蒱之起源　帝
尧初见皋陶

　　且说越裳氏来贡神龟之后，朝廷无事，帝尧遂择日东巡。这次目的地是泰山，先饬羲仲前往通告各诸侯在泰山相见。到了动身的那一日，已是仲秋朔日了，司衡羿、逢蒙及大司农随行。到了曲阜境界，只见一个罪犯被胥吏用黑索絷着，在路旁牵了行走，见了帝尧的大队过来，就站住了，让帝尧等先行。帝尧忙饬人问他，以何事被拘。那胥吏知道是帝尧，就过来行礼，然后对道："此人所犯的罪，是不务正业，终日终夜聚集了些不正当的朋友在家里做摴蒱之事，所以邑侯叫小人拘捕他去办罪的。"帝尧不解，便问道："怎样叫摴蒱？"那胥吏将手中所握着的物件拿过来给帝尧看，说道："就是这项东西。"帝尧一看，只见是五颗木头做成方形的物件，颜色有黑有白，上面刻有花纹，也不知有什么用处，便问道："这是儿童玩具呀，有什么用处？"胥吏道："他们是掷起来赌输赢的，输赢很大呢。"帝尧正要再问，只见前面有人报道："曲阜侯来郊迎了。"帝尧遂命那胥吏带了犯人自去。

　　这里曲阜侯已经到了，向帝行礼，帝尧亦下车答礼，说了些慰劳的话。曲阜侯又与大司农、司衡等相见，遂邀了帝尧，直往曲阜城中预备的行宫而来。那时万人夹道，结彩焚香，个个都来欢迎圣天子，真是热闹之至。帝尧车子正走之际，忽见道旁一个中年妇人，领着一个四五岁的孩子，都是一身缟素，在那里张望躲避。帝尧觉得这妇人的面貌很熟，不知在何处曾经见过，就是那孩子面如削瓜，一张马嘴，亦仿佛有点熟识，可是总想不起。车行甚疾，转眼之间，已经过去，要想停车饬人去传问，又恐惊骇百姓。正在纳闷，忽然想起，那年秋天曾经做一个梦，梦中所见的仿佛是这样两个人，不要就是他们么？且再查吧。正在想时，车子已到行宫，坐定之后，曲阜侯早有预备的筵席摆了出来飨帝，其余随从官员亦均列席。飨罢之后，继之以宴。帝尧问起境内百姓情形，曲阜侯一一回答。帝尧道："朕刚才来时，路上遇见一个罪人，据说是犯掳蒱之罪，掳蒱究竟是怎么一回事？"曲阜侯道："惭愧惭愧，这是一种赌博之具，新从北方传来的，不过一两年吧，但是风行得很快，差不多各地都传遍了。男的也赌，女的也赌，老的也赌，小的也赌，富的也赌，贫的也赌，贵的也赌，贱的也赌。其初臣以为不过是一种游戏的事情，闲暇无事之时，借此消遣罢了，所以也不去禁止它，哪知他们大大不然，竟以此为恒业了。寻常输赢，总在多金以上，甚至于一昼夜之间倾家荡产的人都有。有一种小民，竟靠此为业，什么都不去做，专门制造了这件东西，引诱着少年子弟、青年妇女，在他家里赌掳蒱，他却从中取利。每人所赢的金帛，他取几分之几，叫作抽头。后来地方上的父老看到自己的子弟如此情形，都气极了，联名告到臣这里来，臣才知道有这种恶风，便出示严禁，有犯者从重的加罚，近来已比较好一点，但是总不能禁绝。刚才帝所遇到的那个罪人，据说还是在学校里读书的生员呢，他日日夜夜跑出去，干这个掳蒱的事情。他的妻子却很贤德，几次三番地劝他，他总是不改。后来家产荡尽了，妻子冻饿不过，遂用尸谏之法，悬梁自缢死了，案上却留着几首诗，劝谏她的丈夫。那几首诗做得情词凄婉，非常动人，虽则遇人不淑，苦到如此结局，但是并无半句怨恨之词，仍是苦苦切切，盼望她的丈夫改过回头，真是个贤妇人呢！臣知道了这回事，所以今日特地遣人将他拘捕。因帝驾适到，急于趋前迎谒，未曾发落，不想帝已经知道了。"帝尧道："朕刚才看见那胥吏手中握着的，是五颗木子，上面刻着花纹，不过像儿童的玩具一般，究竟其中有何神秘奥妙，乃能使人入魔至此，汝可知道吗？"曲阜侯道："臣亦曾细细问过，据说就是以木上的颜色和所刻的花纹分输赢的。但是将五木掷下去，如何是输，如何是赢，臣亦不甚了了。"司衡羿在旁说道："何不就叫那个罪人前来讲明呢？"帝尧道是，于是曲阜侯就饬人前去传提罪犯。这边宴罢，那罪人已提到了，帝尧就问那罪人道："汝亦是好好良民，而且是在学校里读过书的，应该明理习上，何以不务正业，欢喜去弄这个掳蒱？究竟这掳蒱有何乐处？汝可从实说来，无需隐瞒。"那罪人已经知道是帝尧了，便跪下稽首道："小人昏谬迷妄，陷于邪途，致蹈刑章。现在醒悟知罪了，乞我圣天子如天之仁，赦小人之既往，以后小人一定改过。"帝尧叫他立起来，又问道："朕的意思，一个人犯罪，必定有一个缘由，譬如说偷盗，必定是因为贫穷的缘故；譬如说杀人，必定是因为仇恨的缘故。这五颗木子，据朕着来，不过是玩弄的东西，既经国君严厉的禁止，汝亦可以抛弃了，何以仍是这般秘密地赌博？况且连妻子的饥寒都不顾，连妻子以身殉都不惜，到底是什么理由？汝果欲免罪，可将自己的真心细细说出来，朕可详加研究，以便教导其他的人民，汝切勿捏造及隐瞒。"那罪人听了，不觉茫无头绪，等了一会儿，竟说不出一句话来。他并非不肯说，实在是无从说起。又过了一会儿，帝尧又催促他，他才说道："据小人自己回头想来，有两种缘故：一种是闲空无事，一种是贪心不足。小人从前，本不知道挹蒲之事的。前年冬间，闲着无事，有几个朋友谈起，说现在很通行这一种游戏之法，且非常有趣，我们何妨玩玩呢。当时小人亦很赞成，以为逢场作戏，偶尔玩玩，有何妨害呢。哪知一玩之后，竟上瘾了，所以上瘾的缘故，就是贪字。因为这种挹蒲法，是可以赌输赢的，无论什么物件，都可以拿来赌。起初小人是赢了，赢了之后，心中非常高兴，以为片刻之间，一举手之劳，不必用心，不必用力，就可以得到如许多的金帛，岂不是有趣之极吗！那要赌的心思就非常之浓起来了。不到几日，渐渐地有输无赢，不但以前赢来的金帛都输去，而且家中的金帛亦输去不少，即使偶尔赢过几次，但总敌不过输出去的多。越是输，越是急，越要赌；越要赌，越是输。一年以来，小人的入魔，就是如此。所以小人说是个贪字之故。"帝尧听了叹息道："据汝所言，颇有道理。人的贪心，是极不容易祛除的，但是病根总由于闲空无事。逸居而无教，什么事情不可以做出来！古人说'民生在勤'，正是为此呀。但是朕还有不明白的地方，挹蒲这个赌具，究竟如何而分胜负，汝可将方法说与朕听。"那罪人听说，就从身上摸出一张说明书并一个局来，递与帝尧。原来那局是布做的，折起来并不甚大，抖开一看，只见上面有横线，有直线，有关，有坑，有堑，再将那说明书细看，一时亦无从明白，遂又问道："汝将这种东西都藏在身边做什么？可谓用功之极了。若将这种精神志愿用到学问上或有益的事情上去，岂不是好吗！"那罪人听了，脸上涨得通红，说道："圣天子在上，小人不敢欺。小人精于此道，因为穷极了，所以将这种东西带在身边，遇着有人

295

要学，就可以拿出来教授，借以得点报酬，这都是小人利令智昏，罪恶实在无可逃了。现在一总拿出来，表示我永不再犯的诚意。"说着，又从身上摸出一包，打开了递与帝尧。帝尧一看，原来都是赌具，有好几种，有石做的，有玉做的，有兽骨做的，有象牙做的，有木做的，都是五颗一副。帝尧叹道："这种东西都用象牙和玉做起来，真太奢侈无礼了。"那罪人道："这是供给富有之家用的，掷起来名叫投琼，或叫出玖，名目雅些。"帝尧道："朕且问汝，汝自称精于此道，那么应该赢而致富，何以反穷呢？"那罪人道："小人此刻才知道，凡善赌的人，未有不穷的。一则因为赌的规矩，输的人固然失财，便是赢的人亦须拿出若干与那抽头的人，那么虽则赌赢，所入已无几了。二则这种不劳而获的金帛，真所谓倘来之物，来时既然容易，用时亦往往不觉其可惜，那么虽则赢了，亦不能有所积蓄。三则一般赌友看见小人赢了，不免存妒忌之心或者要求小人做东道，请他们饮宴，或者要求借给他们用，不依他们是做不到的，那么更是所余无几了。四则赌赢的财物既然不能拿到家中，而家中妻子的养育，当然仍旧是不能少的，欢喜赌博之后，不事生产，焉得不坐吃山空呢！五则拷蒲之道，掷下去的色彩如何，半由人力，半由天命，虽则精通此道，不过将他的法熟而已矣，不能一定必赢。就是以人力而言，强中更有强中手，亦不是一定有把握的，所以小人穷了。"帝尧道："照汝这样说来，颇近道理，亦颇见汝之聪敏。但既然明白这种道理，伺以仍然如此执迷不悟呢？"那罪人默然不作一声。过了片时，说道："小人得圣主开导，从今以后，一定改过了。"帝尧道："汝虽改过，但是汝贤德的妻子已为汝一命呜呼，试问汝良心何在？对得住汝妻子吗？"那罪人听到这句话，不禁呜呜地痛哭起来。帝尧道："哭什么？汝已死的妻子，能哭得她活转来么？朕本来一定要治汝的罪，因为汝既已表示悔过，说话亦尚能诚实，又看汝贤德的妻子面上，且饶恕汝这一次吧。但是亦不能无条件地饶恕汝，现在朕饬人给汝妻子好好地造一座坟，坟旁盖一所祠宇，以为世之贤妇人旌劝，就罚汝在那里看守，每日必须做若干时间的工作，由官厅随时查察，倘有怠惰，或前样事情发生，决定严办，不稍宽贷。汝知道吗？"那罪人听了，慌忙跪下，稽首谢恩，方才退出去。那边大司农及司衡等正在传观那个赌具，见帝尧已经发放那罪人了，便向帝尧道："这种物件，实在是害人的利器，将来流传起来，天下后世之人不知道要给它陷害多少。听说通行的时间还不甚久，那个创造的人想来还查得出，臣等的意思，请帝饬下各诸侯，除严禁拇蒱之外，一面再查出那个创造的人，加以重惩，似乎可以正本清源，未知帝意何如？"帝尧尚未开言，那罪人在阶下走不多远，听见了这话，忽然回转身来说道："创造这项赌具的人，小人知道，是个老子，名叫渌图子，又叫务成子，他是到外国去创造了出来，后来再流传到中国的。"帝尧不等他说完，就斥他道："岂有此理！务成老师是有道之士，哪里会做出这种物件来呢，汝不要胡说。"司衡羿亦说道："渌图子是颛顼帝的师傅，正人君子，老臣当日和他共事过多少年，哪里会做这种害人之物，请帝不要听他的瞎说。"帝尧道："朕决不信。"遂喝那罪人道："汝不必多言，出去吧。"那罪人只能快快而去。

且说那拇蒱之具，究竟是哪个创出来的呢？据《博物志》所载，说"老子入胡，始作拇蒱"，原来是大名鼎鼎的道德家做出来，真是出人意料了。但考查年份，老子的诞生在商朝中年，唐尧时候老子尚未降生，那么这拇蒱究竟是哪里来的呢？后来查到《神仙传》，才知道老子是个总名，他的名号历代不同。在上三皇时，叫玄中法师；在下皇时，叫金阙帝君；在伏羲时，叫郁华子；在神农时，叫九灵老子；在祝融时，叫广寿子；在黄帝时，叫广成子；在颛顼时，叫赤精子；在帝喾时，叫渌图子；在尧时，叫务成子；在舜时，叫尹寿子；在夏禹时，叫真行子；在殷汤时，叫锡则子；在周文王时，叫文邑先生，亦叫守藏史。照这样想来，这许多人统统就是他一个人的化身，那么拇蒱之事合到时间上算起来，就说是渌图子或务成子创造的，亦无所不可了。闲话不提。

且说帝尧喝退罪人之后，大家又商议了一回如何禁止拇蒱以及查究创造人的方法，时已不早，各自散去。到了次日，曲阜侯又来陪侍帝尧，帝尧忽然想起昨日之事，就问曲阜侯道："此间有一个少昊氏的子孙，名叫大业的，汝知道吗？"曲阜侯道："这人臣认识，他是很有名誉的，可惜刚刚在前月间死了。"帝尧道："已死了吗？他家中尚有何人？"曲阜侯道："他留有一子，不过四五岁，听说生得很聪明。大业的妻是少典氏的女儿，名叫华，号叫扶始，大家都知道她是很贤德的，将来苦节抚孤，或者有点出息，亦未可知。"帝尧道："她家住在何处？"曲阜侯道："大约与行宫不远。"帝尧道："朕与大业系出一族，从前亦曾有一面之识，现在知道他妻子孤寡，意欲予以周恤，汝可召其子来，朕一观之。如人才尚有可取，朕将来正好用他。"曲阜侯答应，就饬人去传宣。原来那扶始所住的地方，就在行宫后面，不一会儿就到了，那扶始却同了来，见帝行礼。帝尧仔细一看，只见那扶始确是梦中所见的，那孩子面貌也和所见的神人差不多，不觉心中大为诧异，就问扶始道："汝这孩子叫什么名字？今年几岁了？"扶始道："他名叫皋陶，今年四岁。"帝尧道："汝夫几时去世的？"扶始道："三月前去世，昨日刚才安葬。"帝尧又叫皋陶走近身边，拉着他的手问道："汝纪念汝的父亲吗？"皋陶听说，就哭起来，说道："纪念的。"帝尧道："汝既然纪念汝父亲，汝将来总要好好地做人，好好地读书上进，给汝父亲争一口气，并且要好好地孝顺汝母亲，听汝母亲的教训，汝知道吗？"皋陶答道："我将来一定给父亲争气，一定孝顺母亲。"帝尧见他应对之间，意态从容，声音洪亮，就知道他确是生有自来的人，便又问他道："汝欢喜做什么事情？"皋陶还未回答，扶始在旁说道："他最喜欢管闲事。一群小孩子在那里玩耍，遇到争闹起来，他总要秉公判断，哪个是，哪个不是，可是说来倒都还在理的，这是他的长处。"帝尧道："果然如此，足见志愿宏大，将来可成一法律人才，汝须好好地抚养他，不可令其失学。不过朕还有一句话要问汝，却是很冒昧的，但是朕因为要证明一件事情，所以又不能不问，请汝原谅。朕所要问的，就是汝孕育此子之时，是否先得到一个梦兆吗？"扶始听了这话之后，顿时将脸涨得绯红，又似乎很疑怪的模样，迟了半晌，才说道："梦是有的，那年九月里，曾经梦见一个神人……"说到此，那张脸涨得更红，也再不说下去了。帝尧知道梦是对了，也不复问，便说道："朕知道汝这孩子生有来历，将来一定是不凡之人，汝可好好地教导他。二十年之后，朕如果仍在大位，当然拔用他。现在朕有点薄物，迟一会儿叫人送来，可以做汝子教养之费。另外朕再托曲阜侯随时招呼帮助，汝可去吧。"扶始听了，感激不尽，遂率皋陶拜谢了，出门而去。

又过了一日，帝尧就到泰山下，那时羲仲早率了东方诸侯在那里恭候。朝觐之礼既毕，问了些地方上的情形，帝尧遂将那掳捕之害向各诸侯剀切陈说，叫他们切实严禁，并且调查那创始之人。过了七日，各事俱毕，诸侯陆续散去，一回东巡之事就此完了。

# 第三十七回

厌越述紫蒙风土　阏伯、实沈
兄弟参商

东巡礼毕，帝尧趁便想到东海边望望，以览风景，遂向泰山东北而行。一日，到了一座山上（此山在现在山东省青州市西北，因为尧曾登过，所以就叫尧山），正在徘徊，忽报紫蒙君来了。那紫蒙君是何人呢？原来就是帝喾的少子，尧的胞弟，名叫厌越。帝尧听了，非常欢喜，慌忙延见，大司农亦来相见了。嫡亲兄弟，十余年阔别，一旦重逢，几乎都滴下泪来。帝尧见厌越生得一表人才，比从前大不相同，装束神气，仿佛有外国人的模样，想来因为久居北荒的缘故，遂细细问他别后之事。厌越道："臣那年随先帝巡守，先帝命臣留守在那边，叫臣好好经营，将来可以别树一帜，臣应诺了。后来先帝又饬人将臣母亲从羲和国接了来，送到紫蒙。臣母子二人和先帝所留给臣的五十人，后来羲和国又拨来五十人，合共百人，就在那里经营草创起来，倒也不很寂寞。现在户口年有增加，可以自立了。那年听到先帝上宾之信，本想和臣母前来奔丧的，因为国基新立，人心未固，路途又远，交通又不便，一经离开，恐怕根本动摇，所以只好在国中发丧持服，但是臣心中无日不纪念着帝和诸位兄弟。近来国事已渐有条理，手下又有可以亲信托付的人，正想上朝谒见，恰好听见说帝东巡泰山，道路不远，就星夜奔驰而来，不想在此相见，真是臣之幸了。"帝尧问道："汝那边风土如何？民情如何？邻国如何？"厌越道："那边空气亦尚适宜，不过寒冷之至，大概八九月天已飞雪，各处江河都连底结冰，愈北愈冷，这一点是吃苦的。"帝尧道："那么汝如何能耐得住呢？"厌越道："臣初到的时候，亦觉得不可耐，后来因为那边森林甚多，森林之中盛产毛皮兽，如狐，如鼠，如虎，如獭，如狼，如豹之类，不可胜计，所以那边土著之人总以打牲为业，肉可以食，骨可以为器，皮毛可以御寒。还有一种奇兽，名叫貂，它的皮毛尤其温暖，非常珍贵，臣此番带了些来，贡献于帝。"说着就叫从人取来，厌越亲自献上，共有十二件，说道："臣那边荒寒僻地，实在无物可献，只此区区，聊表臣心罢了。"
帝尧道："朕于四方珍奇贡献，本来一概不受，现在汝是朕胞弟，又当别论，
就受了吧。"厌越听了，非常得意，又拿出两件送与大司农，又有两件托转
送大司徒，其余羿和羲仲等各送一件，大家都称谢收了。羲仲问道："貂究
竟是怎样一种兽？我等差不多都没有见过。"厌越道："这种貂，大概是个鼠
类，其大如獭而尾粗，毛深一寸余，其色或黄或紫，亦有白者，喜吃榛栗和
松皮等，捕了它养起来，饲以鸡肉，它亦喜吃，性极畏人，人走到它近旁，
它就瞠目切齿，作恨恨之状，其声如鼠，捕之甚难。假使它逃入罅隙之中，
千方百计取之，终莫能出；假使它逃在树上，则须守之旬日，待它饿极了走
下来，才可捕得；假使它逃入地穴之中，那么捉之极易了。它的身体转动便
捷如猿，能缘壁而上，倒挂亦不坠。那边土人捕捉之法，往往用犬，凡貂所
在的地方，犬能够嗅其气而知之，伺伏在附近，等它出来，就跑过丢噙住。
貂自己很爱惜它的皮毛，一经被犬噙住，便不敢稍动。犬亦知道貂毛可贵，
虽则噙住了貂，但噙得甚轻，不肯伤之以齿，因此用犬捕貂是最好的方法，
而且往往是活捉的。穿了貂皮之后，得风更暖，着水不濡，得雪即融，拂面
如焰，拭眯即出，真正是个异物，所以那边很看重它。"帝尧道："汝等贵人
有貂裘可穿，或各种兽皮可穿，可以御寒了，那些平民亦个个有得穿吗？"
厌越道："这却不能。"帝尧道："那么如此苦寒，他们怎能禁受呢？"厌越道：
"那边很是奇怪，又出一种草，土人叫它乌拉草，又细又软，又轻又暖，这
种草遍地皆是，一到冬天，那些人民都取了它来做卧具，或衬衣衫，或借足
衣，非常温暖，到晚间将衣裳脱下时，总是热气腾腾的，所以那边人民都
以它为宝贝，因此就不畏苦寒了。"帝尧听了，仰天叹道："唉！上天的爱百
姓，总算至矣尽矣了！这种苦寒的地方，偏偏生出这种草来，使百姓可以存
身，不致冻死，真是仁爱极了。做人主的倘使能够以天为法，使天下人民没
有一个不受到他的恩泽，那才好了。"不言帝尧叹息，且说那时大司农在旁
边，禁不住问道："那乌拉草固然奇异了，但气候如此之冷，五谷种植如何
呢？"厌越道："那边稻最不宜，寻常食品总是粱麦之类，只有菽最美，出产
亦多。"帝尧道："汝那边邻国有强盛的吗？"厌越道："臣国北面千余里有息

慎国，东面千余里有倭国（现在日本）。东南千余里有一种部落，去年听说他们的人民正要拥立一个名叫檀君的作为君主，迁都到平壤之地（现在朝鲜平壤直辖市）建国，号叫朝鲜，现在有没有实行却不知道。总之，臣那边荒寒而偏僻，交通很不便，所以与邻国土地虽然相连，但是彼此不相往来，从没有国际交涉发生过。"帝尧听了，也不言语。过了一会儿，又问些家庭的事情，不必细说。

厌越在帝尧行营中一住七日，兄弟谈心，倒也极天伦之乐事。后来厌越要归去了，帝尧与大司农苦留不住，只得允其归去，就说道："朕本意要到海边望望，现在借此送汝一程吧。"厌越稽首固辞，连称不敢。帝尧哪里肯依，一直送到碣石山，在海边又盘桓两日，厌越归国而去。帝尧等亦回身转来，他一路怅怅，想到兄弟骨肉，不能聚在一处，天涯地角，隔绝两方，会面甚难，颇觉凄怆；又想到自己同胞兄弟，共有十余人，现在除弃、鬶两个之外，其余多散在四方，不能见面，有几个连音信不通，不知现在究在何处，急应设法寻找才好。忽然又想到阏伯、实沈两个住在旷林地方，听说他们弟兄两个很不和睦，前年曾经饬人去劝诫过，现在不知如何。此次何妨绕道去看他们一看，并且访查其余各兄弟呢？想到这里，主意已定，遂与大司农商议，取道向旷林而行。

一日，正到旷林相近，忽听得前面金鼓杀伐之声，仿佛在那里打仗似的，帝尧不胜诧异。早有侍卫前去探听，原来就是阏伯、实沈两弟兄在那里决斗，两个方面各有数百人，甲胄鲜明，干戈耀目，一边在东南，一边在西北，正打得起劲。侍卫探听清楚了，要想去通知他们，亦无从通知起，只得来飞报帝尧。帝尧听了，不胜叹息，就吩咐羿道："汝去劝阻他们吧。"羿答应正要起身，只见逢蒙在旁说道："不必司衡亲往，臣去何如？"帝尧允许了。逢蒙带了三五个人，急忙向前而来。只见两方面兀是厮杀不休，西北面一员少年大将，正在那里指挥，东南面一员少年大将，亦在那里督促。逢蒙想，他们必定就是那两弟兄了，我若冲进去解围，恐怕费事，不如叫他们自己散吧。想罢，抽出两支箭，嗖的一支先向那西北面的少年射去，早将他所戴的兜鍪射去了；转身又嗖的一支箭，向东南面射，早把那大将车上的鼓射去了。两方面出其不意，都以为是敌人方面射来的，慌得一个向西北，一个向东南，回身就跑。手下的战士见主将跑了，亦各鸟兽散。逢蒙就叫随从的三五个人跑过去，高声大叫道："天子御驾在此，汝等还不快来谒见，只管逃什么？"两边兵士听了，似乎不甚相信，后来看见林子后面有许多车辆，又见有红旗在那里飞扬，原来帝尧已慢慢到了，那些兵士才分头去告诉阏伯和实沈。阏伯、实沈听了，还怕是敌人的诡计，不敢就来，又遣人来打听的确，方才敢来谒见。却是实沈先到，见了帝尧，行了一个军礼。帝尧看他穿的还是戎服，却未戴兜鍪，满脸还是杀气，又带一点惊恐惭愧之色，就问他道："汝等为什么又在此地相争？朕前番屡次伤人来和汝等说，又亲自写信给汝等，劝汝等和好，何以汝等总不肯听，仍是日日争斗？究竟是什么道理？"实沈正要开言，只见阏伯已匆匆来了，亦是全身戎服，见了帝尧，行一个军礼。帝尧便将问实沈的话，又诘问了他一番。阏伯道："当初臣等搬到此地来的时候，原是好好的，叵耐实沈一点没有规矩，不把兄长放在眼里。臣是个兄长，应该有教导他的责任，偶然教导他几句，他就动蛮，殴辱起兄长来。帝想天下岂有此理吗？"话未说完，实沈在旁边已气愤愤地傁着说道："何尝是教导我，简直要处死我！我为正当防卫起见，不能不回手；况且他何尝有做兄长的模范，自己凶恶到什么地步，哪里配来教导我呢？"帝尧忙喝住实沈道："且待阏伯说完之后，汝再说，此刻不许多言。"阏伯道："帝只要看，在帝面前，他尚且如此放肆凶狠，其余可想而知了。"帝尧道："汝亦不必多说，只将事实说来就是了。朕知道汝等已各各分居，自立门户了，那么尽可以自顾自，何以还要争呢？"阏伯道："是呀，当初臣母亲因为实沈之妻屡次来与臣妻吵闹，臣妻受气不过，所以叫臣等各自分居，臣居东南，实沈住在西北，本来可以无事了。不料实沈结识一班无赖流氓地痞，专来和臣为难，不是将臣所种的桑树砍去，就是将臣所用的耕牛毒死。帝想，臣还能忍得住吗？"实沈在旁，听到此句，再也耐不得了，便又傁着说道："帝不要相信他，他带了一班盗贼，将臣所居的房屋都烧了许多，帝想臣能忍得住么？"阏伯道："你不决水淹我的田，我哪里会来烧你的屋子呢？"实沈道："你不叫贼人来偷我的牧草，我哪里会来淹你的田呢？"两个人你一言，我一语，气势汹汹，声色俱厉，几乎要动手打了。大司农忙喝道："在帝前不得无礼。"帝尧将两人的话听了，前后合将起来，他们的是非曲直早已洞若观火，当下就叫他们在两旁坐下，恳恳切切地对他们说道："汝等两人所争，无非'是非曲直'四个字，但是究竟谁是谁非，谁曲谁直，汝等且平心静气，细细地想一想，再对朕说来，朕可为汝等判断。"阏伯、实沈两个，一团盛气，本来是要性命相扑的，给帝尧这么一问，究竟是兄弟之亲，良心发现，倒反不好意思就说了。过了好一会儿，还是实沈先说道："臣想起来，臣确有不是之处，但是阏伯的不是总比臣多。"阏伯道："若不是实沈无理，屡屡向臣逼迫，臣亦不至薄待于彼。所以臣的不是，总是实沈逼成功的。"帝尧听了，叹口气道："这亦怪汝等不得，朕只怪老天的生人，为什么两只眼睛却生在脸上，而不生在两手之上呢！假使生在两手之上，那么擎起来可以看人，反转来就可以自看，别人的美恶形状看见了，自己的美恶形状亦看见了。现在生在脸上，尽管朝着别人看，别人脸上的一切统统看得仔仔细细，但是自己脸上如何，面目如何，倘使不用镜子来照，一生一世绝不会认识自己的。现在汝两人所犯的弊病，就是这个普通的弊病。朕今先问实沈：何以知道阏伯的不是比汝多？多少两字，是从什么地方比较出来的？又问阏伯：何以汝的不是是实沈逼成的？汝果然极亲极爱地待实沈，还会得被他逼出不是来吗？兄弟亲爱之道，朕从前几番在劝汝等之信上早已说得详尽无遗了，现在再和汝等说，一个人在世做人，不要说是弟兄，即使是常人相待，亦不可专说自己一定不错，别人一定是错的。要知道人非圣贤，孰能无过？既然有过，那么应该把自己的过先除去了再说，不应该将自己的过先原谅起来、掩饰起来，把别人的过牢记起来、责备起来，那么就相争不已了。古人说得好：'责己要重以周，责人要轻以约。'又说：'躬自厚而薄责于人。'汝等想想，果然人人能够如此，何至于有争斗之事呢？即使说自问一无过失，都是别人的不是，一次自认、两次自认之后，他的待我仍旧横暴不改，那么亦有方法可以排遣的。古人说：'人有不及，可以情恕；非意相干，可以理遣。'果能'犯而不校'，岂不是君子的行为吗？何以一定要争斗呢？至于弟兄，是骨肉之亲，那更不同。做阿弟的，总应该存一个敬兄之心，即使阿兄有薄待我的地方，我亦不应该计较；做阿兄的，总应该有一个爱弟之心，即使阿弟有失礼于我的地方，亦应该加之以矜谅。古人说：'父虽不慈，子不可以不孝；君虽不仁，臣不可以不忠。'做人的方法，就在于此。第一总须各尽其道，不能说兄既不友，弟就可以不必恭；弟既不恭，兄就可以不必友。这种是交易的行为，市井刻薄的态度，万万不可以沾染的。'仁人之于弟也，不藏怒焉，不宿怨焉，亲爱之而已矣。'这几句书，想来汝等均已读过，何以竟不记得呢？还有一层，弟兄是父母形气之所分，如手如足，不比妻子，不比朋友及其他的人，那是用人力结合拢来的。夫妻死了，可以另娶另嫁；朋友死了，可以另交；去了一个，又有一个。至于同胞兄弟，无论费了多少代价，是买不到的，汝等看得如此不郑重，岂不可怪！兄弟同居在一处，意见偶然冲突，是不能免的，但是应该互相原谅。例如左手偶然误打了右手一下，是否右手一定要回打它一下呢？右脚偶然踢了左脚一下，是否左脚一定要回踢它一下呢？何以兄弟之间，竟要如此计较起来呢？"说着，便问阏伯道："汝现在有几子？"阏伯道："臣有两子一女。"又问实沈道："汝有几子？"实沈道："臣有两子。"帝尧道："是了，汝等现在都有子女，而且不止一个，假使汝等的子女亦和汝等一样，终日相争相打，甚而至于性命相拼，汝等做父母的心里是快活呢，还是忧愁呢？古人说：'妻子好合，如鼓瑟琴；兄弟既翕，和乐且耽。'这几句书，汝等读过吗？汝等的子女争闹不休，汝等倘还以为快慰，天下必无此理。假使以为忧愁，那么汝等何不替皇考想一想呢？汝等此种情形，皇考在天之灵是快慰还是忧愁？汝等且说说看。所以兄弟相争，非但不友不恭，抑且不孝，汝等知道吗？"说到此处，不觉凄然下泪。阏伯、实沈听了帝尧这番劝告，又见了这种恳挚的态度，不觉为至诚所感，都有感悟的样子，低了头默默无言。帝尧一面拭泪，一面又说道："朕今日为汝等解和，汝等须依朕言，以后切不可再闹了。要知道兄弟至亲，有什么海大的冤仇，解不开、忘不了呢？"说着，就向实沈道："汝先立起来，向兄长行礼道歉。"接着又向阏伯道："汝亦立起来，向阿弟还礼道歉。"两人听了帝尧的命令，不知不觉都站起来，相向行礼。不知道他们究竟是真心，还是勉强，但觉得两人脸上都有愧色罢了。行过礼之后，帝尧又道："以往之事，从此不许再提了。

阏伯家在何处？朕想到汝家一转，汝可前行，朕和实沈同来。"阏伯答应先走，这里帝尧、大司农和实沈随后偕往，其余人员暂留在行幄中不动。

且说帝尧等到了阏伯家，阏伯妻子也出来相见，忽见实沈也在这里，不觉脸上露出惊疑之色，便是实沈亦有点不安之意，但却不能说什么。过了片时，阏伯弄了些食物来，请帝尧等吃过之后，帝尧又向实沈道："汝家在哪里？朕要到汝家去，汝可先行。"于是帝尧、大司农同了阏伯一齐到实沈家里，一切情形，与阏伯家相似，不必细说。看看天色将晚，帝尧回到行幄，阏伯、实沈二人亲自送到，并齐声说道："明日臣等兄弟略备菲席，在阏伯家中，请帝和诸位大臣赏光，届时臣等再来迎接。"帝尧听了这话，非常欢喜，暗想道：他们二人居然同做起东道来，可见前嫌已释，言归于好了，遂急忙答应道："好极好极！朕与诸位必来。"二人遂告辞而去。

到了次日，等之许久，始见阏伯跑来，向帝说道："臣昨日本说与实沈公共请帝，后来一想，未免太简慢了。臣等和帝多年不见，幸得帝驾降临，如此草草，觉得过意不去。现在议定，分作两起，臣在今日，实沈在明日，此刻请帝和诸大臣到臣家中去吧。"帝尧一听，知道二人又受了床头人的煽惑，变了卦了，但是却不揭破，便问道："实沈何以不来？"阏伯道："听说在那里预备明日的物件呢。"帝尧道："那么朕和汝先到实沈家中，邀实沈同到汝家，何如？"阏伯惑于枕边之言，虽不愿意，但只能答应，同到实沈家。实沈见帝尧亲来相邀，亦不敢推却，于是同到阏伯家，吃了一顿。次日，帝尧又同了阏伯到实沈家吃了一顿。兄弟二人，从此在面子上总算过得去了。过了两日，帝尧向他们说道："汝等两人，年龄都已长大了，应该为国家尽一点气力。朕现在缺少一个掌火之官，听说阏伯善用火，就命汝作火正，离此地不远的商邱之地（现在河南商丘市）就封了汝，汝其好好地前往，恪共厥职，毋虐百姓，钦哉！"阏伯听了，连忙稽首谢恩受命。帝尧又向实沈道："朕都城东北面有一块地方，名叫大夏，就封了汝，汝可搬到那边去，好好治理民事，毋得暴虐百姓，汝其钦哉！"实沈听了，亦稽首谢恩受命。又过了几日，两兄弟各将一切收拾妥当，各自到他受封的国土去了。一个在西北，一个在东南，从此两个永远不曾再见一面。阏伯上应天上的商星（就是二十八宿中之心宿），实沈上应天上的参星，参商二星，它们的出没永远不相见。兄弟二人之仇敌到得如此，亦可谓至矣尽矣了。后人说二人不和睦的叫作参商，就是这个典故。

# 第三十八回

## 帝尧遇赤将子舆
## 植物有知觉

且说阏伯、实沈既去之后，帝尧忽然想起帝挚的儿子玄元，不知道他近状如何，遂动身向亳都而来。一日，刚近亳都，忽见路旁草地上坐着一个工人装束的老者，童颜鹤发，相貌不凡，身畔放着许多物件，手中却拿了不少野草花在那里大嚼。帝尧觉得他有点奇怪，心想道，朕此番出巡，本来想访求贤圣的，这人很像有道之士，不要就是隐君子吗？想罢，就吩咐停车，和大司农走下车来，到那老者面前，请问他贵姓大名。那老者好像没有听清楚，拿起身畔物件来，问道："你要这一种，还是要那一种？"帝尧一看，一种是射箭用的缯缴，一种是出门时用来扎在腿上的行縢，就问他道："汝是卖这缯缴和行縢的吗？"那老者道："是呀，我向来专卖这两种东西。缯缴固然叫作缴，行縢亦可以叫作缴，所以大家都叫我缴父，叫出名了。大小不二，童叟无欺，你究竟要买哪一种，请自己挑。"帝尧道："大家叫你缴父，你的真姓名叫什么呢？"老者见问，抬头向帝尧仔仔细细看了一看，又向四面随从的人和车子看了一看，就问帝尧："足下是何人？要问我的真姓名做什么？"早有旁边侍从之人过来通知他道："这是当今天子呢。"那老者听了，才将野草花丢下，慢慢地立起来，向帝拱拱手道："原来是当今圣天子，野人失敬失敬。野人姓赤将，名子舆，这个姓名早已无人知道了，野人亦久矣乎不用了，现在承圣天子下问，野人不敢不实说。"帝尧听了"赤将子舆"四个字，觉得很熟，仿佛在那里听见过的，便又问道："汝今年高寿几何？"赤将子舆道："野人昏耄，已不甚记得清楚。但记得黄帝轩辕氏征伐蚩尤的时候，野人正在壮年，那些事情如在目前，到现在有多少年可记不出了。"大众听了，无不骇然，暗想又是一个巫咸第二了。帝尧道："朕记得高祖皇考当时，有一位做木正的，姓赤将，是否就是先生？"赤将子舆听了，哈哈大笑，连说道："就是野人，就是野人，帝真好记性呀！"帝尧听了，连忙作礼致敬，说道："不想今日遇见赤将先生，真是朕之大幸了，此处立谈不便，朕意欲请先生到前面客馆中谈谈，不知先生肯赐教否？"赤将子舆道："野人近年以来，随遇而安，帝既然要和野人谈谈，亦无所不可，请帝上车先行，野人随后便来。"帝尧道："岂有再任先生步行之理，请上车吧，与朕同载，一路先可以请教。"赤将子舆见说，亦不推辞，一手拿了吃剩的野草花，一手还要来拿那许多缴。早有侍从的人跑来说道："这个不需老先生自拿，由小人等代拿吧。"赤将子舆点点头，就和帝尧、大司农一齐升车。原来古时车上可容三人，居中的一个是御者，专管马辔的，左右两边可各容一人。起初帝尧和大司农同车，另外有一个御者，此刻帝尧和赤将子舆同乘，大司农就做御者，而另外那个御者已去了，所以车上仍是三人，并不拥挤。

当下车子一路前行，帝尧就问赤将子舆道："先生拿这种野草花做食品，是偶尔取来消闲的呢，还是取它作滋补品呢？"赤将子舆道："都不是，野人是将它做食品充饥的。"帝尧道："先生寻常不食五谷吗？"赤将子舆道："野人从少昊帝初年辟谷起，到现在至少有二百年了，再没有食过五谷。"大司农在旁，听到这句话，不觉大惊，暗想，我多少年来，孜孜矻矻地讲求稼穑，教导百姓，原是为人民非五谷不能活呀，现在不必食五谷，但啖野草花亦可以活，而且有这么长的寿，那么何必定要树艺五谷呢？想到此处，忍不住便问道："先生刚才说二百多年不食五谷，专吃野草花，究竟吃的是哪几种野草花呢？"赤将子舆道："百种草花都可以啖，不必限定哪几种。即如此刻野人所啖的，就是菊花和款冬花这两种，因为现在是冬天，百种草卉都凋萎了，只有这两种，所以就啖这两种。"大司农道："有些野草有毒，可以啖吗？"赤将子舆道："有毒的很少，大半可以啖的，就是有些小毒，也无妨。"大司农道："先生这样高寿，是否啖野草花之功？"赤将子舆道："却不尽然，野人平日是服百草花丸的，一年中做好几次，现在偶尔接济不上，所以权且拿花来充饥，横竖总是有益的。"大司农道："怎样叫百草花丸？"赤将子舆道："采一百种草花，放在瓷瓶里，用水渍起来，再用泥封固瓶口，勿令出气，百日之后，取出来煎膏和丸，久久服之，可以长生。如有人猝然死去，将此丸放在他口中，即可以复活，其余百病亦可以治。煮汁酿酒，饮之亦佳。

野人常常服食的就是这种丸药，真是有功用的。"大司农道："既然如此，我们何必再种五谷、再食五谷呢？只要教人民专啖百草花，岂不是又省事、又有功效吗？"赤将子舆听了，连连摇头，说道："这个不行，这个不行，五谷是天生养人最好的东西，百草花不过是一种。"正说到此，忽见前面侍从的人和许多人过来奏帝尧道："亳侯玄元知道帝驾到了，特饬他的臣子孔壬前来迎接。"帝尧听了，就叫大司农停车，这么一来，大司农和赤将子舆的谈话就打断了。究竟百草花不如五谷的地方在哪里，以后大司农又没有再问，赤将子舆如何说法，均不得而知，只好就此不述了。

且说车停之后，那孔壬早在车前向帝稽首行礼。帝尧虽知孔壬是个著名的佞人，但毕竟是先朝大臣，帝挚崩了之后，辅相幼主，尚无劣迹，这次又是奉命而来，在礼不能轻慢他，也就还礼慰劳。大司农亦和他行礼相见，只有司衡羿不去理睬他，孔壬亦佯作不知，便向帝尧奏道："小臣玄元闻帝驾将到，特遣陪臣在此预备行宫，兼迎圣驾，玄元随后便来也。"正说着，后面一辆车子已到，车上站着一个幼童，由一个大臣扶他下车，原来那幼童就是帝挚的儿子玄元，那大臣就是骧兜。那骧兜辅相着玄元，到帝尧车前向帝行礼，随即自己也向帝尧行礼。帝尧亦下车答礼，细看玄元，相貌尚觉清秀，便问他道："汝今年几岁了？"玄元究竟年纪小，有点腼腆，不能即答，骧兜从旁代答道："八岁了。"帝尧道："现在可曾念书？"骧兜道："现在已经念书。"帝尧道："人生在世，学问为先，况且是做国君的，尤其不可以没有学问，将来治起百姓来，庶几乎懂得治道，不至于昏乱暴虐，汝可知道吗？"玄元答应了一个是。孔壬从旁儳言道："现在陪臣采取古来圣贤修身、齐家、治国的要道，以及历代君主兴亡的原因，政治的得失，日日进讲，所喜玄元资质聪敏，颇能领悟。"帝尧道："果能如此，那就好了。"孔壬道："天色渐暮，前面就是行宫，请帝到那边休歇吧。"帝尧向前一望，相隔不多路果然有一所房屋，就也不坐车子，与大众一齐步行过去。到了行宫，早有孔壬等所预备的筵席铺陈起来，请帝和诸臣饮宴，玄元和骧兜、孔壬另是一席，在下面作陪。赤将子舆虽不食五谷等，但亦列席，专吃他的百草花。玄元是个孩子，帝尧问他一句，答一句，或竟不能答，由孔壬等代答，所以一席终了，无话可记。到得后来，帝尧问孔壬道："此去离城有多少路？"孔壬道："还有五十多里。"帝尧道："那么汝等且自回去安歇，朕明日进城可也。"孔壬答应，和玄元、骦兜退出。

这里帝尧又和赤将子舆谈谈，便问赤将子舆道："先生既然在先高祖皇考处做木正，何时去官隐居的呢？"赤将子舆道："野人当日做木正的时间却亦不少，轩辕帝到各处巡守，求仙访道，野人差不多总是随行的。后来轩辕帝铸鼎功成，骑龙仙去，攀了龙髯跌下来的，野人就是其中的一个。自从跌下来之后，眼看帝及同僚都已仙去，我独无缘，不禁大灰了心。后来一想，我这无缘的缘故，大概是功修未到，如果能够同轩辕帝那样地积德累仁，又能够虔诚地求仙访道，那么安见得没有仙缘呢！想到这里，就决定弃了这个官，去求仙访道了，这就是野人隐居的缘由。"帝尧道："后来一直隐居在什么地方呢？"赤将子舆道："后来弃了家室，奔驰多年，亦不能得到一个结果。原来求仙之道，第一要积德累仁，起码要立一千三百善。野道是个穷光蛋，所积所累，能有几何？后来一想，我们寻常所食的总是生物，无论牛羊鸡豚等能鸣能叫的，固然是一条生命，就是鱼、鳖、虾、蟹等类不能鸣不能叫的，亦何尝不是一条生命，有知觉总是相同的。既然有知觉，它的怕死，它受杀戮的苦痛，当然与人无异。杀死了它的生命来维持我的生命，天下大不仁的事情哪里还有比此更厉害的呢！而且以强凌弱，以智欺愚，平心论之，实在有点不忍。我既不能积德累仁，哪里还可以再做这不仁之事。从此以后，野人就决计不食生物，专食五谷、蔬菜等。又过了些时，觉得牛、羊、鸡、豚、鱼、鳖、虾、蟹等类固然是一条生命，那五谷蔬菜等类亦能生长、能传种，安见得不是一条生命？后来细细考察，于植物之中发现一种含羞草，假使有物件触着它，它的叶子立刻会卷缩起来，同时枝条亦低垂下去，仿佛畏怯一般，倘有群马疾驰而来，它那叶子即使不触着，亦顿时闭合紧抱，仿佛闻声而惊骇似的。这种岂不是有知觉吗！而且日则开放，夜则卷缩，如人之睡眠无异，更为可怪了。还有一种罗虫草，它的叶子一片一片叠起来，仿佛书册，能开能合，叶边有齿，叶的正中有三根刺，刺的根上流出极甜的汁水，凡是虫类要想吃它的甜汁，落在它叶子上，那叶子立刻就合拢来，它的刺就戳在

313

虫身上，使虫不能展动，叶子的合口又非常之密，不一时虫被闷死，它的叶就吸食虫体中的血液以养育它的身体。这种植物竟能擒食动物，不是有知觉焉能如此？还有一种树木，竟能够食人食兽，它的方法与罗虫草无异，那是更稀奇了。还有一种，叫莨菪草，它的根极像人形，假使将它的根叶剪去一点，它竟似觉得痛苦，能够发出一种叹息之声，那不是更奇异吗！还有一种叫猪笼草，亦叫罐草，因为它叶下有一个罐形的囊，囊上有盖，假使有虫类入其罐中，它就将盖一合，虫类就闷死其中，它却拿来做食物，这种虽是机械作用，但是说它有知觉亦何尝不可呢！此外，还有水中的团藻、硅藻，都是会得行动的。假使没有知觉，何以能行动呢？还有些树木种在地里，这边没有水，那边有水，它的根就会向那边钻过去。种牡丹花也是如此，只要远处埋下猪肚肠等物，虽跨墙隔石，离有十多丈远，它终能达到它的目的。野人将这种情形考察起来，断定植物一定是有知觉的，不过它的知觉范围较小，不及动物的灵敏，而且不能叫苦呼痛就是了。既然有知觉，当然也是一条生命，那么弄死它，拿来吃，岂非亦是不仁之事吗！所以自此之后，野人连活的植物都不吃，专拿已死的枝叶或果类等来充饥。后来遇到旧同事宁封子，他已尸解成仙了，他传授野人这个吃百草花并和丸的方法。自此以后，倒也无病无忧，游行自在，虽不能成为天仙，已可算为地行仙了。无论什么地方都去跑过，并没有隐居山谷，不过人家不认识野人，都叫野人'缴父'就是了。"帝尧道："先生既已如此逍遥，与世无求，还要卖这个缴做什么？"赤将子舆道："人生在世，总须作一点事业。圣王之世，尤禁游民。野人虽可以与世无求，但还不能脱离这个世界，假使走到东，走到西，无所事事，岂不是成为游民，大干圣主之禁么！况且野人还不能与世无求，就是这穿的用的，都不可少，假使不做一点工业，那么拿什么东西去与人交易呢？"帝尧听到此处，不禁起了一个念头，就和赤将子舆说道："朕意先生既然尚在尘世之中，不遽飞升而去，与其做这个卖缴的勾当，何妨再出来辅佐朕躬呢？先生在高祖皇考时立朝多年，经纶富裕，见闻广博，如承不弃，不特朕一人之幸，实天下苍生之幸也。"赤将子舆道："野人近年以来，随遇而安，无所不可，帝果欲见用，野人亦不必推辞，不过有两项须预先说明：一项，野人做官只好仍旧做木正，是个熟手，其他治国平天下之事非所敢知。第二项，请帝对于野人勿加以一切礼法制度之拘束，须听野人自由。因为野人二百年来放浪惯了，骤然加以束缚，如入樊笼，恐怕是不胜的。"帝尧连声答应道："可以可以，只要先生不见弃，这两项有何不可依呢！"于是黄帝时代的木正，又重复做了帝尧时代的木正。

# 第三十九回

帝尧以宝露赐群臣　大司农筹备
蜡祭　帝尧遇铚铿　屈轶生于庭

次日，帝尧率领群臣到了亳邑，玄元君臣和百姓欢迎，自不消说。帝尧先至帝喾庙谨敬展拜，又至帝挚庙中展拜，就来到玄元所预备的行宫中休歇。原来这座行宫，就是帝尧从前所住过的那一所房屋，十年不见，旧地重来，不胜今昔之感。又想起昔日皇考和母后均曾在此居住，今则物是人非，更不免引起终天之恨，怅然不乐了一会儿。次日，帝尧又到帝喾所筑的那个合宫里去游览，但见房屋依然，不过处处都是重门深扃，除去守护的人员在内按时整洁外，其余寂静无声，想来多年游人绝迹了。向外面一望，山色黯淡，正如欲睡，千株万株的乔木却依旧盘舞空际，凌寒竞冷，与从前差不多，就是那凤凰、天翟等不知到何处去了。据守护的人说，自从帝喾一死之后，那些鸟儿即便飞去，也不知是什么缘故。何年何月能否重来，更在不可知之数了。帝尧一想，更是慨叹不止。在合宫之中，到处走了一遍，那乐器等按类搁置在架上，幸喜得保管妥善，虽则多年不用，还不至于尘封弦绝。帝尧看到此处，心中暗想，朕能有一日治道告成，如皇考一样地作起乐来，这些乐器当然都好用的，但恐怕没有这个盛德吧。一路走，一路想，忽然看见一处放着一口大橱，橱外壁上画着一个人的容貌。帝尧看了，不能认识，便问这是何人。孔壬在旁对道："这是先朝之臣咸黑，此地所有乐器都是他一手制造的，乐成之后，不久他便身死。先帝念其勋劳，特叫良工画他的容貌于此，以表彰并纪念他的。"帝尧听了，又朝着画像细看了一会儿，不胜景仰，回头再看那口大橱，橱门封着，外面再加以锁，不知其中藏着什么东西，想来总是很贵重的。正在悬揣，孔壬早又献殷勤，说道："这里面是先帝盛宝露的玛瑙瓮。当初先帝时丹邱国来献这瓮的时候，适值帝德动天，甘露大降，先帝就拿了这个瓮来盛甘露，据说是盛得满满的，藏在宫中。后来到先帝挚的时候，因帝躬病危，医生说能够取得一点甘露来饮，可以补虚祛

317

羸，回生延命，陪臣等想起，就在宫中寻了出来。哪知打开盖一看，已空空洞洞，一无所有了。不知道是年久干涸的缘故呢，还是给宫人所盗饮了，无从查究，只得罢了。后来先帝挚崩逝，陪臣恐怕这瓮放在宫中，玄元年幼，照顾不到，将来连这个宝瓮都要遗失，非郑重先帝遗物及国家重器的意思，所以饬人送到此地，与先帝乐器一同派人保管，现在已有好多年了。"说着，便叫人去取钥匙来。那时司衡羿在旁，听了孔壬这番话，真气愤极了。原来他天性刚直，疾恶如仇，平日对于三凶早已深恶痛绝，这次看见帝尧仍旧是宽宏大度地待他，心中已不能平，所以连日虽与驩兜、孔壬同在一起，但板起面孔，从没有用正眼儿去看他们一看，更不肯和他们交谈了。这次听了孔壬的话，觉得他随嘴乱造诳话，因而更疑心这宝露就是他们偷的，禁不住诘问他道："孔壬！这话恐怕错了，当日丹邱国进贡来的时候，老夫身列朝班，躬逢其盛，知这瓮内的甘露亦是丹邱国所贡，并不是先帝所收。当日丹邱国进贡之后，先帝立刻将此露颁赐群臣，老夫亦曾叨恩，赐尝过一勺，后来就扛到太庙中谨敬收藏，当然有人保守，何至被人偷窃？又何至于移在宫中？汝这个话不知从何处说起？现在露既不存，地又迁易，恐怕藏在这厨内的玛瑙瓮亦不是当年之物了。"孔壬听了这话，知道羿有心驳斥他，并且疑心他，但他却不慌不忙，笑嘻嘻地对答道："老将所说，当然是不错的，晚辈少年新进，于先朝之事未尝亲历，究竟甘露从何而来，不过得诸传闻，错误之处或不能免，至于移在宫中，露已干涸，这是事实，人证俱在，非可乱造。老将不信，可以调查，倘使不实，某愿受罪。至于说何人所移，那么某亦不得而知了。厨中之瓮是否当时原物，开了一看，就会明白，此时亦无庸细辩。"老将羿听了这番辩驳，心中愈愤，然而急切又奈何他不得。忽见赤将子舆在旁边，哈哈大笑道："甘露的滋味，野人在轩辕氏的时候尝过不止一次，不但滋味好，香气好，而且听见异人说，它还是个灵物，盛在器皿之中存贮起来，可以测验时世之治乱。时世大治，它就大满；时世衰乱，它就干涸；时世再治起来，它又会得涸而复满。帝挚之世，不能说他是治世，或者因而涸了，亦未可知。现在圣天子在上，四海又安，如果真的是那个宝瓮，瓮内甘露一定仍旧会满的，且待开了之后再看如何？"众人听了这话，都有点不甚

318

相信，孔壬尤其着急，正要分辩，那时钥匙已取到了，只好将锁一开，打开厨门。大众一看，只见这瓮足有八尺高，举手去移它，却是很重，费了三人之力，才将它移在地上，揭开盖之后，但觉得清香扑鼻，原来竟是满满一瓮的甘露。众人至此，都觉诧异，又是欢喜。孔壬更是满脸得意之色，对着赤将子舆说道："幸得你老神仙说明在前，不然，我孔壬偷盗的名声，跳在海水里也洗不清了。"众人听了他这样说，恐怕羿要惭愧，正想拿话来岔开，只听见帝尧说道："刚才赤将先生说，甘露这项东西世治则满，世乱则涸，现在居然又满起来，朕自问薄德鲜仁，哪里敢当'治世'这两字，想来还是先皇考的遗泽罢了。当初皇考既然与诸大臣同尝，今日朕亦当和汝等分甘。"说罢，便叫人取了杯勺来，每人一杯，帝尧自己也饮了一杯，觉得味甘气芳，竟有说不出的美处，真正是异物了。众人尝过甘露味之后，无不欢欣得意，向帝尧致谢。帝尧道："可惜还有许多大臣留在平阳，不能普及。且俟异日，再分给他们吧。"孔壬道："帝何妨饬人将这瓮运到平阳去呢？"帝尧道："这瓮是先帝遗物，非朕一人所敢私有。况且朕素来不贵异物，这次出巡，取这异宝归去，于心不安。"孔壬道："陪臣的意思，帝现在承绍大统，先帝之物当然应该归帝保守，况且据赤将子舆说，这个甘露的盈涸可以占验世道的治乱，那么尤其应该置在京都之中，令后世子孙在位的可以时常考察，以为修省之助，岂不是好吗！"当下众人听孔壬这番措辞，甚为巧妙合理，无不竭力怂恿，帝尧也就答应了，又游玩了一时，方才回行宫。

　　一日，忽报平阳留守大司徒阘有奏章传到，帝尧拆开一看，原来去岁帝尧曾和群臣商议，筹备一种祭祀，名叫蜡祭，其时间定在每岁十二月，现在时间已将到了，所以请帝作速回都。帝尧看了，便和诸臣说道："既然如此，朕就归去吧。"孔壬等本想留帝多住几日，以献殷勤，知道此事，料想留也无益，只得预备送行。这时玄元与帝尧已渐渐相熟，不大怕陌生了，帝尧叫了他过来，恳切地教导他一番，大约叫他总要求学问、养才能、修道德等语，玄元一一答应。帝尧看他似乎尚可造就，将来或能干父之蛊，遂又奖赏了他几句。到了次日，帝尧等动身，玄元和骧兜、孔壬直送至三十里以外，帝尧止住他，方才回去。这里帝尧等渡过洛水，向王屋山（现在河南省济源市西北）而来。其时正是十一月间，满山林树，或红或黄，点缀沿路，景色尚不寂寞。正走之间，忽听有读书之声，隐约出于林间，汭汭可听。帝尧向大司农道："如此山林之中，居然有人读书，真是难得。"大司农道："像是幼儿的声音。"帝尧道："或者是个学校，朕等过去看看吧。"说罢，即命停车，与大司农下车，寻声访之，只见林内三间草屋，向着太阳，那书声是从这屋里出来的。帝尧和大司农走到屋前一看，只见里面陈设得甚是精雅，三面图书堆积不少，一个童子年约十岁，丰颐大耳，相貌不凡，在那里读书。帝尧等走过来，他仿佛没有看见，兀自诵读不辍。帝尧走近前，看他所读的书，却是一部说道德的经典，帝尧忍不住，就问他道："汝小小年纪，读这种深奥的书，能够了解吗？"那童子见帝尧问他，他才不读了，放下书，慢慢地站起来，向帝尧和大司农仔细看了一看，便答道："本来不甚了解，经师傅讲授之后，已能明白了。"帝尧道："汝姓名叫什么？"童子道："姓篯，名铿。"帝尧道："汝父亲叫什么名字？"篯铿道："我父亲名叫陆终，早已去世了。"帝尧听到陆终两个字，便又问道："汝祖父是否叫作吴回，从前曾经做过祝融火正的？"篯铿应道："是的，我祖父住在平阳天子的地方呢，我两个叔父亦在平阳做官。"帝尧道："汝原来是陆终的儿子，怪不得气宇不凡，难得今朝遇到。"大司农在旁问道："帝认识陆终吗？"帝尧道："却没见过，不过从前曾经有人说起他一桩异事。原来陆终所娶的，是鬼方国（现在贵州省）国君的女弟，名字叫作嬇，怀孕了三年才生，却生了六个男子，都是六月六日生的。她的生法与大司徒相仿，先坼开左胁来生出三个，后来剖开右胁来，又生了三个，岂不是异闻吗？所以朕能记得。"说着，便问篯铿道："汝兄弟是否共有六个？都是同年的么？"篯铿应道是。帝尧道："汝排行第几？"篯铿道："我排行第三，上面有两个哥哥，一个叫樊，一个叫惠连，下面有三个弟弟，一个叫求言，一个叫晏安，一个叫季连。"帝尧道："那么汝这些兄弟在哪里呢？"篯铿听说，登时脸上现出悲苦之色，须臾就流下泪来，说道："我兄弟们在未出世之前，我父亲已去世了。我兄弟们生后，三岁那年，我母亲又去世了。我们六个孩子，伶仃孤苦，幸喜得祖父、叔父和其他的亲戚分头领去管养，才有今日。但是我们兄弟六个，天南地北地分散开，有多年不见面了。"帝尧道:"那么此处是汝亲戚家吗?"篯铿道:"不是,是师傅家。"帝尧道:"汝师傅姓甚名谁?"篯铿道:"我师傅姓尹,名寿,号叫君畴。"帝尧道:"现在在哪里?"篯铿道:"出去采药去了。"帝尧道:"何时归来?"篯铿道:"甚难说,或则一月,或则十几日,都不能定。"帝尧道:"汝几时住到此地来的?"篯铿道:"我本来住在亲戚家里,有一年,师傅经过门前,看得我好,说我将来大有出息,和我那亲戚商量,要收我做弟子,并且说将来要传道于我。我那亲戚知道师傅是个正人君子,连忙写信去与我叔父商量,后来我叔父回信赞成,我就到师傅这里来,已经有两年了。"帝尧口中答应道:"原来如此。"心中却在那里想这个尹寿必是个道德之士,又细看那堆积案上的书,大半是论道德、讲政治、说养生的书,还有天文、占卜之书亦不少,遂又问篯铿道:"汝师傅到底几时可以回来?"篯铿道:"实在不能知道。"帝尧沉吟了一会儿,向大司农道:"朕想此人一定是个高士,既到此地,不可错过,何妨等他回来见见他呢。"大司农亦以为然,但是时已不早,遂慢慢地退出来。篯铿随后送出,看见远远有许多人马车骑停在那边,觉得有点奇怪,遂向帝尧问道:"二位光降了半日,师傅不在家,失手招待,究竟二位是什么人,是否来寻我师傅,有无事情,请说明了,等我师傅回来,我好代达。"帝尧道:"不必,我等明日还来拜访呢。"说罢,别了篯铿,与大司农绕道草屋之后,只见后面还有两间小草屋,又有几间木栅,养着许多鸡豚之类。小草屋之内放着一个炉灶,旁边堆着许多铜块,里面几上又放着几面镜子,也不知道它们有什么用处。帝尧看了一会儿,就和大司农上车,但是时已近暮,找不到行馆,就在左近选了一块地方,支起行帐,野宿了一夜。次日上午,帝尧和大司农再到尹寿家来探望,那尹寿果然未回,篯铿仍在那里读书。帝尧又和他谈谈,问他道:"汝师傅平日做何事业?"篯铿道:"除出与我讲解书籍之外,总是铸镜。"帝尧道:"铸了镜做什么?"篯铿道:"去与人做交易的。师傅常说道:'人生在世,不可做游民,总须有一个生计。'此地山多,不利耕种,所以只好做工业铸镜。"帝尧听了,叹息一回,遂与大司农回到下处。司衡羿道:"蜡祭期近了,依老臣愚见,不如暂且回都吧。前天据篯铿说,他师傅的归期是一月半月不定的,那么何能再等呢?

好在此地离平阳甚近，和叔兄弟又和这个人是相知，且到归都之后，访问和叔兄弟，叫他们先为介绍，等明春再召他入朝，何如？"帝尧道："汝言亦有理。"遂叫从人备了些礼物，再到尹寿家中，和篯铿说道："朕访汝师傅多次，可奈缘悭，未得相见。现在因事急须回京，不能久待，区区薄物，留在此处，等汝师傅回来，烦汝转致。明春天和，再来奉谒。"篯铿道："我昨日已听见邻人说过，知道汝是当今天子，但是来寻我师傅做什么？我师傅向来见了贵人是厌恶的，或者给他做弟子，我师傅倒肯收录，但是汝肯给师傅做弟子么？这些东西，我不便代收，恐怕明朝师傅要责罚，横竖你说明年还要再来，何妨自己带来，此刻请汝带回去吧。"帝尧听了这话，作声不得，只得收转礼物，和篯铿作别，怅怅而回。众人知道了，都说这个童子太荒唐无礼。帝尧道："朕倒很爱他的天真烂漫，真不知世间有'势利'二字，不愧隐者的弟子。"

且说帝尧离了王屋山，回到平阳，次日视朝，群臣皆到，就是赤将子舆也来了，仍旧穿着工人的衣服。众人看了，无不纳罕，但知道他是得道之士，并加敬重，不敢嗤笑。帝尧和群臣商议蜡祭礼节单，又定好了日期，是十二月二十三日，又议了些别种庶政。正要退朝，只见赤将子舆上前向帝说道："野人不立朝廷，已经二百多年，不想今日复在朝廷之上，想起来莫非'天数'之前定。不过野人有两件事情，要要求圣天子。一件是承圣天子恩宠，命野人为木工，可否仍准野人着此工人之服。一则木工着工服，本是相称；二则于野人不少方便。如嫌有碍朝仪，请以后准野人勿预朝会，有事另行宣召，未知可否？"帝尧道："着工人之服亦是可以，朕决不以朝服相强。朝会之时，还请先生出席，以便随时可以承教。"赤将子舆道："第二件，野人闻说帝的庭中生有一种历草，能知月日，野人食野草花二百年，于百草所见甚多，不下几万种，独没有见过这种异草，可否请帝赐予一观？"帝尧道："这个有何不可！"说着，便退朝，和群臣一齐引导赤将子舆向内庭而来。这时正是十一月十七日，这株历草，十五荚之中已落去两荚，形迹尚在。赤将子舆细细视察了一会儿，不住地赞叹，又回头四面一看，这时虽是隆冬，百草枯萎，但还有许多依然尚在。赤将子舆忽然指着一株开红花的草说道："这里还有异宝呢，此草名叫绘实，四时开花成实，是个仙草，极难得的。假使用它的实，拿了龙的涎沫磨起来，其色正赤，可以绘画，历久不变。如果画在金玉上，它的颜色能够透入一寸，永不磨灭，所以叫作绘实。可惜此刻没有龙涎，不然是可以面试的。"众人听他如此说，也似信不信。赤将子舆又指着一丛草说道："这是菖蒲呀！本来是个薤草，感百阴之精，则化为菖蒲，这是人间所不可多得的。"众人听了，颇不相信，独有帝尧深以为然，因为帝尧是日日闲步庭阶，观察各种植物的。起初确是薤草，后来渐变成如此形状，所以相信赤将子舆的话是对的。后世称菖蒲的别名为尧韭，就是这个缘故，闲话不提。且说赤将子舆在庭中，低了头看来看去，忽然又指着一株草大呼道："此地还有屈轶呢！真是个圣君之庭，无美不备了。"众人听了，都知道屈轶一名指佞草，有佞人走过，它就会得屈转来指着他的，所以叫作指佞草。从前黄帝之时，曾经生于庭中，因此大家都知道这个名字，不过从没有看见过，所以亦没有人认识。这次听见赤将子舆如此一说，大家都注意了，就问道："是真的吗？"赤将子舆道："怎么不真？野人在轩辕帝时代看了多少年，记得清清楚楚，怎么不真？"众人道："何以从来没有看见它指过？"赤将子舆道："一则你们并没有知道它的奇异，不曾留心；二则圣天子这里并无佞人，叫它指什么？你们只要以后留心就是了。"众人听了，仍是似信不信，遂各散去。

# 第四十回

帝尧师事尹寿　尹寿称许由等四贤

玛瑙瓮迁入平阳　指佞草之奇异

　　且说帝尧从王屋山归来之后，一面筹办蜡祭，一面即访和叔弟兄。探听尹寿这个人究竟如何。据二人说，尹寿的确是个有道之士，本来要想荐举他的。因为知道他隐居高尚，绝不肯出来做官，所以未曾提起。帝尧道："他不肯做官，亦不能勉强。朕往见之，他总不至于拒绝。朕想古来圣帝，都求学于大圣，如黄帝学于大真，颛顼帝学于渌图子，皇考学于赤松子。朕的师傅只有务成子老师一个，现在又不知到何处去了，尹先生既然道德高超，又高蹈不肯出山，朕拟拜之为师，亲往受业。汝二人可以朕之命，先往介绍，朕再前往谒见。"和仲二人都答应了。过了蜡祭之后，转瞬冬尽春回，正月又逐渐过完，帝尧择日动身，径往王屋山而来。这次并非巡守，侍从不多，除和仲之外，别无他人。到了尹寿居住的地方，远远望见草屋，帝尧便叫车子停下，与和仲徐步过去。走到草屋边，只见篯铿仍旧在那里读书，帝尧便问他道："师傅呢？"篯铿见是帝尧，又见他叔父跟在后面，便放下了书，站起来，先和和仲行礼，又和帝尧行礼，说道："师傅正在铸镜呢！我去通知吧，请等一等。"说罢，急急进内而去。过了一会儿，只见一个修髯老者从后面出来，篯铿跟在后面，和仲是认识的，先与他招呼，又代帝尧介绍。那尹寿先对着帝尧深深致谢，说道："去岁辱承御驾数次枉顾，鄙人适值他出，未克迎迓，实在抱歉之至。后来又由和氏昆玉转达帝意，尤觉惶恐万分，那北面受学的盛事，在古时原是有的，不过那个为师的，都是道德学问非常卓越的人，如鄙人这样山野之夫，寡闻浅见，知识毫无，哪里敢当'帝者之师'这四个字呢？"帝尧道："弟子访问确实，仰慕久深，今日专来执贽，请吾师不要见拒，和仲、和叔断不是妄言的。"说着，走在下面，就拜了下去。尹寿慌忙还礼。这里和仲早命仆夫将带来的贽仪呈上。尹寿还要推辞，和仲从旁说道："我主上一片至诚，斋戒沐浴而来，请先生不要推辞了。"尹寿方才答应，叫篯铿将贽礼收了进去，一面请帝尧与和仲坐下，彼此倾谈。渐渐谈到政治，足足说了半日，帝尧听了十二分佩服。但是究竟说的是什么话呢，因为当时失传，在下亦不能杜造，但知道有两句大纲，叫作"讲说道德经，教以无为之道"，如此而已。

　　后来又渐渐谈到当世的人物，帝尧叹道："弟子德薄才疏，忝居大位，实在惭悚万分。即位以来，所抱的有两个希望：一个是访求到一个大圣人，立刻将这个大位让给他，以免贻误苍生，这是最好的。第二个，如若访求不到大圣人，亦想寻几个大贤来做辅佐，庶几不致十分隙越，这是退一步想了。"尹寿道："大圣人是应运而生的。照帝这样的谦光，当然自有大圣人出世，可以遂帝的志愿，成帝的盛德，并可以作一个天下为公的模范，但是此刻尚非其时。至于大贤辅佐一层，照现在在朝的群臣算起来，如大司农、大司徒，如羲和四君，何尝不是大贤呢！命世英才，萃于一时，亦可谓千载一时之盛了，帝还嫌不足吗？"帝尧道："他们诸人分掌各官，固然是好的，但是治理天下之大，人才岂患其多。这几个人万万不够。老师意中如有可以荐举的人，务请不吝赐教，弟子当躬往请求。"尹寿听到此处，沉吟了一会儿，说道："人才岂患没有，不过鄙人山野之性，所知道的亦不过是几个极端山野之性之人，即使说出来，即使帝去请他，恐怕他们亦未必肯出仕呢。"帝尧听见说有人，不禁大喜，便说道："既然有人，请老师明以见告，待弟子去请，请不到，那另是一个问题。"尹寿道："离帝居不远，就有四个呢。他们虽则不是那里人，但是常到那里去游览聚会，帝难道不知道吗？"帝尧听了，不胜愕然，说道："弟子真糊涂极了，未曾知道。这四个人究竟住在哪里，姓甚名谁，还请老师明示。"尹寿道："这四个人，一个姓许名由，号叫武仲，是阳城槐里人。他生平行事，必据于义，立身必履于方，席斜就不肯坐，膳邪就不肯食，真正是个道德之士。还有一个名叫啮缺，是许由的师傅。还有一个名叫王倪，又是啮缺的师傅。还有一个名叫被衣，又是王倪的师傅。这三个人说起来远了，大概王倪是得道于伏羲、神农之间的人；那被衣是王倪的师傅，岂不更远吗！啮缺是王倪的弟子，年代似乎较近，但是他的里居亦无可考，想来亦因为隐居日久，世间早已忘却此人的缘故；许由是近时人，所以最详悉，现在知道他的人亦多。他们四代师弟，非常投契，常常相聚。听说他们相聚次数最多的地方，就在帝都西北面，汾水之阳，一座藐姑射山上，帝听见说过吗？"帝尧道："藐姑射山离平阳不过几十里，真所谓近在咫尺。五六年来，有这许多异人居在那边，弟子竟无所闻，真可谓糊涂极了。但是老师知道他们一定在那边的吗？"尹寿道："他们常常到那边的，此刻在不在那边却不知道。"帝尧又问道："这四位之外，道德之士还有吗？"尹寿道："以鄙人所知，还有几个，都是真正的隐士，居在山中，不营世俗之利的。有一个，他的姓名已无人知道，因为他老了，并无家室，就在树上做一个巢，寝在上面，所以世人称他为巢父。他的意见，以为此刻的世界机械变诈，骄奢淫逸，争夺欺诈，种种无所不至，实在不成其为世界，所以他缅想上古，最好恢复以前的风气，淳朴简陋，不知不识，他的巢居就是企慕有巢氏时代的意思。这人听说现在豫州，究居何地鄙人亦不了了。还有一个姓樊……"刚说到此，忽听门外一片嘈杂之声，接着就有侍从之人进来奏帝尧道："亳邑君主玄元，遣他的大臣孔壬送玛瑙宝瓮到平阳去，经过此地，听说天子御驾在此，要求叩见。"帝尧听了，知道孔壬是有意来献殷勤的，就说道："此地是尹老师住宅，朕在此问道，不便延见，且叫他径送到平阳去，回来再见吧。"侍从之人答应而去。尹寿忙问何事，帝尧便将宝露瓮的历史大略说了一遍。忽然想到宝露既来，何妨取些请尹老师尝尝呢。想罢，就叫和仲饬人去舀一大勺来，为尹老师寿，又将忽涸忽盈之事告诉尹寿。尹寿道："照这样说来，岂不是和黄帝时代的器陶相类吗？"帝尧便问："怎样叫器陶？"尹寿道："鄙人听说，黄帝时有一种器陶，放在玛瑙瓮中，时淳则满，时漓则竭，想来和这个甘露同是一样的宝物。"和仲在旁说道："臣前几日亦曾听见赤将子舆说过，黄帝时有此器陶异物，而且他说尝过的。"尹寿道："既然如此，那器陶此刻必定存在，帝暇时可饬人于故府中求之。先朝宝器安放在一处，亦是应该之事。"帝尧答应。过了一会儿，宝露取来，尹寿饮了，又和帝尧谈谈。自此以后，帝尧就住在王屋山，日日在尹寿处领教。

过了十日，方才辞别尹寿，回到平阳。那时孔壬早将玛瑙瓮送到了，等在那里，要想见见帝尧，献个殷勤，因帝尧未归，先来拜访各位大臣。司衡羿是痛恨他的，挡驾不见，并不回访。大司农、大司徒从前在亳都时候都是见过的，而且忠厚存心，不念旧恶，仍旧和他往来。那孔壬的谈锋煞是厉害，指天画地，滔滔不休。对于大司农，讲那水利的事情，如何修筑堤防，如何浚渫畎浍，说得来井井有条，一丝不错。大司农对于水利本来是有研究的，听了孔壬的话，不知不觉佩服起来，便是大司徒也佩服了，暗想，一向听说他是个佞人，不想他的才干学识有这样地好，或者帝挚当时受了驩兜和鲧两个的蛊惑，他不在内，亦未可知。将来如果有兴修水利的事情，倒可以荐举他的。不说大司农、大司徒二人心中如此着想，且说孔壬见过大司农、大司徒之后，又来拜谒羲仲、羲叔及和叔等，一席之谈，更把那三人佩服得不得了，以为是天下奇才。有一日，大家在朝堂议事，政务毕后，偶然闲谈，谈到孔壬，羲叔等都有赞美之词，大司农等亦从而附和，司衡羿在旁听了，气愤不可言，便站起来说道："诸君都上了孔壬的当了，诸君都以为这个孔贼是好人吗？他真正是个小人。以前帝挚的天下，完全是败坏在这孔贼和驩兜、鲧三凶手里。老夫当日在朝，亲见其事。"说着，便将以前的历史滔滔地述了一遍，并且说道："古圣人有一句名言，叫'远佞人'。这个佞贼，奉劝诸位，千万和他相远，不可亲近，以免上他的当。"众人听了，再想想孔壬的谈吐神气，觉得并没有什么可疑之处，因此对于老将的话都有点似信不信，嘴里却说道："原来如此，人不可以貌相，以后我们倒要注意他一下才是。"赤将子舆在旁边听了哈哈大笑起来。众人都问他道："老先生此笑必有道理。"赤将子舆道："诸位要知道孔壬是不是佞人，此刻不必争论，亦无需再注意他，只要等帝归来之后，就可见分晓了。"司衡羿道："赤将先生的意思，不过请帝说明就是了，其实孔贼之恶，老夫就可以证明，何必问帝？以帝知人之明，何尝不知道他是个佞人，不过因他是帝挚朝的大臣，友爱之心，不忍揭帝挚之过，所以总是优容他，真所谓如天之度。帝岂有不知他是佞人之理？"羿话未说完，赤将子舆连连摇手道："不是不是，不是要帝证明他是佞人，自有一种方法可以证明的。"众人听了都不解。赤将子舆用手向庭前一指，说道："它可以证明。"众人一看，原来就是赤将子舆前日所发现的那株佞草屈轶。众人虽听说有指佞草之名，但是从没有见它有所指过，所以都是将信将疑，不敢以赤将子舆的话为可靠。羿听了，尤不佩服，便说道："小草何知？老先生未免有意偏袒孔贼了。"赤将子舆道："此时说也无益，到那时且看吧。"过了几日，帝尧回到平阳，次日视朝，孔壬果然前来请见。帝尧便命叫他进来，众人此际的视线，不期而然都集中到那株屈轶上去。说也奇怪，只见孔壬远远地刚走进内朝之门，那屈轶劲直的茎秆立刻屈倒来，正指着他。孔壬渐渐走近，那屈轶亦渐渐移转来。孔壬走进朝内，向帝尧行礼奏对，屈轶亦移转来，始终正指着他，仿佛指南针向着磁石一般。众人至此，都看呆了，深叹此草之灵异。司衡羿尤其乐不可支，几乎连朝仪都失了。后来孔壬奏对完毕，帝尧命其退出，那屈轶又复跟着他旋转来，一直到孔壬跨出朝门，屈轶茎秆忽然挺直，恢复原状。帝尧召见过孔壬之后，向诸大臣一看，觉得他们都改了常度，个个向着庭之一隅观望，不免纳罕，便问他们何故如此。大司徒遂将一切情形说明，帝尧听了，也深为诧异。后来这个消息渐渐传到孔壬耳朵里。孔壬非常惭愧，因愧生恨。心想：这一定是那老不死的羿在那里和我作对，串通了有妖术的野道，弄出这把戏来，断送我的；刚才退朝的时候，偷眼看他那种得意之色，一定是他无疑了。此仇不报，不可为人，但是用什么方法呢？眉头一皱，计上心来，拍案叫道："有了，有了！"又用手向着外面指指道："管教你这个老不死的送在我手里！"话虽如此，可是他究竟用什么方法，并未说出。过了几日，他自觉居住在这里毫无意味，又不敢再去上朝，深恐再被屈轶草所指，只得拜了一道表文，推说国内有事，急须转去，托羲叔转奏。帝尧看了，也不留他，亦不再召见，但赏了他些物件，作为此次送玛瑙瓮的酬劳。孔壬在动身的前一天，各处辞行之外，单独到逢蒙家中，深谈半日，并送他许多礼物。究竟是何用意，亦不得而知，但觉他们两人非常投契而已。次日，孔壬便动身而去，按下不提。

# 图书在版编目（CIP）数据

上古神话演义. 第一卷，文明神迹 / 钟毓龙著. —北京：中国国际广播
出版社，2019.7（2021.5重印）
ISBN 978-7-5078-4503-7

Ⅰ. ① 上…　Ⅱ. ① 钟…　Ⅲ. ① 神话—作品集—中国　Ⅳ. ①I277.5

中国版本图书馆CIP数据核字（2019）第131771号

**上古神话演义（第一卷） 文明神迹**

| | | |
|---|---|---|
| 著　　者 | 钟毓龙 | |
| 责任编辑 | 高　婧　张娟平 | |
| 版式设计 | 国广设计室 | |
| 责任校对 | 张　娜 | |

出版发行　中国国际广播出版社 ［010-83139469　010-83139489（传真）］
社　　址　北京市西城区天宁寺前街2号北院A座一层
　　　　　邮编：100055
网　　址　www.chirp.com.cn
经　　销　新华书店
印　　刷　天津市新科印刷有限公司

开　　本　710×1000　1/16
字　　数　260千字
印　　张　22
版　　次　2019 年 8 月　北京第一版
印　　次　2021 年 5 月　第二次印刷
定　　价　49.00 元